KB111705

어
쩌
다

연
인

어쩌다
연인

초판 1쇄 인쇄일 2016년 12월 19일
초판 1쇄 발행일 2016년 12월 27일

지은이 | 노혜인
펴낸이 | 김기선
편집장 | 김은지

펴낸곳 | 와이엠북스(YMBOOKS)
출판등록 | 2012년 7월 17일 (제382-2012-000021호)
주소 | 서울시 도봉구 노해로 379, 1005호(창동, 대성빌딩)
전화 | 02)906-7768 / **팩스** | 02)906-7769
E-mail | ymbooks@nate.com

ISBN 979-11-322-3992-5 03810

값 9,000원

어쩌다 연인

YMBOOKS ROMANCE STORY

노혜인 장편소설

차 례

프롤로그 ⋯7

제1장. 어긋난 타이밍의 연속 ⋯11

제2장. 감정을 자각할 결정적 순간 ⋯44

제3장. 전생의 업보 ⋯67

제4장. 도끼병에는 약이 없다 ⋯99

제5장. 입막음은 달콤하게 ⋯132

제6장. 그 밤에⋯⋯ ⋯163

제7장. 거짓말로 시작한 연애 ⋯195

제8장. 이제야 전하는 진심 ⋯226

제9장. 세상에서 가장 무서운 양심 처방 ⋯252

제10장. 영원한 내 꺼! ⋯279

제11장. 더 사랑하는 사람이 약자 ⋯308

제12장. 멋진 연인이 되기까지 ⋯337

에필로그 ⋯368

작가 후기 ⋯383

프롤로그

"좋아해. 오래전부터…… 좋아했어. 에잇, 이게 아닌데……. 사랑해, 체리야. 으흐흐. 닭살."

온몸을 훑어내면서도 입가가 자꾸 벌어지는 건 어쩔 수가 없었다. 마음을 단단히 먹었는데 아무리 연습해도 쉽게 입이 떨어지지 않는다. 오랜 시간 동안 길들여진 관계 때문인지도 몰랐다.

26년 지기 친구. 그럼에도 항상 설렘은 가지고 있었다. 그게 사랑인지 지나가는 세월 동안 까맣게 모르고 있었다. 보고 있으면 기분 좋아지고 눈앞에 없으면 자꾸 신경 쓰였다.

그때는 그게 사랑인지 몰랐다. 시간이 지나고 그게 사랑이라는 걸 깨달았을 때…… 그때는 고백할 용기가 나지 않았다. 오랜 시간 그녀는 친구였다.

그녀는 꿈에라도 그가 가지고 있는 감정, 아니, 감정이라는 걸 가지고 있다고 생각지도 않을 것이다. 그럼에도 한 번 깨달은 감정은 봇물 터진 것처럼 순식간에 커져갔다. 더는 참을 수 없을 만큼 커져버린 감정들로 이제는 숨이 막힐 것 같았다.

그럼에도 여전히 그들은 친구 사이였다. 바보 같은 미적거림으로 시간이 흐르고 있지만 용기라는 녀석이 쉽게 모습을 드러내지 않았다.

여전히 모든 일에 무감각한 이체리. 그녀가 그에게 가진 감정이라고 한다면 애정이라기보다는 애증, 아니, 증오에 가까울지도 몰랐다. 그걸 알기에 용기 내기가 힘들었는지도 몰랐다.

혹여 그의 사랑이 부담되지 않을까, 사랑을 고백하는 순간 그녀와 멀어지지 않을까 하는 두려움이 그를 작게 만들었다.

그의 인생에 두려움 같은 건 존재하지 않을 거라 생각했었다. 하지만 사랑 앞에서 그는 어느새 겁쟁이가 되어 있었다. 사랑하기 때문에 멀리하려 했었고 사랑하기 때문에 멀리할 수 없었다.

26년이라는 시간 동안 친구로 지낸 날을 뒤로하고 이제야 남자로 그녀 옆에 서려고 용기 내고 있었다.

너이기에 사랑한다고. 너여야만 사랑할 수 있다고. 이제야 바보 같은 마음을 용기 내어 꺼내 보이려 하고 있었다.

상현은 며칠을 고민하며 퍼펙트 프러포즈의 온갖 전략을 버무려 오늘 고백을 준비했다. 체리가 좋아할지 모른다는 생각에 난생처음 꽃다발도 샀고 놀이터 구석구석에 촛불도 켜놨다.

한쪽 구석에는 그녀와 그의 추억이 가득한 영상도 마련되어 있었다. 마무리로 세단 트렁크에는 플래카드와 풍선이 한가득이었다.

이제 그녀만 오면 된다.

이대로만 하면 고백에 성공할 것이다. 계획대로 진행만 되면 좋을 것 같았다. 그 생각에 입이 바짝 마르고 손에는 땀이 흥건해졌다.

"아, 미치겠네. 어떻게 하지? 근데 애는 왜 이렇게 안 오는 거야? 설마……."

온몸에 엄습하는 싸한 기운에 상현은 휴대전화를 꺼내 들었다.

-고객님의 휴대전화 전원이 꺼져 있습니다. 음성 사서함으로 연결 시 통화료가 부과됩니다.

상현은 한숨을 내쉬며 긴 머리를 쓸어 올렸다. 혹시나 했더니 역시나였다. 잠시 고민하던 상현은 빠르게 전화를 걸었다.

"오랜만이에요."

상현의 전화에 상대방은 한껏 고조된 목소리로 말했다.

-상현 씨! 안 그래도 전화하려고 했는데 체리 씨 오늘 소개팅한대요. 아름 씨가 지성 씨랑 얘기하는 거 못 들었으면 큰일 날 뻔했다니까요…….

휴대전화 너머로 들려오는 체리의 스케줄에 그의 눈에 불이 들어왔다. 한참 동안 계속되는 환심 가득한 통화에 상현은 작게 한숨을 내쉬었다.

"늘 감사합니다. 다음에 레스토랑으로 한 번 놀러 오세요."

-호호호. 저번에도 잘해주셨잖아요.

"그날은 바빠서 제대로 못 챙겨드렸는데 다음에는 미리 연락주시고 오세요. 제가 특별히 챙겨드릴게요."

-호호호. 그럼 다음에 연락드릴게요.

휴대전화를 내려놓는 상현의 손에 힘줄이 불끈 튀어 올랐다. 사람이 변하면 반드시 사단이 생기는 법이었다.

　"순순히 스케줄 불더라니……. 오늘 내 손에 잡히면 죽었어!"

　친구가 아닌 남자로 그녀 곁에 있기 위해 조금 늦은 고백을 준비하던 상현은 그날도 마음과 다른 행동을 하며 하루를 보내고 있었다.

제1장. 어긋난 타이밍의 연속

"에잇, 정말······. 개차반! 차라리 너도 준현이 따라 유학 가. 그렇게나 좋아하는 늘씬하고 쭉쭉빵빵한 여자, 거기 많잖아. 제발 부탁이다."

상현은 한 시간째 계속되는 체리의 잔소리에 슬슬 부아가 올라왔다.

"이체리! 이제 그만하지?"

"제발 이 골목에서 사라져라! 이 개나리 십장생, 해삼, 말미잘 같은 놈아!"

체리는 있는 대로 독이 올라 23년째 살고 있는 평창동의 넓은 골목 초입에 서서 야밤에 득음할 기세로 샤우팅을 하고 있었다.

"그만하라고 했다!"

하지만 상현의 말에도 체리의 악다구니는 계속됐다. 상현은 체리의 행동에 인상이 저절로 써졌다.

마음을 굳게 먹고 고백을 준비했는데 며칠째, 아니 몇 달째 말조차 꺼내지 못했다. 막상 용기를 내어 뭔가를 하려고 하면 그때마다 이상하게 일이 틀어졌다. 오늘도 마찬가지였다.

이번에도 체리가 오지 못할 거라는 말에 이벤트 회사 직원은 차라리 고백을 포기하는 게 어떠냐는 조언을 했다. 불난 집에 기름을 붓는 것도 아니고 되지도 않는 조언을 왜 하는 건지 알다가도 모르겠지만 앞으로 일적으로도 계속 봐야 하는 사람들인지라 화를 내리눌렀다.

물론 가볍게 말씨름을 하긴 했다. 그의 뒤집어진 속 따위 알 리 없는 체리는 또다시 거짓말까지 하며 소개팅을 하려 했다. 뭘 하려고 해도 되는 일이 없었다.

체리는 레스토랑으로 불러도 야근을 핑계로 얼굴조차 보기 힘들었다. 어떻게 하면 체리에게 잘 보일까 궁리하다 지금의 일까지 하게 됐었다. 형우 밑에서 일할 때와 달리 할머니인 인정 밑에서 일하는 게 더 어려운 것 같았다.

방황하며 치기 어린 시간을 보내는 동안 형우 밑에서 일하며 사업의 기본은 익혔다고 생각했었다. 맡은 일만 잘하면 될 거라고 생각했었고 그거면 충분했었다.

그런데 레스토랑을 직접 맡고 나니 해야 할 일이 한두 개가 아니었다. 늦기 전에 고백도 해야 하고, 그를 탐탁지 않게 보는 모든 사람에게 인정도 받고 싶었다.

어떻게 해야 하나 고민하던 상현은 자신이 한심하게 느껴질 정도였다. 겨우 마음먹었다가도 이렇게 얼굴을 마주하면 이런저런 이유들로 어렵게 꺼낸 용기가 연기처럼 사라졌다.

상현은 인상을 쓰고 체리를 쏘아봤다. 생각해보면 매번 체리가 그의 속을 뒤집었고 사고의 발단도 늘 그녀였다.

부모인 영규와 혜영도, 하다못해 친할머니인 인정도 체리에게 작은 사고라도 생기면 그를 몰아세우기 바빴다.

주워 온 아들이라고 해도 이렇게 구박할 것 같지 않은데 그게 싫지만은 않았다. 체리에 관한 일이라면 언제부턴가 그가 해야 하는 게 당연하다고 생각했었다.

실체를 알지 못하고 있었음에도 그녀 옆에 붙어 있지 못해 안달했던 건, 마음이 먼저 알아챈 까닭인지도 모르겠다. 그럼에도 가끔은 의문스러워졌었다. 어쩌다 체리를 좋아하게 됐는지.

이유를 꼬집을 순 없었다. 우는 모습보다 웃는 모습이 좋았고 자신이 먹는 것보다 그녀가 먹는 게 더 배부르고 좋았다는 것만 기억났다. 지금처럼 악다구니를 써도 옆에 있다는 사실에 감사했고 이제는 이유 따위 알고 싶지도 않았다. 온통 머릿속이 체리 생각으로 가득했다.

그녀와 함께 있고, 함께하고 싶은 것들만 생각나는 걸 보면 단단히 빠진 건 확실했다. 하지만 마음의 울림이 커져갈수록 사태는 점점 엉망이 되어갔다. 오늘은 아침부터 일진이 엉망이었다.

"은 실장, 아무리 그래도 절대 안 됩니다."

"셰프님, 저도 알지만 지금 상황이 그렇잖아요? 지금 캔슬된 테이블만 다섯인데 어떻게 합니까?"

어쩜 하나같이 특선으로만 예약을 한 건지 재료를 소비하지 못하면 이래저래 며칠 매상이 날아갈 상황이었다.

"혹시 모르는 일 아닙니까?"

셰프인 태광은 혹시, 하는 마음으로 손님을 기다리며 예약 확인을 위해 오전 내내 전화했지만 그들은 묵묵부답이었다. 도리어 업무를 방해했다며 화를 내는 사람도 있었다.

그깟 예약 취소가 대수냐고 말하겠지만 한 접시의 요리를 만들기 위해 그들은 며칠 전부터 준비했다.

자신의 요리에 자부심이 대단한 태광에게 이런 사소한 것까지 말할 수는 없었다. 상현은 한숨을 내쉬고 태광을 달랬다.

"이미 예약 시간이 지났습니다. 다른 손님도 받았고요."

"에휴."

"셰프님, 준비해둔 재료들 어떻게 했으면 좋겠습니까?"

"뭘 어떻게 합니까? 어떻게든 써야지. 아, 저녁에 해산물 코스만 아니어도 어떻게 바꿔보겠는데……."

말은 그렇게 했지만 태광도 마땅한 방법이 없는 것 같았다. 그들의 이익을 위해 재료를 소비할 요량으로 저녁 메인을 바꿀 수는 없는 상황이었다. 근처 레스토랑과 타 지점에도 연락했지만 이미 재료 준비가 끝난 상황이었다.

어찌 됐든 오늘 사용하지 않으면 폐기 처분해야 하는 상황만은 확실했다. 잠시 고민하던 상현은 결심을 하고 편하게 웃었다.

"오늘 지점 회식 하시죠!"

"무슨 말입니까?"

"저녁 메뉴를 지금 바꿀 수도 없고 우리가 즐기자는 겁니다."

"저게 얼만지 알고나 하는 말입니까?"

놀란 태광의 말에 상현은 나오려는 한숨을 꾹 참으며 웃었다.

"우리가 만족해야 찾아오는 손님들도 만족하지 않겠습니까? 오늘 셰프님 실력, 직원들에게 유감없이 발휘하세요."

상현의 말에 태광은 짐짓 미소를 감추며 앞치마를 고쳐 맸다.

"야간에는 단체 때문에 힘들 테니까 브레이크 타임 30분 정도 늘려서 회식할까 하는데 괜찮으시죠?"

"30분이면 충분합니다!"

어느새 자신의 자리로 돌아간 태광은 전채 요리 손질에 여념이 없었다. 최고급 식재료인 푸아그라와 싱싱한 성게를 냉장고에 절대 넣을 수 없다는 태광과 한 시간 넘게 벌인 실랑이도 이렇게 끝났다. 제법 골치 아픈 시간이었지만 결론은 간단했다.

하지만 문제는 늘 산재해 있었다. 레스토랑을 운영하고 빈번하게 일어나는 노 쇼(No Show) 문제를 근본적으로 해결할 방법은 없었다. 오늘처럼 한꺼번에 연락이 두절되거나 갑작스러운 취소는 회사 운영에도 타격을 줄 것 같았다.

이런저런 고민을 하며 촉박한 브레이크 타임에 번개처럼 치른 회식이었다. 오후 내내 일하는 직원들의 표정은 그 어느 때보다 행복했었다. 상현은 그걸로 오늘의 액운은 다했다 생각했다. 그런데 그것보다 더한 복병이 나타났다.

다시는 보고 싶지 않던 과거의 한 조각이 브레이크 타임이 끝날 무렵 불쑥 레스토랑으로 찾아와 속을 뒤집었다.

깨끗하게 정리했다고 여겼는데 꼬리가 길었던 탓인지 한 번씩 모습을 나타내 그의 과거를 떠올리게 만들었다.

말이 조직이지 클럽과 24시간 영업을 하는 음식점을 운영하는 형우는 자신이 가장 좋아하는 청개구리를 애칭으로 그 일대 방황하는 10대 아이들을 선도했다.

상현도 우연히 형우와 알게 되어 몇 년 전까지 그의 밑에서 일을 배웠다. 그런데 상현처럼 좋은 마음으로 일을 배운 사람이 있는 반면 그렇지 못한 경우도 발생했다.

한때 그와 대립했던 친구는 여전한 모습으로 그 앞에 나타났다. 그 탓에 언쟁이 발생했다. 그런데 그 모습을 하필 나리가 볼 게 뭐였는지…….

나리는 체리 동생이지만 편한 상대가 아니었다. 좋은 모습만 보여주고 싶은데 그것도 마음대로 되지가 않았다.

열심히 일하고 있지만 마음먹은 대로 변하기에는 시간이 부족한 것 같았다.

머리가 복잡한 탓에 실수를 반복하다 오후에 접시를 깨트리며 액운을 다 떼어냈다 생각했었다. 그런데 그건 그의 오판이었다. 언제나처럼 피날레가 남아 있었다.

"은상현! 너 좋다는 컬러풀한 여자들 많잖아. 제발 걔네들이랑 같이 블랙홀로 사라져주라. 깐따삐아, 또까삐아!"

"언제까지 헛소리만 할 거야?"

"차라리 준현이처럼 유학 가라고!"

체리가 언제나처럼 속을 긁어댔다. 그동안 그녀로 인해 수없이 생긴 가슴속 스크래치가 쓰리게 아파왔다.

차라리 그녀 말처럼 사라지기라도 했으면 좋으련만. 그녀가 눈앞에 안 보이면 미칠 것 같아 아무것도 손에 잡히지 않았다.

상현은 힐끗 체리를 바라봤다. 이성을 잃고 말도 안 되는 주문까지 외치는 걸 보면 단단히 성질이 난 모양이다. 하지만 그는 언제나처럼 억울했다.

체리가 말하는 '컬러풀한 외국인 여자 친구'들은 말 그대로 친구, 엄밀히 말하면 그의 선생들이었다.

조모인 인정의 강요가 있기는 했지만 다른 건 몰라도 외국어만큼은 욕심이 났다. 인정을 따라 이 나라 저 나라를 다닐 때마다 그들이 하는 대화가 궁금해 미칠 것 같았다.

상현은 인정을 닮아 뭔가에 한번 빠지면 미친 듯이 몰두했다. 거기에 누구한테 지고는 못 사는 성격에 호기심 또한 왕성했다. 그렇게 시작한 외국어 공부로 지금은 6개 국어는 물론 웬만한 나라의 기본적인 의사소통은 가능할 정도가 되었다.

체리는 그 사실을 모르고 그와 있던 여자들을 모두 여자 친구로 오해했다.

다른 이성과 그 흔한 팔짱 한 번 껴본 적 없다고 하면 체리는 콧방귀도 뀌지 않을 것이다.

아무리 오해라고 말해도 체리는 믿어주지도, 아니 들어주려고 하지도 않았다. 어느 순간부터 설명하는 것도 무의미하다는 걸 깨달았다. 이체리를 설득할 사람은 세상에 존재하지 않았다. 그저 스스로 깨닫기를 기다리는 수밖에.

감정을 깨닫고 난 뒤부터 체리와 함께하는 시간은 고행 그 자체였다. 물론 마음처럼 되지는 않았다. 참고 또 참으려 애써도 습관은 쉽게 변하지 않았다. 집으로 돌아오는 길이 늘 후회로 가득했다.

상현은 요즘 후회할 일을 한 개라도 줄이는 게 목표일 정도였다. 그럼에도 단 하나, 용서 안 되는 것이 있었다. 공부를 핑계로 훌쩍 유학을 떠나버린 동생 준현을 들먹이는 거였다.

체리는 유치원은 물론 초, 중, 고등학교를 모두 같이 다녔다. 겉으로 보기에는 더없이 가까운 이웃이며 오랜 친구 사이였다.

물론 여기에 상현의 11개월 차이 나는 동생 준현도 함께 있긴 했었다. 어디까지나 고교 졸업과 동시에 준현이 갑자기 유학을 떠난 6년 전까지는 그랬었다.

그런데 하필이면 외모까지 똑같이 생길 게 뭐였는지. 잘난 얼굴은 상현 하나면 충분했는데 뭐가 부족하다고 덤으로 비상한 두뇌까지 탑재해줬는지 모르겠다.

준현을 생각하자 짜증이 치솟았다. 아! 앞으로의 일진도 제대로 꼬일 것 같았다.

"여기서 준현이 얘기가 왜 나와?"

상현의 성난 고함에도 체리의 기세는 수그러들 기미가 보이지 않았다.

"너도 이 골목에서 사라지라는 소리잖아! 깐따삐아! 제발 좀 사라져라! 외계인은 대체 언제 온다는 거야?"

체리는 여전히 되지도 않는 헛소리를 계속하고 있었다. 한숨이 절로 나왔다. 준현이라면 치를 떠는 걸 알고 있기에 더 그런 게 분명했다. 체리는 그가 싫어하는 건 죄다 알고 있었다.

상황을 보아하니 아직 소식을 들은 것 같지 않았다. 그렇다면 일부러 그의 속을 뒤집으려는 속셈이 분명했다. 그 생각에 더 화가 치밀어 올랐다.

옆에 있으나 없으나 성가신 준현도 그렇지만 언제나처럼 준현

18

을 들먹거리는 체리로 인해 또다시 뚜껑이 열렸다. 몇 년간 눈앞에 없어 그나마 나았는데 그것도 이제 끝이다.

"이체리!"

상현이 한 걸음 다가가자 체리는 벼락같이 소리부터 질렀다.

"은상현! 내 인생에서 사라져. 제발 준현이처럼 사라지라고!"

참으리라 다짐해봐도 체리의 악다구니에 또다시 불길이 치솟았다.

"준현이 이름이 왜 또 나오는데?"

화가 난 상현은 체리를 째려보다 못해 노려보기 시작했다. 힘겹게 마음먹었건만, 오늘도 틀렸다. 거기다 오늘은 체리 입에서 준현의 이름이 두 번 이상 나왔다. 그 사실 하나만으로도 상현의 기분은 충분히 상해 있었다.

"옆에 있을 때나 없을 때나 준현이, 준현이!"

소리를 내질렀지만 쉽사리 화가 가라앉지 않았다. 상현은 주위를 두리번거렸다.

전처럼 가슴속 화를 체리에게 다 쏟을 수는 없었다. 그랬다간 지금보다 더 질색할 게 분명했다.

종일 연습했던 말들은 이미 저만치 사라지고 없었다. 고백할 수나 있을지 모르겠다. 마음만 먹었다 하면 일이 생기니 뭘 할 수도 없었다. 왜 타이밍이 이토록 어긋나는 건지 모르겠다.

분풀이할 대상을 찾는데 때마침 빈 깡통이 눈에 들어왔다. 상현은 커다란 발을 들어 깡통을 냅다 밟았다.

와자작!

온전하던 깡통은 이내 제 모습을 감추고 납작 엎드려 있었다.

몇 번을 더 지지듯 밟았지만 그래도 기분이 풀리지 않았다. 상현은 다시 한 번 깡통을 펄쩍 뛰며 지지듯 밟았다.

이걸로 오늘 안 좋았던 기분도 풀고 거리 청소도 하는 거다, 생각하니 그제야 좀 기분이 풀리는 것 같았다.

"후우……."

'저 고약한 성질 머리 봐라! 그러니 개차반 소리를 듣지! 저건 어떻게 나이를 먹어도 변한 게 없어?'

납작해진 깡통을 보며 체리는 측은한 생각이 들었다. 체리는 서러움에 울상을 짓다 여전히 깡통을 밟아대는 상현을 보며 고개를 흔들었다.

'어휴, 저 성질은 이 밤에도 변함이 없네.'

체리는 이제 아스팔트 바닥에 완전 밀착해 있는 깡통을 바라보며 힘겹게 침을 삼켰다.

한참 분풀이를 하던 상현은 납작해진 깡통을 멀리 보이는 재활용함에 정확히 던져 넣었다. 어두운 골목에 고철들이 부딪치며 내는 소음이 요란하게 들렸다.

슬쩍 고개를 들던 체리는 상현과 눈이 정면으로 마주쳤다. 시선이 살벌했다. 노려보는 상현의 매서운 눈초리가 고스란히 느껴졌다.

체리는 황급히 상현을 외면하며 빠르게 발을 움직였다. 좀 전 상황에서 깡통이 있었기에 망정이지, 그러지 않았다면 생각만으로도 진저리가 쳐졌다.

체리는 급하게 발을 움직이며 집으로 향했다. 그때 뒤에서 서늘한 상현의 목소리가 들려왔다.

"제정신이면 그런 소릴 못할 거야. 나한테 그런 말을 하는 거 보면 제정신이 아닌 건 확실해, 그렇지?"

체리는 상현의 말을 들은 척도 하지 않고 빠르게 발을 움직였다.

"이체리! 지금 네 앞에 있는 사람이 설마 나란 걸 잊은 건 아니지? 하! 잊을 뻔했네. 겁 없는 이체리 님께서 날 제대로 부르긴 했었지. 개! 차! 반! 이라고 말이야!"

뚝뚝 끊어 말하는 목소리에서 냉기가 철철 흘러넘쳤다. 상현의 서슬 퍼런 말에 체리의 발걸음은 더욱 빨라졌다.

조금만, 조금만 더 가면 집이다. 오늘따라 집이 왜 그리 멀게 느껴지는 건지 모르겠다.

다시 한 번 고 여사의 발목을 잡고 매달려봐야겠다는 부질없는 생각을 하며 체리는 빠르게 발을 움직였다. 체리는 불안한 시선으로 뒤를 흘끔거렸다.

"어휴, 쓸데없이 다리만 길어가지고. 내가 너랑 무슨 말을 하겠니? 제발 사라져라! 사라져!"

체리는 상현이 듣지 못하게 작게 중얼거리며 빠르게 발을 옮겼다.

"그리고 이 골목에서 사라지라고? 내가 누구 좋으라고 이 골목에서 사라져? 말이 나와서 하는 말인데, 요즘은 여기서도 눈 예쁜 애들이 서로 가르쳐주겠다고 난리야. 어떤 놈처럼 일부러 돈 써가며 외국 나갈 필요가 없다는 소리지."

체리는 나는 듯 걸으며 고개를 세차게 흔들었다.

'네 입에서 나오는 말이 그럼 그렇지. 어렵하시겠어. 어휴, 저 자식은 뭔 다리가 저렇게 길어. 진짜 도망가다 걸리면 분명 날 죽일 건데…… 아이고, 힘들어. 에잇, 고 여사! 우리 이사 좀 가자! 엄마는 딸보다 친구가 그렇게나 좋아? 집 가다 딸년 황천에 먼저 가겠다.'

숨을 헉헉대며 체리는 상현을 다시 바라봤다.

'쟤는 또 왜 따라오는 거야? 분명 지난주에 가족 모임 했는데…… 설마?'

곰곰이 생각하던 체리는 고개를 세차게 끄덕였다.

'아까 그 말 때문에 아직도 화…… 내고도 남을 놈이지. 암, 저놈은 충분히 그러고도 남을 놈이야.'

한참 생각하던 체리는 거리를 좁혀오는 상현을 보며 슬슬 공포를 느끼기 시작했다.

'그러게 왜 얌전히 있는 사람을 열 받게 하냐고! 내가 저놈 때문에 입만 험해져서 막말만 늘었어. 진짜 입 한 번 잘못 놀렸다가 며칠 고생하게 생겼네. 저거, 진짜 열 받은 거 아냐?'

체리는 슬쩍 고개를 돌려 상현을 확인하며 힘겹게 침을 삼켰다. 쳐다보는 시선이 시베리아 호랑 말코보다 더 무섭다.

체리는 이제 코앞까지 따라온 상현을 흘끗 바라보며 전신을 빠르게 스캔했다.

'오랜만에 아저씨한테 얻어맞았나? 겉보기에는 멀쩡한데……. 할머니가 또 잔소리하셨나?'

체리는 수만 가지 생각을 하며 가까워지는 상현을 바라봤다. 아무리 봐도 생긴 게 아까웠다.

상현의 훤칠한 외모는 누가 봐도 탐낼 만했다. 하지만 개를 줘도 안 물어갈 성격은 같은 골목에 20년 넘게 산 친구로서 통탄에 빠질 지경이었다. 그럼에도 상현이 걱정되는 건 오랜 세월을 같이 지낸 정 때문일 것이다.

'진짜 화났나? 오늘따라 살벌하네. 무슨 일 있나? 괜히 걱정되게 저런 얼굴까지 하고…… 말을 하라고! 말을!'

체리는 소리 없는 외침으로 상현을 노려봤다. 그러다 급속도로 가까워지는 상현의 모습에 마른침을 삼켰다.

'왜 저렇게 빨리 오는 거야? 설마 날 깡통처럼…… 아아악! 저놈은 그러고도 남을 놈이야!'

날아갈 것 같은 걸음으로 고지가 바로 코앞이다 싶은 순간이었다. 체리는 상현이 내민 단단한 손에 뒷덜미를 잡혔다.

"아아악! 상현아!"

누가 봐도 상현 때문에 생긴 위급 상황인데 왜 그의 이름이 나오는 건지 모르겠다. 체리는 울상을 지으며 상현을 바라봤다.

"상현아, 잠깐만, 말로…… 우리, 말로 하자."

"그러니까 좋은 말로 할 때 따라와."

체리는 결국 상현에게 아무 말도 못하고 근처 놀이터로 끌려가고 있었다.

스물여섯, 이체리. 오늘도 고단한 하루를 여느 날과 같이 마감하고 있었다.

체리의 인생은 하루도 편할 날이 없었다. 어린 시절 체리가 사는 아주 기다란 평창동 골목 맨 아래, 고래 등보다 커다란 첫 집으로 철천지원수 은상현이 이사 오기 전까지는 나름 행복했다. 반드시. 기필코, 행복했을 거라고 믿었다.

그녀의 기억 속 상현은 언제나 그녀를 괴롭히지 못해 안달 난 아이 같았다. 그럼에도 늘 함께했다는 게 아이러니 할 정도였다.

'엄마랑 이모가 그렇게 친구가 되지 않았다면…….'

수백 번은 더 들은 것 같은 모친의 과거가 슬며시 떠올랐다.

어린 시절부터 풍족하던 경자와 넉넉하지 못한 혜영은 중학생 시절부터 단짝 친구였다.

혜영이 불의의 사고로 세상에 혼자 남았을 때도 경자 덕에 외롭지 않게 유년 시절을 보냈고 경자 부친의 도움으로 혜영은 학창 시절을 편하게 지냈다.

혜영에게 있어 경자는 누구보다 소중하고 은인 같은 친구였다. 그 탓에 그녀들은 모든 걸 함께했었다. 결혼과 출산까지도.

결혼 후 잠시 멀리 떨어져 살았지만 그녀들의 우정에 남편들이 두 손을 들고 3년여 만에 한동네에 둥지를 틀고 지금까지 살게 되었다.

그것이 이체리 인생에서 지금까지 엄청난 태클을 안고 가게 된 23년 전의 일이었다.

체리는 돌이킬 수 없는 과거를 회상하며 한숨을 내쉬었다. 그녀의 26년 인생에 돌이킬 수 없는 과거는 한두 개가 아니었다.

그때 맞아 죽는 한이 있어도 고집을 피웠다면 그녀 인생은 지금과 판이하게 달라져 있을 것 같았다.

체리가 고교 졸업을 목전에 둘 당시였다. 체리는 그녀 인생의 영원한 태클인 은 씨 형제와 떨어져 지낼 묘안을 생각해냈다. 지방 대학에 입학해 자취를 하며 자유로운 삶을 사는 것. 그 꿈이 곧 눈앞에 펼쳐지는 것 같아 하늘을 나는 것 같았다.

고3이 이렇게 행복해도 되나 싶을 정도로 그녀는 하루하루가 행복의 연속이었다. 하지만 그 행복도 잠시였다.

막 집에 들어오는 체리를 보며 경자가 도끼눈으로 그녀를 맞았다.

"왜? 여태 공부하다 왔더니 피곤해 죽겠어."

"누가 마음대로 지방대 지원하라고 했어?"

경자의 말에 체리는 벗었던 신발을 슬그머니 다시 신었다. 경자가 현관 앞을 서성이며 손을 쥐락펴락하고 있었다.

"상현이는 그렇다고 쳐! 준현이 봐봐. 이번에도 전국에서 1등 했다고 하잖아. 그것도 모자라 한서대 특별 전형으로 이미 합격했다는데, 넌 아무런 느낌도 없니?"

체리는 또다시 시작된 준현과의 저울질에 고개를 저으며 안으로 들어갔다. 가방만 내려놨을 뿐인데 당장에라도 하늘에 오를 것 같다. 체리는 무거운 어깨를 주무르며 경자를 바라봤다.

"엄마, 걔는 천재잖아. 아이큐 157에 계속 책만 보는 앤데 걔를 어떻게 이겨? 도리어 아이큐 107인 내가 반에서 1등하면 칭찬해야 되는 거 아냐? 잘난 준현이랑 비교 그만하고 현실에 만족합시다, 고경자 여사님!"

"이게 말이라고! 전교에서 1등까지 하던 애가 갑자기 50등 밖으로 밀려났는데 어떻게 가만히 있어? 요즘 잔소리 안 하니까 그러지? 어떻게 고3이라는 애가 밤새 만화책에 빠져 살 수가 있어? 수험생에 시험 기간이라고 봐줬더니 아직도 정신을 못 차렸어! 아무리 봐도 저 만화책이 문제야. 내가 오늘 만화책을 다 불 질러버려야 네가 정신을 차려!"

체리는 그녀의 방으로 들어가려는 경자를 급하게 막아섰다.

"안 돼! 다른 건 몰라도 만화책은 절대 안 돼!"

경자는 체리의 등짝을 후려쳤다.

"그럼 그 좋은 머리로 왜 지방대 갈 생각을 해!"

"엄마! 서울에 있는 사립대 등록금이 얼만지 알기나 해?"

"누가 너한테 등록금 걱정하라고 했어? 어디다 핑계를 대고!"

체리는 다시 등으로 날아든 경자의 손길에 황급히 몸을 피했다.

"내 유일한 취미잖아! 그것까지 못하게 하면 어쩌라는 건데? 내가 상현이처럼 사고를 쳤어, 준현이처럼 아프기를 했어? 지방대가면 장학금 받고 다닐 수 있다고!"

경제적인 것도 이유가 됐지만 덤으로 따라오는 자유가 더 갈급한 상태였다. 체리는 뒷말을 삼키며 경자를 바라봤다. 며칠 새 얼굴이 부쩍 상해 있었다.

아버지인 정길은 얼마 전 또다시 사업을 접었다. 이번에는 먼 사촌의 지인 꾐에 넘어가 사채까지 썼다고 했다. 중학교 때도 집을 담보로 대출 사기를 당했고 그 뒤로도 두어 번 사업에 실패했다. 인정이 알아채고 도와줬지만 뒷감당은 모두 경자의 몫이었다.

외가에 남은 재산이 아직 있다는 게 신기할 정도지만 어쨌든 이번에도 어찌어찌 해결한 것 같았다. 혜영이 또다시 경제적으로 도움을 준 것 같았다. 경자가 소리 죽여 혜영에게 토로하는 걸 들어 알고 있었다.

인정의 소개로 정길이 지금은 중소기업에 취업한 상태지만 언제 또 사고를 칠지 몰랐다.

그래도 이번에는 충격이 컸던 것 같았다. 정길은 안 하던 가출까지 했다.

상현이 친구들을 죄다 동원해 정길이 딴마음을 먹지 않게 찾아준 건 고마워해야 하는 일이지만 애증으로 점철된 그들 관계에서는 금세 퇴색되었다.

상현의 모진(?) 구박에 좋았던 감정들은 늘 눈 녹듯 사라졌다.

몇 분 전까지 자유를 꿈꾸며 행복해하던 체리는 경자의 매서운 눈길에 깃든 어두운 기운을 감지했다.

현실은 늘 낙관적이지 않았다. 어쩌면 그 탓에 상상으로 버무려진 만화책에 더 빠졌는지도 몰랐다.

체리의 말에 경자의 눈이 더 길게 찢어졌다.

"입만 살아가지고! 취미도 웬만해야 말을 안 할 거 아냐?"

"내 취미가 얼마나 건전한데 그래?"

"이상한 만화책만 들여다보고 헛소리하는 딸을 누가 두고 보니? 사람들이 너보고 수군거리는 것도 몰라서 그래? 제발 동네 돌아다니며 이상한 소리 좀 하지 말라고 몇 번을 말해?"

경자의 말에 체리는 입을 삐죽였다.

"자기들한테 피해준 것도 없는데 왜들 난리래."

"집값 떨어지게 이 동네로 네가 외계인 데려올까 무섭단다."

경자의 외침에 체리는 푹 하고 웃음을 터트렸다.

"아줌마들도 참. 엄마는 신경 쓰지 마."

별거 아니란 듯이 어깨를 으쓱이는 체리의 태도에 경자는 한숨을 내쉬었다.

"신경 쓰지 마? 그래서 이번 시험을 신경 안 써서 그렇게 잘 보셨어요? 이체리 님!"

존칭까지 써가며 스매싱을 하는데 당할 재간이 없었다. 온몸으로 퍼지는 통증에 체리는 버럭 소리를 질렀다.

"그래서 어떻게 하라고?"

"아무 생각 말고 한서대 가!"

경자의 말에 체리는 그녀를 돌아봤다.

"엄마! 지금 그게 말이 된다고 생각해?"

"왜 말이 안 되는데? 선생님하고 얘기 다 끝났으니까 그런 줄 알아. 잔소리했다간 저 만화책들 두 번 다시 못 볼 줄 알아!"

눈을 희번덕거리며 만화책을 째려보는 경자의 눈길은 그 어느 때보다 강력한 의지로 불타고 있었다.

결국 체리는 경자의 강압과 협박, 그리고 애정이 듬뿍 담긴 스킨십에 힘입어 한서대에 지원, 합격했다.

그렇게 그녀의 꿈은 산산이 부서졌다.

고등학교를 중퇴한 상현은 준현이 유학으로 자리를 비운 사이, 괴롭힐 사람은 오직 그녀뿐이라며 찰거머리처럼 따라다녔다.

상현은 그녀에게 추적 장치라도 달아놓은 듯 여지없이 가는 곳마다 나타나 훼방을 놨다.

대학 시절에도 체리는 상현의 그늘 아래서 벗어나지 못했다. 졸업 후, 아무도 모르게 취직을 해 회사에 다니는 체리 앞에 상현이 출몰하며 괴롭히는 건 두말할 나위가 없었다.

체리는 취업하고 한 달간 그 사실을 비밀로 했다. 가까운 사람들에게도 알려주지 않은 곳을 어떻게 상현이 찾아냈는지 알다가도 모르겠다. 더욱이 첫 월급날 떡하니 나타나 바가지를 씌운 일은 지금도 이가 갈렸다.

상현은 요즘도 월급날 나타나 지갑을 압수해갔다. 그 때문에 체리는 최대한 지갑에 현금과 카드를 안 넣고 다녔다. 그러다 보니 인간관계가 형편없었다. 오로지 회사와 집을 오가는 게 생활의 전부였다.

며칠 전에는 그녀에게 남아 있던 카드마저 잔인하게 뺏어갔다. 물론 그녀도 약간의 조치를 하긴 했다.

그런데 엎친 데 덮친 격으로 상현의 멀쩡한 외모를 보고 반한 직장 동료 서유가 그녀의 일거수일투족까지 상현에게 알려주고 있었다.

서유는 뭔가 크게 오해한 것처럼 상현을 그녀의 남자 친구, 아니 애인으로 착각하고 있었다.

아무리 말을 해도 서유는 그녀 말은 믿지 않았다. 도리어 마음씨 좋고 잘생긴, 허우대만 멀쩡한 외모에 완벽하게 현혹되어 체리의 마음을 잡기 위해 고군분투하는 상현을 애처롭게 생각해 이제는 그녀의 스케줄을 알아서 보고해주는 실정이었다. 체리는 늘 서유 앞에서 조심스러웠다.

체리는 그 어느 때보다 신속하게 업무를 처리하고 퇴근을 준비하고 있었다. 그녀는 아주 오랜만에 꽃단장 중이었다. 체리는 수십 번 거울을 확인했다.

시간은 충분했었다. 오늘따라 시간이 더디 가는 것 같았다.

체리는 화장실 전면 거울에 다시 몸 이곳저곳을 비춰보며 상태를 확인했다. 그때 배에서 요란하게 천둥소리가 들려왔다.

"아, 배고파."

종일 타이트한 옷에 신경 쓰느라 점심도 제대로 먹지 못한 상태였다. 가방에 넣어 둔 언젠가 상현이 준 캔디가 생각나 체리는 얼른 찾아 입에 넣었다.

달콤함이 온몸으로 퍼지는 것 같았다. 천천히 립글로스를 바르며 환하게 웃어 보였다. 시간을 확인하며 체리는 크게 심호흡을 했다.

"오케이. 준비 완료!"

체리가 막 근처 카페로 들어갈 때였다. 누군가 앞을 가로막고 있었다. 고개를 들어 상대를 확인한 체리는 무작정 뛰기 시작했었다.

"이체리, Stop!"

뒤에서 따라오는 상현의 모습에 체리는 고개를 저었다.

"거짓말하면 진짜 가만 안 둔다고 했는데…… 히잉!"

체리가 사는 골목으로 상현이 이사 온 지 어언 23년. 그 이후 하루가 멀다 하고 태클을 거는 상현 때문에 그날도 체리의 혈압은 하늘 높은 줄 모르고 상승하고 있었다.

체리는 구시렁거리며 뛰어가면서도 안타까운 마음이 들었다. 오랜만의 음주가무도 아쉬웠다. 하지만 그것보다 아쉬운 건 그날의 소개팅이었다. 그야말로 백만 년 만에 들어온 소개팅이었다. 그 것도 아주 확실한!

"체리 씨, 부탁해. 선배 이상형이 딱 체리 씨래. 한 번만! 딱 한 번만 만나 봐. 그래도 아니면 내가 다시는 얘기 안 할게. 응? 부탁해."

같은 사무실에 근무하는 아름이 며칠째 팔에 매달려 애교를 부렸다. 체리는 아름의 말에 은근슬쩍 고개를 돌렸다.

적당히 튕겨주는 센스는 이 정도면 충분했다.

"뭐, 아름 씨가 이렇게까지 부탁하는데…… 한 번은 만나볼게. 그때 아름 씨랑 한잔할 때 인사했던 선배 맞지?"

알코올로 흐릿한 기억에도 아름의 선배는 꽤 키가 큰 미남이었다.

"응! 체리 씨, 신혁 선배가 첫눈에 반했대. 체리 씨 보는 순간 눈앞이 하얗게 변했다고 소개시켜달라고 난리야."

아름은 호들갑을 떨며 체리의 얼굴을 바라봤다.

"체리 씨는 어쩜 피부가 이렇게 잡티 없이 하얄 수가 있어? 다시 봐도 너무 부러워. 신혁 선배, 정말 좋은 사람이야. 생긴 것만 괜찮은 게 아니라 집안도 좋고 성격도 최고라니까."

이미 수십 번 들어 귀에 못이 박힐 지경인 신혁의 칭찬에 입꼬리가 자꾸 올라갔다.

"그런데 왜 여태 여자 친구가 없어? 서른 살에 그 정도 능력이면 다른 여자들이 가만 안 뒀을 거 아냐?"

"신혁 선배 얼마 전에 귀국했거든. 거기다 선배가 은근히 순정파라 자기가 좋아하는 여자 아니면 거들떠도 안 보는 스타일이야. 나야 우리 지성 씨 있어서 안 되지만 애인만 없다면 당장 선배한테 대시했을 거야. 신혁 선배, 진짜 괜찮은 사람이야. 내가 체리 씨니까 소개시켜주는 거야."

아름의 쉴 새 없이 이어지는 칭찬에 체리는 배시시 웃었다. 드디어 그녀의 인생에도 봄날이 오려는 모양이었다. 체리는 기쁜 마음을 감추지도 않았다.

이게 얼마만의 소개팅이던가?

시린 겨울 시베리아 벌판 같은 옆구리를 채울 금쪽같은 기회였다. 체리는 절대 놓치지 않을 생각이었다.

"알았어."

"그럼, 쇠뿔도 단김에 빼랬다고 이번 주 금요일 어때? 그때 갔던 '열애'로 약속 잡을게."

"아름 씨가 알아서 해."

쏜살같이 달려가는 아름에게 등을 돌린 체리의 입가에 커다란 미소가 걸렸다.

'찰거머리 개차반 때문에 못한 연애를 드디어 하게 되는구나! 하느님, 부처님, 알라신이여! 아! 깐따삐아 친구들도 땡큐! 땡큐!'

체리의 가슴속에서 감사의 기도가 울려 퍼졌다. 이제 죽어도 여한이 없을 것 같았다.

체리 옆에 남자는커녕 남자 그림자도 드리워질 수가 없었던 이유가 있다.

학창 시절, 의도치 않게 훤칠한 미남 둘을 달고 다니던 체리는 친구들과 주위 모든 학생 사이에서 부러움의 대상이자 때론 공포의 대상이기도 했었다.

부러움의 대상으로 치자면 공부면 공부, 운동이면 운동, 생긴 것도 나무랄 데 없는 준현 때문이었다. 반대로 체리가 공포의 대상이 됐던 건 그 일대 사람이라면 누구나 아는 상현 때문이었다.

언젠가 체리에게 장난쳤던 남학생이 상현과 다투고 병원 신세를 지게 된 뒤로 체리 근처에는 그 어떤 남자도 다가오지 않았다.

간혹 체리가 마음에 들어 다가오려다 그녀 옆에 붙어 있는 미남 둘을 남자 친구로 오해해 포기하는 경우도 많았다.

실상을 따지고 보면 상현이 유난히 체리를 아낀(?) 탓이 크긴 했다. 상현은 자신이 아닌 다른 사람이 체리를 괴롭히는 꼴은 절대로 못 봤다. 못돼 먹은 심보로 상현은 공공연하게 말하고 다녔다.

'이체리를 괴롭힐 수 있는 건 오직 은상현뿐이다.'

더욱이 성인이 된 상현은 그 일대 유명한 조직, '청개구리'에 들어갔었다. 조직이라 불리는 청개구리는 불량 청소년들을 선도하는 작은 사회적 기업이었다.

청개구리의 대표 형우는 한때 조직 세계에 있었던 사람으로, 그의 주위에는 어둠과 빛의 경계에 있는 사람들이 가득했다. 그런 이유로 청개구리를 오해하는 이가 많았다.

상현은 청개구리에 들어간 뒤 형우 밑에서 한때 자신과 같았던 아이들을 선도하며 차츰 자리를 잡아갔다.

하지만 상현은 한때 '개차반'으로 더 많이 불렸다. 눈에 보이는 것만으로 판단한 사람들의 잘못도 있지만 상현은 자신이 하는 일에 어설픈 변명이나 이유를 대지 않았다.

물론 지금은 대부분의 사람들이 오해를 풀고 상현을 좋게 생각하고 있지만 체리를 못살게 구는 것만은 여전히 그만두지 못한 것 같았다.

그때에 비하면 지금은 천지가 개벽할 만큼 유해지긴 했다. 그녀도 알고 있었다.

어렴풋한 기억 속, 지금은 진저리칠 만큼 끔찍한 기억이지만 어린 시절 상현과 같이 있겠다고 울었던 수많은 날은 지금도 자다가 이불 속에서 발광을 할 정도로 잊고 싶은 과거였다.

더불어 무슨 일이 생길 때마다 상현이 곁에 있던 탓에 습관이 되어버린 그의 이름을 외치는 버릇과 그를 질색하게 된 키스 사건은 하루빨리 외계인이 침공해 기억을 모조리 지워줬으면 좋겠다고 지금까지 두 손 모아 빌고 있는 일이었다.

다른 건 몰라도 키스 사건을 되돌릴 수 있다면, 가장 아끼는 만화 전집을 내놓을 수도 있었다.

7살 꼬마가 무슨 이성적 판단을 하겠냐마는, 그때는 외모와 물질이 전부였던 시절이었다. 지금도 그날의 기억만은 또렷했다.

새해가 밝아오는 1월 1일이 생일인 체리와 다음 날 태어난 상현, 그리고 상현과 11개월 차이가 나는 준현은 12월 30일에 태어나 거의 모든 걸 함께했었다.

특히 체리가 그렇게나 싫어하는 상현과는 하루라는 차이가 있음에도 불구하고 모친들의 돈독한 우정 덕에 23년 내내 같은 날, 그것도 한집에서 생일상을 받아야 했다.

그날도 그랬다. 19년 전, 1월 1일. 생일 파티 겸상에도 즐겁던 그때, 체리는 상현이 준 선물에 하늘을 날 것 같았다.

어떻게 알았는지 상현은 전부터 갖고 싶었던 만화 전집을 생일 선물이라며 그녀에게 건넸다. 그의 아버지 영규는 선물을 건네는 상현을 놀리며 몇 달간 체리 선물을 졸랐다고 얘기했었다.

그때 체리는 가끔 못살게 굴기는 해도 상현밖에 없다고 생각했다. 내일은 상현의 생일이니 깜짝 놀랄 선물을 주면 될 것 같았다.

그런데 아무리 생각해도 상현이 놀랄 만한 선물이 떠오르지 않았다. 그녀의 어머니 경자에게 몇 번을 물어도 아무런 대꾸가 없었다.

그 상황에서 체리가 할 수 있는 선물은 기껏해야 영규가 수없이 사다 준 사탕과 과자가 전부였다. 사탕과 과자라면 상현의 집에 더 많았다.

체리는 곰곰이 생각하다 상현의 곁으로 다가갔다.

상현은 가장 좋아하는 과일인 체리를 입에 한가득 물고 있었다. 체리는 그를 보며 배시시 웃었다.

지금, 세상에서 가장 좋은 사람이 누구냐고 묻는다면 당연히 상현이라고 대답할 것이다.

"상현아, 뭐 해?"

"체리 먹어. 너도 줄까? 아!"

입안으로 달콤한 과육이 퍼졌다. 가장 좋아하는 과일을 선뜻 건네는 상현은 그날따라 더 멋져 보였다.

자기 물건을 만지는 걸 좋아하지 않는 준현과 달리 상현은 그녀가 원하는 거라면 무엇이든 아무 말 없이 양보했다.

덩치는 작지만 다쳤을 때마다 업어주는 것도 늘 상현이었다. 꼬마 정장을 차려입은 상현은 그 어느 때보다 근사해 보였다.

"상현아, 생일 선물 줄까?"

과일을 먹던 상현은 환하게 웃으며 고개를 저었다.

"안 줘도 돼. 할머니가 레고 세트 사줘서 이제 필요한 거 없어. 아빠랑 엄마는 다음에 놀이공원 데려간다고 했는데 준현이도 갈 수 있으면 같이 간댔어. 완전 좋겠지? 같이 가자."

"응."

체리는 무슨 용기였는지 상현의 옆으로 가 그의 볼에 쪽 하고 입을 맞췄다.

몇 시간 전 선물이 없던 그녀를 놀리려 뽀뽀라도 해주라고 했던 어른들 말이 떠올랐을 뿐이었다. 놀란 상현이 그녀를 돌아보며 입술이 부딪친 건 분명 사고였다. 더불어 놀라 벌어진 그녀의 입속에 상현이 물고 있던 체리가 들어간 것도.

"허억."

"으허헉."

놀란 상현과 체리가 얼어붙어 있는 사이 나리가 소리쳤다.

"엄마! 상현 오빠랑 언니 입술이 붙어 있어. 이거 키스 맞지?"

나리의 말에 온 식구들이 사고가 불러온 그들의 첫 키스를 목격하게 됐고 상현은 한동안 이 말을 달고 살았다.

"이체리가 키스해서 병 옮았어."

그날 이후, 상현은 체리가 가장 좋아하는 사람에서 가장 싫어하는 사람으로 강등됐다.

불현듯 떠오른 기억에 체리는 고개를 저었다. 여전히 상현의 입술은 과육을 머금은 듯 붉고 탐스러워 보였다. 체리는 저도 모르게 마른 입술을 축였다.

체리는 상현의 손아귀에 잡혀 어느새 놀이터로 끌려와 있었다. 예전에 이곳은 그녀에게 즐겁고 행복한 추억의 공간이었다.

그런데 상현과 함께하며 점점 울분을 토해내는 해우소로 변해 버린 것 같았다. 체리는 씁쓸한 기분을 떨쳐내며 상현을 바라봤다.

대체 뭔 수로 알아냈는지 궁금했다.

오늘 소개팅은 서유에게도 비밀이었다. 역시 상현은 그녀의 몸 어딘가에 추적 장치를 달아놓은 게 틀림없었다. 조만간 병원에 가서 검사를 해봐야겠다는 생각이 들었다. 하지만 지금은 그걸 논할 시간이 없었다.

슬금슬금, 그녀가 있는 놀이터로 어두운 기운이 몰려오고 있었다.

어슴푸레한 가로등 불빛만 있는 텅 빈 놀이터.

던지듯 미는 상현을 대번에 노려보며 체리는 끓어오르는 화를 참지 못하고 성질을 부렸다.

"은상현! 네가 내 외롭고 차가운 심정을 알기나 해! 이 개나리 노란 꽃그늘 아래 파묻힐 나쁜 놈아! 이 시베리아 호랑이 얼어붙은 호랑 말코보다 더 차가운 놈! 그래, 평생 나 혼자 벌벌 떨고 살란다. 됐냐?"

어차피 상현의 태도로 보아 한동안 그녀를 못 살게 굴 게 분명했다. 이렇게 당하나 저렇게 당하나 매한가지였다.

체리는 마음에 담고 있던 말이나 시원하게 내뱉자고 간도 크게 배짱을 부렸다.

오늘은 자신이 생각해도 간이 배 밖으로 나온 것 같았다. 한 번 터진 말이 주워 담을 새도 없이 쏟아져 나왔다.

"은상현! 진짜 왜 그러는 건데? 왜 나만 보면 못 잡아먹어 안달인 거냐고. 그래! 엊그제 가져간 카드, 내가 도난 신고 미리 했다. 그래서 어쩔 건데? 그리고…… 어차피 아는 것 같아서 하는 말인데 소개팅하려고 했다. 솔직히 해도 해도 너무하잖아! 그럼 난 평생 혼자 살라는 거야?"

상현은 체리의 말이 달갑지 않다는 듯 그녀를 노려봤다.

"내가 그럴 줄 알았어. 어쩐지 순순히 내어줄 때 이상하다 생각했어. 내가 계산하면서 얼마나 망신당한 줄 알기나 해?"

체리는 으르렁거리며 걸음을 떼는 상현을 보며 슬슬 뒷걸음질했다. 체리는 자신의 행동에 흠칫 놀랐다. 이건 오랜 경험으로 몸이 먼저 아는 자동 반사였다.

'젠장.'

굳은 마음과 달리 이제 다리도 후들거렸다.

"저, 전에 한 번만 더 카드 가져가면 도난 신고한다고 했잖아……! 난 언행일치의 좋은 예를 보여줬을 뿐이야."

체리는 상현의 사나운 기세에 한풀 꺾인 목소리로 말을 얼버무렸다. 상현은 그때 분명히 잠시 빌린다고 말했지만 그녀는 귀담아듣지 않았었다. 상현은 체리의 변명에 혀를 찼다.

"어차피 아버지나 우리 한 여사한테 돈 받을 거잖아! 그냥 주는 것도 아니면서 왜 정지를 하고 그래! 너 때문에 경찰서 가서 조서까지 쓰고 왔어. 할망구, 진짜 화났단 말이야!"

얼마 전부터 상현이 카드로 긁어댄 술값은 영규가 알고 내주거나 인정이 경자에게 돈을 내주며 해결했다.

물론 그 예전 상현이 쓴 돈도 이자까지 두둑이 받긴 했었다. 하지만 그것도 한두 번이지 이제는 못할 노릇이었다.

체리는 큰 결단을 내리고 카드를 정지시켰다. 그런데 연쇄적으로 일어난 일들이 상현의 심기를 제대로 건드린 것 같았다. 우선은 살고 봐야 했다.

"그건 내가 말한 거 아니라고 했잖아. 엄마가 명세서 보고 거품 물고 닦달해서 어쩔 수 없이 말했는데 전부 아줌마한테 말할 지 어떻게 알았겠어?"

"그걸 몰랐다는 게 말이 된다고 생각해?"

사실 말이 안 되긴 했다. 하나부터 열까지 모든 정보를 공유하는 경자와 혜영을 그녀가 모를 리가 없었다. 체리는 쿡쿡 쑤셔대는 양심에 슬쩍 고개를 돌렸다.

"그래서 몇 년 전 것까지 싹 다 불었냐?"

양심이 사정없이 쑤셔오는 걸 보니 이번에는 좀 과하긴 했다. 하지만 상현의 노려보는 시선에 체리는 점점 화가 났다. 지금 화낼 사람은 그녀였다.

체리는 상현의 시선을 되받아치며 쏘아봤다. 날아간 소개팅의 아쉬움이 너무 컸다. 그럼에도 여기서 그 얘기를 꺼냈다간 배로 당할 게 분명했다.

자고로 사람은 착하게 살아야 된다고 하는데 그녀는 한 번의 실수로 평생 고생하고 있었다.

"그럼 적당히 썼어야지. 네가 잘못하고 왜 나한테 성질이야?"

체리 말에 상현은 도끼눈으로 그녀를 쏘아봤다.

"따지고 보면 이게 다 너 때문이잖아!"

"그게 왜 나 때문이야?"

상현의 마음을 모르는 체리가 툭하면 남자를 만나려 하는 통에 속에서 천불이 난 게 한두 번이 아니었다.

매번 겨우겨우 막았지만 그것도 이제 한계에 다다랐다.

그동안 그녀로 인한 속앓이로 상현이 없앤 알코올이 얼마인지 알면 대경실색할 것이다. 진즉 고백했다면 몰라도 이 상황에서 고백하는 멍청이는 없을 것이다. 상현은 꿈틀거리는 주먹을 말아 쥐었다.

"아, 몰라! 암튼 너 때문에 우리 한 여사 진짜 화났어. 지금 열 받아서 용돈도 줄였어. 식당 돈은 건들지도 못하게 하면서 하루에 만 원이 말이 된다고 생각해? 어휴, 짜증 나!"

체리는 입을 삐죽였다.

'지가 잘못한 건 하나도 없지.'

하지만 상현의 씩씩대는 모습에 체리는 슬슬 걱정이 일었다.

'어휴, 할머니도 단단히 화나셨네. 어쩐지 오늘 지랄이 심하다 했더니 이유가 있었네.'

이럴 때는 그녀의 필살기로 기분을 풀어주면 그만이었다. 나리가 혀를 내두르는 필살기지만 상현에게는 기가 막히게 먹혀들었다.

"사앙혀언아."

체리가 무슨 생각을 하는지 모르는 상현은 갑자기 옆까지 온 그녀를 쓰윽 쳐다봤다. 그러더니 멀쩡히 있던 그녀를 발로 뻥 걷어찼다. 상현의 성난 발길질에 그녀가 이리저리 몸을 흔들었다.

체리는 움찔하며 잽싸게 상현에게서 멀어졌다. 지금 상황은 필살기도 소용없을 것 같았다. 상현은 체리를 사납게 다시 쏘아봤다.

"지금이 장난할 때야? 아아악! 그 새끼만 안 들어와도 할망구 지랄은 덜 할 거 아냐! 평생 거기서 살지 왜 들어온다고 지랄이야, 지랄이."

"왜 또 그러는데?"

"아! 몰라!"

오늘도 집에 일찍 들어가기는 그른 것 같았다. 체리는 상현의 광란의 지랄병을 생각하며 여전히 구시렁거리는 상현을 바라봤다.

하는 행동이 영락없이 인정과 판박이다. 하지만 상현은 인정과는 근본적으로 달랐다.

상현의 조모인 인정은 외식 프랜차이즈 사업을 하고 있었다. 인정은 업계에 이름난 욕쟁이 사업가로, 세상에 있는 온갖 욕을 섭렵하며 아랫사람을 부렸다.

하지만 누구 하나 기분 상해하거나 언짢아한 적이 없었다. 도리어 인정이 보고도 아무 말도 하지 않으면 불안하거나 서운해할 정도였다.

그녀의 거친 말투와 핀잔에는 상대에 대한 애정 어린 조언이 늘 담겨 있었다.

북적대는 시장 통에서 유복자인 영규를 키우며 시작한 작은 국밥집을 지금의 사업체로 키우기 위해 인정은 일분일초도 허투루 쓴 적이 없었다.

그 탓에 자신에게 주어진 시간과 능력을 허비하는 사람은 가만두지 못했다. 인정이 뱉어내는 말들에는 그녀가 지난 세월 버텨낸 인고의 시간이 농축되어 있었다.

그에 반해 상현의 입에서 나오는 언어는 말 그대로 폭력이고 투정에 불과했다.

인정의 인생에서 가장 안타까운 것이 상현이었다. 상황이 여의치 않아 어린 상현을 회사건 밖이건 항상 데리고 다녔다. 그렇게 키운 상현의 입에서도 세상에 있는 온갖 미사여구가 끊임없이 쏟아져 나왔다.

상현의 집은 준현이 태어나면서 모든 생활의 중심이 준현이 되었다. 준현은 원인 불명으로 심장에 구멍이 생긴 채 세상에 태어났다. 준현은 채 눈을 뜨지도 못하는 갓난아이 때부터 여러 차례 수술을 받으며 5살 때까지 바깥으로 나오지도 못했다.

혜영은 작은 감기에도 호되게 앓는 준현을 늘 돌봐야 했다. 그랬기에 품 안에 키우지 못한 상현에 대한 미안함으로 모진 소리를 하지 못했다.

혜영은 상현이 이토록 어긋나기만 하는 건 항상 자신 탓이라고 생각했었다. 웬만한 일로 울지도 않는 상현이었기에 주의를 크게 기울이지 않은 탓도 있었다.

어찌 됐든 이런저런 이유로 상현에게는 여러 가지 지랄병이 있었다. 체리가 보기에 그건 분명 병이었다. 그중 가장 하나가 바로 돈지랄이었다.

인정의 두둑한 배경으로 상현의 주머니는 마를 날이 없었다. 최근 인정의 일을 돕는다 해도 그 버릇이 어디로 사라지진 않을 것이다.

아무 데나 돈을 함부로 쓰는 돈지랄은 상현의 지랄병 중에 최고였다. 그런데 그 돈지랄을 인정이 못 하게 했으니 성질이 날만도 했다.

더욱이 체리에게서 뺏어간 카드는 도난 신고까지 되어 있지 않았는가?

오랜만에 경찰서도 다녀왔으니 이러는 건 당연한 건지도 모르겠다.

체리는 눈앞에서 계속되는 상현의 지랄병들을 보며 한숨을 내쉬었다. 끝이 보이지 않았다.

놀이터 구석 벤치로 걸어간 그녀는 지랄 발광 네굽질하는 상현을 한심한 듯 지켜보고 있었다.

제2장. 감정을 자각할 결정적 순간

아무리 봐도 악연이다.

체리는 부스스 자리에서 일어섰다. 그새 스커트에 뭐가 잔뜩 묻었다.

벤치에 앉기 귀찮아 놀이터 구석 보도블록에 앉은 게 화근이었다. 체리는 신경질적으로 엉덩이에 묻은 먼지를 털어냈다.

어둠 속으로 하얀 먼지가 바람에 날렸다. 폴폴 날리는 먼지처럼 상현도 그녀 인생에서 떨어졌으면 좋겠다는 생각이 들었다.

체리는 여전히 불만 가득한 표정으로 서 있는 상현을 바라봤다.

"할머니한테 얘기 잘 해줄 테니까 그만하고 집에 가자. 너, 소리 지르는 것만 봐도 이제 머리 아파 죽겠다."

체리는 몸을 틀며 손을 흔들었다. 방향은 같을지언정 상현과 동행하고 싶지는 않았다.

상현은 쌩하니 그를 가로질러 가는 체리를 노려보며 낮은 소리로 읊조렸다.

"이체리. 내가 하는 말 들었어, 안 들었어?"

저건 또 뭔 시비인지 모르겠다. 체리는 어깨를 축 늘어트리고 그를 돌아봤다.

"대체 뭐? 뭔 말 했는데? 내가 꼭 들어야 하는 말이야? 그럼 말을 하던가!"

하지만 웬일인지 상현은 씩씩대기만 했다.

오랫동안 그와 함께한 분노조절장애가 점점 나아지는 것 같았다.

최근에는 사고도 없었다. 곰곰이 생각해보니 몇 년은 된 것 같았다. 일적으로 큰 소리가 났다는 얘기도 듣지 못했다. 웬만큼 해서 인정의 성에 안 찰 텐데 일은 꽤 하는 모양이었다. 이런저런 생각에 빠져 있는데 상현의 목소리가 들려왔다.

"이걸 콱! 또 딴생각했지? 네가 이렇게 내 말을 귓등으로도 안 들으니까 내가 지랄하는 거 아냐?"

'언제는 지가 지랄 안 한 것처럼 얘기하네. 쳇!'

상현의 말에 체리는 입을 삐죽였다.

"전화를 자꾸 씹으니까 그러는 거 아냐? 바빠 죽겠는데 내가 매번 너희 사무실로 전화해야 돼?"

체리는 그럴 줄 알았다는 듯이 고개를 저었다.

'내가 그럴 줄 알았어. 어휴! 오늘은 뭔 트집을 잡으려고…… 내가 시집을 가도 이렇게 시집살이는 안 하겠다. 뭔 놈이 이렇게 잔소리까지 많아?'

체리가 고개를 세차게 흔들고 있는데 상현의 고함이 들려왔다.

"야! 너, 내 얘기 안 듣고 또 딴생각했지?"

체리는 멍한 얼굴로 상현을 바라봤다. 뭔 말을 하긴 했나?

"말해야 들을 거 아냐! 매번 성질만 내면서 왜 난리야? 할 말 있으면 빨리 말해!"

상현은 체리를 한참 쏘아보다 한숨을 내쉬었다. 한두 번도 아니고 진짜 지친다. 체리는 매번 그의 말에는 귀 기울일 생각조차 하지 않았다.

하긴 다른 사람이라고 해도 별반 차이는 없을 것 같았다. 대체 그 정신으로 회사에서 잘리지 않은 게 용했다.

나오는 건 한숨이요, 느는 건 주량밖에 없는 현실이라니!

이래서야 매번 그의 속만 타들어갔다. 이제는 까맣다 못해 숯이 될 지경이었다.

"준현이 들어왔대!"

"뭐?"

"준현이 들어왔다고! 왜 똑같은 말 여러 번 하게 만들어!"

떠날 때도 놀라게 하더니 들어올 때도 사람을 놀라게 하는 준현이었다.

"정말? 얼마 전에 연락 왔을 때도 아무 말 없었는데……. 뭐 잘못 들은 거 아냐?"

"내가 너처럼 귓구멍 막고 사는 줄 알아! 지금 너희 집에서 준현이 온다고 음식하고 난리야. 에휴! 그냥 식당에서 먹으면 되지 음식은 뭣 때문에 하고 사람을 오라 가라……."

상현은 그녀를 쏘아봤다.

"네가 제일 좋아하는 갈비찜 한다고 저녁 먹게 빨리 오라고 전화했더니 안 받는다고 해서 데리러 간 거잖아! 그랬더니 소개팅이나 한다고 하고 있고……."

상현은 고백을 준비하면서 이곳저곳 체리의 행방을 수소문하다 준현의 입국 소식도 듣게 됐다.

체리는 상현의 얼굴이 여느 때보다 어둡게 변하는 걸 보며 작게 한숨을 내쉬었다. 어째 악재가 그녀를 따라다니는 건지 소개팅만 하면 무슨 일이 생겼다.

"요즘 맘 잡고 일도 열심히 하는데 왜 나한테만 난리냐고! 그러게 휴대전화는 왜 꺼놔서 일을 만들어?"

상현과 체리, 준현. 셋이 같이 있을 때 유난히 잔소리가 심했던 상현이 떠올랐다. 체리는 한숨을 내쉬며 다시 병이 도진 상현을 멍한 눈으로 바라보았다.

가끔 연락하긴 했었다. 그것도 준현이 새로운 프로젝트에 참여하게 됐다며 바빠졌다는 연락을 끝으로 뜸해지긴 했지만.

원체 말수가 적은 편이라 그러려니 생각했다. 하지만 입국까지 이렇게 갑작스럽게 할 줄은 몰랐다.

알아서 잘하지만 매번 이러니 더 얄미웠다. 그녀 딴에는 타지에서 홀로 외로울지도 모른다는 생각에 주기적으로 가족들 사진과 일상적인 얘기를 전해주었다.

곧장 답변이 온 건 아니지만 짧게라도 꼭 답변이 있기에 최소한 입국 때는 연락할 거라 생각했는데 그것 또한 오산이었다.

'무심한 자식!'

거기다 한술 더 떠 최근 연락할 때마다 상현과 잘 지내냐며 속을 뒤집었다.

그녀가 한바탕 미사여구를 남발하며 상현을 욕하면 어울리지 않게 상현을 잘 봐달라는 말로 그녀를 구슬리기까지 했었다.

가재는 게 편이라고 형을 욕하는 게 싫었던 건지 애정 어린 시선으로 봐달라는 말에 연락을 끊어야겠다고 생각한 참이었다.

체리는 현관문을 열며 한바탕 쏟아 부어줄 생각으로 고개를 들었다.

그곳에는 낯선 이가 서 있었다.

외모는 분명 늘 붙어 있는 상현과 판박이라 낯설지가 않았다. 그런데 몇 년 새 준현은 전혀 다른 사람으로 변한 것 같았다.

가족들 틈에서 웃는 얼굴은 기억 속의 준현이 아니었다. 키가 큰 집안 내력 때문인지 마지막으로 봤을 때보다 더 큰 것 같았다.

묘한 분위기까지 더해 돌아온 준현을 보자 갑자기 등골이 싸해졌다. 어릴 적 뭔가를 꾸미고 있던 그때가 갑자기 떠오르는 건 괜한 우려인지도 모르겠다.

"야! 은준현!"

서운함 때문인지 저도 모르게 이름이 튀어나왔다. 체리 목소리에 순간 집 안에 정적이 찾아들었다.

준현은 피식 웃으며 그녀에게 다가왔다. 그리곤 그녀를 꼭 끌어안았다. 놀란 체리가 반항할 새도 없었다.

"이체리! 보고 싶었다."

"어, 어, 어……. 나, 나도. 나도 보고 싶었다, 친구야. 하. 하. 하."

준현은 어색하게 웃는 체리를 품에서 살짝 놓고 환하게 웃었다. 분명 같은 얼굴인데 분위기는 전혀 달랐다. 준현은 외모뿐 아니라 성격도 완전히 바뀐 것 같았다.

준현은 얼떨떨한 얼굴로 서 있는 체리를 보며 작게 웃었다. 여전한 것 같았다. 조금은 바뀌었을 거라는 그의 예상은 보기 좋게 빗나가 있었다.

변함없이 해맑기만 한 체리 모습에 한숨이 절로 나왔다. 인정에게 상현도 마찬가지라는 얘기는 전해 들은 상태지만 실제로 보니 한숨이 더 나왔다.

두 사람에게는 감정을 자각할 결정적 순간이 필요해 보였다. 계획 변경부터 해야 할 것 같았다.

"넌 진짜 그대로다."

준현의 말 속에는 여러 뜻이 내포되어 있었지만 체리는 언제나처럼 맑게 웃었다.

"나야 변할 게 있어야지."

2층에서 내려오던 영규는 흐뭇한 얼굴로 그들을 바라봤다.

"은준현! 그렇게 식구들이 보고 싶었으면 진즉 들어왔어야지!"

영규 말에 준현은 멋쩍게 웃어 보였다. 새삼 영규의 말에 가족이 그리웠다는 생각이 들었다.

"그러게요. 진즉 그럴 걸 그랬어요."

준현은 능청스럽게 말하며 영규와 함께 거실로 걸어갔다.

체리는 멍한 얼굴로 현관에 서서 자신이 좀 전에 겪었던 일을 되새겼다.

상현과는 본의 아니게 격한 스킨십을 수없이 했지만 준현과는 이렇게 가까이 있는 것도 처음이었다. 기분이 묘하면서도 찜찜했다. 준현은 여전히 옆에 있기만 해도 불편했다.

상현과 외모는 같지만 성격이 달라도 너무 달라 낯설 뿐 아니라 그녀와는 체질적으로 맞지 않는 느낌이었다.

준현과 있는 것보다는 차라리 상현과 있는 게 백배는 편했다. 하지만 요즘은 상현도 점점 불편해지고 있었다.

체리는 인상을 찌푸리며 천천히 안으로 발을 옮겼다.

준현은 가족들과 넓은 거실에 준비해놓은 큰상에 둘러앉았다. 영규는 기분이 좋은지 연신 큰 소리로 웃었다.

"몇 년 만에 가족이 다 모였는지 모르겠습니다. 방학 때도 독하게 공부만 하고 안 들어오더니……. 이제 준현이도 들어왔고 좀 더 자주 모여야겠습니다."

혜영은 신나서 웃는 영규 옆에 앉으며 그를 타박했다.

"연구 때문에 매일 밤새는 사람이 자주 모이자는 말을 왜 해요? 전화로 닦달하지 않았으면 오지도 않았을 거면서……."

영규는 눈을 흘기는 혜영을 보며 멋쩍게 웃었다. 안 그래도 연구 때문에 눈코 뜰 새 없이 바빠 혜영을 보는 것도 오랜만이었다.

준현이 온 건 반갑지만 언제든 봐도 상관없을 것 같았는데 혜영은 그렇게 생각하지 않았다.

영규는 슬쩍 혜영의 옆구리 꾹 찔렀다. 웃는 얼굴에 침 못 뱉는다고 혜영은 이내 고개를 저으며 음식을 바지런히 상으로 올렸다.

"그나저나 상현인 어머님 모시고 온다더니 왜 안 온데요?"

혜영의 말이 끝나기 무섭게 인정이 요란한 소리를 내며 집 안에 발을 들였다.

"이런 썩을! 준현이 놈 어디 있는 게야? 어디 상판 좀 보자! 한국 온다 했으면 할미한테 먼저 찾아왔어야지. 제주도 현장만 안 갔어도 네놈 다리 진즉에 부러졌을 게야. 개나리 꽃그늘 아래 묻혀 썩을 놈 같으니라고."

준현은 인정에게 다가가 그녀를 꼭 끌어안았다. 코끝으로 스며드는 그리운 향기에 가슴이 따뜻해졌다.

"할머니, 잘 계셨죠?"

"못 본 새 꼴이 좀 나아지긴 했구먼. 떨어져, 이놈아!"

인정은 뒤통수 후려치기로 멀리 떨어져 있던 손자에 대한 애정을 유감없이 표현했다.

"할머니, 진짜 보고 싶었어요."

"답답해, 이놈아!"

인정은 피식 웃으며 팔을 푸는 대신 번쩍 안아드는 준현의 뒤통수를 한 대 더 후려쳤다.

뒤통수에 전해지는 싸한 기운에 기분이 좋아졌다. 준현은 이 마저도 오랫동안 그리웠다는 걸 다시 한 번 깨달았다.

"우리 할머니 늙으셨네. 전만큼 매섭지가 않아. 할머니 식사 잘 하셔야겠네. 아주 새털 같아."

인정은 구시렁거리며 준현의 등을 연신 내려쳤다.

"이놈이! 오랜만이라 봐줬더니 말하는 본새하고는! 내려놔, 이 놈아!"

인정은 다시 있는 힘껏 준현의 뒤통수를 쳤다. 꽤 큰 소리가 들리고 준현이 소리 내어 웃으며 인정을 더 세게 끌어안았다.

"역시 이 맛이야!"

"썩을 놈이 노인네 희롱하고 자빠졌네. 썩 놓지 못해! 이 시베리아 호랑 말코 같은 놈!"

"우리 할머니는 여전하시네. 할머니 욕도 오랜만에 들으니까 좋다. 그런데……. 어째 안 본 새 회춘하셨나? 미모는 더 출중해지셨어. 혹시 밖에서 젊은 총각 만나고 계신 거 아니죠?"

준현의 농담에 인정은 다시 손을 들어 올렸다.

"이 호랑 말코 같은 놈! 누가 그딴 농지거리하라고 가르쳤어?"

"진짜 10년은 더 젊어지셨어. 우리 할머니."

말은 그래도 준현의 농이 싫지만은 않은 것 같았다. 인정은 헛기침을 하며 준현의 등을 살며시 토닥였다.

"우라질 놈, 주둥이만 살아왔네. 얼굴 보니 무탈하게 잘 다녀왔구나."

등을 도닥이는 인정의 투박하지만 애정 넘치는 손길에 준현은 가슴이 뜨거워졌다.

"진짜 보고 싶었어요. 할머니."

준현의 말에 인정은 말없이 고개를 끄덕였다.

"다들 밥상 차려놓고 제사 지낼 게야? 농지거리 그만하고 얼른 앉자."

어느새 상석에 앉아 수저를 드는 인정을 보며 식구들은 말없이 웃었다.

준현의 갑작스러운 행동에 당황한 체리는 그와 최대한 멀찍이 떨어진 곳에 앉았다.

나중에 한 소리 하면 그만이다. 지금은 식탁에 차려진 진수성찬을 맛보는 게 우선이었다.

체리가 흐뭇한 얼굴로 수저를 들려 할 때였다. 실내 현관문이 큰 소리로 열리며 상현이 안으로 들어왔다.

"할머니! 이걸 다 들라면 어떻게 해. 체인점 하는 거야 그렇다 치지만 준현이 새끼 먹일 거면 식당으로 오라고 하면 되잖아. 뭐 하러 집까지 가져오라고 난리야!"

집 안을 울리는 상현의 짜증 섞인 말에 영규는 들고 있던 수저를 소리 나게 내려놨다.

그리고는 전광석화처럼 현관으로 달려가 언제나 놓여 있는 목검을 들어 상현의 등을 후려갈기기 시작했다.

"말하는 본새하고는! 오냐오냐해줬더니 버르장머리가 없어. 요즘 내가 연구 때문에 바쁘다 했더니 아주 살판이 났지? 오랜만에 몸 한 번 풀어보자. 이놈의 자식아!"

영규의 거침없는 손길에 상현은 소리를 내질렀다.

"아아악! 게 박사님! 오랜만에 부자 상봉을 꼭 이딴 식으로 해야겠습니까?"

"뭐? 개 박사? 이놈의 자식을! 그래, 난 이딴 식으로 부자 상봉을 해야겠다. 어딜 튀어? 이리 와!"

영규는 오랜 무림의 고수처럼 목검을 마구 휘둘렀다.

"아아악! 이러다 사람 되기 전에 먼저 골로 가겠네. 게놈 프로젝트는 대체 언제 성공한다는 겁니까?"

"이 자식이 입만 살아가지고! 너, 이리 와!"

이골이 났는지 현관에서 그 난리가 나는데도 식구들은 아무렇지도 않게 식사를 계속하고 있었다.

한참의 도망과 매타작이 이어지고 인정이 큰 목소리로 영규를 불렀다.

"게 박사야, 먼지 난다! 고만 두들겨라. 조만간 좋은 걸로 다스릴게다. 오랜만에 작은 놈 봤으니, 술이나 한잔 해야겠다."

인정의 말에 영규는 들고 있던 목검을 현관 앞에 탁 하니 던져놓고 손을 털며 자리에 앉았다.

"오늘은 적당히 드셔요. 어머니."

영규는 좀 전에 악다구니를 썼던 것과는 정반대로 아주 나긋한 목소리로 고개까지 주억거렸다.

"이런 개나리 꽃그늘 아래 파묻혀 썩을 놈을 봤나? 왜? 송장 치울까 걱정이냐? 우라질 놈. 밖에 나가면 네놈보다 내가 더 젊어 뵌다 할 게다. 몇 주 못 본 새 꼬락서니가 그게 뭐야?"

"어머니. 제가 어때서 그러세요?"

"네놈 연구소에는 거울도 없는 게야? 요즘도 연구소에 처박혀 안 나오고 있지? 프로젝트는 계속할 생각인 게야? 대체 몇 년을 연구소서 썩히고 있는 건지……."

인정은 한바탕 한숨을 쏟아내며 시원하게 잔을 비웠다.

"네놈 때문에 늙는다, 늙어. 연구비는 그대로 지원해줄 테니 정 안 되면 회사로 들어와! 제 밥 못 찾아 먹는 놈들 가르치는 것도 이제 이골이 나 못해 먹겠다. 캬!"

인정은 도수가 높은 술인데도 연거푸 잔을 비우고 있었다. 그런 인정의 옆에 영규의 목검을 피해 도망 다니던 상현이 앉아 있었다.

어느새 상현은 영규 대신 인정의 빈 잔을 열심히 채웠다. 영규의 매타작이 좀 셌던지 상현은 아픈 곳을 쓰다듬었다.

오랜만에 보는 풍경이나 이 또한 새삼스러울 게 없는 모습이었다. 체리는 고개를 저으며 수저를 다시 들었다.

준현이 오고 몇 년 전으로 잠시 시간을 되돌린 것 같다는 생각에 피식 웃음이 나왔다. 두 집 가족이 모두 모여 늘 그렇듯 식사를 하고 영규의 푸닥거리가 뒤를 이었다.

그때는 진짜 하루가 멀다 하고 상현이 영규의 목검에 두들겨 맞았다. 가끔 친아들이 맞나 싶을 정도로 혼을 내는 모습에 상현이 딱한 적도 있었다. 하지만 그건 어디까지나 불쌍한 이에게 적선하듯 감정을 잠시 나눠준 것뿐이었다.

준현은 아무렇지도 않은 얼굴이었다. 하긴 준현이 다른 표정을 지은 걸 본 기억이 없었다. 준현은 그때도 지금과 같은 무표정한 얼굴로 저렇게 앉아 있었다. 하지만 지금은 그때보다 뭔지 모를 여유가 느껴졌다. 상현도 마찬가지 같았다.

그때는 한바탕 난리를 칠 것 같은 얼굴로 씩씩대기 바빴는데 지금은 얼굴에 미소까지 드리워져 있었다.

그때에 비하면 확실히 자랐다. 몸도, 마음도.

상현이 커서 뭐가 될까 걱정했던 그 시절이 문득 떠올랐다. 그때에 비하면 참 잘 자랐다. 상현도, 준현도. 그리고 그녀도.

슬쩍 떠오른 생각에 고개를 저으며 체리는 다시 수저를 들었다.

준현의 환영 식사가 끝나고 가볍게 다과를 즐기고 있을 때였다.

갑자기 자리에서 일어선 준현은 체리 곁으로 다가왔다. 체리는 성큼성큼 다가오는 준현의 모습에 당황했다.

체리가 피할 새도 없이 준현은 다짜고짜 팔을 잡아 일으켜 세웠다. 준현은 아무렇지도 않게 체리의 어깨를 다정히 잡았다. 흠칫 놀란 체리가 급하게 준현의 손을 치웠다.

준현은 피식 웃으며 체리를 바라봤다. 예상했던 반응이었다. 멀리 상현의 미간에 깊은 주름이 생기는 것도 놓치지 않았다.

"이체리, 가만히 있어."

준현은 체리를 보며 해사하게 웃고 있었다. 하지만 그녀의 등골은 더 싸해져갔다. 이건 분명 뭔가 꿍꿍이가 있는 얼굴이었다.

"할머니, 아버지, 어머니. 그리고 체리 이모. 아니, 체리 어머니, 체리 아버님. 저 체리와 정식으로 교제하고 싶습니다. 허락해주십시오!"

"헉!"

이건 또 뭔 개 풀 뜯어먹는 소리란 말인가?

체리는 어깨를 다시 다정하게 잡으며 웃는 준현을 밀어냈다.

"은준현. 못 본 새 장난이 심해졌다."

준현은 진지한 얼굴로 그녀에게 가까이 다가왔다. 상대를 속이려면 자신부터 완벽하게 속여야 했다.

그는 지금 첫사랑과 마주하고 있었다. 그건 변하지 않는 진실이었다. 100퍼센트 거짓으로 상현과 체리를 속일 수는 없었다.

"내가 너한테 장난한 적 있었어?"

곰곰이 생각을 해보니 준현은 기저귀를 차고 놀던 어릴 때조차 장난한 기억이 없었다.

그렇다면 지금도⋯⋯?

체리는 준현에게서 고개를 한 뼘은 더 떼어냈다.

"갑자기 왜 그러는 건데?"

"갑자기 아니야. 전부터 얘기했잖아. 세상에서 우리 가족 다음으로 널 제일 좋아한다고. 난 그거면 충분하다고 생각해."

준현이 유학 가고 한 번씩 연락을 주고받으며 이런저런 이야기를 나누긴 했다. 그중에 역시 그녀밖에 없는 것 같다는 말이 있었던 것 같기도 하다. 하지만 그건 어디까지나 이웃사촌이자 친구로서 한 말이었다.

체리는 격하게 고개를 저었다.

"그렇긴 해도 이건 엄연히 다른 문제잖아!"

"아직까지 사귀는 사람 없잖아. 내가 물었을 때 너도 나 좋다고 했고. 이체리! 난 결혼을 전제로 너와 만나고 싶어."

"뭐? 결혼?"

결혼이라는 말에 체리가 경악하기도 전이었다. 이미 자리에 있던 사람들 중 다수가 환영의 뜻을 표하고 있었다.

"우리 준현이가 체리를 마음에 두고 있을 줄은 꿈에도 몰랐다. 경자야! 우리가 이렇게 사돈까지 맺을 인연이었나 봐. 우리 체리 남 주기 아까웠는데⋯⋯. 난 당장에라도 결혼시켰으면 좋겠다."

경자는 혜영의 손을 덥석 잡았다.

"그러게 말이야. 체리 저게 여태 남자 하나 못 만나 걱정했더니 준현이 기다리느라 그랬나 봐. 그것도 모르고 어디 선 자리라도 내보낼까 싶었는데⋯⋯. 시집살이 시키진 않을 거지?"

경자 말에 혜영은 살짝 눈을 흘기며 웃었다.

"눈에 넣어도 안 아픈 체리한테 누가 시집살이를 시키겠니? 보고만 있어도 예쁜 딸인데."

경자와 혜영은 당장에라도 날을 잡을 태세였다. 그 옆에 있던 영규와 정길 또한 그녀들을 적극적으로 거들고 있었다.

"체리가 며느리로 들어오면 나야 좋지. 이참에 딸 같은 며느리 삼으면 되겠네."

"저도 준현이라면 적극 찬성입니다."

상현은 앞에 놓인 찻잔을 큰 소리로 내려놨다. 어찌나 세게 내려놨는지 투명한 유리잔이 갈라져 주스가 테이블을 흥건히 적시고 있었지만 상현의 눈에는 아무것도 들어오지 않았다. 그의 눈에는 체리 어깨에 놓인 준현의 손만 보였다.

"아, 씨……. 은준현! 체리한테서 당장 안 떨어져!"

상현의 고함에 체리는 얼른 준현을 밀어내고 멀찍이 떨어졌다. 얼굴이 화끈거렸다.

상현이 죽일 듯이 노려보는데 차마 그를 쳐다볼 용기가 나지 않았다. 무슨 큰 죄라도 지은 듯 자신을 노려보는데 왜 그런 시선에 죄스러운 마음이 드는지 알 수가 없다.

상현을 잠시 보던 인정은 손에 든 잔을 살며시 내려놨다. 상황이 예상과 다르게 진행되고 있었다.

준현은 늘 무슨 생각을 하는지 도통 알 수가 없었다. 알아서 하겠다고 했지만 이런 폭탄을 터트릴 줄은 몰랐다.

우선은 어떻게든 정리가 필요해 보였다. 인정은 상현의 손을 지그시 잡았다.

"넌 조용히 있어!"

"내가 왜!"

귀가 울리도록 소리치는 걸 보니 성이 제대로 난 모양이다. 잘만 하면 골칫덩이 둘을 한 번에 해결할 수도 있을 것 같았다.

"이런 썩을 놈! 내 말 들어 네놈 손해난 게 하나라도 있어? 잔말 말고 입 다물고 있어!"

나직한 인정의 말에 상현은 그제야 입을 다물고 자리에 앉았다. 인정이 이렇게 말하면 반드시 이유가 있었다. 당장 따져 묻고 싶지만 말하지 않을 게 분명했다. 상현은 분한 마음에 씩씩대며 체리와 준현을 쏘아보고 있었다.

인정은 작게 한숨을 내쉬었다. 어느 쪽도 쉽지 않을 것 같았다.

"준현이, 체리. 네놈들 서로 맘이 동한 게야?"

"예? 할머니, 뭐가 동해요?"

체리는 갑작스러운 질문에 당황했다. 아무것도 떠오르지도, 생각나지도 않았다.

체리 말이 끝나기 무섭게 인정의 불호령이 떨어졌다.

"저런 썩을 것을 봤나? 네 녀석도 준현이 놈이랑 같냐, 물은 게 아냐? 어린 것이 왜 매번 말귀를 못 알아먹어!"

그제야 알아들은 체리는 배시시 웃으며 인정을 바라봤다. 인정의 눈 밖에 나는 날이면 귀가 얼얼할 정도로 또다시 뒤통수를 맞을 것이다.

수차례 인정에게 웃나 언행으로 인해 뒤통수를 맞았던 체리는 몇 년 새 대처하는 능력이 향상돼 있었다.

"할머니도 참. 저도 지금 처음 듣는 말이에요. 결혼은 무슨 결혼이에요? 준현이가 장난하는 거예요."

체리 말에 인정은 자리에서 천천히 일어섰다.

"다 먹은 거 같으니 준현이 놈, 내쫓아라. 썩을 놈이 몇 년 못 봤다고 제 할미 혈압 생각 않고 볼썽사나운 꼴을 보이는구나. 에 고! 좀 쉬어야겠다. 에미야! 어서 치워라! 체리 어멈도 오늘 고생했네."

자리를 털고 일어서는 인정을 보며 영규는 슬쩍 준현 곁으로 다가갔다.

"그런 말은 체리한테 한 다음에 터트려야지. 암튼 아빠는 찬성이다. 체리 데리고 나가서 천천히 얘기하고 와."

뒤이어 혜영이 준현에게로 슬며시 다가왔다.

"엄마도 찬성이다. 체리만한 얘가 또 어디 있니? 내가 경자, 아니 체리 엄마한테 얘기해둘 테니까 데이트하고 와."

곁에 서 있던 체리는 영규와 혜영의 따뜻한 환대와 경자와 정길의 전폭적인 지원 속에 준현과 엉겁결에 내쫓기듯 밖으로 나왔다.

준현은 대문 앞에서 얼쯤해 있는 체리 손을 잡고 무작정 걷기 시작했다.

한참 준현의 손에 잡혀 걷던 체리는 갑자기 끌어안는 준현 때문에 소스라치게 놀라 그를 밀어냈다. 체리는 한 걸음 뒤로 물러서 준현을 쏘아봤다.

"야! 너 진짜 왜 그래?"

"좋아해. 옛날부터 좋아했어. 지금도 그렇고 앞으로도 계속 그럴 생각이야."

"야!"

다짜고짜 고백부터 하는 준현을 향해 체리는 고함을 질렀다. 한 번도 상상해본 적 없는 일이었다. 그녀에게 준현은 친구 그 이상도, 이하도 아니었다.

"은준현! 너, 미쳤지?"

"너도 나 좋다고 했잖아!"

상현과 외모가 닮았다 생각했지만 이런 것까지 닮았을 줄은 몰랐다. 왜 그들 형제는 툭하면 그녀의 말과 행동을 왜곡시키는 건지 모르겠다.

"그건 어디까지나 친구로서 좋다는 거잖아! 알면서 새삼스럽게 왜 그러는 건데?"

"그럼 앞으로 남자로서 좋아해!"

6년 만에 갑자기 나타나 자신을 좋아하라니? 체리는 말도 안 되는 소리에 고개를 저었다.

"사람 감정이 주문하면 나오는 즉석식품이니? 싫어!"

"왜? 좋아하는 사람도 없고 사귀는 사람도 없다고 했잖아. 나 정도면 괜찮지 않아?"

솔직히 말해 준현은 외모, 학력, 배경까지 어디 하나 빠지는 게 없었다.

어릴 적에는 꽤 아팠지만 지금은 완전히 건강을 되찾은 상태였다. 도리어 부담스러울 정도로 모든 면에서 잘났다. 그럼에도 마음이 가지 않았다.

한 번도 준현을 보며 설렌 적이 없었다. 완벽함이 주는 이질감. 체리에게 준현은 그런 존재였다.

소지품부터 가방과 휴대전화를 툭하면 잃어버리거나 놓고 오기 일쑤인 그녀와는 정반대로 빈틈이라고는 찾아볼 수가 없었다. 주름 하나 없어 보이는 깔끔한 정장만 봐도 그랬다. 아무리 봐도 준현은 인간미가 없었다.

"그래도 넌 아냐."

"난 왜 안 되는데? 좋아하는 사람 있어?"

준현이 싫은 건 아니다. 그렇다고 준현과 사귈 만큼 좋은 것도 아니다. 준현은 말 그대로 좋은 친구였다.

잠시 고민하고 있는데 갑작스럽게 상현의 목소리가 들려왔다.

"체리는 안 돼! 걘 나랑 사겨!"

체리는 갑작스러운 상현의 말에 고개를 획 돌렸다.

"넌 또 뭔 소리야?"

상현과 몇 시간 전에 만났을 때 뭔가 꺼림칙한 기분을 지울 수가 없었다. 날아간 소개팅을 완전히 접고 집에서 쉬고 있는데 상현의 말끔하게 차려입은 모습이 자꾸 생각났다.

뭔가를 망설이는 눈빛을 무시하고 집으로 오는 게 아니었다. 지울 수 없는 찜찜함에 쇠도 씹어 먹을 만큼 왕성한 소화력을 가진 그녀가 오늘은 계속 더부룩했다.

'누가 약이라도 탔나?'

잠시 그렇게나 사랑해 마지않는 사차원 코믹 상황을 상상하던 체리는 고개를 저었다. 현실에서는 절대 일어날 수 없는 일이었다. 아무리 생각해도 지금 상황에서 나오는 답은 없었다. 체리는 두 형제를 보며 길게 한숨을 내쉬었다.

며칠 전 상현의 행동이 이상하다 했더니만. 이 일을 예견한 것 같았다. 되지도 않게 요상한 분위기를 잡아 일부러 레스토랑에 불러도 안 가고 피했다. 준현이 자꾸 이상한 질문을 할 때 눈치챘어야 했는지도 몰랐다.

둘이 작당하면 그 누구도 막을 수 없다는 걸 익히 알고 있었다. 가끔 이상하리만치 둘은 마음이 통했다. 심히 피곤한 나날이 이어질 것 같았다.

"더는 할 말 없다. 너희들이 작당하고 날 가지고 놀 생각인가 본데 난 사양이야. 너희들하고 얽힐 생각은 눈곱만큼도 없어!"

"이체리! 그냥 내 옆에 있어."

상현은 어느새 곁으로 와 있었다. 단단히 화가 났는지 주먹을 쥐락펴락하는 손등에 힘줄이 불끈 튀어나와 있었다.

순간 온몸이 경직됐다. 체리는 상현의 기세에 슬쩍 몸을 피했다. 하지만 어느새 상현은 그녀의 어깨를 지그시 누르고 있어 도망갈 수도 없었다. 이대로 죽을 순 없었다.

체리는 크게 심호흡을 하고 상현의 팔을 거칠게 밀어냈다. 순간 찌릿했다. 뭔가 싶어 멈칫했지만 금세 정신을 가다듬었다.

"제발 좀 그만해!"

가만히 듣고 있던 준현이 체리의 양팔을 잡았다.

"진짜 형 때문이야?"

준현의 말에 체리는 기가 막힌 듯 웃었다.

"이체리! 진짜 사실이야?"

계속되는 준현의 질문에 슬슬 짜증이 일었다. 대답할 가치도 없는 질문이다.

"내가 미쳤다고 개차반이랑 얽이니? 차라리 저주를 해라!"

체리는 준현의 팔 또한 거칠게 떼어냈다. 평소 손이 닿는 것조차 싫어하던 상현과 준현이었다.

준현은 어릴 적 세균 감염으로 수차례 입원한 탓에 예민해 그렇다고 하지만 상현은 유난히 누군가와 손 닿는 걸 싫어했었다.

예전 정전기 사건 때문인지도 몰랐다. 학창 시절 내내 붙어 있던 상현은 한동안 그녀가 옆으로만 가면 질색하며 달아났다.

기분 나쁜 듯이 달아나는 상현 때문에 화가 난 체리가 따져 물었더니 돌아온 대답은 '정전기'였다.

상현은 그녀 옆에만 가면 따다닥 튀는 정전기 때문에 감전사 할 것 같아 피한다고 했었고 체리는 한동안 상현을 향해 마수를 뻗쳤었다.

그때를 생각하면 지금도 신난다. 질색하는 상현을 마구 조몰락거렸다. 평소 성격이라면 질색했을 텐데 상현은 제법 그녀의 장난을 받아주었다.

하지만 어느 순간부터 손에 닿는 상현의 몸이 낯설어져 그녀가 그만두었다.

체리는 오랜만에 이뤄진 스킨십에 마음이 소란스러웠다. 잠깐 닿았던 이질적인 감각에 심장이 뛰었다.

예전과 비교해도 확실히 달라졌다. 준현은 모르겠지만 상현과 닿았던 손끝에는 여전히 전기가 일었다. 잊었던 감정들이 살아나는 것 같았다.

"휴우……."

한숨이 절로 나왔다. 이런 장난질에까지 가슴이 뛰다니. 진짜 연애할 때가 된 것 같았다. 체리는 이상하리만치 뛰는 심장에 괜스레 신경질이 났다.

"됐어. 재랑 엮이느니 노처녀로 늙어 죽으라고 해! 차라리 그 편이 나에겐 축복이다."

"이체리!"

상현이 그녀를 노려보고 있었다. 아주 살벌하게. 뒷골이 싸해지는 게 뭔가 이상했다. 장난인 걸 알지만 장난이 아닌 것 같은 이상한 기분.

체리는 아무렇지도 않은 척 헛기침을 했다.

"내가 니들하고 무슨 말을 하겠니? 난 개차반도 싫고, 준현이 너도 싫어. 니들은 태클이야. 너희하고의 인연은 이걸로 끝. 디 엔드야! 알겠어? 이제 아는 척도 하지 마!"

체리는 두 남자를 두고 집으로 돌아와 급하게 방문을 잠갔다. 상현이 당장에라도 불을 뿜을 듯이 그녀를 노려보는 걸 확인했었다. 성질이 나면 눈에 뵈는 게 없는 상현이었다.

어차피 어른들은 상현의 집에서 밤새 즐거운 시간을 보낼 게 확실했고 나리는 저녁만 먹고 사라진 지 오래였다. 상현이 마음만 먹으면 그녀에게 밤새 잔소리 폭격을 가할 수도 있었다.

둘이 작당한 게 틀림없다. 문득, 상현과 준현이가 다시 친해졌나 싶었다. 잠시 고민할 사이도 없이 체리는 고개를 저었다.

어릴 때는 곧잘 그녀를 골려 먹으려 작당했었지만 세월이 지나며 둘은 소원해졌다. 둘 사이가 왜 소원해졌는지는 잘 모르겠다. 하지만 둘이 친하지 않은 건 확실했다.

생각이 깊어질수록 머리만 아파왔다. 그녀 인생에 복잡한 건 딱 질색이다.

체리는 도저히 알 수 없는 미로에 들어선 듯 고개를 심하게 저었다. 당장 고민해봐야 해결되는 건 없었다. 이럴 땐 특효약이 있었다.

"밤새 밀린 거 다 봐야지. 우후후."

체리는 수북이 쌓인 만화책들을 흐뭇한 눈으로 바라봤다. 좀 전까지의 고민은 사라진 지 오래다. 체리는 만화책에 고개를 묻고 웃기 바빴다.

제3장. 전생의 업보

체리가 그렇게 말했음에도 불구하고 상현과 준현은 며칠째 말도 안 되는 소리를 계속했다.

그러던 어느 날 저녁, 상현의 말이 내내 마음에 걸렸던 체리에게 드디어 그가 한 말의 의미를 깨닫게 하는 순간이 찾아왔다.

언제나처럼 보는 사람 누구나 눈이 돌아가게 만드는 복장을 한 나리가 데이트를 마치고 집에 들어왔다.

뭐가 그리 좋은지 나리는 얼굴 가득 만족스러운 미소를 지으며 서 있었다. 나리는 남자라면 바로 넘어갈 예쁜 미소를 지어 보이며 체리와 경자에게 폭탄 발언을 했다.

"엄마, 언니! 나 내일 상현 오빠랑 데이트 있어. 오빠 가게 끝나면 밤에 데이트할 생각이니까 그런 줄 알아."

이게 무슨 마른하늘에 날벼락이란 말인가? 체리는 정신 차릴 새도 없이 자동으로 단어들이 튀어나왔다.

"안 돼! 절대 반대야. 그놈은 안 돼! 난, 무조건 반대. 이 시베리아 호랑 말코 같은 놈."

체리는 이를 바드득 갈며 상현을 욕했다.

은상현! 정말 이렇게 나온단 말이지!

체리는 낮에 걸려온 상현의 전화를 곱씹어봤다.

'이체리! 내가 너의 다른 가족이 될 수도 있다는 거 잊지 마!'

쓸데없는 협박이라고 생각했었다. 그런데 그 말의 의미를 몇 시간 뒤에 처절히 깨달았다. 상현과 나리가 늦은 밤에 데이트를 하면 그 뒤에 어떤 일이 벌어질지는 상상하고 싶지도 않았다.

갑자기 소리를 질러대는 체리를 보며 경자가 눈을 흘겼다.

"왜 네가 더 난리야? 누가 보면 상현이 애인인 줄 알겠다!"

체리는 아무렇지도 않게 나리 말을 넘기며 그녀를 나무라는 경자에게 달려갔다. 나리는 아직 상현의 실체를 몰랐다. 하지만 경자라면 다를 것이다.

"엄마! 엄마는 나리 말 듣고도 아무 생각이 안 들어? 지금 제정신이야? 다른 사람도 아니고 상현이랑 데이트한다잖아! 이 골목, 아니 이 동네에서 모르면 간첩이라는 그 개차반 은상현을 만난다는데 정말 괜찮아?"

체리 말에도 경자는 아무렇지도 않게 거실에 편하게 자리를 잡았다.

"상현이가 어때서 그래? 마음잡고 지점 하나 맡아 잘하고 있는데. 걔가 지점 맡은 지 한 달도 안 되서 매출이 두 배나 올랐다고 어르신 엄청 좋아하시더라. 상현이가 어릴 때부터 영특하긴 했었어. 잠깐 방황해서 걱정했는데 사업 수완이 이렇게 좋은 줄 어떻게 알았겠니? 이제 확실히 마음잡았겠다, 그 집 사정 다 알겠다. 뭐가 더 걱정이니? 어려서 사고 치더니 이제 마음잡고 얼마나 착실하니? 그동안 공부도 열심히 한 것 같더라. 요즘 얘기하는 거 보면 건실한 사업가가 따로 없어."

경자는 잠시 생각에 잠겼다가 만면에 미소를 띠며 체리를 바라봤다.

"가만있자. 준현이도 체리 좋다고 하고 상현이도 우리 나리랑 만난다고 하면……."

곰곰이 생각하던 경자의 입가가 크게 휘었다. 체리는 그 모습이 더 마음에 들지 않았다.

"역시 내 딸들은 날 닮았어. 그럼 어떻게 되는 거야? 나리는 상현이와, 너는 준현이와 결혼하면……. 호칭이 좀 그래서 그렇지, 엄마는 찬성이다. 제일 친한 친구 집으로 두 딸 시집보내는 것도 나쁘지 않겠어. 생각했던 거랑 좀 다르긴 한데, 너희들이 좋다면야 엄마는 상관없다."

체리는 벌써부터 호칭 정리까지 해주는 경자 모습에 경악했다.

"내 눈에 흙이 들어가기 전엔 절대 그럴 일 없을 거야!"

체리 말이 끝나기도 전에 경자의 두툼한 손이 등으로 사정없이 쏟아졌다.

"이년이!"

"아아악! 왜 때려? 내가 동네북이야? 왜 나만 보면 때리지 못해 안달이야!"

체리는 온몸에 퍼지는 통증에 몸을 틀며 경자를 바라봤다.

"매를 꼭 벌어! 요즘 연애한다고 오냐오냐 봐줬더니 못하는 말이 없지! 이렇게 예쁘고 젊은 엄마가 새파랗게 어린 딸년 눈에 흙한 삽 부어야겠니? 못된 년 같으니라고. 내가 그때 이 사람만 만나지 않았다면……."

또 시작이다.

젊은 시절 잡지 모델까지 했던 경자가 정길을 만나 많은 고생을 했던 건 수없이 들어 알고 있었다. 체리는 얼른 꼬리를 내렸다.

"아, 누가 정말 그러래? 말이 그렇다는 거잖아. 그리고 이나리! 넌 왜 갑자기 그놈이랑 만난다는 거야? 얼마 전에 연하 만난다고 자랑했잖아!"

체리 말은 아랑곳 않고 나리는 자신의 방으로 발을 떼고 있었다. 어쩜 걷는 모습도 이렇게나 예쁜지 모르겠다.

체리는 곱디고운 동생이 사악한 상현의 술수에 놀아나게 둘 수가 없었다.

"이나리! 정신 차려!"

"걔랑 깨진 지가 언젠데 그래? 그리고 상현 오빠 정도면 어디가서 꿀리지도 않고 괜찮지 뭘 그래? 얼굴 괜찮겠다, 몸매 좋겠다. 성격 화끈하지, 거기다 집도 빵빵하잖아. 언니 혹시 상현 오빠 프랑스어 하는 거 알고 있었어? 영어, 일어랑 중국어는 알고 있었는데 오늘 프랑스어 하는 거 보니까 완전 멋지더라. 오늘 가게 갔다가 완전 반했어."

눈에서 꿀이라도 떨어질 기세였다. 설마 했는데 나리도 다른 여자들과 별반 다르지 않았다.

"이나리……."

체리가 입을 열기도 전에 나리가 속사포처럼 말을 쏟아냈다.

"언니가 매번 말하는 어릴 적 얘긴 이제 질렸어! 솔직히 어릴 때 안 놀아본 사람이 어디 있어? 막말로 언니가 말귀 못 알아듣고 딴소리한 게 어디 한두 번이야? 얼마나 답답하면 오빠가 화를 내겠어? 언니도 화부터 낼 게 아니라 이참에 보청기를 사! 내가 백 번 말하면 뭐 해? 이렇게 말귀를 못 알아듣는데."

나리는 작게 중얼거렸다. 그녀도 이제는 해방되고 싶었다. 체리의 벽창호 같은 답답함에서.

"언니는 상현 오빠 얼마나 매너 있고 섹시한지 모르지?"

"매너 같은 소리하고 있다! 네가 걔 성격을 몰라서 그래."

"모르는 것보다 알려면 훤히 아는 게 나아. 상현 오빠 지금 착실해졌으니 됐잖아. 난, 나 좋다는 남자 거부할 생각 없어. 준현 오빠처럼 결혼을 전제로 만나는 것도 아니고 그냥 한번 만나는 건데 뭘 그래? 인생 뭐 있어? 즐기면서 사는 거지."

나리의 될 대로 되라는 식의 태도에 체리는 더 화가 났다.

"이나리! 미쳤지?"

"얘기해보니까 상현 오빠, 은근 나랑 통하는 게 많더라. 암튼 내일부터 오빠랑 데이트할 거니까 그런 줄 알아."

방으로 사라지는 나리를 보며 체리는 다급하게 경자를 불렀다.

"야! 거기 안 서? 엄마가 좀 말려야……."

체리는 답답한 마음에 경자를 돌아봤지만 그녀 모습에 더 큰 한숨을 내쉬었다.

"나리가 들어오더니 그러지 뭐니? 혜영아, 그래. 그래. 역시 너랑 나는 인연이 깊은 것 같아. 전에 우리가 얘기했던 건 헛다리짚었던 건가 봐. 설마? 호호호."

경자는 체리의 서슬 퍼런 눈에도 아랑곳 않고 혜영과 수다 삼매경에 빠져 헤어나올 생각을 못하고 있었다.

아무리 생각해도 이해할 수가 없는 것이 바로 남자라는 종족이다. 그중에서도 유별난 유전자를 가지고 있는 상현과 준현은 특별 케이스인 게 분명했다.

체리는 전날 나리가 던져놓은 폭탄을 제거하기 위해 만반의 준비를 했다. 그러나 상대도 만만치가 않았다.

회사가 끝나기 무섭게 나온 체리는 회사 정문 앞에 떡하니 버티고 서 있는 상현을 노려봤다.

멀쩡한 상현의 외모 때문인지 벌써부터 주위 여자들이 수군거렸다. 여기서 잘못했다간 회사까지 망신살이 뻗칠 게 확실했다.

"따라와!"

상현이 뒤따라오며 내내 쏘아대는 레이저에 뒤통수에 구멍이 나지 않은 게 다행이다 싶었다.

체리는 근처 술집에 자리를 잡았다. 목이 왜 이리 타는지 모르겠다. 체리는 앞에 놓인 맥주를 단숨에 비우고 상현을 쏘아봤다.

"너! 진짜 왜 그래?"

"뭘?"

시크하게 긴 다리를 꼬는 모습에 여기저기서 탄성이 들려왔다. 늘 있던 일처럼 상현의 행동은 자연스러웠다. 이제는 주위 시선을 은근히 즐기는 것 같았다. 그 모습이 얄미워 죽을 것 같았다.

"나리! 어떻게 할 거야?"

"말했잖아. 네가 내 옆에 있기 싫다니까 내가 직접 있을 방법을 찾는다고. 마음에 안 들어?"

뻔뻔하게도 자신이 한 말에 일말의 양심조차 없어 보인다. 체리는 속에서 천불이 치솟았다.

나리 말을 듣고 곰곰이 생각해보니 틀린 말이 하나도 없었다. 그게 더 화가 났다. 그럼에도 나리만은 절대 안 되는 소리였다.

상현이 그동안 어떻게 살았는지 너무 잘 알아 더 안 됐다. 살얼음판 같은 분위기임에도 그들 테이블을 바라보는 여자들의 눈초리 또한 심상치가 않았다.

그래! 인정할 건 인정하자. 은상현. 인물 하나는 끝내준다. 성격, 지랄 맞은 건 맞지만 거짓말하거나 남에게 직접적인 해를 가하지는 않았다.

언제부턴지 모르겠지만 봉사도 오래전부터 했었다. 청개구리에서 한 달에 한 번씩 갔다는 봉사 활동 외에도 상현은 오래전부터 봉사 활동을 했었다. 요양원과 근처 복지 센터에 곧잘 가기도 해 체리도 같이 간 적이 있어 알고 있었다.

누군가의 눈을 의식해서가 아닌 진심임을 알기에 그녀도 기쁜 마음으로 그들을 따라갔었다. 하지만 그녀는 상현처럼 꾸준히 하지 못했다.

가끔 의외다 싶을 정도로 상현은 봉사에 열을 올렸다. 요즘처럼 바쁘게 생활하면서도 여전히 봉사 다녀오는 모습을 보면 한때 방황했다는 게 믿기지 않을 정도였다. 개과천선했다는 말이 틀린 건 아니었다.

그의 사무실에 있는 감사패만 봐도 알 수 있었다. 그녀가 그렇게 싫어하는 돈지랄도 나름 좋은 곳에 쓰니 나쁜 건 없었다. 거기다 인정을 따라다니며 배운 외국어 실력은 원어민 수준을 뛰어넘은 지 오래였다.

대체 언제 공부했는지 의뭉스럽지만 가끔 그녀도 놀랄 만큼 상현은 많은 나라의 언어를 구사했다.

'젠장.'

생각할수록 나리가 평소 외치던 이상형과 맞아떨어졌다. 돈 잘 벌고, 잘생기고, 글로벌하며 와일드한…….

생각이 거기까지 이르자 괜스레 화가 치밀어 올랐다.

나리 이상형은 맞을지 몰라도 두 사람이 연애하는 꼴은 절대 두고 볼 수 없었다.

체리는 차오르는 화에 앞에 있는 잔을 단숨에 비웠다.

"후우, 내가 진짜!"

그런 체리를 계속 지켜보던 상현은 대번에 인상을 썼다.

"작작 마셔! 잘 마시지도 못하면서 술은 뭐 하러 마시는데? 요즘 매일 술 먹고 들어오더만. 내가 계속 전화하고 잔소리하지 않았으면 일찍 들어오지도 않았을 거잖아! 나 아니면 데리러 갈 사람도 없는데 왜 그렇게 늦게 다니는 거야? 속 버린다고 그만 마시라고 말해도 들을 생각도 않고! 할머니가 하도 뭐라고 해서 식당 보는 동안 아주 살판났다. 살판났어."

체리는 상현의 말에 콧방귀를 뀌었다. 새삼스러운 공치사에 기분이 상했다.

가끔 취한 날이면 데리러 오라고 하긴 했지만 거의 상현이 먼저

와 기다리고 있었다. 그녀도 습관처럼 상현을 불렀고, 상현도 당연한 일처럼 그녀의 귀갓길을 책임졌었다.

요즘 레스토랑 일 때문에 바쁜 것 같아 회식 후에도 알아서 집에 왔었다. 약간의 잔소리를 듣긴 하지만 상현만큼 편한 사람도 없기에 으레 그래왔지만 최근에는 일하는 데 방해하고 싶지 않아 연락도 안 하고 있었다.

그런데 이런 말을 듣게 될 줄은 꿈에도 몰랐다.

체리는 어느새 그녀 앞에 놓인 새로운 잔을 들었다.

"나리 건들면 진짜 가만 안 둬!"

상현은 체리 말은 듣지도 않고 그녀 손에 들린 맥주를 가볍게 뺏어 단숨에 비운 뒤 자신 앞에 있는 주스를 그녀 앞에 툭 밀었다.

체리는 상현의 행동에 또 화가 났다. 지금 그녀에게 필요한 건 술이지 과일 주스가 아니었다. 체리는 손을 번쩍 들어 술을 다시 주문했다.

"여기요. 500 하나 추가요."

"됐습니다."

"아니, 주세요!"

"그만 마시지?"

"아저씨! 아니, 오빠! 여기 500 하나 주세요."

"앞으로 주문은 없습니다!"

몇 번의 실랑이가 더 이어지고 체리는 결국 주문을 포기하고 상현을 쏘아봤다.

"진짜 왜 그래?"

"이거나 먹어! 가뜩이나 하얀 얼굴이 요즘 더 허예졌어. 술 좀 작작 마시고 다녀. 속도 안 좋으면서 대체 왜 고집부리는 거야? 그러다 진짜 골로 가는 수가 있어."

요즘 집 앞에서 그녀를 기다리는 준현을 피한다며 매일 동료들과 이런저런 핑계로 술을 마시긴 했었다. 안 그래도 연이어 마신 술로 속이 쓰린 상태였다.

이럴 때보면 정말 귀신이다. 하지만 상황이 상황인 만큼 상현의 뜻대로 하고 싶지 않았다.

상현은 언제나 묘하게 그녀의 신경을 건드리는 재주가 있었다. 그것도 청개구리 못된 심보 같은 신경을.

"남이 골로 가든 말든 신경 꺼!"

"말하는 거 하고는. 먹기 싫으면 관둬!"

방귀 뀐 놈이 성낸다고 되레 성질이다. 하지만 여전히 그녀 앞에 주스는 놓여 있었다. 체리는 못 이기는 척 주스를 들이켰다.

끓어오르던 화와 함께 알코올 기운도 가라앉는 게 느껴졌다. 체리는 짐짓 아무렇지도 않은 얼굴로 상현을 바라봤다. 상현은 그것 보란 듯이 그녀를 보고 있었다.

"쳇!"

고맙다는 말 따위 하고 싶지 않았다. 상현과 있으면 항상 이런 상황이 되었다.

가는 말이 고와야 오는 말이 곱다.

상현 말처럼 골로 가기 전에 누군가 저놈에게 필히 알려줘야 할 선조들의 명언이었다. 하지만 그것보다 더 급한 일이 그녀 앞에 놓여 있었다.

체리는 다시 상현을 세차게 노려봤다. 시선으로 사람을 죽일 수 있다면 벌써 여러 번 살인을 저질렀을 것이다.

허나, 맞받아치는 상현의 시선이 더 무서웠다.

몇 분이 지났을까. 체리는 저도 모르게 시선을 내리깔았다.

'에잇! 이놈의 반사 신경!'

체리는 떨떠름한 기분에 주스를 홀짝거렸다. 피곤한 탓인지 잠이 몰려왔다. 체리는 최대한 눈에 힘을 줬다.

"무슨 말을 더 하겠니? 그래서 우리 나리, 만날 생각이야?"

"내 옆에 있기 싫다며? 그럼 내가 옆으로 가야지."

느긋하게 반대로 다리를 꼬는 모습에 멀리 있는 테이블에서 작은 비명이 들려왔다. 진짜 환장하시겠다.

"어머! 진짜 멋지다. 혹시 모델인가?"

꽤 떨어진 테이블에서 하는 대화임에도 귀에 쏙쏙 박혀 들어왔다. 체리는 여자들의 말에 비웃음을 날렸다.

'퍽이나 멋지겠다!'

체리는 멀리 있는 테이블을 슬쩍 쏘아봤다. 체리의 사나운 눈초리에 여자들은 서둘러 화제를 바꿨다.

체리는 한숨을 내쉬고 상현을 다시 바라봤다. 상현은 그들이 무슨 말을 하든 상관없다는 얼굴을 하고 있었다. 언제는 사진만 찍어도 성질을 부리더니 요즘은 레스토랑 홍보를 위해 직접 나서서 촬영을 하고 있었다. 언제부터 레스토랑 일에 열심이었는지 모르지만 하나부터 열까지 마음에 드는 게 없었다.

"야! 개차반!"

체리의 커다란 목소리에 다시금 그들 테이블로 시선이 몰렸다.

상현은 급하게 다리를 풀고 몸을 낮췄다.

"이게 확! 지금 너 때문에 잘난 내 얼굴 팔리는 거 안 보여?"

"네 목소리가 더 크거든!"

말을 하며 그녀는 주위를 둘러봤다. 제법 커진 체리 목소리로 흘끗흘끗 그들 테이블을 보는 사람들의 시선이 좀 전보다 더 늘었다.

호기심 가득한 시선들이 그녀의 얼굴에 무수히 쏟아졌다. 아주 옆에 와서 대화에 참여하고 싶어 죽겠다는 얼굴들이었다.

'근처 술집 중에서 안주가 제일 맛있는데……'

안 그래도 쓸데없이 테이블 옆으로 오가는 사람이 많다 싶었다. 그런데 멀리 보이는 테이블에서 회사 동료가 눈인사를 하고 있었다. 훅 달아오르는 열기에 체리는 급하게 고개를 돌렸다.

'이게 다 너 때문이잖아!'

라고 소리치고 싶었다. 하지만 그날도 참았다.

눈에 힘이 점점 풀리고 있었다. 상현이 술에 취한 걸 알면 또 난리를 칠 게 분명했다.

본인도 툭하면……. 생각해보니 상현이 카드를 빼앗아간 날 이후 술 마시는 걸 본 적이 없었다.

몇 년 동안 그녀에게 카드를 강탈해갔지만 그건 본인이 쓸 요량이 아닌 그녀가 늦은 밤까지 술을 마시지 못하게 하기 위해서였다.

술자리가 자주 있긴 해도 그녀가 술을 많이 마시는 건 아니었다. 상현은 그녀가 술 마시는 걸 유난히 싫어했었다. 취한 걸 알면 한바탕 잔소리를 늘어놓을 게 확실했다.

"흠."

체리는 목소리를 가다듬었다. 어쩌면 대화가 가능할지도 모른다. 상현에게 이성이 존재한다면 말이다. 물론 그녀에게도 해당되는 얘기였다.

"은상현! 진짜 왜 그래? 장난 그만하고 제대로 말해봐."

상현은 비어 있는 잔을 하릴없이 돌리고 있었다.

째깍째깍, 시간은 흘러가지만 상현은 꿀 먹은 벙어리처럼 말이 없었다.

체리는 상현을 한참 노려봤다. 역시나 이유 따위 있을 리 없다. 개 버릇 남 못 주듯 그녀를 골탕 먹일 속셈인 게 확실했다. 언제나 그러하듯이! 그 생각에 화가 치밀어 올랐다.

"은상현! 나 가지고 노는 게 그렇게 재미있어? 20년 넘게 놀렸으면 그만할 때도 됐잖아! 준현이도 그렇고 너도 그렇고 갑자기 왜 그러는데?"

상현은 마구잡이로 쏟아내는 체리를 바라보기만 했다. 이쯤이면 온갖 미사여구가 나오고도 남을 시간이었다.

그런데 이상했다. 여느 날과 분위기부터가 달랐다. 체리는 말을 이으려다 입을 다물었다. 바라보는 눈빛이 표현이 안 될 만큼 요상했다. 뭔가가 있는 게 확실했다.

"상현아, 솔직히 말해봐. 진짜 이유가 뭐야?"

"준현이 좋아하냐?"

한참 만에 입을 연 것치곤 질문이 이상했다. 뜬금없는 질문에 체리는 눈을 가늘게 떴다.

"좋게 말할 때 불어. 속셈이 뭐야? 아니, 원하는 게 뭐야?"

"네가 내 옆에 있는 거!"

상현은 숙이고 있던 몸을 곧게 펴고 그녀를 지그시 바라봤다. 평소 장난기 가득한 얼굴이 아니었다. 매번 지랄 발광을 하며 괴롭힐 때도, 또 뭔가에 화가 나 요동칠 때도 상현의 얼굴에는 늘 장난기가 가득 담겨 있었다.

체리는 상현의 얼굴만 봐도 그가 무슨 생각을 하는지 알 수 있었다.

그런데 이건 그녀가 알고 있는 얼굴이 아니었다. 낯선 상현의 모습이 당황스러웠다.

"그러지 마. 20년 넘게 괴롭히고도 모자라 그러는 거야? 지금 마주하는 것도 짜증 나 죽겠는데 왜 그래야 하는 건데? 요즘 심심해 죽겠니?"

히스테릭한 체리의 발악에 상현은 상체를 기울였다. 천천히 다가오는 상현을 보며 새삼 상현이 크다는 걸 다시 깨달았다. 언제 이렇게 컸는지 모르겠다.

몇 년 전까지 만해도 몸집도 그녀와 비슷했었다.

그런데 앞에 앉아 있는 상현을 보면 그녀와 골목에서 뛰놀던 꼬맹이 모습은 전혀 찾아볼 수가 없었다. 새삼 상현이 그녀와는 다르다는 걸 느꼈다.

"그 말은…… 그러니까, 싫다는 거지?"

상현은 손으로 장난하던 잔을 내려놓고 그녀를 빤히 바라봤다. 뚫어질 듯한 시선에 체리는 급하게 시선을 돌렸다.

이유가 뭔지는 모르겠다. 그럼에도 상현의 시선에서 아릿한 감정이 느껴졌다. 그와 동시에 묘하게 심장이 두근거린다.

오랫동안 봤음에도 이토록 진지한 시선은 또 처음이다. 분명 처음 접하는 상현의 진지함 때문일 것이다.

아니다, 심하게 뛰는 심장과 달아오르는 얼굴은 알코올 탓이 분명했다.

체리는 머릿속에 떠도는 온갖 잡념을 털어냈다.

잠시 떠오른 생각에 고개를 세차게 흔들었다. 지난 23년이 충분히 말해주고 있었다. 상현과 얽혀봐야 좋을 게 없다고!

"당연하지! 내가 미쳤니?"

체리는 당연하다는 듯이 말하며 가슴 앞으로 팔짱을 꼈다. 말도 안 되는 소리. 세상에 괜찮은 남자가 얼마나 많은데 하필 개차반 옆에…….

예전에 비하면 분명 괜찮은 남자로 거듭나긴 했다. 하지만 한 번도 상현과의 관계를 진지하게 생각해본 적이 없었다.

그들이 지내 온 26년의 세월과 별반 다를 것 같지가 않았다.

'친구가 아닌 다른 관계라면…… 혹시 다르려나?'

이런저런 생각으로 머릿속이 복잡한데 상현이 자리에서 벌떡 일어섰다.

"알았어! 네가 좀 전에 한 말이다? 앞으로 나리랑 내가 어떻게 되든 상관하지 마."

체리는 어느새 계산까지 마치고 나가는 상현을 보며 소리쳤다.

"야!"

급하게 밖으로 나온 체리는 안도의 한숨을 내쉬었다.

혼자 가버린 줄 알았는데 언제나처럼 앞에서 기다리고 있었다. 그 모습에 괜스레 안심이 됐다.

상현은 차도 옆을 걸을 때면 늘 그녀를 안쪽으로 오게 하고 그녀 주위에 취객이나 남자가 다가오면 늘 가름막이 되어주었다.

급한 일이 있을 때 심부름해줬던 것도 상현이었고 아무리 뭐라고 해도 아플 때면 경자보다 잘 챙겨주었다. 익숙하면서도 편안함, 그럼에도 상현은 늘 그녀를 긴장하게 만드는 구석이 있었다.

아마도 이런 행동들과 정확하지 않은 감정들 때문에 사람들이 오해하는 건지도 몰랐다. 상현의 태도를 보면 분명 다른 사람들이 오해하는 그런 관계 같았다. 연인, 혹은 애인…….

상현의 태도는 그녀조차 가끔 혼란을 일으킬 정도로 모호했다. 차라리 확실히 했으면 좋을 것 같았다.

또다시 머릿속이 복잡해졌다. 체리는 여전히 변함없는 얼굴로 서 있는 상현을 쏘아봤다.

뭐라 한 소리 하려는데 한 무리의 여자가 상현에게 다가와 명함을 건네며 웃고 있었다. 체리는 기막힌 얼굴로 그들을 바라봤다.

"언제든 연락주세요."

상현은 아무런 말도 없이 명함을 주머니에 넣었다. 체리가 그들에게 다가가기 무섭게 여자들은 사라졌다.

체리는 여전히 인상을 쓰고 있는 상현을 한참 쏘아봤다.

"확! 눈 똑바로 안 떠!"

손가락 두 개가 정확히 눈동자 앞에 와 있다. 체리는 슬그머니 딴 곳으로 시선을 돌렸다. 살고자 하는 본능을 무시할 순 없었다.

상현은 천천히 걷고 있었다. 그녀와 같이 걷고 있음에도 여자들은 상현을 쳐다보기 바빴다.

상현은 여자들의 시선 따위 아무렇지도 않다는 듯이 걸었다. 하지만 체리는 달랐다.

미남과 하녀도 아니고, 뒤에서 수군거리는 소리에 점점 화가 나기 시작했다. 이래서 상현과 다니기 싫었다.

솔직히 말해 그녀도 어디 가서 빠지는 외모는 아니었다. 충분히 주관적인 판단으로 내린 결론이지만 어디 가서도 얼굴 들고 다닐 정도는 된다고 여기며 살았다. 그런데 상현과 다니면 매번 그녀는 아웃 오브 안중이 되었다.

그동안 그녀가 당한 설움으로도 충분했다. 나리가 아무리 예쁘고 괜찮다고 해도 절대로 안 됐다.

남자는 오는 여자 막지 않고 가는 여자 잡지 않는다고 했다. 대충 봐도 상현에게 들이대는 여자는 하루에도 수십이었다.

"은상현! 이러고 가면 어떻게 해? 얘기는 끝내야 할 거 아냐?"

"내 옆에 있기 싫다며?"

상현은 담담하게 말했다. 체리는 상현의 담담함에 더 화가 났다.

"지금 그거랑 우리 나리가 뭔 상관인데? 나 한 사람 괴롭히는 걸로 모자라 내 동생까지 괴롭힐 생각이니?"

상현은 체리가 아무리 떠들어도 들은 척도 안 했다.

체리는 지하철을 타고 집으로 돌아가는 내내 잔소리를 해댔다. 레스토랑에 돌아가야 하지만 지금 기분으로 일해봐야 눈에 들어오지도 않을 것 같았다.

새벽에 나가 마감하겠다는 말에 셰프가 왜 안 하던 행동을 하냐며 잔소리를 늘어놨지만 상관없었다.

머릿속이 터질 것 같았다. 상현은 체리가 낮은 소리로 온갖 악담을 퍼부어도 한마디도 하지 않았다.

대신 그녀 근처에 오는 남자들에게 사나운 눈빛만 쏘아댔다. 두 팔 앞에 가두고 아무도 건드리지 못하게 하며 겨우 지하철을 빠져 나왔다.

한 번씩 닿는 온기에 그의 몸은 이미 열기로 가득 찼다. 간질거리듯 찰랑이는 머릿결을 자신도 모르게 쓰다듬었지만 체리는 몰랐다. 상현이 대꾸가 없자 체리는 포기한 것 같았다.

토라져 입이 한 자는 나와 있는 모습도 예쁘게 느껴진다면 빠져도 단단히 빠진 것이리라.

그런 생각을 하는 사이 어느새 집 근처에 도착해 있었다. 상현은 여전히 씩씩대는 체리를 슬쩍 바라봤다.

체리는 평소와 달리 대꾸조차 없는 상현의 태도에 이제 한계에 다다른 상태였다.

"야! 개차반! 뭐라고 말 좀 하라고. 너, 나리 가지고 장난하면 진짜 내 손에 죽을 줄 알아!"

갑자기 아무 말 없던 상현이 확 돌아서며 그녀를 바라봤다. 아무것도 모르고 씩씩대며 걷던 체리는 갑자기 돌아선 상현과 부딪치며 휘청거렸다.

"악! 상현아!"

상현은 그런 체리를 단단히 붙잡았다. 이 방법은 쓰고 싶지 않았는데 달리 떠오르는 게 없었다.

"확실히 네 옆에 있으려면 나리 그거 확, 자빠트리면 되겠지? 다른 여자 애들도 내가 한 번 자빠트리고 나면 지들이 먼저 사족을 못 쓰고 덤벼들던데…….”

아무리 경험이 없어도 상현이 하는 말이 무슨 뜻인지 못 알아들을 정도로 어수룩하진 않았다. 체리는 어느새 돌아서 걷고 있는 상현의 뒷덜미를 잡아끌었다.

“야! 이, 미친……. 너, 나리한테 손가락이라도 까딱하면 진짜 죽을 줄 알아!”

“아! 시끄러워!”

성큼성큼 걸어가는 상현을 보며 체리는 빽 소리를 질렀다.

“나쁜 새끼! 그래, 네 말대로 해! 그렇게 해! 알았다고!”

저만치 걸어가던 상현은 어느새 그녀 옆으로 다가와 있었다. 전광석화가 따로 없었다. 체리는 놀란 얼굴로 상현을 바라봤다.

“왜, 왜?”

“대체 뭘 알았다는 거야? 할 말 있으면 제대로 해! 그리고 자꾸 기어오르는데, 그러다 진짜 가만 안 둔다.”

상현은 긴 손가락으로 그녀의 관자놀이를 톡톡 건드리며 성질을 돋웠다.

‘어휴, 이걸 들이받을…… 수는 없지.’

체리는 한숨을 내쉬고 현실을 담담히 받아들였다.

“까짓 거! 옆에 있을게. 대신!”

“대신 뭐? 빨리 말해.”

마음대로 되는 게 하나도 없다는 게 화가 난 탓인지 상현 목소리에 짜증이 묻어났다.

마음은 그게 아닌데 쉽지가 않았다. 고함에 놀란 체리 얼굴을 보며 아차 싶었지만 이미 말을 뱉고 난 뒤였다.

체리는 도끼눈으로 그를 쏘아보고 있었다. 세 살 버릇 여든 간다고, 입에 밴 언어가 쉽게 바뀌질 않았다. 노력해도 툭 하고 튀어나오는 성질 머리에 긴 한숨을 내쉬고 체리를 바라봤다.

"소리 지르지 마! 그럼 생각해볼 테니까. 그리고 욕 하지 마."

말을 마친 체리는 급하게 몸을 돌려 집으로 향했다.

"이체리, 지금 뭐 하는 거냐? 내가 언제 욕했다고 그래?"

뭐가 그리 좋은지 상현의 목소리는 흥에 겨운 것 같았다. 아주 놀릴 생각에 벌써부터 신이 난 모양이다.

"기분 나쁘니까 소리 지르지 말라고! 그리고, 때리지 마."

"네가 속 뒤집지 않으면 소리 지를 일도, 뒤통수 맞을 일도 없을 거 아냐? 그리고 누가 더 욕을 많이 하는지 생각해봐!"

상현의 말에 체리는 슬쩍 고개를 돌렸다. 그녀 또한 상현과 다니며 입에 밴 언어가 쉽게 바뀌질 않았다.

"나야, 뭐……. 암튼 나도 안 할 거니까 너도 욕 하지 마."

"어휴, 첫날부터 잔소리, 잔소리. 이래서 여자가 귀찮은 거야."

이미 상현에게 오늘은 연인이 된 첫날인 것 같았다. 젠장, 그동안 괴롭혔던 날들은 카운트 하지도 않을 셈인 것 같았다.

"은상현! 솔직히 말해봐. 그렇게 여자 만나는 게 귀찮은데 왜 옆에 있으라는 거야?"

상현은 물끄러미 체리를 바라봤다. 입가가 묘하게 휘어 있는데 웃는 건지 어떤 건지 도무지 판단이 서질 않았다. 분명 기분이 좋아 보이는데 감추기 위해 애쓰는 것 같았다.

"너도 여자냐? 넌 그냥 이체리야! 지금부터 무조건 내 옆에 있는 거다! 알겠지? 그리고 당장은 힘들지만…… 말은 고치도록 노력할게."

체리는 급하게 발을 멈췄다. 이 말투는 대체 뭐란 말인가?

천하의 은상현이 쑥스러워할 리는 없었다. 거기다 저 벌게지는 얼굴은 뭔지 모르겠다.

가로등 불빛이라고 하기에는 과하게 붉었다.

체리는 고개를 갸웃거렸다. 아무래도 뭔가 있었다. 잠시 생각하던 체리는 눈을 가늘게 떴다.

"은상현! 너, 약 먹었냐?"

어이없는 체리의 말에 상현은 인상을 구겼다. 분위기를 잡으려 해도 도통 잡을 수가 없다.

상현은 상해버린 기분에 버럭 소리를 질렀다.

"생각하는 거 하고는! 약속했으니까 준현이한테 제대로 말해! 지금처럼 미적거리면 진짜 죽는다."

상현의 고함에 체리는 다시 그를 쏘아봤다. 혹시나 했지만 역시 좀 전에 봤던 상현의 모습은 착시였다. 아니면 술기운이 불러온 환시였을지도 몰랐다.

"누가 할 소린데 그래? 너야말로 나리한테 손 떼."

"준현이한테 먼저 손 떼!"

상현은 으르렁거리며 그녀를 쏘아봤다. 한 번 말해 듣는 법이 없었다. 앞으로 갈 길이 아주 험난하고 멀어 보였다.

"그건 나도 바라는 바거든! 너희 형제는 나랑 원수라도 졌니? 왜 나한테 그러는 건데?"

"그건 네가 생각해보면 될 거 아냐?"

또 그런다. 쑥스러워할 이유가 없는 상현의 얼굴이 또다시 붉게 변했다. 덩달아 체리의 얼굴에도 열이 오르는 것 같았다. 괜스레 달아오르는 얼굴에 체리는 상현을 쏘아봤다.

"준현이가 그러는 게 싫으면 네가 직접 말하면 되잖아! 니들은…… 아악, 상현아."

열 내느라 앞을 안 보던 체리는 그녀를 기다리고 있던 준현의 가슴에 세게 부딪쳤다.

놀란 체리가 저도 모르게 또다시 상현을 불렀다.

준현은 휘청거리는 그녀를 살며시 잡으며 환하게 웃고 있었다.

"안아달라고 하면 안 안아줄까 봐 이렇게 안기는 거야?"

환하게 웃고 있는 준현의 입가는 부드러운 호선을 그리고 있었다.

체리는 인상을 쓰며 그를 밀어냈다. 못 본 새 준현은 감당할 수 없을 정도로 느끼해져 있었다. 그럼에도 준현의 모든 행동은 석연치가 않았다. 준현과 마주할 때마다 찝찝한 기분을 지울 수가 없었다.

'외국에서 버터를 너무 많이 먹어 그런가? 얘가 이상해졌어.'

또다시 떠오른 생각에 체리는 고개를 저었다.

"넌 또 왜 여기 있어? 쓸데없는 소리 하지 말고 네 형 데리고 얼른 사라져라!"

열을 내며 상현과 준현을 차례로 쏘아보는 체리 모습에 자꾸 웃음이 나왔다.

오늘도 상현에게 단단히 당한 모양이었다. 예전에도 상현이 괴롭히면 체리는 언제나 이렇게 투정부리며 화내곤 했었다.

상현은 그녀 뒤에서 잔뜩 인상을 쓰며 서 있었다. 뭔가 마음대로 풀리지 않은 게 확실해 보였다. 상현의 성격으로 본다면 지금이 절호의 기회였다.

"이체리. 아무리 봐도 귀여워."

준현은 체리의 하얀 볼을 꼬집으며 입을 맞출 것처럼 다가갔다. 순간 뭔가 따뜻한 게 볼에 닿은 것 같았다. 놀란 체리는 상현을 먼저 바라봤다.

"야! 이, 이 자식이 진짜 미쳤나!"

퍽!

체리가 준현에게 뭐라 할 새도 없었다. 어느새 달려온 상현이 준현을 향해 주먹을 날렸다.

"이 개자식!"

사자후를 방불케 하는 고함에 깜짝 놀랐다. 하지만 준현은 아무렇지도 않은 것 같았다.

"아무 때나 주먹질하는 건 여전하구나. 형한테 처음으로 맞았더니 아프긴 하네. 그래도 생각했던 것보다는 못한 것 같아."

"이 새끼가! 누가 체리한테 키스하라고 했어?"

상현의 고함에 준현은 입술을 말아 올렸다.

이렇게 금방 반응할 거면서 그동안 어떻게 지켜보고만 있었는지 모르겠다. 6년이라는 시간 동안 지지부진한 상태로 시간을 보낸 두 사람을 더는 두고 볼 수가 없었다.

준현은 그간 긴 밤을 보내며 읽은 서적을 통해 연애에 관한 이론은 박사 수준이었다.

실전 경험은 없지만 다른 사람들의 감정은 기가 막히게 눈에 보였다. 아무리 생각해도 그들 사이의 가장 큰 문제는 상현이었다.

남자가 밀어붙이는 힘이 있어야 하는데 지금 같은 얼굴로 하루하루를 보냈다면 체리가 도망가지 않은 게 더 용할 정도였다. 노력을 안 한 것 같지는 않은데 방법이 죄다 틀린 것 같았다.

설마 그간 체리 옆에 오는 남자들에게 지금처럼 주먹을 휘둘렀…… 을 가능성은 농후해 보였다. 저절로 한숨이 나왔다.

"얘기했잖아. 체리 좋아한다고. 체리만 좋다면 결혼도 하고 싶어. 그리고 아까는 키스가 아니라 뽀뽀야."

실상 입술이 닿지도 않았지만 준현은 언제나처럼 이성적이고 논리정연하게 설명하고 있었다. 하지만 상현의 귀에는 아무 말도 들어오지 않았다.

"뽀뽀든 키스든 누가 하라고 했어! 그리고 이체리, 넌 왜 이렇게 조심성이 없어. 딴 놈이 안으면 반항을……."

퍽!

준현은 체리에게 잔소리하는 상현을 향해 주먹을 날렸다. 상현은 불시에 당한 공격에 저만치 쓰러졌다.

상현은 비릿한 입가를 슬쩍 훔쳤다. 오랜만에 맛본 비릿한 쇠맛에 온몸의 피가 서늘해짐을 느꼈다.

상현은 입가를 닦으며 천천히 일어섰다. 안 그래도 조만간 한 번 붙을 생각이었다.

"은준현, 진짜 죽고 싶지?"

당장에라도 큰 싸움이 날 것 같았다. 아무리 생각해도 이것들이

미친 게 확실했다.

"아악!"

체리는 버럭 소리를 질렀다. 상현은 단단히 화가 난 상태였다. 잘못 걸렸다간 진짜 초상을 치를 수도 있었다. 지금은 이성적인 사람부터 말리는 게 나았다.

"은준현, 너까지 왜 그래? 개차반 하나로도 벅차 죽겠어. 제발 부탁이야. 너까지 그러지 마."

체리 말에 준현은 그녀의 어깨에 손을 올렸다. 그 모습에 상현의 눈에 불이 번쩍 들어왔다.

준현은 보란 듯이 크게 소리쳤다.

"너랑 관련된 일 아니면, 주먹 같은 거 절대 안 써."

상현은 순식간에 다가와 준현의 팔을 잡아뗐다. 그러곤 다시 준현을 향해 주먹을 날렸다.

준현은 그의 주먹을 가볍게 피했다. 씩씩거리며 준현을 노려보는 상현의 눈매가 차갑다 못해 몸서리쳐질 지경이다.

체리는 그녀를 두고 싸우는 형제를 보며 한숨이 절로 나왔다. 꿈에 나올까 무서운 광경이 현실에서 펼쳐지고 있었다. 그런데 무섭기보다 짜증이 일었다.

"진짜 너희 둘 다 꼴 보기 싫으니까 당장 사라져. 제발 이 골목, 아니 내 인생에서 사라져달라고!"

체리의 악다구니를 들으며 준현은 상현을 바라봤다.

"이제 체리한테 함부로 말하지 마! 그렇게 함부로 할 사람 아니란 거 알잖아? 체리를 정말 아낀다면…….."

준현은 한숨을 내쉬고 상현을 바라봤다. 이렇게 몰아붙일 생각은 아니었는데 감정이 격해진 것 같았다.

그 예전, 무슨 말과 행동을 해도 주먹을 불끈 쥐며 참기만 하던 상현은 보이지 않았다.

상현은 이제야 그를 같은 남자로 봐주는 것 같았다. 고맙기도 하고 가슴이 뜨거워지기도 했다.

그의 몫은 여기까지인 것 같았다. 부디 두 사람이 본인들 감정에 하루빨리 솔직해졌으면 좋겠다는 생각이 들었다.

"네가 뭔데 이래라저래라야? 체리는 이제부터 내 옆에 있을 거야! 이체리, 아까 한 말 잊지 마!"

상현의 말에 체리는 준현의 시선을 피했다. 눈치 백 단 준현이라면 단번에 그들 상황을 눈치챌 수 있었다. 섣불리 말했다간 낭패만 볼 게 확실했다.

"조, 좀 생각할 시간이 필요하긴 한데 개…… 아니, 상현이 말이 맞아. 준현아, 그러지 마. 그만 싸우고 집에 가. 피곤해."

시선을 피하는 체리를 보며 준현은 슬쩍 올라가는 입매를 감췄다. 그래도 며칠 사이에 진전이 생긴 모양이었다.

체리는 상현을 세차게 쏘아봤다.

"은상현! 약속 지켜!"

체리 말에 상현은 콧방귀를 뀌었다.

"생각은 무슨 생각이야! 정 안 되면 오늘 당장 실행할까?"

'저게 진짜!'

상현은 한다면 하는 성격이었다. 체리는 얼른 상현 옆에 서며 그를 노려봤다.

"알았다고. 지금부터 하면 되잖아!"

"이게 어디 애인 바라보는 눈에 힘을 주고 그래!"

"소리 지르지 않는다며?"

"잔소리 자꾸 할 거야? 내 입 가지고 내 맘대로 말도 못 해?"

체리는 준현이 보란 듯 으스대는 상현의 태도에 기분이 이상해졌다.

모양새가 꼭 질투하는 애인 같았다. 그럴 리가 없다는 걸 알면서도 이런 감정이 드는 걸 보면 그녀도 경자를 닮아 도끼병 기질이 다분한 것 같았다.

체리는 피식 새어 나오는 웃음을 감추며 상현을 쏘아봤다.

"은상현! 너부터 약속 지켜. 소리 지르지 않는다고 했으면 말이라도 예쁘게 해야 할 거 아냐?"

준현은 계속되는 그들 대화에 인상을 썼다. 아직 인정과 구체적인 협의점을 찾지 못한 상태였다.

영규의 연구를 돕는 것도 좋지만 신종 바이러스 연구를 위해 최소 10년의 자유는 필수였다. 그럼에도 인정은 무슨 일이 있어도 30살 전에 상현과 준현, 둘에게 짝을 지어줄 작정인 것 같았다. 미국에서도 얼마나 알게 모르게 선 자리를 주선했는지 몰랐다.

인정의 압박이 거세지며 그에게 방법은 하나밖에 남지 않았다. 상현에게 짝을 먼저 찾아주는 것.

바보처럼 자신의 감정을 모르는 그들에게는 강력한 연적만큼 좋은 약이 없었다. 상현을 부추길 생각도 있었지만 두 사람이 끝까지 진전이 없다면 체리와 결혼을 하는 것도 나쁘지 않다는 생각이 들었다.

그날 모두에게 공표했던 것처럼 아직까지 체리만큼 편하고 좋은 이성은 만나지 못했다. 지금 상황이라면 내일이라도 당장 인정과 협의점을 찾아야할 것 같았다.

5년에서 절대 물러설 기미가 보이지 않는 인정을 무슨 수로 상대해야 할지 막막했다. 하지만 상현이 도와준다면 방법이 전혀 없는 건 아니었다. 준현은 미소를 감추며 상현을 바라봤다.

"니들 대체 뭐 하는 거야?"

준현의 말에 상현은 체리의 어깨를 감싸 안았다. 체리는 도끼눈을 뜨고 상현을 노려봤지만 쳐내진 않았다.

상현의 손이 제법 따뜻하게 어깨를 감싸고 있었다. 기분 나쁘진 않았다. 도리어 편안하다고 해야 할까?

이상한 기분에 휩싸인 채 체리는 상현의 말을 들었다.

"보면 모르겠어? 이체리는 내 꺼야. 그러니까 꿈 깨."

상현의 말에 체리는 입을 벌리며 그를 바라봤다.

연기력이 수준급이다. 말하는 게 진심처럼 느껴졌다. 옆에서 평생 놀려줄 심산인 것 같은데 완전 망한 것 같았다.

"이체리! 정말이야?"

어깨에 올려져 있는 상현의 팔이 그녀만이 느낄 수 있는 무게로 그녀를 압박했다. 체리는 고개를 돌려 상현을 노려봤다. 상현은 눈썹을 올렸다.

'헛소리하기만 해봐!'

말하지 않아도 상현이 무슨 말을 할지 알았다. 체리는 세차게 상현을 쏘아봤다.

'알았다고!'

체리는 상현을 째려보다 고개를 돌렸다. 웃으려고 애쓰는 입가에 경련이 일 것 같다.

"으응. 맞아. 아직 아무한테도 말 못했는데 너 때문에 어쩔 수 없이 말해야겠다. 사실, 우리 얼마 안 됐어. 하. 하. 하."

어쩜 이렇게 어색하게 웃을 수 있는지 모르겠다. 들려오는 웃음소리가 그녀 목소리라는 게 안타까울 따름이었다.

준현은 뭔가 이상하다는 생각에 다시 체리에게 물으려 했다. 하지만 상현이 가만있지 않았다. 상현은 잽싸게 체리를 집으로 밀어 넣었다.

"피곤하다며? 일찍 들어가서 자. 요즘 잔소리를 안 했더니 매일 술이지? 어휴, 술배 나온 거 봐."

그녀를 걱정해서 하는 말인 건 알고 있었다. 그런데 매번 따라오는 뒷말이 그녀 속을 뒤집었다. 아무리 생각해도 안 되겠다.

"개차반!"

'내 반드시 널 죽이고야 말겠어!'

또다시 뒷말을 삼키며 체리는 상현을 쏘아봤다. 진짜 귀신이 따로 없었다.

안 그래도 매일 밤 배를 깔고 누워 만화책을 보는 그녀에게 경자와 나리가 술로 만든 쿠션을 장만했다며 약을 올리는 중이었다. 그녀도 다이어트의 필요성을 심각하게 느끼던 참이었다.

상현은 체리의 사나운 기세에 도리어 코웃음을 치며 손을 불쑥 내밀었다.

"뭐?"

그제야 그의 손에 들린 휴대전화가 보였다.

"내가 안 챙겼으면 또 그냥 왔을 거 아냐? 술 먹고 아무 데나 물건 좀 놓고 오지 마. 아니, 이참에 술 좀 끊어! 그리고 오늘은 준현이 새끼가 몰라서 봐주지만 딴 새끼가 주둥이 박는데도 가만히 있으면 진짜로 죽는 줄 알아. 빨리 들어가. 확 잡아먹기 전에."

'저게 미쳤나?'

날이 갈수록 이상해진다. 야릇한 시선에 체리는 급하게 휴대전화를 낚아채 집으로 들어갔다.

상현과 준현이 서로를 노려보며 살기를 띠고 있었지만 그건 자기들이 알아서 할 문제였다. 지금 그녀에게는 더 시급한 문제가 생겼다. 아무리 봐도 상현이 이상했다.

준현과 같이 있지 않았다면 분위기가 요상하게 갈 수도 있었다. 범상치가 않았다.

'설마?'

그녀와 이상한 짓거리를 할…… 리가 없었다. 체리는 눈앞에 떠오르는 야릇한 상상에 고개를 저으며 방으로 들어갔다. 상현과 있으면 점점 변태스럽게 변해가는 것 같았다.

피식 웃으며 방으로 간 체리는 자신의 방에 앉아 있는 나리를 보며 기겁했다.

"어휴, 이나리 놀랐잖아!"

나리의 입이 뭔가 아는 듯 보기 좋은 모양새를 그리고 있었다.

"왜 그렇게 놀라?"

놀란 체리를 보며 나리는 아무렇지도 않게 손톱 손질을 했다. 나리는 꼬고 있던 미끈하고 긴 다리를 펴며 일어섰다. 여자가 봐도 눈이 가고 손이 갈 것 같은 각선미였다.

상현도 그렇지만 나리도 마음만 먹으면 두 사람이 밤의 역사를 만드는 상황은 얼마든지 가능할 것 같았다.

현란하게 펼쳐지는 19금 영상에 체리는 침을 꿀꺽 삼키며 나리를 바라봤다. 상현만 단속한다고 되는 게 아니었다.

"언니! 요즘 준현 오빠랑 잘 돼가?"

"저, 그게……."

체리가 입을 떼는데 나리가 씽긋 웃으며 그녀를 바라봤다. 분명 눈이 돌아갈 만큼 예쁜 미소인데 왜 소름이 돋는지 모르겠다.

"언니! 상현 오빠 요즘 더 멋진 것 같지 않아? 일도 열심히 하고 점점 멋있어지는 것 같아. 전엔 편하게 캐주얼만 입었을 때도 멋졌는데 요즘 슈트 입은 거 보니까 진짜 제대로지? 오늘 레스토랑 바쁘다고 다음에 데이트하기로 했는데 어디 갈지 벌써부터 고민이야. 언니, 상현 오빠 뭐 좋아해?"

체리는 속으로 온갖 미사여구를 쏟아냈다.

'바쁘긴 개뿔이 바빠! 그런 놈이 좀 전까지 집 앞에서 사람 속을 뒤집고 가니? 나리야, 어쩜 사람 보는 눈이 그렇게도 없니? 개차반은 아무리 멋져봐야 개차반인 거야.'

나리가 온갖 미사여구로 상현을 칭찬하는데 아무 말도 들어오지 않았다.

체리는 문득 문 앞에서 두 형제가 주먹다짐을 하고 있는 게 아닌가 걱정이 일었다. 거기다 돌변한 상현의 태도는 분명 뭔가가 있었다. 아무리 생각해도 답은 하나였다.

'요즘 너무 기어올라 그래. 하긴, 내가 생각해도 많이 기어오르

긴 했지.'

나리는 수심 가득한 얼굴로 침대에 걸터앉는 체리를 보며 작게 웃었다. 예상에서 한 치도 벗어나지 않았다.

나리는 골똘히 생각에 빠진 체리를 보며 자꾸 웃음이 나왔다.

제4장. 도끼병에는 약이 없다

체리는 심각한 표정으로 나리의 얼굴을 제대로 바라보지도 못한 채 앉아 있었다.

"왜?"

"아, 아니. 저, 그게……."

우물쭈물하는 모습이 뭐 마려운 강아지처럼 귀여우면서도 안타까웠다. 나리는 짐짓 아무것도 모른다는 듯이 고개를 돌렸다.

"할 말 있으면 빨리 해."

"나리야, 저기 있잖아……."

"나는 무슨 말을 해도 들어줄 용의가 있으니까 편하게 말해."

한참 시간이 흘렀음에도 입을 못 떼는 체리를 보며 나리는 한숨을 내쉬었다.

'어휴, 기회를 주면 뭐 해, 매번 이러는데! 저러니 상현 오빠가

매일 성질을 부리지.'

나리는 이제 심각한 얼굴로 방을 서성이는 체리 모습에 어금니를 꽉 깨물었다.

표정이 영락없이 귀여운 강아지 모습이다. 나리는 나오려는 웃음을 꾹 참았다.

아무리 둔하다 해도 체리만큼 둔한 사람은 없을 것 같았다. 물론 준현까지 체리를 마음에 두고 있었다는 건 쇼킹한 일이긴 했지만 어쨌든 그 일로 인해 상현이 마음먹은 건 확실해 보였다.

그럼에도 여전히 돌부처 가운데 조각 같은 체리를 보자니 속이 답답하다 못해 터질 지경이었다.

옆에서 지켜보는 그녀가 이 정도니 상현은 오죽할까 싶었다. 나리는 첫사랑 예우 차원에서 상현을 적극적으로 도울 생각이었다.

초중고 내내 남학생들의 인기를 한 몸에 받았던 나리였지만 실상 나리가 좋아한 사람은 상현과 준현이었다.

상현의 터프함과 준현의 알 수 없는 매력에 빠져 학창 시절을 보냈다. 지금도 모든 면에서 그들은 매력적이었다.

단, 그 매력이 체리에게 통하지 않는다는 게 문제였지만.

나리는 아무리 생각해도 이해할 수가 없었다.

객관적으로 보나 주관적으로 보나 보통 남자들의 선택은 그녀였다. 그런데 은 씨 집안 남자들은 이상할 정도로 체리밖에 몰랐다.

지금 돌아가는 상황을 봐선 상현이 우세였다. 물론 준현도 나쁘진 않았다. 하지만 그녀는 약속은 철저히 지키는 사람이었다.

'그동안 상현 오빠가 언니 때문에 속 썩은 게 어디 한두 번이야 말이지. 어쨌든 상현 오빠랑 딜(Deal)했으니까 이번 기회에 확실히 밀어줘야지. 정 안 되면 준현 오빠와 얘기해보는 것도 나쁘지 않겠어.'

언제부터인지 알 순 없지만 체리를 대하는 상현의 태도와 눈빛은 달라져 있었다. 예전에는 눈치채지 못했지만 중학교 시절부터는 확신할 수 있었다. 그날은 그녀 인생에 기점이기도 했었다.

나리는 하얗다 못해 투명하리만큼 맑은 피부를 가진 체리가 언제나 부러웠다. 자매임에도 체리의 별명은 일명 '짝설', 짝퉁 백설공주인데 나리는 오골계였다.

짝설과 오골계로 불리는 자매는 그날도 여느 때처럼 나란히 하교 중이었다.

"오, 쟤 귀엽게 생겼다."

"누구? 오! 예쁜데."

"딱 내 스타일이다."

"야! 너희 둘. 거기 서 봐."

체리는 딱 봐도 불량스러운 자태를 뿜어대는 그들을 보며 옆에서 걷고 있는 나리를 바라봤다. 나리와 다니면 언제나 그랬다.

처음 있는 일도 아닌데 괜스레 짜증이 일었다. 같은 여자가 봐도 나리는 시선이 가는 외모였다.

같은 교복을 입었는데 나리는 옷 태부터 남달랐다. 어느새 그녀보다 한 뼘은 더 큰 나리를 보며 동생의 화려한 외모에 반한 남자들의 지대한 관심을 본의 아니게 같이 받고 있었다.

늘 그렇듯 스포트라이트는 항상 나리였다. 어두운 조명 아래 있는 건 언제나 그녀 몫이었다. 씁쓸한 현실에 체리는 고개를 저었다.

한두 번도 아니고 이제 그러려니 하는 나리는 그들이 뒤에서 계속 불러대는데도 돌아볼 생각을 하지 않았다.

아무 생각 없이 걷고 있는데 뭔가가 진로를 방해했다. 나리는 고개를 들어 슬쩍 입술을 비틀었다.

말하지 않아도 표정에서 이미 그녀가 하고 싶은 말이 쓰여 있었다. 하지만 확인 사살은 분명히 하는 나리였기에 도도하게 고개를 높이 들었다.

당해보지도 않았지만 당하고 싶지도 않은 눈앞의 상황에 체리는 괜스레 걱정이 일었다.

"그 얼굴을 하고 나랑 얘기하고 싶니?"

아니나 다를까. 나리 앞에 있던 남자의 인상이 험하게 구겨졌다. 적잖이 타격을 받은 것 같은 얼굴이 붉으락푸르락 변했다.

그사이 그들 곁으로 다가온 나머지 일행이 그녀들을 에워싸고 있었다.

"좀 전에 애, 뭐라는 거니? 얼굴 좀 반반하다고 예뻐해주려고 했더니, 확!"

"튕기시겠다! 너, 우리가 누군지 알아? 우리가 그 유명한 걸조. 일명 걸어 다니는 조각들이야."

어느새 분위기는 험하게 바뀌어버렸다. 체리가 난처해할 새도 없었다. 그중 한 녀석이 체리 손을 덥석 잡았다.

"야!"

"아악! 상현아."

갑자기 손을 잡는 손길에 놀란 체리가 소리를 질렀다.

"네가 이체리지?"

나리가 아닌 자신을 향한 질문에 체리는 멍한 표정으로 남자를 바라봤다. 다소 불량스러운 분위기지만 꽤 괜찮은 마스크를 가진 미소년이다.

"누군데 내 이름을 알아?"

"너, 남친 없지? 나랑 사귀자!"

황당한 말에 체리는 그의 손을 뿌리쳤다.

"이 손 놔! 그리고 지금 뭐라고 했어? 나리가 아니라 나랑 사귀자고? 왜?"

대부분의 남자들은 그녀보다 나리에게 관심이 많았다. 체리는 그녀에게 왜 관심을 가지는지 그 이유가 더 궁금했다.

체리 인생 16년 만에 처음 있는 일이라 더욱 그랬다.

"내가 제일 좋아하는 색이 흰색이거든. 너, 피부 진짜 하얗다. 밀가루 반죽처럼 완전 말캉말캉한 게 진짜 귀엽게 생겼다."

남자는 겁도 없이 그녀의 하얀 볼을 잡고 흔들기까지 했다. 체리는 남자의 손을 사납게 쳐냈다.

"어휴! 짜증 나!"

그녀가 가장 싫어하는 말이다. 그즈음 상현이 툭하면 그녀에게 밀가루 반죽이라고 놀려댔기 때문이다.

체리는 오랜만에 듣는 말에 속이 뒤집혔다.

"너한테 관심 없거든? 밀가루 가지고 놀고 싶으면 집에 가서 놀아라."

체리 말에 남자의 입술 끝이 쓱 올라갔다.

"난 너랑 놀고 싶은데?"

"뫄!"

"내가 어떻게 할까 봐 그래? 이래 봬도 내가 꽤 섬세한 남자야. 여자랑 밀가루 반죽은 아무래도 다르지 않겠어? 내가 조몰락거리며 노는 걸 좀 좋아하지만 이래 봬도 내가 신사다."

말문이 막혔다. 자라나는 청소년 입에서 나올 말이 아니었다.

그럼에도 서슴없이 나오는 걸 보면 마주할 가치조차 없는 상대란 소리였다. 입이 거친 상현도 이렇게 함부로 말하진 않았다. 평소라면 꼴 보기 싫은 상현이 그 어느 때보다 보고 싶었다.

옆에서 그들 대화를 듣던 나리가 소리를 질렀다.

"야! 어디서 그딴 소리를 지껄이는 거야? 언니! 빨리 가자. 너, 우리 언니 건들면 죽어."

"넌 뭔데 떠들고 난리야! 너한테 말한 거 아니니까 상관 마!"

"내가 왜 상관 안 해? 우리 언니란 말이야!"

나리 말에 남자아이가 두 사람을 번갈아 봤다.

"이체리가 친언니라고? 딱 봐도 하나도 안 닮았는데 어디서 거짓말이야."

"안 닮긴 왜 안 닮아!"

나리의 악다구니에 점점 사람들의 시선이 몰렸다. 그럼에도 어느 하나 그들을 저지하지 않았다.

남자아이의 시선이 나리의 구릿빛 피부를 위아래로 훑었다.

"어디서 까마귀가 시끄럽게 떠든다. 까마귀 노는 곳에 백로야 가지 마라. 역시 까만 건 딱 질색이야."

놀리는 게 다분한 말에 나리 목소리가 더 커졌다.

"야! 네가 나 까만데 보태준 거 있어? 아, 짜증 나. 아무튼 우리 언니한테 수작 걸지 마!"

소란스러운 그들을 힐끗힐끗 쳐다보던 동급생들은 슬슬 그들 무리를 피해 가고 있었다. 그때 멀리서 아주 고급스러운 단어들이 그들의 귀를 후벼 파기 시작했다.

"어떤 새끼들이 남의 학교 앞에서 수작질이야? 시끄럽게 떠들고 있는 주둥아리를 확!"

체리는 그날처럼 상현의 입에서 나오는 말들이 반갑게 들린 적이 없었다.

어느새 상현은 체리 옆에 서 있었다.

"야! 니들은 왜 아직 학원 안 갔어? 나처럼 토낄라고? 그러다 아줌마한테 걸리면 죽는다. 준현이 니들이랑 학원 간다고 나갔는데 왜 안 보여?"

상현은 눈을 희번덕거리며 주위를 둘러봤다.

매일같이 붙어 다니더니 이런 때는 코빼기도 보이지 않았다. 예뻐해주려고 해도 예뻐해줄 수가 없는 자식이다.

체리는 반갑다는 얼굴로 상현에게 한 걸음 다가왔다.

"지금 학원 가는 중이었어. 준현인 먼저 갔어. 오늘 나리가 주번이라 내가 기다렸거든. 기다린다는 걸 내가 먼저 가라고 한 거야."

상현의 마음을 안 건지 체리는 굳이 묻지도 않은 말까지 했다. 그런데 왜 체리의 변명에 기분이 상하는지 모르겠다.

두리번거리던 상현의 눈에 체리의 손목을 잡고 있는 남자아이가 들어왔다.

멀리서 봤을 땐 몰랐는데 손목까지 잡고 있었다. 순식간에 뜨거운 기운이 용솟음쳤다.

이번에 사고 치면 영규가 가만 안 둔다고 했는데 참을 자신이 없었다. 대체 왜 말도 못하고 저러고 있는 건지 모르겠다. 이러니 눈을 뗄 수가 없었다.

상현은 잠시 심호흡하고 체리를 쏘아봤다.

"근데 네 손모가지 잡고 있는 새끼는 누구야?"

상현은 몹시 맘에 안 든다는 표정을 짓고 그들을 둘러봤다.

"넌 뭐야?"

체리의 손목을 잡고 있던 남자아이가 상현을 보며 되물었다. 그러다 무리 중 상현을 알아본 친구들이 속닥이기 시작했다.

"야, 쟤가 그 유명한 은상현 아냐?"

"맞아. 야, 가자."

"누구라고?"

그제야 상현의 얼굴을 확인한 남학생은 스르륵 손목을 놓았다. 하지만 체리의 손목에 새빨갛게 남아 있는 손자국이 상현의 눈에 들어온 뒤였다.

영규는 자의든 타의든 체리를 다치게 하는 날이면 진심으로 다리를 부러트린다고 했었다. 그 탓에 최대한 체리가 다치지 않게 하느라 얼마나 애쓰고 있었는데…….

처음 보는 놈이 체리 팔에 시뻘겋게 자국까지 남겨놨는데 그걸 이제야 알아챘다.

퍼져가는 냉기로 상현의 입에 비웃음이 걸렸다.

"야, 잘못 걸린 것 같다. 쟤 저렇게 웃으면 완전 장난 아니라고 들었잖아. 너, 쟤 별명 못 들었어?"

다른 아이가 고개를 세차게 저었다.

"얼마 전 얘네 학교에서 반별로 친구들 별명 지었는데 은상현 별명을 악마의 수제자라고 했대."

"왜?"

"우리랑 같은 중3인데 저 키랑 몸 봐라. 누가 쟤를 중3으로 보겠어? 거기다 맷집도 장난 아니래. 전에 성운고 짱이랑 붙었는데 쟤 때리다가 쓰러졌다고 하더라. 저 살벌한 눈 봐. 오죽 유명하면 우리 학교까지 소문이 났겠어?"

뒤에서 작은 소리로 그에 관해 브리핑 하든 말든, 상현은 귀찮다는 듯 귀를 후벼 팠다. 상현은 여전히 체리 옆에 서 있는 남자아이를 쏘아보고 있었다.

"넌 뭐야?"

"뭐, 뭔 상관인데?"

남자아이는 짐짓 상현을 마주 보며 아직까지 당당히 모습을 보이고 있었다.

"아, 젠장……. 너! 뭐냐고?"

상현의 사나운 음성에 남자아이는 보기 흉할 정도로 움찔거렸다.

"뭐, 뭐, 뭔 상관인데……."

우물쭈물하는 사이 가까이 다가간 상현의 기세에 남자아이는 당황하기 시작했다.

"네, 네가 무, 무, 무슨 상관이야? 난 그냥 체리랑 얘기 좀 하려고 그러는 거야."

상현은 눈을 돌려 벌건 팔을 문지르는 체리를 바라봤다. 멍들게 확실해 보였다. 체리는 툭하면 여기저기 멍이 들었는데 영규는 그 모든 걸 상현 탓으로 돌렸다. 그가 무슨 체리 가드도 아니고 하나부터 열까지 그의 탓이었다.

그나마 세미나로 출장 갔으니 망정이지 영규가 봤으면 당장 상현을 쥐 잡듯 잡았을 일이었다.

"이체리. 얘랑 할 말 있어?"

체리는 문지르던 손을 내리며 남자아이를 쏘아봤다.

"없어!"

"얜 너랑 할 말 없다는데? 야, 너희들. 다른 소문은 못 들었냐?"

상현의 질문에 앞에 있던 동급생은 물론 구경하던 이들도 숨을 죽이며 그들을 지켜봤다.

"무, 무슨 소문?"

"체리 괴롭힐 수 있는 건 은상현, 나 하나뿐이라는 거! 얘랑 말할 거면 나랑 먼저 스케줄 잡아야 하는데 몰랐어? 우선 나랑 조용한 데서 얘기 먼저 하자. 어떠냐?"

눈빛에 서린 오싹함에 남자아이는 서둘러 한쪽 어깨에 매달린 가방을 고쳐 맸다.

"다, 다음에 보자. 이체리."

"잠깐!"

상현은 급하게 자리를 벗어나려는 남자아이의 뒷덜미를 덥석 움켜잡았다. 상현의 태도에 근처에 있던 모든 이가 소리 없는 탄성을 질렀다.

"왜, 왜?"

남학생은 어느새 자신을 버리고 줄행랑친 친구들을 원망하며 상현을 돌아봤다. 벌써 다리에 힘이 풀렸다.

"얘 괴롭히려면 나한테 허락받아야 하는 거 몰랐냐고 물었잖아! 왜 대답 안 하고 그냥 튀는데? 너희 학교까지 아직 그 소문이 안 났냐? 이참에 가서 제대로 소문내. 그리고 교문에서부터 들으니까 조몰락거리길 좋아한다고 하던데 나랑 조용한 데서 구체적으로 어떻게 할지 심도 있게 대화해보자. 거절은 없다."

체리의 남자 친구가 상현인 걸 알았다면 절대 하지 않았을 말들이다.

주위 담을 수 없는 말을 안타까워하며 남자아이는 손이 떨려오는 걸 느꼈다. 다시는 이 근처에 얼씬도 하지 않을 것이다.

"아, 아니. 내가 워낙 밀가루 음식을 좋아해서 한 말이야. 시, 시, 신경 쓰지 마. 하하하."

어색한 웃음소리에 상현은 그의 귀에만 들리게 작게 속삭였다.

"웃지 마라."

커다란 손으로 남자아이의 뒤통수를 쓰다듬는 상현을 보며 나리는 기분 나쁜 얼굴을 했다. 아무것도 모르는 얼굴로 서 있는 체리 때문에 이 일을 당했다는 게 화가 났다.

거기다 아까 들었던 말들에 이미 자존심은 산산조각 난 상태였다. 외모로 누군가에게 지적받은 건 처음 있는 일이었다.

"오빠! 쟤가 막 이상한 말도 했어. 혼내줘."

나리는 처음 듣는 말로 남학생들을 위협하는 상현의 태도에 피식 웃음이 나왔다.

역시 짐작대로 상현은 체리를 좋아하고 있었다. 그렇지 않고서야 얼토당토 않는 말을 꺼낼 리가 없었다.

다른 건 몰라도 상현은 한 번 뱉은 말은 꼭 지켰다. 그녀에게는 아주 좋은 기회일지도 모른다는 생각이 들었다.

상현은 나리 말에 기다란 팔을 남학생의 어깨에 척 하니 내려놨다. 그 모습에 그들 주위에 있던 모든 동급생이 떨고 있는 남자아이를 향해 애도의 뜻을 표했다. 한동안 잠잠하다 싶었는데 역시나 상현 주위에는 사고가 끊이질 않았다.

"아무리 생각해도 조용한 데서 대화를 좀 해야겠어. 그치?"

그렇게 상현과 사라진 남자아이는 그 후 다시는 얼굴을 보이지 않았다.

체리는 한동안 높아진 자신감에 고개를 높이 들고 다녔지만 상현이 여느 때보다 한층 더 그녀를 괴롭히기 시작했다.

어느 이성도 그녀 근처에 접근하지 못하게 하면서.

그런 상현을 보며 나리는 지나가는 말로 체리에게 물은 적이 있었다.

"상현 오빠가 언니 좋아하는 거 아닐까?"

체리는 나리 말이 끝나기 무섭게 무지막지한 언어폭력과 함께 경자에 버금가는 스매싱을 하기 시작했다.

"이 나쁜 년! 네가 그러고도 내 동생이라고 할 수 있어? 내 소원이 뭔지 알지? 개차반이 블랙홀로 사라져버리는 거야!"

"혹시 싫어서 하는 소리잖아!"

"그 입 다물어! 대체 외계인은 언제쯤 온다는 거야? 올 거면 좀 빨리 와라! 에잇, 깐따삐야 또까삐야!"

체리의 외침에도 나리는 미심쩍은 마음을 지울 수가 없었다.

"아무리 봐도 좋아하는 건데……."

"그딴 소리 할 거면 너도 블랙홀로 사라져! 아빠가 또다시 사업 한다고 하면 학교를 그만두는 한이 있어도 뜯어말릴 거야. 차라리 이사 가게 둘 것이지, 왜 우리 집을 다시 사서 주냐고! 이 골목에서 벗어날 절호의 기회였는데……. 아악! 생각만 해도 열 받네. 이나리, 너도 블랙홀로 사라져버려!"

상현과 같이 다니며 그의 병이 옮기라도 한 것 같은 모습에 나리는 고개를 저으며 나왔다.

그렇게나 싫다면 안 보면 그만이었다. 하지만 체리는 상현을 욕하면서도 늘 붙어 다녔다.

강한 부정은 강한 긍정이라고 했다. 어쩌면 체리는 자신도 모르게 밀고 당기기를 하고 있는 건지도 모르겠다는 생각이 들 정도였다.

불현듯 떠오른 옛 기억에 나리는 팔짱을 끼고 체리를 지켜봤다. 하는 행동을 보아하니 또 술을 마신 것 같았다. 그래도 웬일로 휴대전화와 가방은 챙겨왔는지 침대 아래 나뒹굴고 있었다. 매번 잃어버린 물건을 찾으러 전날 다닌 행적을 따라다니는 것도 일이었다.

상현이 그나마 잔소리를 하니 저 정도지, 안 그럼 남아나는 물건이 없었을지도 몰랐다.

나리는 여전히 근심 가득한 얼굴로 뱀 허물 벗듯 옷을 벗어젖히는 체리를 지켜봤다.

"언니, 또 술 마셨어?"

"조금."

상현과 실랑이하느라 잊고 있던 술기운이 올라오기 시작했다. 며칠 동안 연속으로 마셨더니 맥주 한 잔에도 술기운이 온몸으로 퍼졌다.

여느 날처럼 상의 슈미즈와 팬티를 제외한 모든 옷을 탈의한 체리는 침대 속으로 기어 들어갔다.

거칠게 브래지어를 벗어 던졌다. 그날이 다가올 모양이었다. 매번 그때가 되면 체리는 가슴이 아파 집에 오자마자 속옷을 벗어 던지곤 했다. 체리는 다른 건 무뎌도 감각은 예민한 편이었다.

체리는 어느새 침대와 혼연일체가 되어 있었다. 체리의 모습에 나리는 얼른 그녀를 흔들었다.

"언니! 화장은 좀 지우고 자!"

"조금만 누웠다 씻을 거야."

체리는 귀찮은 듯 대꾸했다. 몸이 물에 젖은 솜 같았다.

"거짓말하지 마. 그러다 그냥 자고 아침에 대충 씻고 다시 화장할 거잖아! 아니지. 내일 토요일이니까 그냥 아침에 세수하면서 지울 생각이지?"

체리는 어떻게 알았냐는 듯이 피식 웃으며 이불을 휘감았다.

"내가 알아서 할 테니까 얼른 네 방으로 가."

"어휴, 어쩜 피부를 그렇게 방치하는데 트러블 하나 안 생기는 거야? 아무리 생각해도 신은 불공평해!"

나리의 투정에 체리는 피식 웃었다.

"뭐가 불공평해?"

"내가 숍에 투자하는 돈이 얼만지 알기나 해?"

나리는 오래전 그날 겪었던 모멸감에 피부에 관한 거라면 물불

가리지 않고 했다. 그 덕에 지금은 뽀얀 피부를 자랑하고 있었지만 피부에 관한 일이라면 예민했다.

"욕심도 많다. 꼭 너처럼 예쁜 것들이 없는 자들이 가진 걸 탐내더라. 졸려. 탓할 거면 죄 없는 신 탓하지 말고 엄마 탓해. 난 아빠 닮아 하얀 거니까."

"엄마도 하얀 편이잖아! 아빠, 언니도 다 하얀데 왜 나만 까맣냐고? 언니랑 하나도 안 닮고. 진짜, 나 어디서 주워 온 거 아냐?"

어느새 설핏 잠이 든 체리는 나리의 말에 잠꼬대같이 대꾸했다.

"엄마 옛날 사진 너랑 판박인데 주워 오긴 어디서 주워 와? 하긴, 다리 밑에서 주워 오긴 했다고 하더라. 엄마 다리 밑에서……."

체리의 농담에 나리는 긴 한숨을 내쉬었다.

"대체 철은 언제쯤 들 거야? 아무리 생각해도 저 만화책부터 끊어야 돼."

나리는 한쪽에 수북하게 쌓여 있는 만화책들을 쳐다보며 고개를 저었다.

시간이 지나면 괜찮아질까 싶었는데 체리는 만화와 현실을 자기 마음대로 뒤섞었다. 대체 저 머리로 명문대와 대기업 취업은 어떻게 했는지 미스테리였다.

문득 뒤를 돌아본 나리는 깊은 한숨을 내쉬었다. 체리는 이미 깊은 잠의 수렁에 빠져 있었다.

오래전, 늘 셋이 함께였던 추억 속의 놀이터. 그곳에 선 형제는 당장에라도 몸싸움을 벌일듯 서로를 노려보고 있었다. 준현은 꽉 쥔 주먹을 풀고 상현을 바라봤다.

"체리랑 어떻게 된 거야?"

"뭘?"

상현은 여전히 기분 나쁜 얼굴로 터진 입가를 만지며 주먹을 쥐락펴락하고 있었다. 어지간히 분한 모양이다. 예전 같으면 상현과 이렇게 대치하고 있는 모습을 상상조차 못했을 것이다.

질투와 경쟁심에 상현을 이겨보고 싶어 택했던 것이 공부였다. 준현에게 넘치는 건 언제나 시간이었다.

상현과 같이 뛰놀고 싶었지만 몇 시간만 놀아도 며칠을 앓아누울 정도라 쉽지가 않았다. 그 덕에 그의 주위에는 늘 책이 가득 쌓여 있었다.

준현의 눈에 상현은 언제나 생기가 넘쳐흘렀다. 궁금한 게 있으면 어떻게든 알아내 답해주는.

준현의 눈에 상현은 완벽한 형이었다.

인정과 많은 시간을 함께하며 생긴 돈독함, 혜영의 믿음이 가득한 따뜻한 시선, 영규의 훈계 속에 담긴 애정.

준현이 오랫동안 바랐지만 그에게는 해당 사항이 없는 것들을 모두 가지고 있었다.

물론 인정이 그를 아끼고 있다는 건 알지만 준현이 비집고 들어갈 수 없는 끈끈함이 그들 사이에 존재했다.

혜영과 영규는 늘 그를 안타까운 시선으로 바라봤었다. 마치 준현의 건강 이상이 그들의 잘못인 것처럼 미안해했고 늘 불안해했었다.

어린 시절 상현과 준현, 체리 셋이 장난을 치다 체리 이마가 찢어졌을 때도 준현은 아무에게도 혼나지 않았다.

놀이터 한쪽 구석에 숨어 있던 준현은 상현처럼 그저 장난을 치고 싶었을 뿐이었다. 그런데 잘못한 그는 아무런 훈계도 받지 않고 상현만 종아리가 터지도록 혼이 났다.

상현은 본인 잘못이 아님에도 한마디 말도 없이 매를 맞았다. 억울했을 텐데도 끝까지 아무 말도 하지 않았다.

준현은 그다음부터 그들과 어울려 놀이터에서 마음 편히 놀지 못했다. 상현에게조차 보호받는 존재이고 싶지 않았다. 그저 동등하게 어울릴 수 있는 동생이고 싶었다.

하지만 오래전부터 상현에게 그는 보호해야 할 대상인 것 같았다. 처음에는 화가 나 욕도 하고 때리기도 했지만 상현은 든든한 형 노릇을 할 심산인지 묵묵히 그를 받아주었다.

사춘기가 지나고 그가 상현을 이길 방법은 공부밖에 없다는 걸 깨달은 뒤부터는 그들 관계가 묘하게 달라졌다.

어느 순간부터 멀어졌는지 모르겠지만 상현은 여전히 그에게 멋지고 좋은 형이며 동경의 대상이었다.

시기심에 시작한 공부가 그의 인생이 된 지금, 상현에게 고마운 마음이 커져가는 것도 사실이었다.

준현은 오랫동안 그를 지켜준 상현에게 고맙다는 인사를 전하고 싶었다. 그만의 방식으로.

준현은 미소를 감추고 상현을 지그시 바라봤다.

"체리랑 어떻게 된 거야?"

"아까 체리 하는 말 못 들었어? 외국물 먹고 오더니 이제 한국말도 못 알아들어?"

비꼬는 모양새가 예나 지금이나 똑같다. 상현이 변함없다는 사실이 반갑기도 하고 고맙기도 했다. 상현은 모르겠지만.

그의 도발로 꽤 마음이 급해진 모양이었다. 그럼에도 확인할 필요가 있었다. 그의 작전이 제대로 성공한 것인지.

"그 말이 아니잖아. 한 가지만 물을게. 체리 좋아해?"

"네가 알아서 뭐 하게?"

상현은 어느새 뚱한 표정을 지으며 준현을 바라봤다.

"대답 먼저 해."

집요한 구석이 있는 준현의 입매가 매서워졌다. 그런 준현을 보며 상현은 한숨을 내쉬었다.

준현의 성격 상 대답을 듣기 전까지 결코 물러서지 않을 거란 걸 잘 알았다. 상현은 툭 내뱉듯 입을 열었다.

"딴 놈 옆에 있는 거 보기 싫어 그런다. 체리도 그런다고 했으니까 신경 꺼."

말을 마치며 히죽 웃는 상현의 태도에 준현은 눈을 가늘게 뜨고 그를 노려봤다. 계속 이런 식이면 곤란했다.

"좋아하지도 않으면서 왜 옆에 두려는 건데? 혹시 체리가 형을 많이 좋아하는 거야? 고백이라도 받았어?"

준현은 만에 하나라고 생각하며 상현을 바라봤다.

체리는 독특한 구석이 있어 한 번 꽂히면 누가 뭐라고 해도 듣지 않았다. 설핏 상현의 얼굴에 홍조가 떠올랐다 급하게 꼬리를 감췄다.

뭔가 싸하게 지나가는 감정에 준현은 고개를 저었다. 분명 그가 놓친 뭔가가 있었다. 지난 6년간 대체 무슨 일들이 있었는지 모르겠다.

"뭐, 그런가 보지……. 앞으로 체리 건들면 진짜 죽을 줄 알아! 네가 무슨 꿍꿍인지 몰라도 진심 아닌 거 아니까 관두고."

준현 앞에서 체리가 좋다고 말하긴 싫었다. 고백을 해도 그가 먼저 하려고 했었다. 그런데 준현이 먼저 그 기회를 뺏어가버렸다.

그간 마음 졸이며 지낸 시간을 누구에게 보상받을 수도 없었다. 상현은 말도 안 되는 자존심으로 죽어도 잘난 준현 앞에서 체리가 좋다는 말은 꺼내지 못했다.

준현이 진심이라면 잠시 고민했을지도 몰랐다. 하지만 그가 보기에 준현은 진심이 아니었다.

상현이 뜬눈으로 밤을 보낼 때 준현은 아무렇지도 않은 얼굴로 연구소에서 지내고 있었다. 진심이라면 그처럼 편한 얼굴로 지낼 수는 없었다.

상현은 지금 아무것도 눈에 보이지 않았다. 준현이 고백 아닌 고백을 하고 머릿속이 더 복잡해졌다. 귀국하자마자 고백할 정도로 체리에 대한 마음이 확실하고 컸다면 지금처럼 안일하게 행동하지는 않을 것 같았다.

물론 좋은 감정을 가지고 있을 순 있지만 그가 품고 있는 감정과는 본질적으로 달랐다.

준현이 진심도 아닌 일에 이렇게 행동하는 데는 분명 이유가 있었다. 그건 차차 알아보면 될 일이다. 우선 준현에게 체리와의 관계를 명확하게 밝히는 게 먼저였다.

만약 체리가 그들이 나눈 대화를 들었다면 게거품을 물게 뻔했지만 그렇다고 당사자도 못 들은 말을 함부로 내뱉을 순 없었다.

상현은 하루 전을 생각하며 터져 나오는 한숨을 겨우 삼켰다. 그는 자신이 얼마나 한심하게 시간을 보내고 있는지 깨닫지 못했었다. 하지만 감정을 속이며 허비한 시간 속에도 이 순간을 위해 열심히 달려왔다는 걸 깨닫기에는 충분한 시간이었다.

처음 조직을 나오고 빈둥거리는 것처럼 보였던 상현은 사실 바쁘게 새로운 일자리를 알아보고 있었다.

하지만 고등 검정고시와 조리사 자격을 갓 취득한 그에게 취업은 쉽지가 않았다. 그때 인정이 레스토랑 일을 제안했다.

처음에는 거절했다. 하지만 한편으론 인정의 제안이 반가웠다. 내심 기대하고 있었는지도 몰랐다.

어릴 적 인정의 손에 이끌려 이곳저곳 다닌 탓에 음식에 관련된 거라면 웬만한 사람보다는 많은 지식을 가지고 있었다. 그럼에도 먼저 말하지 못했던 건 자격지심 때문인지도 몰랐다.

하지만 억지인 듯 시작한 일에서 얻은 성취감이 고된 레스토랑 일을 계속하게 만들었다. 인정은 주방 보조 일부터 시작하게 해 시간이 지나며 점점 직급을 올려주었다.

상현은 꽤 빠른 속도로 직급을 올려갔다. 이런저런 이유로 레스토랑 일은 큰 어려움이 없었다.

청개구리의 대표인 형우는 자립하려는 상현에게 엉뚱한 조건을 내걸었다. 6개월 안에 조리사 자격증을 취득하는 것. 그때가 마침 슬슬 자립을 마음먹은 때이기도 했었다.

인정과 영규, 그리고 혜영의 잔소리도 작용했지만 언젠가 경자가 지나가며 한 말을 듣고 더는 안 되겠다는 생각이 들었다.

경자는 번듯한 직장 있는 건실한 남자와 딸들을 결혼시키고 싶다고 했다. 준현이 같은 남자를 만나면 더할 나위가 없을 거라는 경자의 말에 신경이 곤두섰다.

체리와 나리가 결혼할 거라는 생각을 해본 적이 없었다.

문득 체리가 결혼을 하게 된다면, 하는 생각에 정신이 번쩍 들었다. 다른 건 몰라도 체리 옆에 딴 놈이 서 있는 꼴은 두고 볼 수가 없었다.

그때는 그 감정이 무엇이었는지 깨닫지 못했지만 그럼에도 싫은 것만은 확실했었다.

'까짓 거 건실한 사람 되는 게 뭐 어렵다고……'

상현은 조리사 자격증 취득을 위해 밤낮으로 공부하며 검정고시도 준비했다. 조건이 다는 아니지만 갑자기 공부가 하고 싶어졌다.

이런저런 핑계를 대며 자신의 모습을 합리화시켰다.

상현은 마음만 먹으면 뭐든 될 수 있다고 생각했다. 물론 준현이처럼 될 수 없다는 건 알았다.

준현은 타고난 천재지만 그는 아니었다. 그럼에도 마음먹은 이상 무슨 일이 있어도 하고야 마는 성격답게 어떤 대가를 치르더라도 지금보다는 괜찮은 남자가 되어보리라 마음먹었다.

혼자 자립할 수 있다면 언제든 나가도 된다고 했지만 뭘 해야될지 갈피를 잡지는 못한 상태였다.

처음에는 레스토랑 일을 배우며 당황했지만 요리하는 게 싫지만은 않았다. 상현은 부단히 노력했다. 수많은 전문 용어와 싸우며 요리에 대한 기술을 배우고 익히길 반복했다. 덕분에 프랑스어까지 자유롭게 구사하게 된 건 그에게 행운이었다.

상처 하나 없던 상현의 손이 요리를 배우며 여기저기 베이고 다치기를 반복했었다.

그것이 벌써 2년 전이었다. 상현은 그 시간을 보내며 죽을 만큼 노력하면 자신도 뭔가를 이룰 수 있다는 걸 알게 되었다. 모든 사람, 특히 체리에게 당당할 수 있을 것 같았다.

그런데 체리는 여전히 몰래 소개팅을 한다고 하고 잘난 준현까지 합세했다.

머릿속이 복잡한데 어느덧 바쁜 런치 타임이 끝나가고 있었다. 사무실에 앉아 있자니 지루하기 짝이 없었다.

얼마 전까지 바쁜 런치 타임에는 주방에서 요리도 곧잘 했었다. 그런데 메인 셰프는 최근 상현이 주방에 출입하는 걸 금지시켰다.

지난 이벤트 행사 때 케이크가 펑크 나 상현이 급하게 디저트를 만들었다. 그런데 기존에 판매하던 디저트보다 더 큰 호응을 얻고 있었다.

파이 사이에 부드러운 크림을 듬뿍 넣어 만든 케이크는 최근 치아가 약해졌지만 여전히 달콤한 걸 좋아하는 인정을 위해 레스토랑에서 한 번씩 만들어 갔던 케이크였다.

혜영과 경자가 자주 먹는 초코와 크림치즈로 만든 케이크는 여자들 사이에서 별도로 주문이 쇄도할 만큼 인기가 좋았다. 하지만 상현이 만든 디저트 중 최고는 따로 있었다.

식용 꽃을 이용해 만든 꽃다발 크레페는 하루에 한 커플에게 제공하면서 입소문이 나 기념일이나 프러포즈를 위해 이미 1년 이상 예약이 완료된 상태였다.

꽃다발 크레페는 체리에게 고백을 준비하며 이것저것 궁리하다 나온 아이디어로 만든 디저트였다.

생전 안 사 본 꽃을 사자니 쑥스럽고 고백할 때 꽃다발은 기본이라는 말에 생각해낸 것이었다.

처음 꽃다발 크레페를 받은 체리는 별 감흥이 없었다. 오로지 그녀만을 위해 만들었는데 시큰둥하게 반응한 탓에 상현은 크게 상심했다.

혹시, 하는 마음에 여러 가지 소스와 아이템을 활용해 만든 것을 우연히 프러포즈하는 고객에게 제공하게 되었다. 그런데 입소문이 나며 방송에까지 소개되었다.

워낙 손도 많이 가고 시간이 걸리는 탓에 상현은 하루에 하나밖에 만들지 않았다.

그런데 그것이 고객들에게 더 큰 반응을 일으킬 줄을 몰랐다. 본의 아니게 시작하게 된 이벤트 탓인지 그 후에도 다른 디저트들까지 문의가 쇄도할 정도였다.

결국 본사와 협의 후 정식 메뉴로 결정할까 고민하고 있었는데 메인 셰프는 연일 저기압이었다. 그도 그럴 것이 연일 문의가 쇄도하는 디저트를 개발하고 만든 건 상현이었다.

디저트로 유명한 셰프는 그 사실 때문에 자존심이 상한 것 같았다. 안 그래도 셰프의 영역을 침범한 것 같아 레시피를 모두 넘겼지만 쉬이 풀릴 기미가 보이지 않았다.

딱 봐도 삐친 게 확실한데 실장의 권위가 떨어진다는 핑계를 대고 있었다. 브레이크 타임에 가서 신 메뉴에 대해 얘기해봐야 할 것 같았다.

몇 달 전부터 말을 꺼내긴 하는데 이벤트 준비로 미뤄두었다. 본격적으로 메뉴 개발을 하자고 하면 반색할 것 같았다.

얼마 전 식전 빵도 바꾼 상태였다. 그에 맞춰 메인 메뉴에도 변화를 줘야 할 것 같았다.

상현은 예전 인정과 갔던 이탈리아 가정식의 식전 빵을 레스토랑 메뉴에 접목시키면 좋을 것 같아 한동안 고심했다.

오래도록 변함없는 것도 좋지만 한결같음으로 고객의 마음을 영원히 붙잡을 수는 없다고 판단했다.

상현은 지난 몇 달간 레스토랑 영업이 끝난 새벽에 온갖 서적을 파고 동기들에게 핀잔을 들어가며 수많은 빵과 애피타이저를 만들어봤다.

최근 괜찮은 레시피를 완성했다. 인정은 물론이고 본사 직원들이 시식 후 시범적으로 그가 운영하는 지점에서 제공을 시작했는데 기존 메뉴보다 호응이 좋았다.

리뉴얼 시기에 맞춰 새로운 메뉴까지 선보인다면 좋을 것 같았다.

신 메뉴 개발과 여전히 변함없는 체리 때문에 머리는 아프지만 이번 기회에 그가 개발한 메뉴를 선보일 수 있다는 생각에 지난 몇 달간의 피로가 사르르 사라졌다.

시간이 되면 가족들에게 먼저 선보이고 싶었다. 각자 다른 성격답게 좋아하는 사이드 메뉴도 제각각이지만 분명 좋아할 거라는 생각에 기분이 좋아졌다.

상현은 문득 떠오른 생각에 피식 웃으며 몸을 일으켰다. 그때 휴대전화가 요란하게 울렸다. 번호를 확인한 상현은 인상을 구겼다.

"웬일로 전화를 다 하냐?"

-호호호. 오빠는 무슨 말을 그렇게 섭섭하게 해? 친구들이랑 늦은 점심 먹으러 왔는데 오빠, 어디 있어? 지금 창가 테이블에 앉아 있으니까 빨리 와.

"바빠!"

상현은 한숨을 내쉬었다. 나리가 그를 찾은 이유는 뻔했다.

-오빠! 좋게 말할 때 와. 할머니한테 전화하기 전에.

그럼 그렇지. 나리가 아무 이유 없이 그에게 전화할 위인은 아니었다.

"왔으면 점심이나 먹고 가. 아, 계산은 내가 말해둘 테니까 걱정 말고. 하긴 걱정할 이나리도 아니지."

-역시 오빠는 나랑 통하는 데가 있다니까. 친구들이랑 점심 먹은 다음에 잠깐 봐. 할 말 있으니까. 다 먹고 전화한다.

"야!"

상현은 이미 끊긴 휴대전화에 대고 소리를 질렀다. 체리랑 달리 나리는 능글능글해 그와 상극이었다. 그러다 문득 친구들과 왔다는 나리 말이 생각났다.

"이번엔 대체 몇 명을 데리고 온 거야?"

상현이 레스토랑을 맡은 후 나리는 생글생글 웃으며 친구들을 데려와 공짜 식사를 하기 시작했다.

오늘도 여지없이 한턱 제대로 쏜 나리는 친구들에게 인사를 받으며 자리에 앉아 상현을 보고 있었다.

"이나리! 진짜 양심도 없다. 이번이 마지막이니까 그런 줄 알아. 다음부터는 계산하고 가. 정 먹을 거면 너 혼자 오던가! 대체 몇 명을 끌고 온 거야?"

상현의 투정에 나리는 예쁘게 웃어 보였다. 이렇게 웃으면 웬만한 남자들은 무장 해제라는 걸 알고 있었다. 하지만 상현에게는 통하지 않았다. 그렇다고 물러설 나리도 아니었다.

나리는 피식 웃으며 상현을 바라봤다.

"팀 과제 때문에 며칠 밤새웠단 말이야. 고생한 동생한테 한턱 쐈다고 생각해."

"그 턱을 왜 내가 쐈야 하는데?"

"오빠도 친구들 불러다 공짜로 먹이잖아. 그날 보니까 장난 아니더라."

얼마 전 런치 타임이 아수라장인 된 날을 말하는 것 같았다.

형우 밑에서 같이 일했던 그의 옛 친구는 그와 달리 여전히 방황하고 있었다.

물론 친구가 원하는 돈을 빌려줄 수는 있었다. 하지만 한 번으로 끝날 것 같지가 않았다. 상현은 무슨 일이 있어도 금전 거래는 하지 않는 주의였다. 그 탓에 약간의 언쟁이 있었다.

다행히 그의 적절한 조치로 인정의 귀에 들어가지 않았지만 나리가 모든 걸 목격한 게 문제였다. 날강도가 따로 없었다.

상현은 이를 갈며 나리를 쏘아봤다.

"할머니 아직 모르시지? 그날 일……."

파직. 상현은 크게 심호흡하고 얼굴을 풀었다. 지금 상황에서 그 일이 인정의 귀에 들어가면 그동안 보인 성과가 물거품으로 변할 게 분명했다.

'까짓 거 실컷 먹고 똥배나 나와라!'

상현은 미끈한 나리 몸매를 보며 속으로 악담을 쏟아냈다.

"그래서 어쩌라고?"

"그냥 물어봤어. 오빠! 전부터 궁금한 거 있는데 물어도 되지?"

어째 말하는 분위기가 묻는 게 아니라 취조하는 분위기다. 상현은 말려들지 않으려 정신을 바짝 차렸다. 안 그럼 눈 뜨고 코뿐 아니라 목도 베어갈 것 같았다.

"언제부터 물어보고 질문했다고……. 그냥 평소대로 하지?"

"그럼 단도직입적으로 물을게. 오빠, 체리 언니 좋아하지?"

마시기 위해 들었던 아이스커피가 놀란 그의 몸짓에 엎어져버렸다.

하얀 리넨과 붉은색 테이블보가 예쁘게 세팅돼 있던 테이블에 검은색 얼룩이 어지럽게 흘러갔다.

요 며칠 어지러운 그의 심정 같았다.

근처에 있던 직원이 서둘러 테이블을 정리해주었지만 상현은 여전히 말이 없었다.

나리가 그런 상현을 보며 웃었다. 이런 반응은 이미 예상하고 있었다.

정리된 테이블 위, 좀 전에 그가 엎었던 아이스커피 대신 얼음이 가득 담긴 물 잔이 놓여 있었다. 말없이 앉아 있던 상현은 물 잔을 들어 단숨에 비워냈다.

상현은 여전히 웃고 있는 나리를 노려봤다.

"이나리, 헛소리할 거면 가! 학교 안 가? 대체 대학을 몇 년째 다니는 거야?"

"딴소리 말고! 왜 대답 안 해?"

"무, 무슨 대답……."

상현은 뚫어질 듯 쳐다보는 나리의 시선을 회피했다. 불과 몇 분 전만 해도 레스토랑을 가득 채운 외국인 관광객들과 손님들에게 그들이 원하는 서비스를 해주던 카리스마 넘치던 모습은 찾아볼 수가 없었다.

깔끔한 슈트 차림의 상현을 보기 위해 동서양 여자들이 그들 테이블을 일부러 스쳐 지나고 있었다.

상현은 주위 시선은 신경도 쓰지 않은 채 안절부절못하고 딴청을 피우고 있었다.

나리는 긴 다리를 꼬고 상현을 바라봤다. 외모에서 주는 위화감은 상현을 따를 만한 사람이 없어 보였다.

잘생겼다는 말이 부족할 것 같은 외모에 특유의 분위기는 이성을 잡아 끄는 매력이 있었다. 같이 있는 사람마저 그 분위기에 동화되게 만드는.

그 탓에 관심이 없던 이조차 시선을 뗄 수 없게 만드는 매력이 있었다.

그런데 그 매력이 발휘됐어야 할 곳에서 빛을 못보고 있었다. 체리도 문제지만 상현도 문제라면 문제였다.

나리는 한숨을 내쉬며 몸을 숙였다.

"체리 언니, 좋아하냐고 물었잖아."

"그, 그건 왜 물어?"

얼굴로 열이 올랐다. 이런 질문은 받아본 적이 없었다. 아니, 그에게 질문이란 걸 하는 사람이 전무했던 게 사실이었다.

어릴 적 인정을 따라다닐 때는 어른들의 호기심 어린 질문을 수

없이 받았지만 머리가 굵어지고 난 뒤로는 한 번도 경험해보지 못했다.

상현의 당황한 얼굴과 점점 벌게지는 얼굴을 보며 나리의 입술이 크게 호선을 그렸다.

상현은 나리의 웃는 모습에 기분이 상했다.

"야! 왜 그렇게 웃어?"

버럭 소리 지르는 상현을 보며 나리의 입가가 더 크게 휘었다.

"큭큭큭. 옛날부터 알고 있었어. 체리 언니 좋아하지? 아냐?"

"누, 누가 그딴 계집애를 좋아한다고 그래?"

가슴이 찌릿하다. 상현은 짐짓 아무렇지도 않은 얼굴로 나리를 바라봤다. 그런데 나리의 입술이 기분 나쁘게 위를 향하고 있었다.

"그래? 그럼 체리 언니, 준현 오빠랑 사귀게 둬도 상관없다는 거네. 알았어. 난 또 오빠가 언니 좋아하는데 혼자 끙끙대는 것 같아 소개팅이다 뭐다 일부러 알려준 건데…… 앞으로는 안 그래도 되겠다. 나, 간다."

상현은 천천히 일어서려는 나리를 급하게 잡았다.

"야!"

그의 다급함에 나리는 소리 내어 웃었다. 상현은 사납게 나리를 노려봤다.

"그러고 가면 어떻게 해?"

"그럼 인정을 하던가! 솔직히 이제 좀 인정해라. 언니도 그만 괴롭히고. 초등학생도 아니고 왜 그렇게 못나게 굴어? 그러니까 언니가 오빠 얘기만 해도 뒤로 넘어가는 거잖아."

나리 말에 상현은 머리를 마구 헝클었다. 애써 감추고 있던 감정을 이렇게 인정하고 나면 저 날강도 같은 나리가 그를 가만두지 않을 게 분명했다.

대답을 하자니 앞날이 걱정되고, 안 하자니 나리가 어떻게 나올지 더 걱정이다.

"아, 몰라!"

상현이 버럭 지른 소리에 나리는 인상을 썼다. 어지간히 화가 났는지 내지른 고함에 귀가 얼얼했다.

잘생긴 얼굴이 초조함으로 어둡게 구겨졌다. 그간 알아서 하겠지, 하며 뒀는데 이제는 어떻게든 결론을 내는 게 두 사람, 아니 모두를 위해서도 나을 것 같았다.

경자와 혜영도 눈치챈 것 같지만 섣불리 말을 못하고 있는 것 같았다. 그런데 준현의 고백으로 다들 혼란스러운 눈치였다. 조용히 있으려 해도 주위에서 가만두질 않는다.

"내가 이렇게까지 했는데도 인정을 안 하시겠다? 알았어. 체리 언니 귀 얇은 거 알지? 내가 옆에서 준현 오빠 괜찮다고 하면 금방 넘어갈 거야."

나리는 상현의 눈이 분노로 짙어지는 걸 바라봤다.

"똑똑하고, 직업도 확실하고, 얼굴도 잘생기고, 유학도 다녀왔겠다. 또 체리 언니한테 누구처럼 욕도 안 하고 소리도 안 지르고 좋아한다고 고백까지 했으니……. 준현 오빠가 형부 되면 진짜 좋겠네."

상현은 나리가 하는 소릴 들으며 점점 혈압이 오르는 걸 느꼈다. 상현은 결국 두 손을 들었다. 그에게는 아직 나리를 당해낼 재간이 없었다.

"그래. 좋다, 좋아. 이체리. 좋아 미치겠다. 됐냐?"

씩씩대며 감정을 인정한 상현을 보며 나리는 팔짱을 꼈다. 나중에도 이런 식이면 다시 생각해봐야 할 것 같았다.

하나밖에 없는 언니가 평생 언어폭력에 시달리는 걸 보고 싶지 않았다. 그럼에도 상현을 먼저 찾은 건 그동안의 의리 때문이었다.

"그럼 지금 이 사태를 어떻게 했으면 좋겠어?"

여전히 씩씩대는 상현을 보며 나리는 예쁜 미소를 지어 보였다. 허나, 상현의 눈에는 나리의 웃는 얼굴이 그 어느 때보다 사악해 보였다.

"체리 그게 나도 싫고 준현이도 싫다고 하잖아. 그런데 어쩌긴 뭘 어째?"

윽박지르는 상현을 보며 나리는 인상을 썼다. 그러다 금세 주름진 눈가를 손끝으로 살살 눌렀다. 이깟 일로 주름을 만들 순 없었다.

"오빠, 제발 윽박지르지 마. 욕도 마찬가지고. 언니가 듣기 싫어하는 거 알면서 꼭 그러더라."

"년을 년이라고 부르지, 그럼 놈이라고 불러?"

"이름 부르면 되잖아. 또 언니한테 년 소리하면 준현 오빠랑 엮어줄 거야!"

"야!"

차마 더 말을 못하고 씩씩대는 상현을 보며 나리 입이 더 크게 호선을 그렸다. 단순하기 짝이 없었다.

"그러지 말고 상현 오빠, 우리 딜(Deal)할래?"

"뭐, 딜?"

떨떠름한 상현을 보며 나리는 몸을 살며시 기울였다.

"그럼 오빠는 언니가 준현 오빠랑 결혼해도 상관없어? 둘이 손도 잡고 키스하고 야밤에 거친 애정 표현해도 상관없다는 거지?"

생각하고 싶지 않다. 그럼에도 마주 보며 웃고 있는 체리와 준현의 얼굴이 순식간에 떠올랐다. 그 뒤를 따르는 19금 영상에 상현은 세차게 고개를 흔들었다. 절대 안 될 일이었다.

"누가 그렇대! 그리고 결혼은 무슨 결혼이야? 아직 나이도 어린데……."

이미 그의 속을 아는 나리는 상현의 말을 가볍게 무시했다.

"앞으로 군말 없이 무제한 음식 제공. 지금처럼 용돈 줘도 상관없고. 가끔 오빠 애마도 빌려준다면 지금처럼 언니에 관한 정보는 계속 제공할게. 어때?"

나리 말에 상현의 눈이 가늘게 변했다. 날강도가 따로 없다. 그럼에도 눈 뜨고 또다시 코 베이는 상황에 놓인 상현은 나리를 쏘아보기만 할 뿐 한마디 말도 못했다.

다른 사람 같았으면 그의 사나운 눈초리에 대번에 고개를 돌렸겠지만 나리에게는 씨알도 먹히지 않았다. 나리는 느긋하게 앞에 놓인 차를 마셨다.

"도끼눈 뜰 거 없어. 어차피 두 대중 한 대는 그냥 놔두는 거잖아. 이 정도면 별로 어려운 것도 없잖아. 이렇게 해준다면 내가 군소리 없이 오빠 밀어줄게."

"이나리! 나한테 왜 그러는데? 진짜 목적이 뭐야?"

"오빠도 이제 마음잡고 열심히 일하고 있는 데다가 그동안 언니 뒤만 보고 있는 게 안타까워 그러지."

"안타깝다면서 그동안 내 등을 그렇게 처먹었냐?"

"오빠!"

저도 모르게 튀어나온 진심에 나리가 그를 쏘아봤다. 상현은 슬쩍 고개를 돌렸다.

나리가 진짜 화나면 무서웠다. 만약 나리가 두 팔 걷어붙이고 반대한다면 그 누가 와도 안 될 것이다.

그나마 나리가 있었기에 체리의 일거수일투족을 꿰뚫을 수 있었다. 지금 상황에서 나리를 건드려봐야 상현만 손해다.

"내 입 가지고 맘대로 말도 못해?"

"잔말 말고 내가 말하는 대로만 해. 장담하건데 언니, 오빠 옆에 있을 거야."

상현은 그렇게 늘어놓은 나리 말을 들으며 놀란 입을 다물 수가 없었다. 오히려 그의 시선에 나리는 별거 아니란 듯이 어깨를 으쓱였다.

"뭘 그렇게 봐?"

"야! 아무리 그래도 어떻게……. 넌 어떻게 된 애가 언니한테 그렇게 하라고 사주하냐?"

"싫어? 그럼 말던가."

이미 전세는 완전히 기울어 있었다.

제5장. 입막음은 달콤하게

상현은 불현듯 떠오른 생각에 피식피식 웃음이 새어 나왔다.

어찌하다 보니 나리가 말한 대로 말을 뱉어냈고, 그녀 말마따나 어렵사리 시작이란 걸 하게 되었다.

상현은 여전히 자신을 바라보는 준현을 바라봤다.

준현이 백날 노력한다고 해도 이제 소용없었다. 무슨 일이 있어도 체리를 놓아줄 마음이 없었다.

준현은 상현의 웃는 얼굴에 기분이 묘해졌다. 처음 보는 얼굴이지만 꽤 행복해 보이는 얼굴이었다.

그가 가장 사랑하는 인정과 영규에게 매일 몰매를 맞아도 아무렇지도 않게 웃으며 식구들 사이에서 웃고 있는 상현은 준현이 꿈꿀 수도 없는 모습이었다.

불면 날아갈까, 만지면 부서질까 언제나 유리벽 속에 가둬두려고만 하는 부모의 사랑이 준현은 무겁고 갑갑했다. 그 갑갑함에 도피로 떠난 유학길, 이제 진짜 자유를 찾기 위해 돌아왔다.

이국땅에서 보낸 6년 동안 그는 많이 단단해져 있었다. 오래도록 바라던 것을 손에 넣은 상현의 웃는 얼굴을 지켜보는 준현의 눈이 사색으로 더욱 깊어져갔다.

그 밤은 그렇게 소리 없이 지나고 있었다.

오랜만에 깊은 숙면을 취한 체리는 밤사이 자신의 요란한 뒤척임으로 얼룩덜룩해진 화장을 말끔히 지우고 편안히 침대에 누웠다.

언제나처럼 일찍 눈을 떴다가 주말이라는 깨달음에 다시 취침 모드로 돌입을 시도했다.

이른 아침부터 화사하게 차려입은 나리는 방문 앞에 서서 그녀를 바라보고 있었다. 서서히 눈이 감기려는데 나리의 목소리가 들려왔다.

"언니! 나한테 할 말 없어?"

어제 새벽, 상현에게 상세하게 보고받은 나리는 아침부터 새롭게 시작된 언니의 연애에 기름을 부을 생각이었다.

"아침부터 어딜 가려고 그렇게 빼 입은 거야?"

몸을 이리저리 틀며 숙면 모드로 전환하려는 체리의 귀에 나리 말이 아련하게 들어왔다.

"상현 오빠 요즘 계속 바쁜 것 같아서 말이야. 주말이라 데이트 신청하려고……."

체리는 나리의 말에 감긴 눈을 번쩍 뜨고 자리에서 일어났다.

어제 얘길 나눠야지 하면서도 밀려오는 잠에 빠져 들었다.

나리가 데이트 신청을 하기 전에 말해야 했다. 그러나 상현과의 일을 나리에게 알리면 어찌 될지 알 수가 없었다.

철옹성같이 과묵하다가도 팔랑개비 저리가라하게 가볍게 입을 놀리기도 하는 나리인지라 감을 잡을 수가 없었다.

준현이 알고 있기는 하지만 여기저기 떠벌리고 다닐 성격이 아니란 걸 알기에 말할 수 있었다.

거기다 나리는 상현을 정말 괜찮은 남자로 생각하고 있었다.

이런저런 생각에 입을 못 떼고 있는 체리를 보며 나리는 입가에 예쁜 미소를 걸쳤다.

살랑살랑, 예쁘게 걸으며 체리 옆에 앉은 나리는 그녀를 유심히 바라봤다.

"언니, 그 전에 상현 오빠 관해서 언니랑 상담 좀 했으면 좋겠는데……. 괜찮지?"

누굴 상담해줄지언정, 상담받지 않을 것 같은 나리가 그녀에게 상담해달라고 한다. 그것도 상현에 관해서.

그녀가 잠든 밤, 무슨 일이 있던 건 아닌가 하는 걱정이 밀려왔다. 표정으로는 심각한 일인 것 같았다. 나리의 심각한 얼굴에 남아 있던 잠이 단숨에 달아났다.

나리는 온갖 걱정거리를 얼굴로 쏟아내는 체리를 보며 쾌재를 불렀다.

'이렇게 눈치가 없어서 연애나 제대로 할지 의문이네. 내가 뭐 하러 언니밖에 모르는 상현 오빠랑 데이트를 하니?'

나리는 오랜만에 교외로 드라이브를 나갈 참이었다.

협박 아닌 협박으로 상현의 진심을 알게 된 후 나리는 본의 아니게 상현의 연애 상담까지 하고 있었다. 그동안 체리에 대해 말하고 싶어 어떻게 참고 살았는지 모를 정도였다.

나리는 어찌 됐든 소정의 목적을 달성한 상태였다. 그녀 손에는 상현의 차 키가 우아한 자태를 뽐내고 있었다.

물론 지갑도 흥분될 만큼 채워진 상태였다. 이렇게까지 노력하는데 도와주지 않는 건 예비 처제의 도리가 아니었다.

나리는 분위기를 잡으며 심각한 얼굴을 했다.

"언니…… 사실 나, 상현 오빠 전부터 좋아했어."

언니 하나만 보는 일편단심을 보며 말이야. 언니한테 잘 보이려고 용쓰는 모습에 더 좋아지더라. 나리는 속으로 생각했다.

체리는 마른 침을 삼키며 나리를 바라봤다.

"그, 그런데?"

"아무리 생각해도 상현 오빠는…… 흑, 나한테 관심이 없나 봐. 전부터 상현 오빠 눈치가 이상하다 생각했는데 아무래도 언니한테 마음이 있는 것 같아. 원래 내 연애관이 나보다 나를 더 좋아해야 하는 건 알고 있지? 그런데 상현 오빠는 예외였어. 그만큼 좋았거든. 그래서 불문율을 처음으로 깨려고 했는데……"

울먹이는 목소리는 옵션이었다. 나리는 본격적으로 체리를 낚기 위해 연기에 돌입했다.

"오빠가 날 봐주질 않아. 언니는 오래전부터 늘 붙어 있어서 상관없지만 상현 오빠가 다른 여자랑 있는 건 도저히 못 보겠어. 언니, 내 맘 알지?"

상현에게 반했다는 여자를 한두 번 본 것도 아니고 나리가 잘생긴 남자를 좋아하는 걸 모르는 바도 아니었다.

그녀 또한 어린 시절, 상현밖에 모르던 때가 있었다. 그녀 주위에도 상현의 외모에 홀려 있는 여자들이 수두룩한 상태였다.

"무슨 말을 그렇게 해. 우리 나리처럼 예쁜 애가 어디 있다고. 상현이가 보는 눈이 없어서 그런 거야."

"정말? 그럼 언니도 같이 상현 오빠 만나러 가자."

"어?"

체리는 갑자기 얼굴색을 바꾸는 나리 덕에 당황했다.

"전화해도 매일 바쁘다고 하고 통화되면 언니 안부나 묻고……. 이참에 확실하게 물어봐야겠어. 언니, 같이 가줄 거지?"

나리는 당황해 어쩔 줄 모르는 체리를 보며 작게 한숨을 내쉬었다. 슬슬 인내심에 한계가 오고 있었다.

'이 정도면 좀 알아들어라. 응?'

하지만 체리는 여전히 그녀를 달래기에 여념이 없었다.

"나리야, 그런 생각하지 마. 저, 그런데……. 내가 할 말이 좀 있거든……."

태도를 보아하니 좀 더 세게 나가야 할 모양이다. 나리는 다시 한 번 고개를 떨어트리며 체리 얼굴을 외면했다. 체리의 급변하는 얼굴색을 보면 웃음이 터질 것 같았다.

나리는 겨우 웃음을 참고 체리를 바라봤다.

"사실 전부터 알고 있었어. 오빠가 나한테는 관심 없는 거. 옛날부터 느꼈지만 오빠는 언니랑 있는 게 더 즐거운 것 같더라. 솔직히 말은 싫다고 해도 언니도 오빠랑 있는 거 싫지 않으니까 그렇게 붙어 다니는 거잖아. 안 그래?"

나리는 그 어느 때보다 진지한 얼굴로 그녀를 보고 있었다.

"나도 솔직하게 말했으니까 이제 언니도 솔직하게 말해봐."

"뭐, 뭘?"

"언니, 상현 오빠 좋아하지? 그러니까 오빠 일이라면 나서서 했던 거잖아. 솔직히 놀랄 때마다 언니가 누구 찾는지 잊었어?"

언제부턴지 모르지만 체리는 놀라면 곧잘 상현을 부르곤 했었다. 그건 그냥 습관이라고 생각했었다.

그런데 나리의 말에 그제야 이상한 기분이 들었다.

"언니가 오빠 좋다고 하면 아무 말 안 하려고. 다른 사람은 몰라도 언니와는 연적이 되고 싶지 않아. 언니가 오빠한테 진짜 아무 감정이 없다면 과거는 다 털어버리고 제대로 만나보려고. 언니, 진심이 뭐야?"

언제나 자유연애를 주장하던 나리는 사라지고 없었다. 체리는 작게 한숨을 내쉬고 나리를 바라봤다.

어차피 이렇게 된 이상 착한 동생을 위해 이 한 몸 희생하는 것도 나쁠 건 없어 보였다. 기껏 해야 좋아한다는 말 한마디인데 무슨 일이 있겠냐 싶었다.

"말하려고 했는데…… 상현이 좋아해. 얼마 전부터 상현이랑 정식으로 만나고 있었어. 준현이도 알고……. 진작 말하지 못해 미안해."

진심이 아닌데 가슴은 두근거렸다. 눈치를 살피던 체리는 갑자기 그녀를 끌어안는 나리 태도에 놀랐다.

"왜, 왜?"

체리를 안은 나리는 소리 없이 환하게 웃었다. 이제 발 빠르게 퍼트리기만 하면 작전은 완벽하게 성공이었다.

"그럴 줄 알았어. 상현 오빠도 언니 일이라면 열 일 제쳐두고 하는 거 보면 둘이 뭔가 있다 했어. 오빠랑 확실히 사귀는 거야? 한두 살 먹은 어린애도 아니고 오랫동안 봤는데 만나는 거면 결혼까지 생각하는 거겠네."

거침없이 밀어붙이는 나리의 말에 체리는 얼떨결에 고개를 끄덕였다.

"으, 응. 그, 그렇지."

말끝을 흐리며 체리는 어색하게 웃었다. 어째 분위기가 이상하게 흘러가는 것 같았다.

"알았어."

나리는 회심의 미소를 지으며 방을 나섰다.

"엄마, 아빠! 체리 언니, 상현 오빠랑 결혼할 생각으로 만나고 있었대. 둘이 벌써 얘기 끝냈나 봐."

"나리야!"

순식간에 체리와 상현의 소식은 경자의 입을 거쳐 혜영의 귀로 들어갔다.

나리의 한마디로 한순간에 체리는 상현의 약혼녀로 둔갑해 있었다.

상황은 순식간에 바뀌었다. 상현은 작정이라도 한 듯 입이 안 다물어질 정도로 자신의 역할에 충실했다.

누가 보면 아주 오래 기다리기라도 한 것 같이 거리낌이 없었다.

체리는 상현의 변한 태도가 어색하지만 이상하진 않았다. 대신 몇 주 사이 달라진 상현의 태도에 느껴지는 건 불안함이었다.

뭔가 커다란 걸 놓친 것 같은 느낌을 지울 수가 없었다. 체리는 오늘도 회사 앞에서 기다리고 있는 상현을 자세히 바라봤다.

"은상현! 사실대로 말해."

"뭘?"

"요즘 약 먹지?"

체리는 보조석에 앉자마자 상현을 다시 바라봤다. 상현은 신경도 안 쓰며 천천히 차를 몰았다.

오래전부터 체리의 엉뚱함은 그를 당혹스럽게 만들곤 했었다. 하도 당하다 보니 이제는 놀랍지도 않았다. 상현은 그날 이후 퇴근 시간에 맞춰 그녀를 데리고 레스토랑으로 와 데이트 겸 일을 했었다.

체리와 만난다는 폭탄을 터트린 이후, 급변하는 상현의 행동과 말투에 은 씨 집안 식구들과 이 씨 집안 식구들은 경악에 마지않았다.

준현은 언제 그랬냐는 듯이 새로운 프로젝트에 참여하게 됐다는 말을 끝으로 연구소에서 두문불출 중이었다. 인정과 나리만이 흐뭇하게 그들을 보며 웃었다.

상현은 준현이 돌아온 그날, 어렴풋이 짐작했다. 인정이 뭔가를 꾸미고 있다는 걸. 하지만 상관없었다. 체리와 함께하는 이 시간이 그 무엇보다도 소중했다. 체리는 아직 모르는 것 같지만 상관없었다.

상현은 여전히 생각에 잠겨 있는 체리를 힐끗 바라봤다. 매번 뭐가 그리 심각한지 모르겠다. 복잡한 건 딱 질색이라고 하더니 요즘은 매일 저 얼굴을 하고 있었다.

"무슨 생각을 그렇게 해?"

"그래, 약은 아무래도 아닌 것 같고. 설마 너, 준현인 아니지?"

갑작스러운 체리 말에 상현은 한동안 감추고 있던 본성을 끌어냈다.

"왜 또 준현이 이름이 나오는데!"

준현이 이름에 저렇게 반응하는 걸 보면 상현이 확실했다. 하지만…….

"저기…… 혹시 박사님 연구 성공했어?"

"또 뭔 헛소릴하려고 그래?"

"요즘 욕도 안 하고 술도 안 마시잖아? 거기다 레스토랑 일도 열심히 하고……. 새벽에 딴짓하고 노는 줄 알았는데 매번 그렇게 늦게까지 일할 줄 어떻게 알겠어? 모르는 내가 봐도 한눈에 알겠더라. 레스토랑 매출 엄청 올랐지?"

"그래서?"

"그러니까 이상하다는 거잖아."

"아니꼽다는 듯이 들리는데, 네가 말한 거잖아."

"내가 뭘 어쨌다고?"

상현의 말에 체리는 정색하며 그를 쏘아봤다. 상현은 작게 한숨을 내쉬었다.

"욕하지 말고 술도 마시지 말라며? 잔소리 안 들으려고 일도 열심히 하고 있는데 또 뭔 트집을 잡으려고……. 그게 뭐 어때서?"

다른 때 같았으면 소리를 질러도 수십 번 질렀을 상현이었다. 체리는 아무리 생각해도 이해할 수가 없었다.

"그러니까 하는 소리야!"

아무리 잘하려 노력해도 체리는 알아채지도 못하는 것 같았다.

"말을 할 거면 알아듣게 해! 그리고 오늘 저녁에 친구들 만나기로 했으니까 같이 가. 기분 전환하라고 데리고 가는 거야. 대신! 술은 조금만 마셔."

놀란 체리가 상현을 째려봤다.

"야! 그걸 지금 말하면 어떻게 해! 너 때문에 정말 못 살아!"

서둘러 화장품을 꺼내는 체리를 보며 상현은 가방을 뺏어 뒷좌석에 던졌다.

"야!"

상현의 행동에 체리는 소리부터 질렀다. 상현이 흘끗 그녀를 바라보며 중얼거렸다.

"화장하려는 거잖아. 안 해도 예뻐."

작은 소리로 말했지만 분명히 들렸다. 체리는 자신의 청력을 의심하며 상현을 바라봤다.

"너, 상현이 아니지? 준현이 맞지?"

참으려고 하는데 늘 참을 수 없게 만든다. 상현은 결국 갓길에 차를 세웠다.

"왜 자꾸 그러는데? 너, 요즘 사람 성질 테스트 해? 하루에도 수십 번씩! 에휴! 준현이 이름, 꺼내지 말라고 했잖아!"

체리는 오랜만에 보는 상현의 지랄이 반가웠다.

"네 입에서 나오는 말이 안 믿기는데 어쩌라고? 좀 전에 뭐라고 했는지 알기나 해?"

체리 말에 상현이 고개를 돌렸다. 아무리 봐도 수상했다.

"은상현! 네가 나한테 예쁘다고 했어! 이게 말이 된다고 생각해? 준현이야 워낙에 눈이 낮아서 툭하면 예쁘다는 소리를 남발했지만 넌 여자 보는 눈 까다롭기로 유명하잖아. 거기다 매번 나만 보면 못생겼다고 온갖 구박을 다 했으면서……. 너 때문에 내 자존감이 지하 암반수랑 친구하고 있는 건 알기나 해?"

상현은 체리 말에 쑥스러운 듯 창밖으로 고개를 돌렸다. 요즘 하는 행동마다 죄다 수상스러웠다.

"아무리 생각해도 이 생각밖에 안 들어. 네가 준현이가 아니면 아저씨 연구가 성공한 거야. 사실대로 말해봐. 요즘 아저씨가 주는 약 먹지?"

체리 말에 좀 전의 쑥스러웠던 감정은 사라지고 잠시 외출했던 그의 지랄병이 돌아왔다.

"이게 정말! 요즘 가만뒀더니 머리 꼭대기까지 기어올랐어. 왜? 내가 약 먹으면 좋겠냐?"

익숙한 상현을 보니 마음이 편해졌다. 이런 자신이 정상인지 비정상인지 구분이 안 됐다. 그럼에도 분명한 건 하나 있었다.

근래 상현의 행동은 심히 의뭉스럽다. 상현이 순순히 대답할 리가 없었다. 그렇다고 포기할 그녀도 아니었다.

"사람이 바뀌어도 정도껏 바뀌어야 믿지. 은상현! 사실대로 말해도 돼. 박사님 게놈 프로젝트 성공한 거 맞지?"

"휴우."

이래서 옛말에 매를 번다는 말이 있었던 것 같다. 하지만 오늘도 상현은 근질거리는 손을 감아쥐었다.

"잘해줘도 난리지? 또 그딴 헛소리 지껄이면 그 입 확, 막아버릴 줄 알아."

"막긴 뭘 막아! 네가 자꾸 이상하게 행동하니까 그런 거잖아!"

"경고했다."

"됐거든? 너, 요즘 하는 거 보면 분명 이유가 있어. 사람이 갑자기 바뀌면 죽을 때가 됐다고 하는데 어디 아픈 건 아닌 것 같고……."

체리는 상현의 머리부터 발끝까지 스캔했다. 아무리 봐도 요즘 컨디션은 최상인 것 같았다.

평소 잘 웃는 편은 아니었는데 요즘은 뭐가 그리 신이 나는지 연신 싱글벙글이다. 웃는 얼굴에 침 못 뱉는다 하지만 자꾸 웃어대는 통에 그녀도 실없이 웃는 일이 잦아졌다.

호러와 액션을 오가던 관계가 묘하게 바뀌어 있었다. 한 번씩 장난처럼 머리를 쓰다듬는 손길에 적응하기도 힘들었다.

"은상현! 누나가 다 이해해줄 테니까 말해봐."

잠시 생각에 잠겨 있던 체리는 작게 웃었다.

"아니면 외계인이 뇌를 개조해놓고 간 걸지도 모르겠다. 확실히 넌 정상적인……."

체리가 한창 떠드는데 상현이 안전벨트를 풀고 불쑥 다가왔다.

"뭐, 뭐야? 갑자기…… 윽!"

상현이 커다란 손을 뻗고 있었다. 체리는 곧 있음 전해질 싸한

통증에 눈을 질끈 감았다.

뭔가 이상하다 못해 수상했다. 이쯤이면 전해져야 할 싸한 통증이 없었다. 대신 뭔지 모를 감정들이 그녀를 엄습해왔다.

요즘 상현과 둘이 있으면 공기마저 따뜻해지는 것 같았다. 늦은 저녁 레스토랑에서 흔히 보는 커플들의 모습이 그들에게 보이는 것 같아 적응하기 힘들었다.

머리를 부드럽게 쓰다듬는 상현의 손길에 발가락 끝이 간질거려왔다.

상현의 손끝이 뜨거웠다. 슬며시 눈을 뜨는데 상현의 얼굴이 바로 코앞에 있었다.

"야, 읍……!"

놀라 소리치는 입안으로 거친 숨결과 함께 그의 뜨거운 혀가 들어왔다. 거칠 거라 생각했던 그의 입술은 부드럽기 그지없었다. 평소 상현의 입술을 거쳐 나왔던 수많은 단어를 생각하면 아이러니할 수밖에 없었다.

대뇌 회로가 멈춘 것 같았다. 상현은 그녀가 무슨 상황인지 생각할 틈을 주지 않고 거침없이 밀어붙였다.

점점 깊어지는 키스에 몽롱해질 때쯤, 상현이 급하게 떨어졌다.

미친 게 확실했다. 상현과 키스했다. 그것도 수많은 차가 오가는 거리에서!

체리는 상현이 그녀에게 키스했다는 걸 믿을 수가 없었다. 여전히 얼얼한 입술이 아니라면 꿈이라고 생각했을지도 모르겠다.

세상에서 얼굴 팔리는 일이 제일 싫다고 수많은 연예 기획사에서 찾아와도 끄떡하지 않고 도둑촬영이라도 당하는 날이면 메모리 카드까지 뺏어 왔던 상현이었다.

그런데 그들 자동차를 빤히 바라보는 사람이 이렇게 많은데도 그녀에게 키스를 했다. 몇몇은 이미 사진까지 찍고 있었다.

차창 밖의 사람들이 환호성을 지르고 난리가 났다. 온몸의 열이 얼굴로 다 몰려온 것 같이 화끈거렸다.

"너, 너, 뭐, 뭐, 뭐 하는 짓이야!"

체리는 가쁜 숨을 고르며 상현을 쏘아봤다. 슬쩍 웃던 상현은 체리를 곁눈으로 쓱 쳐다보며 머리를 쓸어 올렸다.

"한 번만 더 네 입에서 준현이 소리 나오면, 그땐 이렇게 안 끝나는 줄 알아."

지금 상현에게는 그녀에게 키스한 것에 대한 이유가 필요했었다. 물론 납득할 수 있을지 모르겠지만. 말을 하며 상현은 자꾸 웃음이 나왔다.

"아무리 생각해도 너 진짜 상현이 아니지? 네가 미치지 않고서야…… 지금 웃어? 저번에 준현이가 뽀뽀했을 때……."

좀 전에 한 경고에도 불구하고 준현의 이름이 또 나왔다. 웬만하면 넘어가려고 했는데 아무리 생각해도 안 될 것 같았다.

상현은 각진 눈을 더 가늘게 뜨며 천천히 체리에게 다가갔다.

착시일 게 분명하지만 보였다. 상현의 뒤로 퍼지는 검은 오로라가.

이런 상황에서 퇴폐미까지 탑재하는 건 반칙 같았다.

체리는 마른 침을 삼키며 두 팔로 상현을 저지하려 했다. 물론 헛수고일 뿐이었다. 상현은 가볍게 그녀의 두 손을 결박했다.

"너, 왜, 왜 그래?"

체리는 가까워지는 상현에게서 멀어지려 최대한 몸을 피했다. 그러나 이미 좁은 보조석 창문에 머리가 닿은 상태였다.

"내가 경고했었지. 준현이 이름 다시 나오면 가만 안 둔다고. 이체리! 오늘 참 날이 좋다."

멀리 먹구름까지 보이는 것이 딱 폭풍 몰아치기 전의 풍경이었다. 눈이 있으면 좀 밖을 보라고 소리치고 싶은데 말이 안 나왔다.

지금 상황에서 화를 낼 사람은 분명 그녀였다. 그런데 어째 매번 상황이 역전되는 것 같았다.

사실 화가 나지도 않았다. 귀신이 곡할 노릇이다. 체리는 잠시 심호흡을 하며 정신을 가다듬었다.

"내가 일부러 얘기한 것도 아니고 말하다 보니까 튀어나온 걸 어쩌라고?"

"그러니까 내 말을 잘 들었어야지! 말 안 들은 벌이야."

그 말에 체리는 발끈했다.

"벌? 설마 그딴 식으로 벌 어쩌고 하면서 키스한 거야? 너, 정말 미쳤구나. 밖에 사람들 쳐다보고 난리잖아! 에휴, 창피해 죽겠네."

"이체리! 좀 전에 한 게 진짜 벌 같아?"

눈에 비친 자신의 모습마저 보일 만큼 가까운 거리. 뜨거운 숨결이 느껴지는데 상현의 얼굴은 평소와 다름없이 차갑기만 했다.

분명 평소와 같은 얼굴인데 머리와 가슴이 두서없이 윙윙거렸다. 어쩌면 뒷머리를 부드럽게 쓸어내리는 그의 손길 때문인지도 모르겠다.

"……좀 전에 벌이라며?"

목이 잠겼다. 뱃속부터 발가락 끝까지 간질거려 미칠 것 같았다. 체리는 상현의 올곧은 시선을 애써 피했다.

"벌은 벌인데…… 나한테 내려진 벌 같다. 늑장 부린 나한테 내리는 벌."

상현의 뜨거운 한숨에 괜스레 가슴이 시큰거렸다. 체리는 일부러 아무렇지도 않은 얼굴로 그를 밀어냈다. 상현은 꼼짝도 안 했다.

"뭔 소리야?"

상현은 그녀의 뒷목을 아프지 않게 잡았다. 체리는 자유로워진 두 손으로 거칠게 상현을 밀어냈다. 하지만 이번에도 헛수고였다.

도리어 그녀의 두 손은 그에 한 손에 잡혀 옴짝달싹 못하게 됐을 뿐이었다.

한 번도 완력으로 체리를 제압한 적 없던 상현이었다. 체리는 놀란 눈을 하고 그를 바라봤다.

차 안에 감지되는 이상한 분위기를 더는 견딜 자신이 없었다.

"놔! 빨리 놓으라고! 네가 진짜 미친 거지? 준현이 얘기한 게 무슨 대역죄라도 된다는 거야?"

"이제 못 놔! 아니, 안 놔! 다시는 네 입에서 준현이 이름 안 나오게 만들 거야."

바라보는 상현의 표정이 아까와는 달랐다. 좀 전까지는 약간의 장난스러움이 남아 있었다.

이건 처음 보는 진지한 얼굴이었다. 서서히 상현의 얼굴이 다가

오는데 어떻게 해야 할지 모르겠다.

그녀의 동공에 상현의 얼굴이 가득 찼다. 더는 그의 얼굴을 볼 수가 없었다.

체리는 상현의 얼굴을 보지 않으려 눈을 질끈 감아버렸다. 약간 긴 상현의 머리칼이 그녀의 이마를 간질였다.

미처 맡지 못했던 은은한 향이 후각을 자극한다. 기분이 이상했다. 근사한 향과 분위기에 취한 것 같았다.

상현의 진심이 뭔지 모르겠다. 그녀의 진심도……. 한 번은 제대로 얘기해볼 참이었다. 그런데 상현과 있으면 시간이 빠르게 흘러갔다. 매번 한 것도 없는데 날이 바뀌기 일쑤였다.

덕분에 정길의 신경이 곤두서 있었다. 경자가 한 소리 해 일찍 가려고 하는데 매번 자정이 넘어갔다.

상현과 있으면 그만큼 편했다. 집에서 만화를 보는 것보다 재미있을 때도 있었다.

그걸 부정할 수는 없었다. 요즘은 상현이 그녀 뜻대로 행동하는 모습을 보며 묘한 희열까지 느끼고 있었다.

일부러 레스토랑 구석 자리에서 상현을 불러 이것저것 주문한 것도 어쩌면 그 때문인지도 몰랐다.

회사 동료들과 수많은 여자의 부러운 시선을 은근히 즐긴 것도 사실이었다.

곰곰이 생각하던 체리는 말로만 듣던 연애가 이런 걸지도 모른다는 생각이 들었다. 한꺼번에 밀려드는 생각에 체리는 두 눈을 번쩍 떴다.

숨결이 느껴질 만큼 가까운 거리에 상현이 있었다. 바로 앞에서 느껴지는 숨결이 너무 뜨거워 온 얼굴에 화상이라도 입을 것 같았다.

뒷목을 부드럽게 잡고 있던 상현의 손이 천천히 앞으로 왔다. 상현은 미소 지으며 부드럽게 그녀의 눈꺼풀을 내렸다. 거부할 틈도 없었다.

상현의 뜨거운 입술이 느껴졌다. 체리는 소리라도 지르고 발버둥을 쳐서라도 뿌리쳐야 했다.

한 번은 실수라고 하지만 두 번은 절대 실수가 아니었다. 입술을 헤집고 들어오는 부드러움에 체리는 자신도 모르게 두 눈을 다시 감아버렸다.

아무리 생각해도 상현의 키스는 환상적이다. 처음이라고 해도 알 수 있었다. 경험이 없으니 비교해볼 수도 없었다.

지금 이 순간, 첫 키스 상대가 키스를 미치도록 잘하는 상현이라는 생각만 들었다. 세상에 두 사람만이 존재하는 것 같았다. 세상의 소음도, 시선도 모두 사라진 것 같았다.

적당히 그녀를 리드하며 이끄는……. 이건 분명 프로의 기술임에 틀림없었다. 키스가 이렇게 근사하다는 걸 알았다면 어떻게든 연애를 했을지도 몰랐다.

역시 백문이 불여일견이라고 만화에서 봤던 키스신과는 차원이 달랐다.

얼마의 시간이 흘렀는지 몰랐다. 뜨거운 입김을 내쉬며 입술을 떼는 상현의 눈빛이 흐려져 있었다.

그 모습에 온몸에 소름이 돋아났다.

잡생각도 잠시, 진심으로 키스에 몰두해 있었다. 그녀도 미친 게 확실했다. 그러지 않고서야 이런 상황을 만들 수는 없었다.

한편 상현은 체리가 한바탕 소리라도 지를 줄 알았다. 그런데 체리는 아무런 말이 없었다. 묵묵히 기다리는데도 아무 말 없이 눈만 껌뻑이고 있었다.

그의 마음쯤 몰라줘도 상관없었다. 옆에서 볼 수만 있어도 가슴이 벅차올랐다.

체리는 영원히 모를 것 같았다. 가만히 그를 바라보는 그녀 모습에도 죽을힘을 다해 자신을 다스리고 있다는 걸.

상현은 크게 숨을 내쉬고 다시 차를 몰았다. 운전이라도 해도 그녀를 다시 안지 않을 테니까.

체리는 둥둥둥, 아직 진정되지 않은 심장이 가슴을 강하게 진동하는 것을 느끼고 있었다. 상현은 평소와 다름없는 얼굴이었다.

가슴속에 떠도는 수많은 감정이 정답을 찾아 헤매고 있었다. 머릿속이 복잡해 미칠 것 같았다.

상현은 아무 일도 없었다는 듯이 운전하고 있었다. 그 모습이 얄미워 미칠 것 같았다. 체리는 참지 못하고 버럭 소리를 질렀다.

"뭐야? 갑자기 키스하더니 아무 일 없었다는 듯 운전만 하고! 넌 내가 그렇게 쉽게 보여? 내가 그렇게 우습게 보이냐고!"

상현은 이제야 정신 차린 체리를 보며 작게 웃으며 헝클어진 그녀의 머리를 다시 한 번 손으로 헝클였다.

부드러운 상현의 손길에 머릿속이 더 복잡해졌다. 체리는 머리를 마구 흔들며 그를 쏘아봤다.

"쉽다고 생각한 적 한 번도 없었어."

"그럼 대체 뭔데?"

"지금 상황에서는 말하고 싶지 않아."

"그럼 키스는 왜 한 건데?"

"입막음."

"넌 어떻게 된 애가……."

목까지 벌겋게 변한 체리 모습에 단전 아래로 힘이 쏠렸다. 한 입에 삼키고 싶을 만큼 사랑스러워 미칠 것 같았다.

한 번 맛본 달콤함이 그를 자꾸 유혹하고 있었다. 언제까지 이 마음을 감추고 있어야 할지 모르겠다.

상현은 헛기침을 하며 우스갯소리를 했다.

"왜? 아쉬워서 그래?"

상현의 말에 체리는 뒤로 펄쩍 뛰었다.

"누, 누가 아쉽다고 했어?"

"아쉬워서 하는 말 아니었어? 아쉽다고 하면 다시 해줄게."

"야!"

"자꾸 떠들면 또 해달라는 줄 알 거야."

"나 참……."

"매일 이상한 상상만 하는 머리 굴리지 마. 다른 의도 없으니까. 그리고 마지막으로 경고하는데, 술 적당히 마셔라."

언제부터 저렇게 능글맞고 영악해졌는지 알 길이 없다. 체리는 차마 입을 열지 못한 채 한숨만 내쉬었다.

친구들과 웃고 있는 상현은 정말 아무 일도 없었다는 듯이 행동했다.

체리는 그 모습에 시간이 지날수록 점점 약이 올랐다. 어쩌면 나리가 악담처럼 했던 말들이 진실일지도 모른다.

상현이 그녀를 좋아할지도 모른다는 생각이 들었다. 아니면 그녀가 상현을 좋아하거나.

아무 감정 없는 사람들이 그렇게 설왕설래를 오래도록 하며 키스할 수는 없었다. 그녀가 느낀 게 맞다면 그건 분명 전희였다.

발끝을 타고 흐르던 감각을 생각하면 은밀한 곳까지 간질거렸다.

상현이 그녀를 좋아하는 게 사실이라면 그간의 상황들을 이해…… 할 수 있을 턱이 없다. 그 흔한 고백조차 받지 못한 상황에서 고개를 드는 도끼병은 사절이었다.

그렇다면 후자라는 소리인데…….

지금도 체리 주위에 상현에게 반한 여자는 수두룩했다. 그녀마저 그 대열에 합류할 순 없었다. 무엇이 됐든 지금 상황에서 답답한 건 그녀뿐이었다.

'저런 호랑 말코 같은 자식, 한 대 패기라도 했어야 했는데…….'

뒤늦은 후회가 밀려왔다. 체리는 상현을 노려보며 빠르게 앞에 놓인 잔을 비우기 시작했다.

상현이 경고했음에도 체리는 여느 날보다 과음을 한 상태였다. 상현은 술 냄새를 풍기며 비틀대는 체리를 사정없이 째려봤다.

"다음에 또 만나."

체리의 애교 섞인 말에 그의 친구들이 함박웃음을 지었다. 상현이 그동안 얼마나 애태웠는지 아는 그들인지라 진심으로 그를 축하해줬다.

더는 상현에게 호출당해 밤새도록 연애 상담을 해줄 필요가 없다는 것도 한몫했다.

"다음에 상현이랑 우리 가게로 놀러 와."

"가면 싸게 줘야 되는 거 알지?"

"당연하지."

"우리 가게에도 놀러 와. 최고급으로 서비스해줄 테니까."

"어머! 진짜? 약속하는 거다?"

목소리에서 꿀이라도 떨어질 기세다. 상현의 눈매가 그 어느 때보다 날카로워지고 있었지만 체리의 목소리는 더 달달하게 변하고 있었다.

"우리가 이래 봬도 약속 하나는 끝내주게 잘 지켜."

"큭큭. 의리 있네. 진즉 알았으면 좋았을 걸 그랬다."

그의 친구들과 아쉬운 이별극까지 찍고 있는데 기가 찰 노릇이다.

어떻게 체리의 애교를 친구들과의 술자리에서 처음 볼 수 있단 말인가? 평소 그에게 소리 지를 때와는 목소리부터가 달랐다.

"이체리, 계속 이렇게 나오지?"

냉기 가득한 상현의 말에 친구들이 서둘러 인사를 하고 사라졌다. 그에 반해 체리는 한껏 고개를 젖히며 그를 요염한 눈빛으로 바라봤다.

"끅, 이게 누구신가? 천하의 개차반 아냐? 이 나쁜 놈. 네가 내 첫 키스 뺏어 갔잖아. 그 흔한 고백 한 번 못 받았는데…… 내가 너 같은 걸, 우욱……."

동네방네 상현과 첫 키스했다고 자랑할 심산도 아닐 텐데 알코올의 힘이 무섭긴 한 것 같았다.

상현은 한숨을 쉬며 체리의 입을 틀어막았다. 체리는 발악을 하며 상현을 쏘아보다 털썩 주저앉았다.

"일어나."

"싫어."

"이체리. 오늘 아주 가지가지 한다. 빨리 안 일어나?"

체리는 상현을 쏘아보기 시작했다. 성질이 있는 대로 난 상현을 앞에 두고도 이런 말을 아무렇지도 않게 내뱉는 걸 보면 정상이 아닌 건 확실했다.

체리는 완전히 풀린 눈으로 상현을 뚫어지게 쳐다보며 중얼거렸다.

"은상현. 맘에 안 들어!"

"이체리, 너 지금 하는 건 더 맘에 안 들어! 빨리 안 일어나?"

술이 주는 위대함 가운데 객기라는 게 있다. 지금 그녀 안에 있던 객기가 마구 용솟음치고 있었다.

이미 친구들 앞에서 상현을 개차반이라 부르며 모두를 경악시킨 객기였다.

"끅! 은상현! 너, 저리 가! 앞으로 나한테 잔소리하면 진짜 죽는다. 끅, 이렇게 하면 못 알아듣지. 큭큭큭. 너 자꾸 잔소리하면 골로 간다. 우히히히."

상현은 이 어처구니없는 상황에서도 자꾸 웃음이 새어 나왔다. 체리가 이렇게 취한 모습을 본 건 처음이었다. 상현은 그 모습이 마냥 싫지만은 않았다. 지금까지는.

"끅, 은상현! 나한테 왜 그러는 거야? 내가 그렇게 만만하게 보여? 너 그렇게 사는 거 아니야!"

한참 설교를 늘어놓던 체리는 자신을 무시하듯 한마디 말도 없는 상현의 태도에 화가 나기 시작했다. 그런 그녀의 눈앞에 언젠가 상현이 무참히 뭉갰던 깡통이 들어왔다.

체리는 자신을 잡고 있던 상현을 뿌리치고 눈썹이 휘날리게 달려가 깡통을 사정없이 밟았다.

빠직.

그런데 깡통은 안 찌그러지고 구두 굽이 왜 떨어져 나간 건지 모르겠다. 어째 되는 일이 하나도 없었다. 체리는 자기 성질에 못 이겨 굽 나간 구두를 거칠게 벗어 던졌다.

"뭐? 넌 깡통계의 개차반이야? 너도 나 무시하냐?"

이성의 끈을 완전히 놔버린 체리는 깡통을 차버렸다.

"아악!"

그런데 하필 깡통이 상현의 얼굴로 날아갈게 뭐였는지. 깡통에 제대로 맞은 상현은 씩씩대며 체리에게 다가왔다.

"이체리!"

하지만 이미 객기와 취기로 무장한 체리 눈에 상현이 들어올 리 만무했다.

"아, 시끄러워. 누군데 나한테 소리를 지르고 그래? 끅."

"어휴, 이제 내 목소리도 잊었다 이거야? 왜 이렇게 말귀를 못 알아먹는 건데? 내가 술 조금만 먹으라고 했어, 안 했어? 잠깐 화장실 갔다 온 새 얼마나 마셨기에 이 꼴이 된 거야?"

체리는 손등으로 두 눈을 비비적거리며 한없이 무거운 눈꺼풀을 들어 상현을 확인했다.

한쪽 얼굴에 깡통이 스치며 남긴 상처 자국이 보였다. 그리고 그의 손에 처참하게 구겨진 깡통도.

체리는 맨발에 스며든 차가운 아스팔트 기운과 상현의 서늘한 살기에 술이 조금 깨는 것 같았다. 하지만 알코올의 힘은 위대했다.

"은상현! 네가 여기 데리고 왔잖아. 그리고 나 혼자 마셨니? 네 친구들이랑 마신 거잖아."

상현의 매서워진 눈을 맨정신에 봤다면 절대로 하지 못했을 말들이지만 지금 체리는 주신(酒神)과 함께였다.

"누가 술 마시라고 했어? 내가 주지 말라고 경고했는데!"

상현의 말에 좀 전에 자신이 한 말을 잊은 체리는 눈을 반달로 만들며 웃었다.

"상현아, 아까 그 잘생긴 도훈이가 폭탄주 만들어줬는데 맛있더라. 나 세 잔이나 마셨다. 걘, 어쩜 그렇게 잘생길 수가 있니?"

"그래서? 그 잘생긴 도훈이가 주는 술을 넙죽넙죽 받아 마셨다? 내가 잠깐 화장실 간 사이에?"

더욱 싸늘하게 변한 상현의 시선과 말투를 여전히 감지 못한 체리는 신나게 떠들었다.

"네 친구 중에 그렇게 잘생긴 친구도 있었니? 진작 소개 좀 시켜주지. 진짜 잘생겼더라. 끅, 완전 내 타입이야. 도훈이 지금 강남에 옷 가게 있다고 하던데 언제 한 번 가자. 갈 거지?"

난생처음 그에게 애교라는 걸 부리는데 그 이유가 다른 놈을 만나러 가자는 거였다.

상현은 두 눈을 질끈 감고 숨을 깊이 마셨다. 밤새 준비한 말들이 목구멍까지 올라왔다가 이내 사그라졌다.

고백하기 좋은 날이라 생각했다. 친구들에게 특별히 부탁해 그 어떤 남자보다 멋진 남자라는 걸 어필하게 해달라고 부탁까지 했었다.

어떤 상황이 와도 오늘만은 참으려 했다. 그런데 체리 덕에 모든 게 수포로 돌아갔다.

"이체리, 오늘 죽으려고 용을 쓰지? 그 전에 도훈인 내 눈에 띄면 죽어!"

상현이 뭐라고 말하던 상관없었지만 고함 소리에 온 세상이 흔들리는 것 같았다. 이제 속까지 울렁거렸다.

"우웁……."

체리는 급하게 입을 틀어막고 어두운 골목을 향해 뛰었다.

상현은 한숨을 내쉬고 여기저기 흩어진 그녀의 흔적들을 찾기 시작했다. 굽 나간 구두를 바라보니 한숨을 절로 새어 나왔다.

가방은 언제 집어 던졌는지 안에 들어 있던 소지품이 바닥에 뒹굴고 있었다. 상현은 여기저기 흩어진 물건들을 줍기 시작했다.

작년에 선물한 파우치는 대체 어디에 됐는지 모르겠다. 하루 차이긴 하지만 매번 같은 날 생일상을 받는 체리와 상현은 언제부턴가 서로의 생일 선물은 안 주고 안 받기로 합의했다.

체리의 일방적인 통보로 결정된 일이었지만 상현은 사은품이나 다른 여자에게 선물하려고 샀다가 마음이 바뀌었다는 핑계로 매해 선물을 건넸었다.

작년 생일에는 외국에 있는 친구에게 특별히 부탁해 체리가 갖고 싶다던 파우치를 선물했다.

평생 가지고 다닐 거라는 말에 얼마나 기뻤는지 몰랐다. 그런데 그것도 두어 달뿐인 것 같았다.

상현은 한쪽에 뒹굴고 있는 여성 용품을 얼른 가방에 쓸어 담으며 급하게 주위를 둘러봤다. 재미난 볼거리 구경하듯 그들을 지켜보던 이들도 모두 사라지고 없었다.

"어휴, 내 팔자야."

팔자타령도 잠시였다. 골목으로 사라진 체리가 걱정되기 시작했다.

들려오는 사운드만으로도 충분히 그녀가 어떤 상태인지 짐작은 갔다.

고백 못한 상태에서 시작한 연애가 순탄치가 않았다. 시작하면 어떻게든 될 거라 생각했는데 고삐 풀린 망아지처럼 마음보다는 몸이 앞서고 있었다.

"휴우, 답답하다."

상현은 체리의 가방을 어깨에 억지로 끼운 채 굽 나간 구두를 덜렁거리며 빠르게 골목으로 발을 옮기기 시작했다.

체리는 홍보용 풍선 인형처럼 사지를 흔들고 있었다. 거기다 구두 한쪽만 신은 상황인지라 모양새가 꼴사나웠다. 그럼에도 불구하고 체리는 여전히 골목을 헤매고 있었다.

체리가 저질러놓은 모든 것을 수습하며 뒤따르던 상현은 한계에 다다르고 있었다.

"이체리, 좋게 말할 때 가자."

"너나 사라져. 지금 기분으로는 집에 못가."

체리는 상현이 잡은 팔을 세차게 뿌리쳤다.

"어휴, 오늘 진짜 왜 그래?"

"왜 하필 나를 택했니? 수많은 사람들 속 웁……."

이제는 고성방가까지 불사하고 있었다. 점점 커져가는 노래 소리에 상현은 급하게 입을 틀어막았다. 체리는 상현의 손을 사정없이 물고는 바닥에 주저앉았다.

"이제 노래도 못하게 하는 거야?"

"일어나!"

"싫어. 싫어. 네가 말한 건 다 안 할 거야."

보다 못한 상현은 체리의 엄청난 잔소리와 객기 충만한 몸부림에도 불구하고 힘 하나 들이지 않고 그녀를 업었다.

"은상현! 내려놔! 야! 빨리 내려달라고!"

거세게 몸부림을 쳐도 상현은 내려놓을 기색이 없었다. 체리는 고함을 지르다 못해 상현의 어깨를 힘껏 물어뜯었다.

자신이 어떤 행동을 하는지 알 수 없는 체리는 26년 동안의 한 풀이라도 하듯 그의 어깨 이곳저곳에 흔적을 남기고 있었다.

어깨 여기저기가 아려왔다. 살갗이 까졌는지 옷이 쓸릴 때마다 따가운 것이 등 뒤로 느껴지는 부드러운 가슴만큼 신경이 거슬렸다. 객기로 무장한 체리는 이제 등 뒤에서 상현의 귀에 대고 사정없이 뜨거운 입김을 불어 넣고 있었다.

"은상현, 내 말 안 들려? 내려놓으라고!"

상현의 귀가 얼마나 예민한지 알았다면 절대 하지 않았을 행동이었으나 이미 체리를 말릴 사람은 세상에 존재하지 않았다.

"내 발로 걸을 수 있다고! 내려줘."

"구두도 한쪽밖에 없으면서 맨발로 걸을 거야? 그만 떠들고 차라리 자!"

"나한테 왜 그러는 건데? 어! 말을 하란 말이야! 말을!"

상현이 아무 말이 없자, 체리는 이제 사정없이 몸을 좌우로 흔들었다.

상현은 예기치 못한 행동에 약간 주춤했다. 잘못했다간 둘 다 넘어져 다칠 수도 있었다.

상현은 체리의 허벅지를 꽉 부여잡았다.

"이체리. 그러다 다친다고 몇 번을 말해."

"머리밖에 더 깨지겠어? 그러든가 말든가!"

체리는 뭐가 그리 신났는지 이제 깔깔대며 웃고 있었다. 곁을 지나는 사람들이 이상한 눈으로 그들을 바라보고 있었다.

"어휴, 이게 진짜 간이 배 밖으로 나왔나? 내가 그동안 너한테 참 좋은 것만 가르쳤다. 이체리! 가만히 안 있음 확 길바닥에 패대기친다. 여기서 떨어지면 진짜 머리 깨지는 수가 있어!"

술기운이 하늘을 찌르는 와중에도 몸이 저절로 움찔거렸다. 체리는 그제야 겨우 입을 닫았다.

상현의 등 뒤에서 바닥을 내려다봤더니 높긴 하다. 상현이 이렇게 키가 컸나 싶었다. 새삼스럽게 상현이 크게 느껴졌다.

따뜻하고 넓다. 거기다 편하기까지 했다. 눈꺼풀이 무겁게 내려왔다. 그때 거센 파도처럼 위 속에서 이상 섭취한 것들을 밖으로 내보내려 신호를 보내왔다.

"욱, 우욱……."

상현은 뒤에서 들려오는 사운드에 급하게 발을 멈췄다.

"야! 네 옷에 또 토하면 진짜 가만 안 둔다."

"욱, 우욱."

상현은 급하게 체리를 바닥으로 내리려 했다.

"야, 잠깐 참아 봐! 봉투가 어디……."

그러나 체리는 이미 한계치에 다다라 있었다.

"우우욱, 푸우……."

"야!"

상현의 말이 들릴 리 없는 체리는 상현의 등에 오래전에 그랬듯이 또다시 대동여지도를 그리고 있었다.

상현은 오랜만에 겪는 상황에 짜증이 치솟았다.

"아우! 술도 못하시면서 뭐 하러 그렇게 마시냐고! 내가 말을 좋게 하려고 해도 할 수가 없어. 어휴, 더러워서 못 업겠네. 이체리! 정신 좀 차려봐!"

"우욱."

상현의 등에서 바닥으로 거칠게 내동댕이쳐진 체리는 바닥에 지도들을 그렸다.

더 이상 쏟아낼 것들이 없을 정도로 다 게워낸 듯 지친 체리는 바닥에 아무렇게나 누우려 했다.

위액과 수많은 음식으로 더러워진 겉옷을 벗어 차마 버리진 못하고 아무렇게나 말아 쥐고 있던 상현은 체리를 향해 소리쳤다.

"야! 젠장……. 거기서 자면 진짜 골로 간다고! 야!"

간신히 바닥에 있던 지도들을 피해 체리를 잡은 상현은 이 상태로는 도저히 집으로 갈 수 없다는 생각이 들었다.

서둘러 체리의 흔적들을 정리하고 주위를 둘러봤다. 한숨이 절로 나왔다.

상현은 축 늘어진 체리를 다시 업고 발을 옮겼다. 언제나처럼 미사여구가 그와 함께하고 있었다.

제6장. 그 밤에……

상현은 거칠게 호텔 객실 문을 열어젖혔다. 시원하게 모두 쏟아내고 잠에 취한 체리를 침대에 눕혔다.

업혀 오는 와중에도 날강도같이 첫 키스를 도둑맞았다며 어찌나 한탄해 마지않던지. 후회하진 않지만 이상한 눈빛으로 바라보는 사람들의 시선에 돌려주고 싶은 마음까지 생겨버렸다.

상현은 약간 높은 듯 올라와 있는 침대 모서리에 쾅 하고 부딪쳐 신음하는 체리를 죽일 듯이 노려봤다.

얌전히 자면 될 것을 굳이 내려와 저 상황을 만드는지 모르겠다. 보나마나 멍들었을 것 같았다.

체리는 취중에도 온몸으로 퍼지는 고통에 꼬리뼈와 엉덩이를 사정없이 문지르고 있었다. 하도 몸부림을 치는 바람에 거세게 잡은 허벅지 안쪽도 아픈지 인상을 쓰며 거칠게 문질렀다.

얌전히 업혀오면 좋았을 것을 무겁지도 않은 게 힘만 넘쳐났다. 상현은 한숨을 쉬며 체리를 바라봤다.

침대에서 내려온 체리는 천추같이 무거워진 눈꺼풀을 올릴 생각이 없었다. 손끝으로 만져지는 침대에 입고 있던 옷을 아무렇게나 벗어 던지기 시작했다. 씻어야 한다는 건 알았지만 지금 신경 쓸 겨를이 없었다. 어서 편안한 침대에 눕고 싶다는 생각만 들었다.

상현은 체리가 두 눈을 감고 몸을 이리저리 흔들며 하는 양을 보며 기가 찼다.

그녀가 저녁에 친구들 앞에서 그를 씹어대며 먹었던 안주거리들을 좀 전까지 확인했었다.

상현은 인상을 쓰며 화장실로 향했다. 대충 화장실에서 자신의 옷을 정리하고 체리의 겉옷을 벗겨 정리라도 할 마음으로 나왔다.

"이체리! 뭐 하고 있는 거냐?"

멍하니 서 있던 체리는 상현을 보며 피식 웃었다. 초점 따위 찾아볼 수 없을 정도로 눈이 풀려 있었다. 상현은 한숨을 쉬며 천천히 다가갔다.

"더러워 죽겠네. 겉옷 벗어!"

중심을 못 잡고 흔들거리는 모습에 잡아주려 손을 뻗었지만 체리는 단번에 손을 쳐냈다.

"됐어!"

체리는 기를 쓰며 옷을 벗었다. 그런데 체리가 하는 양을 지켜보던 상현의 눈이 점점 커졌다.

체리는 그가 생각한 것보다 더 많은 옷을 벗고 있었다. 더러워진 재킷은 이미 그의 손에 들려 있었다.

상현은 대충 옷을 털어내고 드라이만 맡기려 했었다. 그런데 체리는 블라우스의 단추를 어렵게 풀어 헤치고 있었다.

체리는 팔에서 블라우스를 걷어내 휙 하고 집어 던졌다. 한쪽 팔이 뒤집어진 블라우스가 그의 눈앞을 지나쳐 소파 위에 안착했다.

잠시 몸을 이리저리 흔들던 체리는 블라우스 안에 입은 슬립은 두고 손을 뒤로 해 브래지어의 후크를 풀어 앞으로 훅 잡아 빼내고 있었다.

놀란 상현이 말릴 새도 없이 슬립 하나, 그리고 어느 순간 보다 재빠르게 벗어 던진 치마와 페티코트 덕에 얇은 팬티만 입은 그녀가 앞에 서 있었다.

상현은 그 모습에 미약하게 남아 있던 취기가 완전히 사라졌다.

"야! 이, 이, 이게 정말 미쳤나? 어휴, 그동안 따라다니지 않았으면……. 이러니 내가 신경 쓸 수밖에 없지. 잠깐! 안 보는 새 매일 저러고 다닌 거 아냐? 아, 진짜 미치겠네. 왜 옷은 다 벗고 지랄이야."

이 상황에서 나리를 불러오는 끔찍한 일은 하고 싶지 않았다.

"아아악! 이체리. 너 때문에 내가 진짜 미치겠다! 그 꼴로 있으면 나한테 어떡하라는 건데!"

상현은 물론이고 세상의 모든 소음을 차단한 채 자신의 세계로 떠난 체리는 어느새 침대에 누워 숙면 모드에 취해 있었다.

체리는 깨질 듯한 머리를 부여잡으며 몸을 일으켰다. 그러다 문득 허리에 느껴지는 묵직함에 저절로 인상이 써졌다.

또 나리를 잡고 밤새 수다를 떤 모양이다. 기억나지 않지만 곧잘 나리가 외계 생명체가 되어 밤새 대화 상대가 되어준다는 걸 알았다.

그 덕에 나리는 그녀에게 매번 두둑한 용돈을 챙겨 받았다. 목이 꽉 막힌 것이 밤새 떠든 모양이다. 그런데 날씬한 나리의 팔이라기에는 상당히 무거운 느낌이다.

"이나리! 살쪘어? 팔이 돌덩이같이 무겁다."

여전히 무거운 눈을 뜨지도 않은 체리는 몸을 편하게 침대에 비비적거렸다. 그런데 나리라고 하기에는 뭔가 이상했다.

이 낯설지만 낯설지 않은 향은 뭐지? 몸을 틀 때마다 온몸으로 퍼지는 통증 가운데 그놈의 궁금증이 일어 도저히 잠을 잘 수가 없었다. 체리는 무거운 눈꺼풀을 겨우 들어 올렸다.

숨이 턱 하고 막혀왔다. 옆에 상현이 누워 있었다. 그것도 아주 원초적인 모습으로 편하게!

새근새근, 아기처럼 자고 있는 상현의 모습에 잠이 확 달아났다. 왜 그녀의 침대에 상현이 누워 있는지 아무것도 기억나지 않았다.

그녀가 다시 상현의 침대에 누워 있을 일은 절대로 없기에 급하게 주위를 둘러봤다.

낯선 호텔 방의 모습에 경악했다. 놀란 눈으로 주위를 둘러보던 체리는 자신의 옷차림을 그제야 확인했다.

"으아아악!"

상현은 체리의 거센 비명 소리에 귀를 막으며 소리쳤다.

"아침부터 왜 소리를 지르고 난리야? 너 때문에 이제 겨우 잠들었는데……."

새벽까지 체리 옆에 앉아 안절부절못하다 겨우 해가 뜨는 아침이 되어 잠이 들었다.

하품을 하며 졸린 눈을 비비던 상현은 그녀의 옷차림을 보고 얼른 고개를 돌렸다. 깜빡했다. 그녀의 현 상태를.

아침부터 괴로운 하루가 될 것 같았다.

"너, 너, 내, 내 옷이 왜 이래?"

"그걸 나한테 왜 물어?"

상현이 그녀를 외면하고 있었다. 체리는 상현의 뒤통수를 노려보다 그를 잡아당기기 시작했다.

"내 얼굴 보고 말해. 어제 대체 어떻게 된 거야? 설마, 나한테 무슨 짓 한 거야? 야! 왜 내 얼굴 피하는 건데?"

체리는 아무것도 걸치지 않은 상현의 어깨를 거칠게 흔들었다. 같은 골목에 살고 수시로 왕래한 탓에 상현의 벗은 상체를 본 게 처음은 아니었다. 체리의 손길은 거침이 없었다.

그런데 상현의 어깨 이곳저곳에 시뻘건 잇자국이 보였다.

"사실대로 말해! 너랑 내가 왜 여기 있는 거야? 그리고 내 옷차림은 이게 뭐고? 야! 너 정말 내 얼굴 안 볼 거야?"

상현은 슬슬 한계에 다다랐다. 최대한 이를 악물고 낮게 중얼거렸다.

"이체리! 좋게 말할 때 당장 옷 입어라! 참는데도 한계가 있는 거야."

"얼굴 보고 말해!"

상현이 그녀 얼굴을 똑바로 바라봤다. 처음 보는 눈빛에 말문이 막혀왔다.

"마지막으로 한 번 더 말하는 거다. 옷 입어!"

다른 때 같았으면 당장 따져 물었을 것이다. 그런데 상현의 분위기가 심상치 않았다.

다시 따져 물으려던 체리는 옷부터 입는 게 나을 것 같다는 생각이 들었다.

체리는 높은 침대에서 내려와 서둘러 옷가지를 집어 들었다. 그러면서도 여전히 상현을 의심의 눈길로 쏘아보는 건 잊지 않았다.

그녀를 제대로 바라보지 못하는 상현의 태도가 수상했다.

상현은 분명 눈치를 보고 있었다. 이 미묘한 상황에서 그녀의 시선을 피하는 상현의 태도는 다분히 의심해봐야 했다.

온몸으로 퍼지는 말 못할 통증을 뭐라고 해야 될지 모르겠다. 거기다 상현의 어깨에 있는 수많은 잇자국도 미심쩍었다. 발을 움직일 때마다 절로 신음이 나왔다. 온몸이 두들겨 맞은 것처럼 아파왔다.

'밤새 패기라도 했나?'

체리는 엉덩이와 꼬리뼈는 물론이고 허벅지 안쪽도 쑤셔온다는 걸 깨달았다. 온몸 구석구석 안 쑤신 곳이 없었다. 따지더라도 옷부터 제대로 차려입어야 할 것 같았다.

상현은 방 이곳저곳을 뒤지며 재킷과 치마를 찾는 체리를 슬쩍 바라봤다. 새벽에 찾아온다는 걸 깜빡하고 잠들어버렸다.

상현은 급하게 고개를 돌렸지만 그녀의 전신은 이미 시선에 박혀버린 뒤였다.

상현은 헛기침을 하며 고개를 돌렸다.

"흠! 안 보이는 옷들은 금방 가지고 올 거야. 찾아오려고 했는데 깜빡 잠들었어. 7시에는 가져온댔으니까 조금만 기다려.”

새벽에 구두 수선하는 곳을 찾아 겨우 수선해 가져왔을 때가 4시가 조금 넘어 있었고 분명 5시까지는 깨어 있었다.

그런데 잠깐 옆에 눕는다는 게 한 시간이 훌쩍 지나버렸다.

“이체리! 잠깐 눈 좀 감아.”

시뻘게진 얼굴로 눈을 감으라는 상현의 태도에 체리는 기가 막혔다. 막 소리를 지르려던 체리는 시트가 떨어지며 상현의 벗은 상체가 온전히 드러나자 고개를 돌렸다.

그녀가 알던 상현이 아니었다. 예전에도 체격이 좋다고 느꼈지만 몇 년 사이 더 넓고 단단해진 가슴에 근육이 보기 좋게 붙어 있었다.

거기다 손을 뻗어 만져보고 싶을 만큼 근사하게 그을린 몸은 탄탄함과 힘이 느껴졌다. 좀 전에 느꼈던 무게감이 떠오르며 귀로 열기가 느껴졌다. 뒤에서 부산스레 옷을 입는 소리가 더 크게 들려왔다.

쿵.

체리는 갑자기 들려온 소리에 고개를 돌렸고 상현의 모습에 호흡하는 것조차 잊은 채 그를 바라보고 있었다.

상현은 급하게 바지를 입다 침대 모서리에 부딪힌 것 같았다. 미처 올리지 못한 바지가 탄탄하다 못해 터질 것 같은 허벅지에 아슬아슬하게 걸려 있었다.

시간이 정지된 것처럼 마주친 두 개의 시선이 공중에서 부딪혔다. 상현의 단단한 한쪽 허벅지에 벌겋게 부딪힌 자국이 보였다.

서서히 시선을 올리던 그녀 눈에 속옷 위로 심하게 자신을 드러내고 있는 그의 중심이 보였다. 체리의 하얀 얼굴이 순식간에 붉게 타올랐다.

상현은 급하게 고개를 돌리는 체리를 보며 자신의 상태가 어떤지 깨달았다. 낮은 욕설을 내뱉으며 급히 바지를 추슬러 입었다.

체리는 상현이 있는 쪽으로 고개조차 돌리지 않고 있었다. 상현은 무슨 말을 꺼내야 할지 난감했다.

-찌이잉.

"상현아."

갑자기 들려온 차임벨 소리에 놀란 체리는 급하게 그의 이름을 불렀다. 숨 막히는 정적 속에서 들린 벨 소리에 꽤 놀란 모양이었다.

"옷 왔을 거야."

체리는 안도의 한숨을 내쉬며 그가 가져온 옷을 받아 서둘러 입었다. 상현은 체리를 힐끗 쳐다봤다. 눈조차 마주치지 않고 있었다.

"데려다줄게."

체리는 대꾸조차 않고 급하게 밖으로 사라졌다. 가는 방향을 보아하니 회사로 출근할 모양이었다. 집으로 가면 옷이라도 갈아입고 가련만. 회사까지 가려면 꽤 시간이 걸릴 텐데…….

지하철에서 고생할 체리를 생각하니 안쓰럽다는 생각이 먼저 들었다. 상현은 그 어느 때보다 답답하고 복잡한 심정으로 레스토랑으로 향했다.

체리는 일하는 내내 어제와 같은 복장인 그녀를 이상한 눈으로 바라보는 직원들의 눈치도 봐야 했지만 아침에 본 상현의 모습이 뇌리에서 사라지지 않아 제대로 일할 수가 없었다.

가뜩이나 종일 울려대는 휴대전화에 퇴근 후 집으로 향하는 발걸음이 천근과도 같아졌었다. 언제나 길게 느껴졌던 골목이 그날은 어찌나 짧게 느껴지던지.

커다란 대문이 마치 지옥문 입구 같다는 생각을 하며 힘겹게 집 안에 발을 들였다.

정길은 아직 퇴근 전일 것이다. 우선 경자부터 달래야 했다. 체리는 조심스럽게 안방 문을 노크했다.

"엄마, 고경자 여사님?"

아무런 기척이 없었다. 뭔가 이상했다. 집에 발을 들일 때부터 유난히 고요한 집 안, 커다란 태풍이 오기 전의 고요함이랄까?

온몸으로 엄습하는 스산한 기운에 몸서리치며 체리는 방으로 들어가 편한 복장으로 옷을 갈아입었다.

욕조에 물을 받고 한참 동안 목욕을 했다. 허벅지 안쪽에 선명하게 남아 있는 손가락 자국들과 엉덩이와 꼬리뼈에 남은 통증이 조금은 사라지길 바랐다.

손가락이 퉁퉁 불 정도의 시간이 지났지만 통증은 여전히 남아 있었다. 한숨을 내쉬며 속옷을 입는데 가슴이 스치기만 해도 아려 와 결국 입기를 포기했다.

체리는 대충 웃옷을 입고 방으로 들어갔다. 그런데 언제 들어왔는지 나리가 버티고 서 있었다.

"하. 하. 나리 왔구나. 오늘은 일찍 들어왔네. 졸업반이라 전시회 때문에 바쁘다고 하더니……."

체리는 말끝을 흐리며 나리를 바라봤다. 쏘아보는 눈빛이 매서웠다.

"어제 어떻게 된 거야? 거짓말할 생각은 하지도 마."

나리는 이미 모든 걸 알고 있는 것 같았다.

"그게 말이야……."

체리는 천천히 기억에 있는 단편적인 것들과 함께 아침에 눈을 떴을 때 느낀 몇 가지 사실을 이실직고했다.

괜스레 거짓말해봐야 나리를 속일 수 없다는 걸 이미 오래전에 경험했었다. 매번 느끼는 거지만 누가 언니고 누가 동생인지 모르겠다.

이야기를 모두 들은 나리는 한참 동안 말없이 체리를 바라봤다.

"그러니까 어제 상현 오빠 친구들이랑 만난 자리에서 폭탄주를 마셨다는 거지? 그것도 3잔씩이나?"

"내 기억에는 3잔인데, 그게 4잔일 수도 있고 5잔일 수도 있어서……. 그전에 맥주도 몇 잔 마셨고……."

체리 말에 나리는 기가 찼다. 주량도 세지 않으면서 대체 왜 술을 좋아하는지 모르겠다.

"그래서? 아침에 눈 떴더니 언니는 속옷 차림에 온몸이 아프고, 오빠도 속옷 차림으로 옆에 누워 있었단 말이지?"

"꼭 그렇게 적나라하게 말해야 되냐?"

나리 말에 아침에 봤던 것들이 리플레이 되고 있었다.

"그래서 틀려?"

"대충……. 그래."

나리는 슬쩍 체리의 옷차림을 바라봤다.

"언니, 혹시 그날 다가와?"

"어. 왜?"

"브래지어 안 했잖아."

"어, 그게 그제부터 가슴이 쑤시더라고. 아마 내일쯤 할 거야."

"음, 그래……."

나리는 평소 체리의 술버릇을 아는지라 심히 고민스러웠다. 체리가 술을 그렇게 먹었으니 화가 났을 건 당연했다.

또 따라다니며 뒤치다꺼리하기 바빴을 것이다. 거기다 맥주에 폭탄주까지 마셨다면 어제 먹은 음식물들을 또다시 확인했을 게 분명했다.

상현에게 캐묻지 않아도 대충 어제 밤 상황이 눈에 그려졌다.

그녀가 아는 상현은 절대 제정신이 아닌 체리에게 함부로 행동할 사람은 아니었다. 체리를 함부로 대할 것 같았으면 진즉에 사단이 났어도 수십 번은 났어야 했다.

나리는 도리어 상현이 겪었을 고초가 떠올랐다. 언제나처럼 체리의 뒤치다꺼리는 상현의 몫이었을 것이다.

미뤄 짐작건대, 상현이 밤새 고행을 했다는데 모든 걸 걸어도 좋았다.

나리는 체리가 아직 남자 경험이 없다는 걸 알았다. 체리는 유난히 감각이 예민했다. 간지럼만 태워도 숨이 넘어갈 정도였는데 거사를 치렀다면 분명 표가 나고도 남았다.

나리는 이 사태를 어떻게 해야 할지 고민했다. 오만 가지 생각에 머리가 어지러웠다.

잠시 뒤 상현을 추궁해보면 자세히 알겠지만 전날 밤 같은 상황에서 잘 참고 넘겨준 상현이 이제는 안쓰러워졌다.

나리는 다시 한 번 체리에 대한 상현의 애정에 감동했다. 순간 떠오른 생각에 나리는 작게 웃었다.

"그러니까 밤새 상현 오빠랑 호텔 방에 있었다는 거지?"

"상현이랑 침대에 있어서 내가 얼마나 놀랐는지 알아?"

체리는 한숨과 함께 묘한 감정을 담은 채 고개를 저었다. 아무리 지우려 해도 아침에 봤던 상현의 모습이 쉬이 잊히지 않았다.

아침에 목격한 상현은 상상했던 것보다 더 튼실해 보였다. 또다시 떠오른 영상에 체리는 고개를 세차게 저었다.

나리는 얼굴을 붉히며 고개를 젓는 체리를 보며 고개를 가로저었다. 아무리 봐도 정상이 아니다.

"그러니까 밤새 상현 오빠랑 한 침대에서 잤다는 소리네."

"원 베드던데 상현이가 바닥에서 잘 애로 보여?"

"알았어."

그때 요란스럽게 집으로 들어오는 경자와 혜영, 정길의 목소리가 들려왔다.

"어이쿠, 잔치라도 하는 거야? 무슨 장을 이렇게 많이 봤어?"

"체리도 그렇고 상현이 준현이도 여름 오기 전에 몸보신시켜주려고 그러죠. 오늘은 우리 집에서 저녁 먹자. 애들한테 전화해야겠다."

그들 말소리에 체리가 긴장할 사이도 없었다. 나리는 유유히 방을 나서며 폭탄을 투하했다.

"엄마, 아빠! 혜영 이모! 체리 언니 들어왔어요. 걱정 안 하셔도 돼요. 어제 상현 오빠랑 호텔에서 밤새 같이 있었대요."

나리 말에 체리가 놀라 자리에서 벌떡 일어섰다. 그런 체리를 보며 나리가 딱 잘라 말했다.

"언니! 밤새 손만 잡고 잤다느니 그런 말하면 여기 믿을 사람 하나도 없어."

나리는 천천히 다가와 그녀의 귀에 속삭였다.

"언니가 좀 전에 말한 증상들, 그거 전부 첫 경험 후유증이야."

"정말?"

체리는 나리 말을 들으며 얼굴이 하얗게 질려갔다.

'첫 키스도 모자라 첫 경험마저 상현인 거야?'

체리는 울상을 지었고 나리는 뜻 모를 미소만 짓고 있었다.

체리는 인정을 제외한 양가 어른이 모두 모인 자리에 불러 앉혀져 있었다. 차마 고개를 들 수가 없었다.

상현과 그날 이후 아무 말도 나누지 못한 상태에서 같이 불러 앉혀진 체리는 불안하기만 했다.

그런데 상현은 뭐가 그리 불만인지 얼굴에 마음에 들지 않는다는 말이 가득 쓰여 있었다.

몇 시간 전부터 모여 비밀 회담이라도 나누듯 아무도 못 들어오게 하던 그들이었다. 그랬기에 그들 앞에 앉아 있는 체리는 가시방석이 따로 없었다.

차라리 경자에게 밤새 맞는 게 나을 것 같았다. 침묵이 주는 두려움은 상상을 초월했다.

몇 시간 전 지방 분점에 문제가 있다는 핑계로 집을 나서던 인정이 상현의 등을 매몰차게 후려치고 나가며 그녀에게는 아무 말도 없이 나간 사실이 그녀를 더 불안하게 만들었다.

한참 동안의 숨 막히는 침묵에 겨우 마른침을 삼키던 체리는 살짝 고개를 들어 눈치를 살폈다.

그런데 모두 그들을 보며 웃고 있는 게 아닌가?

예상했던 반응과 너무도 다른 분위기에 등골이 서늘해졌다. 분명 그녀가 모르는 뭔가가 있었다.

"체리야! 난 네가 며느리가 된다니 너무 좋다."

영규가 만면 가득 미소를 걸고 그녀를 보고 있었다. 그 옆에 앉아 있던 혜영은 덥석 체리 손을 잡았다.

"체리야, 상현이가 너 만나고 얼마나 달라졌는지 몰라. 흐흑. 이게 다 네 덕분이다. 고맙다, 체리야."

체리가 대답할 사이도 없이 경자가 상현을 끌어안았다.

"상현아, 예전 같았으면 이모는 반대했을지도 몰라. 하지만 예전의 네가 아니란 걸 아니까. 이모는 얼마가 기쁜지 몰라. 아니, 이제 이모라고 하면 안 되겠지? 그동안 체리 많이 챙긴 거 알고 있어. 늦었지만 고맙다. 요즘 널 보면 내가 다 흐뭇하다. 니들이 그렇게 좋다는데 나는 말릴 생각 없다. 하지만 아무리 시대가 바뀌었다고 해도 밤을 같이 지낸 사이라면……. 간단히 약혼이라도 해야 하지 않겠니?"

잠자코 경자가 하는 말을 들으며 정길은 얼굴을 찌푸렸다. 아무리 그래도 다 큰 딸과 밤을 지새웠다는 남자가 곱게 보일 리가 없었다. 잠시 정길이 헛기침을 두어 번 하고 무거운 입을 열었다.

"내 생각도 체리 엄마와 같다. 어르신 말씀도 들었고……. 내 다른 말은 안 한다. 상현인 앞으로 우리 체리 힘들게 하지 말고. 며칠 뒤 나 좀 보자."

"당신이 먼저 상현이라면 믿고 맡긴다더니 왜 딴소리에요?"

이렇게 쉽게 딸을 보낼 수 없는 정길의 마지막 말에 경자가 잔소리를 시작했다.

또다시 급변하는 자신의 처지에 체리는 당황하며 그들의 제안에 이의를 제기했다.

"저, 엄마, 아빠! 이모, 이모부. 저 그러니까, 저희 둘……."

체리는 어떻게 말해야 하나 고민하고 있었다. 그런데 옆에서 잠자코 있던 상현이 체리 손을 꼭 잡았다.

상현은 그녀를 잠시 바라봤다. 그 어느 때보다 진지한 시선에 체리는 고개를 숙였다. 따뜻하고 커다란 손이 주는 포근함에 마음이 조금은 편해졌다.

"그럼 어른들께서 상의해보시고 최대한 빨리 약혼시켜주십시오. 그리고 죄송하지만 체리와 얘길 나눠야 할 것 같습니다. 저희 먼저 일어나도 되겠습니까?"

너무도 정중한 상현의 태도에 다들 멍한 얼굴로 고개만 끄덕였다. 그들 모습을 잠시 보던 상현은 정길을 향해 다시 정중히 물었다.

"아버님! 저로 인해 언짢은 마음 이해하고 있습니다. 너무 노여워 마시고 이번 주 금요일 저녁에 식사, 아니 술 한잔하시죠. 그때 아버님 하시는 말씀, 달게 받겠습니다."

상현의 입에서 나오는 말에 체리는 놀란 입을 다물지 못하며 그를 돌아봤다.

근래 들어 느꼈다. 분명 그녀 손을 거세게 잡고 있는 사람은 어릴 적부터 그녀만을 괴롭히던 개차반이 아니라는 걸.

약을 먹는 게 아니라면 분명 뇌를 통째로 개조한 게 분명했다. 그게 아니면 사람이 이렇게 바뀔 수는 없는 노릇이었다.

설마 진짜 외계인이 상현을 바꿔놨을지도……. 체리는 슬며시 떠오르는 생각에 결심했다.

상현이 아무리 부인해도 언젠가 꼭 한 번은 그의 머릿속을 샅샅이 뒤져 수술 자국을 찾아내리라.

온갖 상상으로 머리 아픈 체리를 앞에 두고 이제 한결 마음이 누그러진 정길까지 한 마음 한 뜻이 되어 그들을 쫓아내듯 집 밖으로 내몰았다.

"젊은 사람들 일에 우리가 이래라저래라 할 수는 없지. 그래, 나가서 얘기해. 그래도 어제 같은 일이 자주 있으면 안 된다. 아직 손자 안기에는 우리가 너무 젊지 않니?"

정길의 말에 상현의 얼굴이 벌겋게 변했다. 그 모습을 보며 영규가 큰 소리로 웃었다.

"솔직히 손자를 봐도 그리 나쁘진 않을 것 같습니다. 어머님 소원 생각하면, 지금도 많이 늦었지요."

더 듣다간 당장 손자를 내놓으라고 할 것 같았다. 상현과 체리는 급하게 인사를 하고 밖으로 나왔다.

그들은 여전히 어색한 침묵에 싸여 있었다. 잠시 고민하던 상현은 체리를 바라봤다. 어쨌든 얘기는 해야 했다.

쭈뼛쭈뼛, 상현은 자꾸 멀어지려는 체리를 보며 그녀를 잡아끌어 세단에 태웠다.

체리는 상현의 심각한 얼굴에 목적지가 어딘지 묻지 못했다. 이런 얼굴을 하고 있을 때 건드려봐야 좋을 게 없다는 걸 알았다.

시간이 갈수록 옥죄어오는 답답함에 참을 수가 없었다. 도저히 안 되겠단 생각에 운전에 열중한 상현을 바라봤다.

아무리 눈치가 없는 그녀라도 무슨 말을 꺼내서든 이 심각한 분위기를 깨야 한다는 걸 절실히 느끼고 있었다. 체리는 일부러 밝은 척 목소리 톤을 높였다.

"어디 가는 거야?"

상현은 체리를 지그시 바라봤다.

"평생 나한테 말 안 할 줄 알았는데……. 그건 아닌가 보다."

"지금 상황에서 말로 안 하면 육탄전이라도 벌이자는 거야?"

무심코 내뱉은 말에 아차 싶었다. 그날에 벌어졌을지도 모르는 육탄전 생각을 하다 보니 자연스럽게 튀어나왔다.

상현은 한참 동안 아무 대답이 없었다. 차라리 평소처럼 핀잔을 주거나 소리라도 지르면 편할 것 같다.

어색한 침묵에 얼굴이 화끈거렸다. 달아오르는 뺨 때문에 서둘러 창밖으로 시선을 돌렸다.

"바람이나 쐬러 가자."

상현은 음악을 틀고 더는 말이 없었다. 그사이 차는 고속도로를 달리고 있었다.

4월이라고는 하지만 아직은 살갗에 닿는 바람이 차가웠다. 그럼에도 탁 트인 바다를 눈앞에 두니 가슴이 뻥 뚫렸다.

한 번은 보고 싶었던 바다였는데 매번 상황이 여의치 않아 무산됐었다.

동해로 여행 가고 싶다고 노래를 그렇게 불렀는데 이렇게 오게 될 줄은 몰랐다. 하지만 감상은 여기까지였다.

말없이 모래사장을 거닐던 체리는 뒤에서 걷고 있는 상현을 돌아봤다.

"상현아! 우리 이제, 얘기 좀 해야 하지 않을까?"

상현은 자신을 바라보는 체리의 얼굴을 보며 갑자기 입고 있던 재킷을 그녀에게 둘렀다.

"바람이 차다. 바다 보고 싶다고 노래 불렀잖아. 바다 실컷 보고 나서 얘기하자."

상현은 재킷을 다시 한 번 단단히 둘러주며 먼저 걷기 시작했다.

체리는 멍한 얼굴로 상현의 뒷모습을 바라봤다. 여전히 상현의 변한 태도에 적응이 안 됐다. 춥다며 그녀가 입고 있던 재킷을 뺏어 입어도 시원찮을 판에 입고 있던, 거기다 아직도 따뜻하다 못해 뜨거운 체온이 남아 있는 옷을 그녀에게 건넨 상현은 아무리 생각해도 그녀가 아는 그가 아니었다.

'설마……'

지난번 블랙홀에서 외계인 복장을 한 그들이 진짜였는지도 몰랐다. 문득 떠오른 생각에 체리는 고개를 끄덕였다.

인정과 준현, 나리의 계략으로 온 집안에 거대한 폭탄을 투하한 체리는 주말마다 상현과의 데이트를 강요하는 식구들을 피해 회사 동료 아름과 영화를 보기로 한 날이었다.

직장 동료 중 유난히 아름과 있다면 정색을 하는 상현이었기에 아무 말 없이 몰래 집을 나와 골목을 거의 빠져나갈 때였다.

"이체리! 아침부터 어디 가냐?"

뒤에서 들려온 목소리에 체리는 울상을 지었다.

'저건 대체 어느 별에서 왔기에 아침잠도 없는 거야! 어제 친구들 만난다고 했는데 이 시간에 뭔 정신으로 일어난 거야? 오랜만이라 엄청 마셨을 텐데…….'

체리는 천천히 뒤돌아서며 그의 집 현관에 삐딱하게 기대선 상현을 바라봤다. 옷차림으로 보아하니 어딜 가려는지 제대로 빼 입었다. 반가운 마음에 미소를 감추지도 못했다.

"약속 있어. 너도 약속 있는 것 같네. 어제 술 마시고 늦는다고 하더니 일찍 일어났다. 하. 하. 하. 먼저 간다."

맹수같이 눈을 빛내고 있는 그의 사정거리를 벗어나려는 체리. 그런 체리를 상현이 그냥 둘 리가 없었다.

눈 깜짝할 새 기다란 팔을 뻗어 어깨를 잡아 빙글 돌리더니 그녀를 위아래로 훑어보기 시작했다.

"그렇게 차려입고 아침부터 어딜 내빼려고?"

어깨를 부여잡은 손에 점점 힘이 들어갔다. 저절로 신음이 새어나왔다.

"으윽, 그게…… 어깨 좀 놓고 말하면 안 될까? 아파……."

"그 꼴로 어디 가냐고 묻잖아? 거짓말하면 진짜 죽는다."

죄어오는 압력도 압력이지만 바라보는 눈초리에 입을 뗄 수가 없었다.

슬금슬금, 아파오는 어깨를 무시하며 골목을 벗어나려는 몸짓을 계속하는 체리의 행동에 상현은 결국 소리를 질렀다.

"이체리! 또 남자 만나러 가는 거지? 너, 진짜 죽을래?"

체리는 움찔하며 인상을 썼다. 다른 날에 비해 좀 과하게 신경 쓰긴 했다. 화장은 둘째 치더라도 향수는 근처 가서 뿌릴 걸 그랬다.

'귀신같은 놈! 아름 씨가 그 선배랑 같이 온다고 했는데……'

"저, 그게 서유 씨! 그래, 서유 씨랑 영화 보기로 했어. 영화 보고 점심도 먹을 거야."

거짓말할 때마다 어색하게 웃는 그녀의 버릇 아는지라 상현은 각진 눈을 매섭게 빛내며 그녀를 노려봤다.

"이체리. 거짓말하다 걸리면 죽는 건 알고 말하는 거지?"

어찌나 살벌하게 말하는지 입안이 빠짝 말랐다. 걸리면 족히 한 달은 괴롭힐 것이다. 어떻게 해서든 이 상황에서 벗어나야 했다.

"하. 하. 하. 내가 거짓말을 왜 해? 지, 진짜라니까!"

상현은 이쯤에서 제대로 말하면 용서해줄 용의가 있었다. 그런데 뻔히 보이는 거짓말에 그녀를 잡고 있던 손을 뗐다.

상현의 입가에 비웃는 듯한 웃음이 걸리고 있었다. 체리는 그 모습에 차라리 사실대로 말할 걸 그랬다는 후회가 들었다. 그러나 이미 되돌리기엔 늦어 있었다.

애교를 부리면 다시 죽이려고 들지도 모른다.

'카드를 다시 쥐여줘야 하나?'

머릿속으로 온갖 상념들이 오갔다. 그런데 상현이 갑자기 쓴웃음을 털어내고 한숨을 내쉬었다.

"이체리. 하나만 묻자. 나랑 사귀는 거 맞니?"

갑작스러운 질문에 당황했다.

"갑자기 그건 왜?"

"묻는 말에나 대답해! 너, 나랑 사귀는 거 맞아? 아니다. 여기서 떠들다 어른들 보시면 걱정하니까 우선 다른 데로 가자."

체리의 의사는 묻지도 않은 채 자신의 세단에 그녀를 밀어 넣은 상현은 문을 잠가버렸다. 상현의 태도에 체리는 화가 났다. 매번 자기 마음대로다.

"약속 있다고 했잖아!"

"취소해!"

"싫어!"

"좋게 말할 때 들어! 괜히 사람 성질 건들지 말고. 내 성질 건드려봐야 네 손해인 거 몰라서 그래?"

그러나 체리는 또 상현의 성질을 잊고 아깝게 놓친 아름의 선배 생각에 제멋대로 움직이는 입을 방치하고 있었다.

"그렇게 입고 넌 약속도 없니? 제발 네 갈 길 가. 이름뿐인 애인 행세할 생각은 하지도 말고!"

체리 말에 상현의 목소리가 더 낮아졌다.

"내가 분명 행세하는 거 아니라고 한 것 같은데 언제쯤 내 말 알아들을 거야!"

한숨을 내쉬던 상현은 그녀를 한참 동안 바라봤다. 체리는 상현의 눈을 피하며 창밖만 바라봤다.

"됐다. 됐어. 이렇게 된 거 귀한 애인께서 약속이 있다는데 이 한 몸 바쳐 약속 장소로 모셔다드릴게. 약속 장소가 어디십니까?"

체리는 태도가 바뀐 상현을 노려봤다. 그러다 고개를 돌려버렸다. 괜스레 걱정이 일었다.

상현이 이렇게까지 나온 적은 한 번도 없었다. 체리는 슬쩍 상현을 바라봤다. 언젠가 나리가 말한 것처럼 제대로 차려입으니 봐줄 만은 했다. 아니, 근사해 보였다. 눈이 부실 정도로.

'며칠 전에 마신 술이 덜 깼나?'

아름과의 약속 장소에 상현을 데리고 갈 수는 없었다.

"됐으니까 네 볼일 봐."

"공사다망한 가운데 특별히 말귀 못 알아먹는 애인을 살펴준다는데 뭔 잔소리가 그리 많아? 나 같은 애인 둔 걸 감사하게 생각해!"

"감사는 개뿔! 지금 있는 자리에서 네가 블랙홀로 사라지면 내가 감사하다 못해 두 손 모아 공손히 큰절이라도 올리겠다. 아니무슨 소원이라도 들어주겠다!"

체리 말에 상현은 뜻 모를 미소를 지었다. 분명 그 어느 때보다 멋지게 호선을 그리고 있는데 등골이 오싹해졌다.

"지금 한 말 꼭 지켜!"

상현은 알 수 없지만 사악한 기운을 가진 미소를 지으며 차를 출발시켰다.

그렇게 체리는 아름과의 안타까운 약속을 어길 수밖에 없게 됐다. 그리고 도착한 곳이 바로…….

<블랙홀>

온통 시커먼 이곳 클럽 이름이 블랙홀이란다. 차를 출발시키며 사악하게 웃던 상현의 미소 속에 담긴 의미를 확실히 깨달았다.

"이체리! 약속 지켜라!"

체리는 차에서 억지로 끌어내리는 상현의 손에 이끌려 대낮, 아니 아침부터 클럽 블랙홀에 들어갔고 그곳에서 황당함의 끝을 경험했었다.

그들을 맞은 외계인들은 공손히 인사하며 중앙으로 안내하고 있었다.

메인 스테이지 중간에는 커다란 돼지머리가 놓여 있고 그 앞에 온갖 과일과 떡이 놓여 있는 것이 고사를 지내는 것 같았다.

생전 처음 보는 광경에 놀랄 새도 없이 상현은 체리의 손을 잡아끌고 고사 지내는 무리로 성큼성큼 걸어갔다. 그들 곁을 지나는 수많은 사람 중에 상현을 보며 90도로 인사하는 사람도 있었다.

고사상이 차려진 메인 스테이지에 다다르자 말쑥한 정장을 차려입은 중년의 남자가 절을 마치고 일어서는 게 보였다.

상현은 얼른 체리의 어깨에 팔을 둘러 지그시 뒤통수를 누르며 같이 인사했다.

"형님! 안녕하셨습니까? 새로운 오픈하신다는 소식 듣고 인사드리러 들렀습니다. 전에 말씀드린 애인도 함께 왔습니다."

얼떨결에 인사한 체리는 옆 눈으로 상현을 사정없이 째려봤다.

호남형의 형우는 그들을 반가운 얼굴로 맞았다.

"왔어. 은 실장! 딱 맞춰왔네. 절해. 우리 은 실장이 맡았던 구역만큼 장사 잘되면 좋을 텐데 말이야. 기운 잔뜩 퍼붓고 가."

형우의 목소리에는 즐거움이 한가득 담겨 있었다.

"과찬이십니다. 이제야 걸음마 뗀 애송이에 불과합니다. 아직은 식당 일도 쉽지가 않아 헤매고 있습니다."

"은 실장은 언제 봐도 내 식구 같단 말이야. 식당 일 재미없으면 언제든지 내 구역으로 와. 은 실장 자리는 늘 비워둘 테니까. 아니면 여기 맡아서 한 번 해보는 건 어떤가?"

듣자 듣자하니 정말 안 될 사람이다. 이제 겨우 정신 차리고 레스토랑 일 열심히 하는 상현에게 무슨 망발이란 말인가?

체리는 상현이 말릴 새도 없이 형우에게 불쑥 다가갔다.

"저기요, 아저씨! 우리 상현이 다시는 아저씨 밑에서 일 안 하거든요. 맘 잡고 일 잘하는 애 꼬드기지 마세요. 아저씨 사업 망하라고는 안 할 테니까 상현이 끌어들일 생각은 하지도 마세요!"

체리는 상현을 쏘아봤다.

"개차반! 여기 다시 일할 생각이면 나한테 죽을 줄 알아! 가서 절하고 얼른 가자. 너, 일 잘해서 돈 잘 버니까 돈도 두둑이 올려!"

체리 말에 주위에 있던 모든 사람이 숨 쉬는 것조차 잊은 채 그들을 지켜봤다.

감히 형우에게 바락바락 대드는 것도 모자라 그들 사이에서 전설로 남은 상현을 개차반이라고 부르는 태도에 모두 석상이 되어 있었다. 가끔 나리보다 더 무섭게 사람을 다그치는 체리를 아는지라 상현은 인상을 구기며 형우에게 사과했다.

"죄송합니다. 제 불찰……."

형우는 갑자기 허리를 꺾어가며 박장대소했다.

"역시 은 실장이 목 맬만 해."

한참 동안 웃던 형우는 좀 전과 전혀 다른 얼굴을 하고 그들에게 한 걸음, 한 걸음 다가갔다.

체리와 상현 주위에 있던 사람들이 서둘러 두어 발자국씩 물러났다. 아침부터 형우의 표정 없는 칼바람 가득한 얼굴을 보고야 말았다. 좋은 때는 한없이 좋지만 매서울 때는 그 어떤 사람보다 무서운 형우였다.

그 탓에 형우 밑에서 일을 배우고 자립한 친구들은 지금 모두 자신의 자리에서 제 몫을 하고 있었다.

그들에게 다가간 형우는 상현의 귀에 뭐라 작게 속삭이기 시작했다. 그런데 형우의 말에 상현의 얼굴이 점점 벌게지고 있었다.

체리는 못마땅한 얼굴로 형우와 상현을 바라봤다. 형우는 그녀의 시선에도 아무렇지도 않은 얼굴로 뒤를 돌아보며 소리쳤다.

"막내야! 여기 은 실장 애인한테 시원한 맥주 좀 갖다드려라. 은 실장은 얼른 절하고 VIP룸으로 와! 내가 자네 애인이랑 잠깐 얘기 좀 해야겠어. 은 실장 애인 이름이 어떻게 된다고 했지?"

형우의 질문에 체리는 샐쭉거렸다. 아무리 마음에 안 들어도 윗사람이었다.

"이체리예요. 그런데 전 아저씨랑 할 말 없어요. 한 가지 더 말씀드리자면, 상현이가 저 술 마시는 거 엄청 싫어해요."

꼭 말해야 한다고 생각이 된다면 안위 따위는 생각하지 않는 것 같았다. 혹시나 하는 마음에 시험하려 매섭게 눈을 떴는데도 체리는 여전히 당당하게 자신의 뜻을 밝혔다. 볼수록 즐거웠다. 형우는 체리를 보며 큰 소리로 웃었다.

"그럼 주스라도 마시지."

"주스는 별로 안 좋아해요."

하지만 그녀에게 거절할 권리는 없는 것 같았다. 얼떨결에 형우와 함께 VIP룸에 앉은 체리는 기분이 좋지 않았다.

형우는 그녀를 오래전부터 알고 있는 것처럼 행동했다. 그녀에 대해 모르는 게 없을 정도로 많이 알고 있다는 사실에 찜찜함을 지울 수가 없었다.

더욱이 상현에게 클럽을 맡으라고 한 것 때문에 더 마음에 들지 않는 상황이었다.

테이블 위가 온갖 안주와 술로 화려하게 세팅되고 그녀 앞에 찰랑이는 주스 잔이 놓였다. 동물원 원숭이라도 구경하듯 그녀를 바라보는 형우의 시선에 체리는 딴청을 피웠다.

"은 실장, 진짜 멋진 남자야. 놓치면 후회할 거야."

"네?"

상현의 대한 낯선 칭찬에 체리는 그를 바라봤다. 뭔가 크게 착각하는 모양이다. 좀 전에 봤던 깍듯한 상현의 태도만 봐도 의외다 싶었다.

인정에게조차 하지 않는 90도 인사가 자연스럽게 보였다. 상현이 그동안 뭘 하고 살았는지 의문스러워졌다.

시시각각 변하는 얼굴 속에 그녀의 생각이 보였다. 형우는 체리를 보며 작게 웃었다.

"생각이 많으면 진실을 보는 눈은 더 어두워지는 법이지."

"무슨 말씀이세요?"

"말 그대로 은상현이라는 남자가 괜찮다는 소리지. 남자 중의 남자인 내가 괜찮다고 하면 정말 괜찮은 놈인 거야. 아가씨, 이제 은 실장 그만 괴롭히고 받아줘. 캬."

할 말을 모두 마친 형우는 앞에 놓인 폭탄주를 시원스럽게 비우고 있었다. 잠시 뒤 외계인들의 호위를 받으며 룸에 들어온 상현은 한 손에 의심스러운 가방을 들고 있었다.

상현은 형우를 보며 얼굴을 붉히고 서 있었다. 그런 상현을 보며 형우는 큰 소리로 웃더니 자리를 털고 일어섰다.

"은 실장. 3시간, 아니 저녁 오픈할 때까지 시간 줄 테니 이 방에서 나올 땐 확실히 자네 사람으로 만들어 놔. 거기, 한 부장! 은 실장한테 준비물 잘 챙겨줬지?"

"네. 형님."

룸 밖에 선 외계인들, 그 옆에 커다란 덩치의 남자가 형우에게 고개를 푹 숙이며 대답했다.

그들의 행동을 유심히 보던 체리를 향해 나가려던 형우가 윙크를 날렸다. 체리는 그 모습을 보며 정색을 하고 고개를 돌렸다.

'에잇! 저 아저씨 사장 맞아? 생긴 것도 그렇고. 혹시 말로만 듣던 제비 아냐?'

형우는 그렇게 상현과 체리만 룸에 놓고 사라졌다. 체리는 자신과 멀찍이 떨어져 앉은 상현을 쏘아봤다.

"은상현! 여기서 일할 거야? 다시 여기서 일하면 가만 안 둬! 할머니랑 아줌마, 아저씨 그리고 엄마, 아빠도 너 착실히 일하는 거 보고 얼마나 좋아하는지 알기나 해? 제발 정신 좀 차려!"

상현은 체리의 잔소리에 작게 한숨을 내쉬었다. 이런 모습을 보이려고 찾아온 건 아니었다.

체리의 거짓말에 잠시 놀려줄 생각으로 데려왔는데 의도했던 것과 전혀 다른 일이 발생했었다.

조직원들이라 칭하는 식솔들도 겉모습만 그렇지 어릴 적 불우

한 환경 속에서 형우를 만나 제2의 삶을 사는 이들이었다. 상현은 형우와 함께하며 겉모습만이 다가 아님을 다시 한 번 깨달았었다.

그 탓에 그의 밑에서 일하는 걸 자랑스럽게 생각했고 그의 선택을 늘 존중하고 고마워했었다.

하지만 지금 상황은 예외에 속했다. 그가 오래도록 기다리는 때는 아직 도래하지 않았다. 그럼에도 체리와 단둘이 있을 시간을 마련해준 형우에게 감사했다. 오늘은 무슨 일이 있어도 얘기할 작정이었다.

"그러는 너는? 넌 어떤데?"

"뭐가?"

"다시 여기서 다시 일한다면 어떻게 할 거야?"

"솔직히 친구가 클럽에서 일하는 것보다 레스토랑 사장인 게 훨씬 낫지 않니? 잔말 말고 레스토랑 일이나 열심히 해!"

말을 마친 체리는 겸연쩍은 얼굴로 고개를 확 돌렸다. 화려한 벽 아래 장식된 수많은 거울로 그녀를 바라보는 상현의 얼굴이 보였다. 말로 표현하지 않아도 알 것 같은 감정들이 그녀를 향해 있었다.

얼굴 가득 떠오른 감정들에 심장이 쿵 내려앉은 것 같았다. 그동안 상현이 그녀를 이렇게 바라보고 있었단 말인가?

그의 시선을 제대로 본 건 처음이었다. 이상하게 가슴이 뜨거워졌다. 통증도 아닌 뭔가가 심장을 그러쥔 것 같았다.

한참 동안 바라보던 상현은 한숨을 쉬고 고개를 돌렸다. 체리는 그제야 숨을 제대로 내쉬었다.

"이체리."

"……."

"이체리."

"……."

"이체리!"

"왜 자꾸 불러?"

체리는 몸을 홱 틀어 그를 바라봤다. 그의 얼굴에 설핏 깃들어 있던 감정들이 모습을 감춘 뒤였다.

"정말 내가 싫은 거야?"

진지하게 묻는 상현에게 뭐라 대답해야 할지 모르겠다. 사실 상현이 그렇게 싫었다면 그에게 잔소리하면서 붙어 다닐 이유는 없었다.

오직 그녀에게만 여전한 거친 말투와 지나친 잔소리들. 그럼에도 상현과 여전히 함께인 그녀.

어쩌면 두 사람이 모르는 다른 뭔가가 있는 게 아닌가라는 생각이 최근에서야 들었다.

또다시 복잡해지는 머릿속을 마구 흔들어 수많은 생각을 털어냈다. 체리는 그저 바라보기만 하는 상현을 마주 봤다.

"갑자기 왜 그러는데?"

"전에 말했지만 이름뿐인 애인 안 해. 진짜 이체리 남자될 거야."

이렇다 할 고백, 아니 만나는 것조차 제대로 해본 적 없는 체리는 상현의 고백이 당황스러웠다.

쿵쾅쿵쾅, 심장이 무서우리만치 내달리고 있었다. 실내가 갑자기 더워진 것 같았다. 화끈거리는 볼을 잡고 상현을 쏘아봤다.

"무, 무슨 말을 하는 거야! 넌 나리를 떼어내고 난 준현이 떼어내느라 그런 거잖아."

"누가 그래?"

"정말 왜 그래?"

"나리한테는 처음부터 관심 없었어. 준현이가 갑자기 귀국해서 그딴 소리만 안 했어도 급하게 시작하지도 않았을 거야. 이제 겨우 맘 잡고 일 시작했는데…… 자리 잡으려면 시간도 걸리고 또……."

"은상현! 대체 무슨 말하는 거야?"

체리는 도저히 알아들을 수 없는 말만 하는 상현을 보며 어느새 그의 옆으로 다가가 앉았다. 넓은 룸이다 보니 그의 말이 자꾸 울려 제대로 알아들을 수가 없었다.

일상생활에서는 이상이 없는데 유독 상현의 말은 알아들을 수가 없었다.

잠시 딴생각을 하던 체리는 자신 옆에 앉아 있는 상현의 시선을 그제야 느끼기 시작했다.

어찌나 눈빛이 뜨겁던지, 슬금슬금 그에게서 떨어져 다시 멀찍이 앉은 체리는 딴청을 피우기 시작했다.

상현은 입을 다문 채 그녀만 보고 있었다. 체리는 눈도 못 마주치고 계속 딴 짓만 하고 있었다.

하지만 이제 참을 수가 없었다. 더는 상현의 시선을 받을 자신이 없었다. 체리는 밖으로 나가려 문을 잡아당겼다.

그런데 아무리 밀고 당겨도 문이 열리질 않았다. 놀란 체리가 상현을 돌아봤다. 상현은 편하게 소파에 몸을 기대며 겉옷을 벗었다.

"야! 오, 옷을 왜 벗어?"

"더워서 그런다. 왜?"

"빠, 빨리 입어!"

"걱정 마! 당장 널 어떻게 할 생각은 없으니까."

말을 마친 상현은 형우가 만들어 놓은 폭탄주를 마시기 시작했다. 한참 동안 열리지 않는 문과 실랑이하던 체리는 결국 포기하고 상현과 멀찍이 떨어진 곳에 앉았다.

상현은 그런 체리를 보며 피식 웃었다.

"이체리. 우리 진지하게 얘기 좀 해보자."

"너랑 할 말 없어."

체리는 말을 마치고 형우가 만든 폭탄주를 냉큼 집어 한 입에 털어 넣었다. 목이 싸하더니 곧 속에서 타는 듯한 느낌이 온몸으로 퍼져왔다.

"으윽……."

놀란 상현이 버럭 소리를 질렀다.

"술도 못하는 게 이걸 왜 마셔. 이게 얼마나 독한지 알기나 해?"

상현은 급하게 우유를 따라 그녀 손에 쥐여줬다.

"빨리 마셔!"

"아, 몰라! 어차피 나가지도 못하는 거 이거 먹고 잘 거야. 시끄럽게 하지 말고 문 열리면 깨워!"

체리는 일부러 상현이 준 우유를 두고 옆에 놓인 차를 마시며 속을 가라앉혔다. 겨우겨우 속이 진정되고 있었다. 체리는 상현 쪽을 쳐다보지도 않고 얼른 소파에 몸을 누였다. 정말 잠이라도 자려는 것처럼 눈도 감았다.

진지하게 대화해보려던 상현은 그런 체리를 보며 한숨만 내쉬었다.

 며칠 뒤, 상현은 친구들에게 체리를 소개시켰고 뜻하지 않은 사고로 외박을 하게 됐었다. 그 밤, 어떻게든 말을 꺼냈다면 지금 상황과는 많이 달라져 있을 것 같았다.

 상현은 그날도 늦은 후회를 하며 백사장을 거닐고 있는 체리를 말없이 바라보고 있었다.

제7장. 거짓말로 시작한 연애

체리는 계속 모래사장을 거닐었다. 한적한 곳에서 천천히 생각하는 것도 나쁘지 않았다. 상현도 별다른 말없이 그녀 뒤를 따르고 있었다.

어느새 바닷가를 벗어나 근처 항구로 자리를 옮겼다. 여기저기 싱싱한 활어를 구경하고 늦은 점심을 먹으면서도 체리는 말이 없었다. 그처럼 그녀도 어느 때보다 머리가 복잡할 것이다.

상현은 속초를 출발해 다시 서울에 도착할 때까지 생각할 시간을 주기로 마음먹었다. 그에게도 마음을 다잡을 시간이 필요했다. 그러는 사이 어느새 늦은 저녁이 되어 있었다.

"저녁 먹고 들어가자."

보다 못한 상현이 먼저 입을 열었다.

"저녁은 됐고. 우리 항상 가던 놀이터에서 얘기 좀 하자."

"아직 추워. 그러다 감기 걸려. 바닷가에서도 찬바람 많이 쐬고 왔잖아. 긴 얘기 아니라면 차에서 해."

상현이 언제부터 이렇게 배려심이 깊어졌을까? 곰곰이 생각해 보니 상현이 바뀐 건 없는 것 같았다. 늘 옆에서 간섭과 잔소리했었다. 말투가 부드러워졌을 뿐 맥락은 같았다.

말투 하나에 상현의 모습이 달라 보이기 시작한 걸까?

새삼 그의 작은 변화마저 신경 쓰이기 시작했다.

"우리 앞으로 어떻게 했으면 좋겠니? 솔직히 그날……. 기억이 하나도 안 나. 그날 정말, 무슨 일 있었어? 가령, 내가 꼭 알아야 하는 그런 일 같은 거 말이야."

정면만 보고 있던 상현은 그제야 체리를 돌아봤다.

"무슨 일이 있었다면, 어떻게 할 건데?"

상현의 말에 체리 눈이 더 커지려야 커질 수 없게 변했다. 혹시나 싶었는데 역시 나리 말이 맞았다.

"그, 그럴 리가 없어. 그건 절대 있을 수 없는 일이잖아. 키스는 그렇다고 쳐! 너랑 나, 친구잖아. 그, 그, 그런 거 하면 안 되는 사이잖아."

"그런 게 뭔데?"

"그날 밤에……. 저기 그러니까……. 아, 그게……"

"같이 잔 거?"

체리는 빙빙 돌리고 요리조리 피하던 말을 쉽게 뱉어내는 상현을 보며 말없이 고개를 끄덕였다.

"그게 뭐? 그리고 다시 한 번 말하지만 난 너랑 친구 안 해."

"말이 되는 소리를 해! 너랑 나 26년 지기야."

"이체리. 친구끼리 키스는 되고 동침은 안 된다고 누가 그래?"

스윽, 다가오는 상현의 기세에 놀라 체리는 얼른 뒤로 물러났다. 급하게 물러서느라 뒤통수가 보조석 창문이 쿵 하고 부딪혔다.

"아야."

싸한 통증이 밀려왔으나 더 이상 물러설 곳이 없는 걸 알고 뒤통수를 감싸기보다 두 팔을 앞으로 뻗었다.

"뭐 하려고? 또 키스하려는 거지?"

상현은 피식 웃었다. 어느새 자신의 입 앞에 철통 보완이라도 하듯 두 손을 막고 있는 체리가 너무 귀여웠다.

둘 사이를 감싸던 어색한 분위기도 순식간에 사라졌다.

"큭, 큭큭……. 푸하하하."

갑자기 웃기 시작한 상현을 보면서도 체리는 차마 입 앞에 놓인 손을 치울 수가 없었다.

한참 동안 웃던 상현은 기다란 팔을 뻗어 그녀의 뒤통수를 쓰다듬었다. 상현은 체리의 긴 머리를 사정없이 헝클였다.

손가락을 휘감는 머리카락의 감촉에 그 어느 때보다 기분이 편해졌다.

"대책 없는 이체리를 누가 말리겠냐? 어디로 튈지 모르는 엉뚱한 발상에 내가 웃는다. 그렇다고 계속 엉뚱한 생각만 하지는 말아 줘. 그러다 내가 진짜 지칠지 모르니까. 이럴 줄 알았으면 좀 더 기다릴 것 그랬나 봐. 이제 너랑 같이 있는 일분일초가 힘들다. 얼른 들어가."

다시 한 번 그녀의 입술을 훔치고 싶지만 참기로 했다.

상현은 결심이 흔들릴까 서둘러 운전석에서 내려 보조석 문을 열었다. 하지만 체리는 아직 용무가 남은 것 같았다.

"은상현! 무슨 말이든 해야 할 거 아냐? 정말 어른들이 하라는 대로 할 거야?"

상현은 보조석 문을 잡고 삐딱하게 서 있었다. 체리는 상현을 다시 한 번 바라보며 숨을 깊이 내쉬었다.

볼수록 사람, 아니 남자답다. 종일 같이 있었는데 새삼 다른 사람같이 느껴지는 이유는 뭘까? 뱉어내는 말 한 마디 한 마디에 감정이라는 게 실려 있다는 걸 깨닫고 나서인가?

그동안 알던 상현의 모습과는 전혀 달랐다. 몸짓 하나에도 심장이 내려앉았다. 체리는 혼란스러운 감정을 감추려 일부러 화난 듯 팔짱을 끼고 그를 바라봤다.

"요즘 같은 세상에 그게 말이 된다고 생각해?"

"왜 말이 안 되는데?"

"당연히 말이 안 되지. 나 좋아해? 아니 사랑해? 아니잖아. 나도 너 별로야! 그런데 왜 너랑 약혼을 하는데? 이건 말도 안 되는 일이야."

체리는 내달리는 심장을 무시하며 그를 쏘아봤다.

'이게 다 너 때문이잖아!'

"그러니까 지금 그 말은, 나 버리겠다는 거지?"

왜 말을 이렇게 받아치는지 모르겠다. 어떻게 사람이 중간이 없었다. 지금 그녀에게는 생각할 시간이 필요했다.

상현의 말을 모두 믿기에는 그와 친구로 보낸 시간이 너무 길었다.

"버리긴 뭘 버려? 네가 쓰레기야? 약혼 안 한다는 거잖아."

"이체리, 내가 그렇게 싫어?"

"하룻밤 같이 보냈다고 약혼한다는 게 말이 된다고 생각해?"

"나랑 잤잖아!"

한 침대에서. 뒷말을 삼키며 상현이 체리를 노려봤다.

체리는 상현의 말에 그를 세차게 쏘아봤다. 겨우 진정되던 심장이 더 세게 달음질을 시작했다.

"그걸 말이라고 해! 그럼 그동안 잤던 여자랑 다 약혼했니?"

체리는 여전히 수많은 오해로 그를 판단하고 있었다. 대체 무슨 근거로 그의 연애가 화려했다고 장담하는지 모르겠다.

상현은 약혼은 이토록 반대하는 그녀에게 점점 화가 나기 시작했다. 어차피 체리는 기억에 없다고 했었다.

상현은 그 밤에 있었던 일을 사실대로 말하려 했었다.

그런데 그녀가 그의 사악한 부분을 다시 일깨웠다. 상현은 슬쩍 고개를 숙여 낮은 소리로 그녀의 귓가에 속삭였다.

"너처럼 처음은 아니었잖아."

화르르, 체리는 시뻘겋게 타오르는 얼굴을 하고 상현을 향해 소리를 질렀다.

"야!"

"나 무책임한 남자 아니야. 어른들이 날 잡아주시면 무조건 약혼할 거야. 괜히 후회 말고 현실을 받아들여. 이체리, 이제 넌 내 꺼야."

"은상현! 왜 나만 괴롭히는 건데!"

상현은 울상 짓고 있는 체리를 보며 양심이 쿡쿡 찔려왔다. 상현은 쓰린 가슴을 내리눌렀다.

이렇게 해서라도 그녀 옆에 있고 싶었다. 그가 바라는 건 그거 하나였다.

"언제나 날 괴롭게 만든 건 너였어. 지금 이러는 게 정말 널 괴롭히는 거라고 생각해?"

진심을 전하지 못한 탓일까? 말하는 내내 가슴이 시큰거렸다.

"이게 괴롭히는 게 아니라면 뭐라고 말할 건데?"

상현은 깊은 한숨을 내쉬었다.

"이제 감추는 것도 지친다. 나, 너 좋아해. 너도 알겠지만 나란 놈, 사람 쉽게 좋아하지 않아. 20년 넘게 봐 왔으면 알 거 아냐? 너까지 날 봐주지 않으면……. 다시는 누군가를 진심으로 좋아할 수 없을 거야."

체리는 천천히 상현의 말을 곱씹다 고개를 갸웃거렸다.

"은상현! 정말 나 좋아하는 거야?"

체리는 재차 되물으며 열린 보조석의 문을 잡아당겼다.

"다시 타! 여기서 계속 떠들다 엄마, 아빠. 아니 동네 사람들 다 알겠다."

체리는 그들을 지나쳐 가는 사람들의 궁금해하는 시선에 고개를 푹 숙였다.

결국 차에 다시 탄 상현을 한참 바라봤다. 체리는 여전히 그녀의 집 대문 앞인 걸 감안하며 불안한 얼굴로 앉아 있는 상현을 쏘아봤다.

"딴 데로 가."

"늦었어."

"은상현! 좋게 말할 때 가."

상현은 한숨을 내쉬고 차를 몰았다.

한적한 곳으로 자리를 옮긴 상현은 체리의 얼굴을 못 보고 창밖만 응시하고 있었다.

체리는 그런 상현을 한참 동안 바라봤다.

"상현아, 이쯤에서 사실대로 말해봐. 내가 너한테 대체 무슨 잘못을 한 거니? 내가 두 손 모아 싹싹 빌 테니까 그만해. 아! 블랙홀로 사라지라고 했던 거? 그래, 미안해. 다시는 그런 말 안 할게. 아, 내가 그때 절한다고 했었지? 여긴 좁아서 안 되겠고 나중에 꼭 큰절할게. 소원! 그래, 소원도 들어줄게. 그러니까 이런 장난 그만하자."

상현은 도무지 그의 감정을 진실로 받아들이지 않는 체리를 보며 깊은 한숨을 내쉬었다.

한 번에 그의 진심을 받아들일 거라 생각하진 않았지만 시간이 갈수록 꼬여가는 상황에 가슴이 갑갑해져왔다.

"알았어. 다른 거 다 필요 없고 마지막 소원 하나만 들어줘."

"후우! 역시 장난이지? 알았어. 그럼 소원을 말해봐."

잠시 진심일지도 모른다고 생각했었다. 괜한 도끼병으로 바보가 될 뻔했다.

체리는 서운함과 안도감이 섞인 한숨을 내쉬며 상현을 바라봤다.

"소원이 뭐야?"

정녕 마지막이라면 뭐든 들어줄 생각이었다. 까짓 거 하늘의 별이든 달이든 다 따다 줄 용의도 있었다.

그녀의 가장 큰 소원인 로스웰 외계인 축제에 데려가라고 한다면 잠시 고민할 것 같았다. 어쨌든 생각은 해볼 참이었다.

체리는 마른 침을 삼키며 상현을 바라봤다.

"이체리가 앞으로 은상현을 남자로 보는 거."

"야!"

체리는 상현의 말에 대번 인상을 썼다. 이게 끝까지 장난질이다.

멀쩡해 보이는 것도 모자라 남자로 보게 된다면 그 뒤부터는 감당할 수 없을 것 같았다. 친구라는 명목으로 함께했던 시간과는 차원이 달랐다.

"자꾸 이럴 거야?"

"소원 하나 들어준다며? 내 소원은 그거 하나야. 그 소원 들어주면 네가 장난이라고 치부해버리는 감정도 다시는 말 안 할게."

"허……."

어이없는 한숨만 나오던 체리는 상현을 보며 고개를 저었다.

문득 스며드는 생각에 등골이 서늘해졌다.

만에 하나, 꿈에라도 일어나서는 안 되는 저주가 현실에서 일어났다는 건가?

체리는 천천히 고개를 돌려 상현을 보며 마른침을 삼켰다.

"혹시나 해서 묻는 건데…… 아까 한 말 진심은 아니지? 그렇지? 그 모든 게 진심일 리가 없지. 그렇지?"

상현은 어색하게 웃는 체리를 그 어느 때보다 진지한 시선으로 바라봤다.

"내가 이체리 남자 되겠다고 한 다음부터 내 입에서 거짓말이

나온 적은 한 번도 없었어."

"하."

이 믿기 힘든 말들이 모두 사실이란 말인가?

체리는 자동차 시트에 몸을 깊이 묻었다. 머릿속이 뒤엉킨 실타래보다 더 복잡하게 변하고 있었다. 그간 혼자 고민했던 일들이 현실이 되어 있었다.

상현은 머리를 쥐고 흔드는 체리를 쓱 바라봤다. 고민한다고 그의 감정이 바뀌는 건 아니었다.

"복잡하게 생각할 거 없어. 그냥 내 마음이 그렇다는 거야. 지금 당장 날 따라오라고 하진 않을 거야. 하지만 너무 늦지는 마. 지금까지 충분히 힘들었으니까."

상현은 한숨을 내쉬며 정면을 응시했다. 체리는 아무 말도 않고 상현을 바라봤다.

"내 주위 사람들 모두 언제나 잘난 준현이가 먼저였어. 늘 준현이 자랑하기 바쁜 분들이잖아. 어릴 때부터 준현인 아프다는 이유로 부모님 관심 다 빼앗아 갔고, 난 매일 여기저기 할머니 손에 이끌려 어른들 틈바구니에 서 있어야 했던 거 알고 있잖아."

"상현아."

"조금이라도 나한테 관심 가져달라고 뜻도 모르는 욕도 따라하고 싸움도 했었어. 그런데 그럴수록 식구들도, 주위 사람들도 내가 아닌 준현이 얘기만 하고 준현이만 쳐다보더라. 그래서 보란 듯이 못된 짓만 골라했었어. 할머니가 내 편이 돼주셨지만 늘 바쁜 분이잖아."

상현은 그녀의 얼굴을 응시했다.

"그런데 너만은 날, 그 예전 말썽쟁이로 봐주면서 진심으로 걱정 어린 잔소리를 하더라. 내가 꼴 보기 싫어서가 아니라 진짜 걱정한다는 걸 알기 때문에 더 좋았어."

처음으로 듣게 된 진심에 말문이 막혀버렸다. 그날 블랙홀에서 봤던 눈빛은 진심이었다. 상현은 그날과 같은 눈빛으로 그녀에게 말하고 있었다.

"넌 내가 어떤 모습이건 있는 그대로 봐주는 사람이잖아. 그런 네가 좋아. 그러니까 내 옆에 있어줘."

체리는 상현의 말을 들으며 가슴이 먹먹해졌다. 그녀도 잘난 준현이 옆에서 시시때때로 비교당하며 자라왔었다.

그녀도 그런데 상현은 오죽했을까?

더욱이 어릴 적에 한집에 살았어도 상현은 거의 인정과 모든 걸 함께했었다.

항상 바쁜 영규와 아픈 준현을 돌봐야 했던 혜영에게 상현은 틀림없이 버거운 아들이었을 것이다.

왜 그 생각을 못했을까? 단 한 번도 상현이 외로웠을 거란 생각을 못했다.

좋은 집에, 어디 내놔도 부끄럽지 않은 부모님. 거기다 잘난 동생과 화통한 할머니의 두둑한 백그라운드까지.

모든 걸 가지고 있으면서도 항상 가진 걸 아낄 줄 모른다고 생각했었다.

그 모든 것이 갖추어진 가운데 가장 원하는 부모의 관심은 제대로 받지 못했었다. 매번 센 척하지만 실상은 그렇지도 않았다.

정리되지 않는 수많은 감정들이 그녀를 흔들었다.

체리는 심각해 보이는 상현의 얼굴을 보며 상상의 나래를 펼치고 있었다.

상현은 체리를 곁눈으로 바라보며 작게 웃었다. 어릴 적에는 부모의 지대한 관심을 받는 준현이 얄미워 일부러 엇나갔었다. 하지만 그게 전부는 아니었다.

워낙에 어릴 적부터 덩치가 큰 탓에 그 일대 싸움깨나 한다는 녀석들이 한시도 그를 가만두지 않았다.

귀찮은 생각에 주먹 한 번 쓴다는 것이 소문이 걷잡을 수 없이 커졌다. 그렇게 한 번 눈 밖에 나고 나니 작은 행동 하나도 타격이 컸었다.

결국 고등학교 때 끼지도 않은 패싸움에 이름이 들어가며 학교에서 잘리기까지 했었다.

그때는 아무리 말해도 믿어주는 사람이 없었다. 체리가 나중에 알고 인정에게 말해 한바탕 난리가 났지만 결국 상현은 학업을 포기해야 했었다.

공부에 크게 관심이 없던 그로서는 아쉬울 것도 없었다. 그런데 유학을 가 있는 동안에도, 유학을 마치고 돌아온 뒤에도 준현을 대견스럽게 생각하는 부모와 주위 사람들의 시선이 부럽다는 생각이 들기 시작했다.

괜한 자격지심 때문인지 어린 시절 엇나간 것도 모두 준현 때문인 것 같다는 생각이 들었다.

잘난 준현이 부모의 사랑을 독차지하지만 않았어도 그가 지금보다는 체리 앞에 당당할 수 있을 것 같았다.

조금 더 그에게 관심을 가져줬으면 좋았을 걸…….

체리에 대한 감정이 커갈수록 아쉬움이 깊어지는 건 어쩔 수가 없었다.

최근 들어 그런 생각으로 고민하다 보니 자연스레 얘기가 나왔다.

체리와 있으면 그 어떤 것도 감추고 싶지도, 감출 수도 없었다.

"상현아."

이런 상황에서는 어떤 말을 해야 할지 모르겠다. 체리는 상현을 말없이 바라봤다.

"지금처럼 옆에 있어줘. 지금은 그거면 돼."

상현은 그녀의 손을 꼭 잡았다. 전해지는 온기에 그의 진심도 전해지는 것 같았다. 그녀의 손을 쓰다듬는 상현의 손이 그 어느 때보다 크게 보였다.

상현의 손가락이 이렇게 길고 큰지 몰랐다. 더불어 부드럽게 쓰다듬는 손길이 그 어떤 케이크보다 달콤하다는 것도 깨달았다.

체리는 상현을 보며 피식 웃었다. 제법 괜찮은 남자가 옆에 있다는 걸 이제야 알았다.

상현은 체리의 웃는 모습에 자유로운 한 손을 들어 그녀의 얼굴을 가리는 머리칼을 천천히 넘겼다.

"이체리."

천천히 다가오는 상현이 보였다. 체리는 다음에 일어날 일이 뭔지 알 것 같다는 생각이 들었다. 슬며시 눈이 감기는데 가방에서 요란하게 울리는 벨 소리가 들려왔다.

체리는 화들짝 놀라며 급하게 상현을 밀어냈다. 서둘러 전화를 받은 체리는 상현을 슬쩍 바라봤다.

상현은 여전히 그녀를 뜨거운 눈으로 바라보고 있었다. 체리는 화끈거리는 얼굴을 감추려 급하게 시선을 창밖으로 돌렸다.

"어, 나리야. 왜?"

-언니! 어디야? 오늘도 상현 오빠랑 외박하려고 그래? 늦바람이 무섭다고 아주 대놓고 연애를 해라. 지금 11시 넘었어. 아빠 아까부터 언니 기다리고 계시니까 얼른 들어와.

어찌나 목소리가 큰지 나리 말을 들은 상현이 옆에서 헛기침을 해댔다.

"금방 들어갈 거야. 잠깐 얘기 좀 하느라……. 금방 들어갈게."

-얘기는 무슨 얘기! 상현 오빠가 어련히 알아서 하겠지. 언니도 이제 상현 오빠 속 그만 썩여. 오빠랑 통화하면서 들었는데 어깨 상처에 약 잘 바르라 그래. 그러다 진짜 이체리 바이러스 퍼질라. 큭큭큭.

체리는 시원하게 웃어대는 나리 말에 인상을 썼다.

"그게 무슨 소리야? 바이러스라니?"

-오빠가 말 안 해? 그날 언니가 오빠 물었다며? 그러게 술을 먹었으면 곱게 집에 올 것이지 오빠는 왜 물어? 어깨 다 까져 아프다고 하던데 약이라도 잘 바르라 그래.

통화를 끝낸 체리는 심각한 고민에 빠져들었다. 그날 아침, 상현의 어깨에 있던 수많은 잇자국이 그녀의 흔적이라고 했다. 놀란 가운데도 상현의 어깨를 화려하게 장식하던 선명한 잇자국들이 가끔 생각났다.

그런데 왜 상현을 물었단 말인가? 혹시 안주가 모자라기라도 했었나?

아무리 그래도 상현의 어깨를 물었다고는 꿈에도 생각하고 싶지 않았다.

심각하게 고민에 빠져 있던 체리는 불현듯 떠오른 생각에 깜짝 놀랐다.

언젠가 읽은 소설 주인공들이 뜨거운 상황에서 서로를 무는 장면이 머리를 스치고 지나갔다. 점점 수위를 높여가는 영상에 얼굴이 화르르 타오르기 시작했다.

나리와 통화가 끝나고 잠자코 있던 체리가 갑자기 얼굴이 벌게지기 시작했다.

상현은 그런 체리를 보며 걱정이 일었다. 아무래도 바닷가에서 찬바람을 많이 쐬어 감기가 오는 모양이었다.

조심스럽게 손을 뻗어 그녀 이마에 손을 얹으려던 상현은 정색을 하며 물러서는 체리의 태도에 슬슬 화가 나기 시작했다.

슬금슬금, 얼굴을 피하며 시선조차 마주하지 않으려 하는 것이 아직도 쓰린 어깨만큼이나 신경을 거슬리게 만들었다.

그럼에도 혹시나 하는 마음에 조심스럽게 다가갔다.

"왜 그래? 열나는 거야?"

조심스럽게 얼굴에 손을 대보니 제법 뜨거웠다. 생각대로 되는 게 하나도 없었다.

"감기 걸린 것 같다. 얼른 집에 들어가서 약 먹고 자."

어느새 차를 움직이기 시작한 상현의 말에 체리는 벌게진 얼굴로 상현을 바라봤다.

현실을 부정하듯 그와의 하룻밤을 애써 인정하지 않던 그녀는 드디어 백기를 들었다.

"저기 상현아, 어깨 상처는 괜찮아?"

체리의 말에 상현은 인상을 썼다.

"나리가 말했어? 암튼 그건 어찌나 독한지 하나부터 열까지 꼬치꼬치 캐물어서 내가 당할 수가 없다니까. 괜찮아. 옷에 쓸려 좀 쓰리긴 한데, 괜찮아지겠지. 근데 갑자기 그건 왜 물어?"

"저, 그러니까…… 내가 그날 밤에 정말 널 물었어?"

조심스럽기 그지없다. 처음 보는 태도에 인상이 찌푸려졌다. 어째 시간이 지나며 점점 이상해진다.

평소 체리 말처럼 외계인이 지난밤 찾아와 다른 생명체로 바꿔 놨는지도 모르겠다. 문득 떠오른 생각에 상현은 고개를 저었다. 점점 체리의 엉뚱함에 물들어가는 것 같았다.

"그럼 내가 내 어깨 물었겠어? 너랑 밤새 있었는데 설마 다른 여자가 와서 물었을까 봐 그러는 거야?"

웃으라고 한 농담에 체리 얼굴이 더 심각해졌다.

"휴우……."

상현의 입으로 확인하니 거세게 두 볼이 타올랐다. 상처가 남을 정도로 물었다는 건 그만큼 격렬했다는 증거일지도 몰랐다. 상상할수록 수위는 점점 높아져 갔고 얼굴은 더 화끈거리기 시작했다.

상현은 슬쩍 체리를 바라봤다. 아무래도 열이 더 오르는 것 같았다. 좀 전보다 더 얼굴이 벌겋게 변했다. 내 욕심 차리자고 그 멀리까지 가는 게 아니었다.

체리에게 해주고 싶은 게 많은데 뭐부터 해야 할지 갈피를 잡을 수 없었다.

우선 생각나는 대로 바닷가로 바람을 쐬러 갔었다. 이렇게 될 줄 알았다면 바닷가는 얼씬도 안 했을 것이다. 상현은 급하게 주위를 두리번거리다 근처에 차를 세웠다.

"조금만 참아봐."

갑자기 차에서 뛰쳐나간 상현은 30분이 지나도록 나타나지 않았다.

어느 정도 열기도 가라앉은 체리는 상현의 말을 곰곰이 생각해 봤다.

확실히 상현을 좋아한다고 할 순 없었다. 하지만 진저리날 정도로 상현이 싫은 것도 아니었다.

평소 싫은 사람과는 말도 안 하며 하물며 같은 공간에 있는 것도 싫어하는 그녀였다.

그런데 상현과는 더한 것도 했었다. 불현듯 떠오른 상현과의 키스 생각에 열이 올랐다.

다정하게 머리를 쓰다듬는 것도 좋았다. 잔소리해도 그녀가 힘들어하면 무조건 그녀 편을 들어주는 것도 좋았다. 바쁘다면서 그녀를 위해 디저트와 케이크를 만들어주는 것도 좋았다.

상현을 생각하면 전에는 죄다 싫은 것들뿐이었다. 그런데 이제는 좋은 것들이 더 많다는 걸 깨달았다.

차창 밖으로 헐레벌떡 뛰어오는 상현이 보였다. 그녀를 향해 살짝 웃는 모습이 어린아이 같으면서도 섹시해 보였다.

진짜 미치겠다. 진정되던 심장이 또다시 펌프질을 해대는 통에 급하게 고개를 돌렸다.

상현은 차에 타기 무섭게 체리의 안색을 살폈다. 여전히 열이 나는지 체리는 벌건 얼굴로 시트에 기대 있었다. 그 모습이 안쓰러워 미칠 것 같았다. 모든 게 그의 탓이었다.

"약이야. 우선 따뜻한 한약이랑 먼저 먹자. 집에 가서 자면 괜찮아질 거야. 집에 약 없을 것 같아서 약국 좀 찾아다니느라 늦었어. 시간이 늦어서 그런지 약국이 다 닫았더라. 그래도 저 아래 사거리 약국이 안 닫아 다행이야. 괜히 바다까지 데려가서 감기 걸렸다. 다음에 바다 갈 땐 따뜻한 날에 가자."

적응이 안 될 정도로 다정하게 바뀐 상현을 보며 심장은 더 이상해진 것 같았다.

조심스레 따뜻한 한약 봉투를 건네주고 약을 뜯어 손에 잡고 있던 상현은 그녀에게 약 먹기를 재촉하고 있었다.

안에서 뭔가가 몽글몽글 피어오르는 것 같았다. 마주한 시선에 또다시 열이 올랐다.

상현은 완전히 붉게 변한 그녀의 얼굴을 보며 깊은 한숨을 내쉬었다.

"열 오르나 보다. 얼른 약 먹자. 병원 싫어해서 가자고는 못하겠고……. 약 먹고 하루 푹 자면 감기 떨어질 거야. 원래 감기는 오래 안 갔잖아. 이거 먹고 푹 자면 내일 아침에는 거뜬히 일어날 거야."

안심하라고 말하는 것 같은데 괜스레 가슴이 더 뜨거워졌다. 조심스럽게 그녀의 입에 약을 털어 넣고 제법 쓴 약을 다 먹게 한 상현은 차 안에 있던 사탕을 입에 넣어주기까지 했다. 사탕을 입에 넣어주는데 눈이 딱 마주쳤다.

쿵, 쿵, 쿵, 쿵.

갑자기 빨라지는 심장 박동에 얼른 숨을 참았다. 입 밖으로 심장 소리가 새어 나와 가까이 다가와 있는 상현에게까지 들릴 것만 같았다. 체리는 점점 가빠지는 숨을 참고 또 참았다.

상현은 갑자기 체리의 숨소리가 거칠어지자, 더 걱정이 됐다. 평소 체리는 건강한 편이었지만 어쩌다 한 번 아프면 호되게 앓아누워 모두를 걱정하게 만들었다.

거기다 바늘 공포증 때문에 병원 근처에만 가도 난리가 났었다. 지금 상황에서는 제발 내일이면 괜찮아지길 바라는 수밖에는 방법이 없었다.

서둘러 그녀의 집 앞에 도착한 상현은 체리가 내릴 수 있게 얼른 보조석의 문을 열었다.

힘이 들어서인지 열 때문인지 한참 동안 앉아 있던 체리는 천천히 자리에서 일어섰다.

그런데 차에서 내린 체리는 들어갈 생각을 않고 있었다. 뭔가 망설이는 것 같은 그녀의 행동에 상현은 서둘러 들어가라며 그녀의 팔을 잡았다. 그런데 그녀가 더 빨랐다.

"생각해봤는데, 약혼하자. 그런데 그 전에 확인할 게 있어. 괜찮지?"

말을 마친 체리는 상현을 꼭 끌어안았다.

상현은 한순간 체리가 의식을 잃고 쓰러진 게 아닌가 겁이 덜컥 났다. 하지만 허리를 꼭 끌어안는 팔의 힘을 느끼며 그 어느 때보다 그녀가 깨어 있다는 걸 느꼈다.

점점 허리를 옥죄어오는 그녀 때문에 어정쩡하게 팔을 올리던 상현은 체리를 조심스럽게 안았다.

새삼스럽게 느끼는 거지만 상현의 품이 이렇게 넓고 따뜻한 줄 몰랐다.

생각했던 것처럼 스파크가 일어나지는 않았다. 하지만 품에 안겨 있는 게 좋았다.

아직은 혼란스럽지만 천천히 상현과 감정의 보조를 맞추는 것도 괜찮을 것 같았다. 앞으로도 지금과 같다면 약혼보다 더한 것을 해도 괜찮을 것 같았다.

한참 동안 품에 안겨 있던 체리는 갑자기 열리는 현관문 소리에 화들짝 놀라 상현의 품에서 떨어졌다.

"에휴! 언니! 아빠가 나온다는 걸 말리고 내가 나오길 천만다행인 줄 알아. 12시 다 되가는데 여기서 뭐 하는 거야? 금방 온다는 사람이 대체 이 시간까지 뭐 한 거야? 보아하니 아주 제대로 불붙었네."

웃고 있는 나리를 보며 체리의 볼이 더 붉어졌다.

"둘 다 조금만 참고 기다려. 엄마가 이모랑 얘기할 때 들었는데 약혼 안 하고 바로 결혼시켰으면 하신대. 아빠가 반대하긴 하는데 잘 모르겠어."

"결혼이라고?"

놀란 체리를 보며 나리는 피식 웃었다.

"조만간 약혼이든 결혼이든 할 거니까 그러고 나서 실컷 붙어 있으라고. 얼른 들어가. 아빠 나오시기 전에!"

그렇게 집으로 들어간 체리는 다음 날부터 상현만 보면 주체 못하는 심장 덕에 심각하게 병원에 가야 하나 고민에 빠지기 시작했다.

아무리 생각해도 그 다음 날부터인 것 같았다. 뭔가 확인한다던 체리가 그의 품에 뛰어들었던 그 밤 이후, 체리가 이상해졌다.

물론 평소에도 정상적인 범주는 아니었다. 하지만 지금은 심각할 정도였다. 딱 꼬집어 말할 순 없지만 이상한 건 확실했다.

그날 이후 이틀이 지나 있었다. 하지만 그 밤 있었던 일에 대해서는 입도 뻥긋하지 않았다.

체리가 아무 말도 안 하는 통에 섣불리 말을 꺼낼 수도 없었다.

상현은 여전히 그녀의 퇴근을 도맡고 있었다. 오늘은 집에서 저녁을 먹기로 한 날이었다. 인정이 상현과 체리만 따로 불렀다.

상현은 집 안에 발을 들이기 전에 체리를 한 번 더 돌아봤다. 무슨 말이라도 해야 할 것 같은데, 섣불리 꺼낼 수가 없었다.

그에 대해 호감이 있는 것 같은데 확신할 수가 없었다. 문득 그 예전 아무렇지도 않게 욕하고 잔소리하며 개차반 소리를 듣던 때가 그리워졌다. 아무리 생각해봐도 그도 정상은 아닌 것 같다. 상현은 고개를 흔들고 안으로 들어갔다.

체리는 상현과 바닷가에 다녀온 밤부터 이상 증세에 시달렸다. 예전에는 미처 깨닫지 못했었다. 하지만 발병 사실만은 확실해 보였다. 아무리 그녀가 병원을 싫어한다 해도 이번에는 꼭 병원에 가서 정밀 검사를 받아야겠단 생각이 들 정도였다.

이유인즉, 20년 넘게 봐온 개차반 생각에 미친 듯이 심장이 펌프질을 해댔다.

과도한 심장 박동. 이건 분명 정상이 아니었다. 침대에 눕기만 해도 아침이 왔던 날이 언제인지 기억도 나지 않았다.

정상이라고 하기에는 시도 때도 없이 심장이 벌렁거려 몸 구석

구석까지 화끈거렸다.

궁금증에 인터넷을 찾아봐도 심장에 관한 질병들만 쏟아져 나왔다. 수많은 질병 증상과 맞아떨어지는 것도, 아닌 것도 있지만 심각한 수준임은 틀림없었다.

준현이 요즘 신종 바이러스 연구에 매진하느라 두문불출하고 있다는 소리를 들었다. 그녀만 보면 이름 모를 온갖 영양제를 갖다주는 영규의 태도도 미심쩍었다.

순간 며칠 전 읽었던 만화 내용이 떠올랐다. 주인공이 심각한 바이러스에 감염돼 심장 이상으로 생을 마감했었다.

극이 클라이맥스에 다다랐을 때 주인공이 허무하게 사라져 얼마나 아쉬웠는지 몰랐다.

발병은 아주 사소한 곳에서 시작했었다. 다른 누군가, 대부분 이성과의 신체적인 접촉. 가령 키스나 섹스……. 생각이 거기에 미치자 충격으로 대뇌 회로가 멈췄다.

이건 그녀가 요 며칠 행한 행동들과도 일치하고 있었다. 생전처음 타인과 타액을 교환하고 기억나지 않지만 첫 경험도 했었다.

그 밤, 무슨 생각으로 상현을 안았는지 모르겠지만 어쩌면 마지막을 예감했던 건지도 모르겠다.

머릿속이 더 복잡해져버렸다. 차라리 매일 욕먹고 잔소리를 듣던 시절이 그리워진다면 상현이 어떤 얼굴을 할까 싶었다.

더욱이 약혼하겠다는 상현에게 곧 죽을지도 모를 병에 걸렸단 말을 어떻게 해야 할까 고민스러웠다. 아직은 때가 아니었다. 병명이 확실해지기 전에는 함구해야겠다는 생각이 들었다.

사람이 변하면 죽을 때가 됐다고 하던데……. 상현이 달라 보이던 이유도 이것 때문일지 모르겠다.

모든 상황이 들어맞았다. 아직 하고 싶은 것도, 해야 할 것도 많았다.

체리는 수없이 떠오르는 생각들로 점점 침울해졌다. 조만간 월차를 내서라도 병원에 가서 정밀 검사를 받아야겠다는 생각을 하며 체리는 무거운 발걸음으로 상현의 집에 발을 들였다.

식사 내내 서로 눈치만 보며 조용한 두 사람을 보니 괜스레 웃음이 나왔다.

인정은 미소를 작은 헛기침 속에 감췄다. 상현이 체리에게 마음이 있는 건 진즉 알고 있었다.

어릴 적부터 체리 일이라면 눈에 불을 켜고 달려갔었고 좀 자라서부터는 늘 시선이 체리를 쫓기 바빴었다.

표현 방법이 잘못됐지만 그 마음만은 진심이라는 걸 알고 있었다. 억지로 인연을 만들 순 없지만 만들지 않아도 처음부터 맺어질 인연도 있는 법이었다.

그럼에도 아쉬운 것이 있다면 바로 상현이었다. 인정은 마음을 못 잡는 상현을 보며 안타깝고 아쉬운 마음이 커져갔었다.

그러다 도저히 안 되겠단 생각에 결판을 지으러 청개구리파 보스가 있다는 사무실에 찾아갔었다.

불현듯 떠오른 몇 년 전의 기억에 인정의 입가에 작은 미소가 걸렸다.

오래전, 작은 식당을 시작할 때 간혹 싸움에 휘말려 곤죽이 되어 온 어린 사내.

그에게 공짜 밥을 먹이며 욕을 해줬던 기억이 새록새록한데 어느새 시간이 이렇게나 지나 있었다. 그 어린 사내는 이제 어른이 되어 그녀 앞에 앉아 있었다.

욕을 한바탕 먹으면서도 툭하면 찾아와 공짜 밥을 말끔히 먹어 치우던 사내는 이제 이 일대를 주름잡고 있다고 했다.

세월의 흔적을 모두 지울 순 없지만 예전 모습을 그대로 간직하고 있었기에 인정은 한 번에 형우를 알아봤다.

형우는 사무실 문을 박차고 들어오는 인정을 보자마자 자리에서 벌떡 일어섰다.

치기 어린 시절, 온몸에 멍을 안고 굶주린 배를 잡으며 인정의 작은 식당에 찾아갔던 기억이 주마등처럼 떠올랐다. 욕을 할지언정 매번 공짜로 푸짐히 밥을 내어주던 인정이 한 번씩 생각났었다.

기억 속의 식당을 찾아갔을 때 그곳은 빌딩 숲으로 바뀐 지 오래였다. 감사의 마음을 전하지 못한 게 내내 아쉬웠던 형우는 누구보다 반갑게 인정을 맞았다.

인정은 한달음에 달려온 형우의 얼굴을 바라봤다.

"썩을 놈, 상판 보니 잘 살고 있었구면."

건장한 사내들 서넛이 고개를 조아렸다.

"형님, 죄송합니다. 이분이 다짜고짜 사무실에 밀고 들어오셔서……"

형우는 아주 오랜만에 듣는 걸쭉한 욕지거리에 환하게 웃었다. 목소리도, 넘치는 기백도 여전한 것 같아 다행이다. 옷차림으로 보아하니 형편은 괜찮아 보였다.

그 예전 인정이 차려주던 밥이 무척이나 그리웠었다. 묻고 싶은
게 한두 개가 아니었다.

"오랫동안 뵙고 싶던 은인이시다. 어르신, 제가 먼저 찾아뵀어
야 했는데 죄송합니다."

인정은 고개를 조아리는 형우를 보며 쓴웃음을 지었다. 상현이
형우 밑에 있는 걸 알았다면 진즉 쫓아와 매질이라도 해줄 걸 그
랬다. 아무리 봐도 두 놈 다 덜 맞아 여태 이런 것 같았다.

그때 매질을 더 했어야 했는지도 몰랐다. 그랬다면 형우가 이곳
이 아닌 다른 곳에 앉아 있을 수도 있었다. 인정은 늦은 후회를 하
며 형우를 쏘아봤다.

"이런 호랑 말코 같은 놈! 관에 들어가면 인사 올 생각이었느냐?"

"어르신, 목소리는 여전하십니다. 애들아, 차 좀 내와라."

"네. 형님."

형우의 말에 그들 옆을 지키던 건장한 사내들이 고개를 푹 숙였
다. 사무실에 쳐들어온 인정을 막지 못했다.

무슨 노인네 기운이 황소보다 더한지 모르겠다. 서너 명이 매달
렸지만 인정은 기어이 형우의 사무실까지 쳐들어갔었다.

그들 사이에서도 의리하면 최고라고 소문난 형우의 은인이라면
그들도 당연히 모셔야 할 분이었다.

"어르신, 드시고 싶은 것만 말씀하십시오. 제가 뭐든 다 가져다
드리겠습니다."

"차는 됐고! 내가 결판 좀 내려고 왔으니 앉아봐."

인정의 말에 형우는 당황한 얼굴로 그녀를 바라봤다.

"네?"

"우리 손자 놈, 어쩔게야?"

"예? 무슨 말씀이십니까?"

"이런 썩을, 시베리아 벌판에 얼어 죽을 놈을 봤나! 꽃그늘 아래 파묻혀야 정신을 차리지?"

형우는 인정의 불호령에 당황스러웠다. 밑도 끝도 없이 쏟아지는 욕지기에 등골이 송연해졌다.

그가 잘못을 해도 단단히 한 모양이었다. 인정이 아무 잘못 없는 이에게 이렇게 불호령을 내린 적은 없었다. 오랜 시간이 지났지만 그것 하나만은 변함없을 거라는 걸 알았다.

인정은 그 옛날 곤죽이 되어 왔을 때보다 무섭게 다그치고 있었다.

"우라질 놈, 노인네 목 부러트리려고 멀대처럼 서 있는 게야?"

형우는 급하게 자리에 앉았다.

"어르신, 연유를 알고 혼나야 사죄를 하던 변명을 하던 하지 않겠습니까?"

"은상현!"

버럭 내지른 이름에 고개를 갸웃거렸다. 은상현이라……. 그의 구역에 있는 클럽 몇 곳을 맡고 있는 은 실장을 말하는 것 같았다.

일도 잘하고 인물도 훤칠한 것이 나중에 큰일을 맡겨도 될 것 같아 예의주시하고 있던 차였다. 형우는 생각지도 못한 상황에 작게 인상을 찌푸렸다.

"은 실장이 어르신 손자였습니까?"

"다른 말 필요 없고. 그때 공으로 먹은 밥을 도로 뱉어내던가, 내 손자를 내놓던가. 지금 양단간에 결정을 해!"

"어르신!"

소화되어 진즉 옥토가 되고도 남을 밥을 이제야 토해낼 수는 없었다. 결국 그가 할 수 있는 건 하나밖에 없다는 소리였다.

인정은 우물쭈물 말을 못하는 형우를 보며 버럭 소리를 질렀다.

"이런 꽃그늘 아래 묻힐 놈이, 어디서 어르신이야! 내가 그놈 때문에 내 명에 못 살게야. 네놈이 거들었으니 책임도 네놈이 져야지!"

"어르신, 어디 편찮으신 데라도……."

인정은 걱정스러운 눈으로 자신을 바라보는 형우의 등짝을 세게 후려쳤다.

"이게 다 네놈 때문인 게야! 그때 등짝을 더 후려쳐서라도 깡패 짓을 못하게 했어야 하는 건데……. 썩을 놈. 하는 짓이 꼭 청개구리 같다 했더니 여태 그 짓을 하고 있으면 어쩌자는 게야?"

"어르신……."

변명 아닌 변명을 하려 하는데 인정이 먼저 입을 열었다.

"이참에 결판을 내자! 밖으로만 도는 내 손자, 제대로 만들어 놔!"

"예?"

놀란 형우가 인정을 바라봤다.

"아님 그때 먹은 밥 고대로 토해놓던가!"

형우는 말도 안 되는 억지에 결국 두 손을 들었다. 그는 이미 오래전 남은 평생에 갚아도 모자랄 만큼 은혜를 입은 사람이었다.

형우는 인정이 깡패 짓은 그만두라며 건네준 500만 원을 종자돈으로 지금의 사업을 시작해 여태껏 그 은혜를 갚을 날만을 기다리며 살아왔었다.

그 탓에 자신과 비슷한 환경의 아이들만 보면 거두다보니 그를 형님으로 모시는 사람이 꽤 많았다.

사람들의 오해는 그러려니 하겠지만 인정에게만은 칭찬받고 싶었다. 어떤 방법으로든 이제라도 은혜를 갚을 수 있다면 반드시 갚아야 할 일이었다.

형우는 고개를 깊게 조아렸다.

"늦었지만 밥값 치르겠습니다. 제가 어떻게 하면 되겠습니까?"

"험! 우선……."

형우는 그렇게 유능한 상현을 내어주기로 약속했었다. 인정의 손자만 아니었다면 다른 식솔들을 거두며 이끌어가게 하고 싶었는데 아쉽다는 생각이 들었다.

형우는 한 번씩 상현을 불러 술을 마셨다. 허나, 그것도 인정이 상현의 일거수일투족을 감시하며 쉽지 않게 됐다.

얼마 전 체리와 함께 개업한 클럽에 갔다는 소식을 들은 인정은 전화로 한바탕 형우에게 욕지기를 쏟아내고 연을 끊어버리겠다 으름장을 놓은 상태였다.

형우는 인정의 사무실까지 직접 찾아와 사죄했고 등짝을 호되게 맞고서야 돌아갔었다.

인정은 문득 떠오른 생각에 고개를 끄덕였다. 그래도 그녀 곁에 제대로 된 인물이 아주 없지는 않았다. 여전히 매를 버는 인간들이 수두룩하긴 했지만 제 몫을 하는 사람들도 하나둘 늘어나고 있었다.

인정은 식사를 마치고 차와 과일을 앞에 두고 앉아 있는 체리를 바라봤다. 영특하나 자기 세계가 확실하고, 자기 이득을 위해 계산할 줄은 몰랐다.

가끔 맹해 보여도 맡은 일은 딱 부러지게 하는 야무진 아이라는 걸 알고 있었다. 더욱이 상현을 쥐고 흔드는 이 씨 집안 자매 중 하나가 아니던가?

어릴 적부터 상현이 두 자매에게 휘둘리는 게 역정이 났었다. 하지만 어차피 상현이 보는 건 체리 하나란 걸 깨달은 뒤에는 그나마 다행이란 생각마저 들었다.

그런데 어찌된 게 좀처럼 체리를 휘어잡지 못했다. 그럼에도 알고 있었다. 눈앞에 있는 두 녀석이 통한다는 걸.

어릴 적 온 식구들이 준현에게 신경 쓸 때도 체리는 유일하게 상현이 다친 걸 걱정하고 알아줬었다.

행여 두 형제가 같이 병원에 입원하는 날이면 으레 상현에게 먼저 달려가는 체리를 보며 인정은 나중에 둘이 맺어줘야겠다는 생각을 했었다.

허나 사업 확장을 하며 정신없는 사이, 상현은 하늘 높은 줄 모르고 날뛰고 있었다.

형우와의 약속으로 한시름 놓을까 했더니 시간이 지나도 여전한 것 같았다.

안 그래도 조만간 고삐를 당겨야겠단 생각을 하던 차에 뜻밖에 준현이 돕고 나섰다. 괘씸하긴 하지만 준현의 제안은 솔깃했다.

상현이 그해 안에 약혼을 하거나 장가를 가게 만들면 10년의 유예 기간을 달라고 했다. 다른 것도 아니고 학업을 위해 필요한 시간이라고 했다.

인정은 10년까지 그들 곁에 있을 자신이 없었다. 그녀가 줄 수 있는 시간은 길어야 5년 정도.

인정으로선 거절할 이유가 없었다. 준현은 귀국 첫날부터 자신의 계획대로 상현을 몰아갔고 결국 오늘의 자리를 만들었다.

영규를 닮아 지금은 연구실에 처박혀 있지만 분명 어딘가에 차가운 준현을 뜨겁게 만들 짝이 틀림없이 나타날 걸 알기에 잠시 시간을 주기로 마음먹었다.

그런데 다 된 밥에 어느 놈이 재를 뿌린 건지 여태 이 상태였다. 상현의 태도로 보아하니 제대로 사고도 못 친 모양이었다.

'썩을 놈, 저놈은 누굴 닮아 저 모양인 게야? 사고를 칠 거면 확실하게 치던가. 다른 사고는 잘도 치던 놈이…… 쯧쯧쯧.'

고심하던 인정은 체리를 바라봤다.

"체리야……."

"……."

"체리야!"

딴생각을 하던 체리는 인정의 말을 듣지 못하고 여전히 자신 앞에 놓인 찻잔만 맥없이 만지고 있었다.

상현은 툭 하고 체리를 건드렸다. 상현을 바라본 체리는 그의 턱짓에 그제야 노기 띤 인정의 얼굴을 확인했다.

체리는 어색하게 웃으며 인정을 바라봤다. 이런 상황은 수없이 겪은 터라 바로 상황 파악이 됐다.

"하, 할머니. 뭐라고 하셨어요? 제가 잠시 생각을 하느라……."

"우라질! 어린 것이 어따 정신을 팔아먹기에 매번 팔팔한 내 목소리도 못 들어?"

인정이 이렇게 나오면 방법은 하나뿐이었다. 체리는 얼른 몸을 날려 인정의 곁으로 다가갔다.

배슬배슬 웃으며 체리는 인정의 팔에 매달렸다.

"제가 원래 집중력이 좋아서 그러잖아요. 무슨 말씀하시려고요? 요즘 피곤하시죠? 할머니! 어깨가 왜 이렇게 뭉쳤어요? 요 며칠 안마 못해드렸다고 많이도 뭉쳤네. 시원하시죠?"

아들 손자만 있기에 살가운 체리와 나리의 애교가 싫지만은 않았다. 금세 노곤해지는 것이 입가가 스르륵 풀리려 했다. 인정은 헛기침을 하며 핀잔을 줬다.

"그 손으로 무슨 안마를 한다고…… 그만하면 됐고. 체리, 상현이 옆에 앉아봐라!"

어정쩡하게 인정의 어깨에 가 있던 손을 내린 체리는 빛의 속도로 상현 옆에 앉았다. 괜히 굼뜨게 행동했다 된서리를 맡기 싫은 탓이었다.

"내달 둘째 주 일요일에 약혼식 할게다. 식구들끼리 간단히 식당서 할 테니 그리 알아."

"네?"

"네!"

놀란 체리와 달리 상현은 짧게 대답만 했다. 약혼 생각을 하긴 했지만 이렇게 빨리 날이 잡힐 줄은 몰랐다. 체리는 하고자 하는 말을 모두 마친 듯 일어서는 인정을 잡았다.

"할머니."

"썩을 놈! 아무리 세상이 변했어도 남자가 책임질 행동을 했으면 책임을 져야지. 이 할미가 네놈들 연애하는데 끼여 같이 놀아줘야겠냐? 니들은 2층 가 연애를 하던 싸움을 하던 알아서 해."

오랜만에 영규와 외식한다며 신나서 나간 혜영과 며칠째 연구실에서 연락조차 안 하고 있는 준현.

인정이 사라지고 커다란 집에 덩그러니 남은 두 사람은 서로의 눈치만 보고 있었다.

제8장. 이제야 전하는 진심

    체리는 인정이 집을 나선 후 무겁게 가라앉은 분위기에 서둘러 찻잔과 남은 과일을 정리했다. 거실 소파에 앉아 TV만 멀뚱히 보고 있는 상현을 보며 멀찍이 자리를 잡았다.

    상황만 허락한다면 언제가 됐든 상현과 약혼할 생각이긴 했다. 하지만 지금 당장은 안 되는 일이다.

    만약, 정말 만약에 그녀가 불치병에라도 걸렸다면 상현과의 약혼은 더더욱 안 되는 말이었다.

    그랬기에 무슨 말이든 해야 했지만 어떤 말을 먼저 꺼낼지 감이 오지 않았다. 더욱이 언제 죽을지도 모른다는 공포가 그녀의 신경을 좀 먹는 것 같았다.

    괜스레 눈가가 촉촉해졌다. 어릴 적 준현의 투병하는 모습이 불현듯 떠올랐다.

그녀가 그 모습을 하고 병원에 누워 생을 마감할지도 몰랐다.

체리는 자신의 몸에 온갖 기계와 바늘이 꽂혀 있는 모습을 자연스럽게 떠올렸다.

온몸이 바늘에 찔린 듯 따끔거렸다. 진짜 병에 걸린 것 같았다. 최근 들어 심장이 더욱 제어가 안 되고 있었다. 지금도 마찬가지였다.

눈앞에 현실이 되어버린 상현과의 약혼, 아직 파악조차 안 된 자신을 잠식하는 무언가…….

거기다 전하지 못한 진심들까지. 체리는 그녀만의 상상 속으로 더욱 깊이 빠져들고 있었다.

침묵에 싸인 가운데, 조심스럽게 고개를 들던 상현의 눈에 눈물을 흘리며 앉아 있는 체리가 들어왔다.

TV에서는 철 지난 드라마가 방영되고 있었다. 시한부를 사는 여주인공 이야기이긴 하지만 감동받고 울만한 내용은 아니었다. 상현은 체리의 눈물이 당혹스러웠다.

'언제부터 얘가 이리 감성적으로 변했지?'

상현은 티슈를 들고 체리 옆에 앉아 조심스럽게 눈물을 닦았다.

"그렇다고 질질 짜냐? 드라마잖아. 요즘 의학 기술이 얼마나 발전했는데 저런 걸로 죽어?"

"으허허엉."

상현의 말에 체리는 이제 소리 내어 울고 있었다. 당황한 상현은 어찌할지를 모르고 계속 그녀의 손에 티슈를 쥐여줬다.

다른 여자가 울면 짜증부터 났는데 체리가 우는 소리에 가슴이 내려앉았다. 언제나 거칠게 뛰던 심장도 옥죄어왔다.

"저, 그러니까⋯⋯."

상현은 체리의 우는 모습에 도저히 안 되겠는지 TV를 꺼버렸다. 상현은 조심스럽게 그녀를 품에 안았다.

"뚝! 무슨 드라마를 보며 그렇게 서럽게 울어? 누가 들으면 진짜 불치병에라도 걸린 줄 알겠다."

웃으라고 한 소리에 잦아들던 설움이 다시 솟구쳐 올랐다.

"흐흑, 흐어엉."

더욱 서럽게 우는 체리를 꼭 끌어안으며 점점 불안한 생각이 들었다. 그가 모르는 큰일이 생긴 게 틀림없었다. 근래 들어 나리도, 같이 근무하는 서유도 별다른 말이 없었다.

체리는 평소와 다를 게 없었다. 그런데 그의 품에서 이렇게 서럽게 울고 있는 그녀를 보니 심장 속에 둥지를 튼 고슴도치가 날을 세운 것 같았다.

사나운 가시들이 그의 심장을 마구 찔러댔다. 상현은 가슴의 통증이 커짐을 느끼며 체리를 달래고 계속 달랬다.

체리는 왜 갑자기 눈물이 나는지 알 수가 없었다. 그냥 자신에게 닥친 모든 현실이 서러웠다.

갑자기 그녀가 좋다고 말하는, 남들이 보면 어디 하나 빠진 것 없이 다 갖춘 준현보다 매일 그녀만 괴롭히며⋯⋯.

하긴 최근 들어 잘해주긴 했지만 잘난 얼굴 빼곤 어디 하나 내세울 것 없는 상현이 자꾸 멋있게 보이는 것도 화가 났다. 기억나지 않지만 잃어버린 첫날밤이 아쉬웠고 곧 죽을지도 모를 그녀를 안고 있는 상현을 볼수록 서러움이 폭발하듯 쏟아져 나왔다.

서서히 울음이 잦아드는데 그녀의 머리 위로 상현의 입술이 닿는 게 느껴졌다.

정수리부터 퍼지는 따뜻한 감각에 가슴이 뜨거워졌다.

"왜 그렇게 서럽게 우는 거야? 무슨 일 있어? 옛날부터 내가 괴롭히며 힘들게 했다고 지금 나 괴롭히는 거지?"

한숨을 내쉰 그의 입술이 다시 정수리에 닿았다. 이번에는 조금 더 뜨거웠다.

"이렇게 우는 거 보면 내가 얼마나 힘든지 알고 일부러 이러는 거지? 앞으로 나 때문에 절대 울게 안 할 테니까 그만 울어. 네가 하라는 대로 다 할게. 응?"

등을 리드미컬하게 쓸어내리는 손길에 체리는 설움을 한참 더 쏟아냈다. 이렇게 안아주는 상현이 좋았다. 바보처럼 깨달은 감정에 더 서글퍼졌다.

그녀의 눈물이 그의 가슴속으로 스며든 것 같았다.

"체리야, 난 네 웃음소리만 듣고 싶어. 그전처럼……. 네가 우는 소리, 진짜 싫다."

상현은 온기가 전해지도록 그녀를 세게 끌어안았다.

"나까지 슬퍼진다. 사나이 은상현, 쪽팔리게 울기라도 하라는 거야? 약혼하기 싫으면 내가 물러날게. 그러니까 울지 마. 그렇다고 오해하지는 마. 약혼만 안 하는 거니까. 좋아하는 마음은 한꺼번에 없애진 못할 거야. 그건……. 그건 내가 천천히 알아서 할 테니까 나 때문이라면 그만 울어."

체리는 상현의 진심에 울음이 더 차올랐다. 지금 우는 건 자신 때문이었다. 왜 모른 척만 했던 건지 모르겠다.

상현이 좋았다. 매번 화내고 투정부렸지만 모두 그녀를 위해서

했던 말인 건 알고 있었다. 이성은 몰라도 감성은 눈치채고 있었다. 어쩌면 그의 마음을 알고 일부러 그랬는지도 모르겠다. 깨달은 진심들이 가슴을 세차게 두드렸다.

"흐흑……. 내가 사실대로 말하면……. 네가 먼저 약혼하기 싫다고 할 거야. 확실하지 않지만 분명……. 흐흑."

상현은 다시 서럽게 우는 체리를 다독이며 답답한 심정이었다. 대체 뭘 감추고 있는 걸까? 무슨 일이기에 그가 약혼을 하지 않을 거라고 하는 걸까? 설마 다른 남자가 있는 걸까?

온갖 안 좋은 상상으로 머릿속이 복잡해지는 가운데 이제 좀 진정이 됐는지 체리가 그의 품에서 조금 벗어났다.

붉게 변한 두 눈과 눈물로 얼룩진 얼굴. 상현은 다시 그녀를 품에 보듬어 안아주고 싶은 맘이 굴뚝같았다. 하지만 뭔가 중요한 말을 하려는 그녀를 보며 멈칫했다.

뭐든 확실히 하는 게 좋았지만 지금 같은 상황에서 아무 말도 안 하는 건 안 될 일이었다. 체리는 자꾸만 눈가를 짓무르게 하는 눈물을 닦아내며 상현을 바라봤다.

"상현아, 할 말 있어. 나, 아무래도 죽을병에 걸린 것 같아."

"뭐라고?"

상현은 급하게 그녀의 어깨를 잡고 다시 물었다.

"지금 뭐라고 했어? 죽을병이라니? 대체 무슨 말이야! 하나도 빼놓지 말고 있는 그대로 말해!"

그렇게 시작된 체리 이야기를 들은 상현은 어처구니가 없었다. 물가에 내놓은 갓난아이도 그녀보다는 덜 걱정되지 싶었다.

그런데 그녀 말을 듣고 철렁했던 가슴이 이제는 또 다른 놀람으로 출렁이기 시작했다.

"아무래도 그날……. 우리가 그, 그거 했다는 밤 말이야. 그날 이후에 심장에 이상이 생긴 게 틀림없어. 그때는 잘 몰랐는데 우리 속초 다녀온 다음부터 시도 때도 없이 네가 불쑥불쑥 떠오르는 거야."

체리는 심각한 얼굴로 상현을 바라봤다.

"베개에 머리만 닿아도 자는 내가 요즘 얼마나 뒤척이는지 모르지? 그때 바닷가 가기 전에도 그랬는데 그 밤부터는 심해졌어. 벌써 며칠째 이래서 내일은 정밀 검사 받아볼 생각이야. 진짜 죽을병 걸렸으면 어떻게 해?"

잠시 숨을 고르던 체리는 상현에게 넌지시 물었다.

"혹시 바쁘지 않으면 병원 같이 갈 수 있어? 혼자 가려니까 무서워서 도저히 안 되겠어. 심장에 진짜 이상이 생겼거나……. 어쩌면 준현이가 얘기하던 신종 바이러스에 감염됐을지도 모르겠어. 어쨌든 정상이 아닌 건 확실해."

얼마 전 영규와 심각하게 바이러스에 관해 논의하던 준현을 떠올렸다. 준현은 감정을 지배하는 뇌가 바이러스에 무방비하게 노출되어 있다고 열변을 토했었다.

심장은 물론 모든 장기를 지배하는 뇌가 얼마나 바이러스에 약한지 처음 알았다. 아무 생각 없이 듣고 있는데 그녀가 가까이 가자 그들은 대화를 멈추고 서재로 사라졌었다.

별생각 없이 지났던 며칠 전의 일이 심각하게 다가왔다.

"아저씨나 준현인 알고 있을지도 몰라. 며칠 전에 바이러스에 관해 얘기하는 걸 얼핏 들었거든. 옛날부터 아저씨가 몸에 좋은 거라고 약을 한가득 갖다주셨는데…….. 설마 내가 실험 대상인 건 아니겠지?"

체리는 점점 심각해지고 있었다. 하지만 그녀가 심각해질수록 상현은 웃음이 새어 나오려고 해서 이를 악물었다.

"이체리! 이제 헛소리 좀 그만하면 안 되겠니?"

"잘 들어보라고!"

상현의 말에 체리는 버럭 소리를 질렀다. 심각해 죽겠는데 상현은 딱 봐도 웃음을 참고 있는 게 보였다.

"잘 들어봐. 그러지 않고서야 어떻게 너만 보면 가슴이 이렇게 뛰겠어? 너랑 본 세월이 얼만데 갑자기 그러냐고? 근래 들어 심해졌다니까. 나, 정말 죽을병 걸렸으면 어쩌지?"

잠시 고민하던 상현은 작게 미소를 감추고 짐짓 심각한 얼굴로 그녀를 바라봤다. 이렇게 그를 심심하지 않게 하는 그녀가 있는데 어떻게 다른 여자가 눈에 들어올 수가 있을까 싶었다.

"사실…….. 나도 할 말이 있어."

분위기가 바뀌었다. 상현의 보기 좋은 이마에 깊은 주름이 자리 잡았다. 심각한 일이 틀림없었다.

"무, 무슨 얘긴데?"

"네가 좀 전에 말한 바이러스 있잖아. 사실, 나도 감염됐어. 그것도 아주 오래전에."

체리는 놀란 눈을 하고 상현을 바라봤다. 상현은 그 어느 때보다 진지한 얼굴로 그녀를 보고 있었다.

체리는 그제야 깨달았다. 그녀에게 이 몹쓸 바이러스를 옮긴 주범이 바로 상현이라는 걸. 그렇다면 상현은 언제 그녀에게 바이러스를 옮겼다는 걸까?

하긴 수도 없이 그와 붙어 있었으니 바이러스가 옮을 시간은 충분했을 것이다. 하지만 그들 주위에 같은 증상을 호소하는 사람은 하나도 없었다.

아직 많은 사람이 감염되지 않은 건지도 몰랐다. 둘만 한 게 뭐가 있더라. 곰곰이 생각하던 체리는 그날이 떠올랐다.

첫 키스를 하고 그와 거사를 치른 날. 같은 날이지만 새삼 감염 경로가 궁금해졌다.

체리는 좀 전까지 울던 눈을 지우고 상현을 쏘아봤다.

"은상현! 어떻게 나한테 그럴 수가 있어? 솔직히 말해! 언제 감염된 거야? 그리고 그 바이러스 이름이 대체 뭐야?"

체리 말에 자꾸 귀에 걸리려는 입을 거세게 물며 상현은 심각한 얼굴로 그녀를 바라봤다.

"나는 좀 오래됐어. 한 23년쯤 됐나? 그때 물렸을 때일 거야. 확실히 깨달은 지는 몇 년 안 됐고."

상현은 이사한 첫날 체리와 장난을 치다 입술이 닿았던 것을 떠올렸다.

23년 전이지만 그에게는 어제 일처럼 또렷했다. 그날부터 이 감정의 싹이 자라기 시작했는지도 몰랐다.

상현의 말에 체리는 그를 다시 한 번 쏘아봤다.

"그때 알았으면 말했어야지! 그 바이러스 이름이 뭐야?"

체리의 물음에 상현은 그제야 꾹 참고 있던 입가의 근육들을 자유롭게 풀어줬다.

"이체리 병!"

며칠 전 나리에게서 들은 바이러스가 실제로 존재하고 있었다니!

자신의 이름과 같은 바이러스에 감염돼 죽었다는 사람은 아마 그녀가 처음일 것 같았다. 아니, 일류에 존재하는 수많은 바이러스가 그녀처럼 숭고하게 희생된 사람들에 의해 세상에 알려졌을 것이다.

수많은 일류의 보다 나은 미래를 위해 의학 발전에 이 한 목숨 바치는 거야 어렵지 않…… 을 리가 없었다.

왜 하필 그녀인지 서러운 체리의 눈에 또다시 눈물이 차올랐다.

체리 얼굴에 수만 가지 표정이 지나는 걸 보며 상현은 자꾸 벌어지려는 입매를 잡아끌었다. 점점 심각해져가는 그녀가 갑자기 표정을 바꾸더니 질문을 퍼붓기 시작했다.

"너! 아저씨……. 아니, 박사님이 얘기해줘서 안 거지? 내가 그럴 줄 알았어. 어쩐지 몇 달 새 네가 이상하게 바뀌었다 생각했어. 레스토랑 일한다는 것도 연막이지? 그 시간에 연구소나 병원 가서 치료받는 거야? 약물 치료 말고 무슨 방사선 치료 같은 것도 받아야 돼? 지금도 그런 치료받고 있어? 난 어떻게 하면 돼? 아니지. 먼저 검사부터 받아야겠구나. 아저씨는 뭐라고 하셔? 혹시 준현이도 알고 있어?"

잠시 생각하던 체리는 고개를 끄덕였다.

"분명 알고 있어. 어쩐지……. 내가 아픈 거 알고 준현이가 불쌍해서 그랬던 거였어. 대체 그 바이러스 얼마나 위험한 건데 그래? 설마 금방 죽는 건 아니지? 치료제는 나와 있는 거야? 설마 치료제도 아직 안 나왔어? 요즘 아저씨랑 준현이가 연구소에서 두문불출하고 있던 이유가 이거였지? 맞지? 왜 아무 말이 없어! 진짜 죽을병인 거야?"

상현이 대꾸가 없자 체리는 포기한 듯 낮게 중얼거렸다. 그런데 역시 매를 버는 사람은 따로 있었다.

"역시 옛말에 사람이 갑자기 바뀌면 죽을 때가 됐다고 하더니, 상현이 넌, 언제 죽는데?"

잠자코 있던 상현은 체리의 마지막 말에 정확히 그녀의 뒤통수를 가격했다.

"이게 보자 보자 했더니 못하는 말이 없어. 아주 날 죽이지 못해 안달이 났다. 내가 내일 당장 죽는다고 하면 좋겠어?"

"정말? 그렇게나 빨리 죽는 거야?"

사람이 기가 막혀 죽을 수 있다면 상현은 진즉 이 세상 사람이 아닐 것 같았다.

"아휴! 내가 진짜 이체리 때문에 미치겠다. 이제 '찍' 소리라도 내면 가만 안 둘지 알아."

그러나 지금 상황에서 체리가 그의 말을 들을 리가 없었다.

"어차피 죽는다면 실컷 개기다 죽을 거야!"

기가 막힌 상현은 다시 한 번 그녀에게 경고했다. 아주 낮은 음성으로.

"내가 분명 경고했다. '찍' 소리라도 내면 가만 안 둔다고."

상현의 말에 제대로 반항하기로 마음먹은 건지 체리는 상현을 보며 계속 입을 놀렸다.

"찍. 찍. 찍. 찍. 찍소리 냈다! 어쩔 건데?"

이미 바이러스에 감염돼 죽을 거라 생각한 체리는 이렇게 죽으나 저렇게 죽으나 마찬가지였다.

망상에 빠져 있는 체리의 눈에는 시퍼렇게 변한 상현의 눈빛이 들어오지 않았다. 그녀와의 간격을 좁혀가며 상현은 입가에 비릿한 웃음을 걸었다.

"훗. 내가 분명 경고했지? 가만 안 둔다고. 내가 좋게 말로 하려고 해도 네가 들어먹어야 말이지. 이참에 따끔하게 혼이 나야 다음부터 안 그러겠지?"

어느새 바로 코앞으로 다가온 상현을 향해 두 주먹을 불끈 쥔 체리는 해볼 테면 해보란 듯 같이 노려봤다.

"이판사판이야. 까짓 거 너한테 맞아죽나, 바이러스에 감염돼 죽나 마찬가지다. 이제 나도 안 참아!"

자리에서 벌떡 일어선 체리는 상현을 향해 달려들었다. 불시에 당한 공격에 뒤로 넘어진 상현은 테이블 모서리에 뒤통수를 박으며 넘어갔다.

콰앙, 엄청나게 커다란 소리를 내며 상현과 함께 넘어졌다. 넘어지는 와중에 소파와 테이블에 부딪치지 않게 상현이 몸을 돌려 안았다. 체리는 그의 품에 안긴 채 안전하게 바닥에 넘어졌다.

소리로 보아하니 당장에라도 소리 지르며 발광할 것 같았다. 하지만 상현은 꼼짝도 하지 않았다. 순간 상현이 머리를 다쳐 의식을 잃은 게 아닌가 걱정이 됐다.

폭 안겨 있는 그의 가슴이 세차게 뛰는 걸로 봐서는 저세상으로 간 게 아니란 건 알았다.

하지만 안겨 있는 그의 가슴에서 도저히 몸을 뺄 수는 없었다. 아니, 점점 상현의 팔이 옥죄어오는 것 같다는 생각이 들었다.

아무리 봐도 이상했다. 의식은 잃었어도 그녀를 보호하려고 하는 마음에 팔은 놓지 않은 모양이다. 한편으로 기특한 마음이 들었다. 의식이 없으니 불러도 소용없을 터.

어쩔 수 없이 그의 의식이 돌아올 때까지 그대로 있기로 마음먹은 체리는 한숨을 내쉬었다.

한참을 상현의 품 안, 정확히 말해 길게 누워 있는 그의 몸 위에 누워 있던 체리는 새삼 그가 크다는 걸 느꼈다.

'얘가 이렇게 컸나? 아무리 봐도 준현이가 더 컸는데 왜 상현이가 훨씬 큰 것처럼 느껴지지?'

또다시 공상에 빠지며 상상의 나래를 펼치던 그녀는 아까보다 조금 더 빨라진 상현의 심장 박동을 느꼈다.

'얘도 그러네. 진짜 바이러스에 감염된 게 맞구나. 와아, 심장 무지하게 빨리 뛰네. 아! 또 그런다. 이러다 진짜 입 밖으로 심장이 튀어나오는 거 아냐? 그런데 얘 열나나? 몸이 왜 이렇게 뜨거운 거야? 진짜 119라도 불러야 되는 건가?'

점점 심각하게 변해가는 체리의 상상 속에, 상현은 실로 며칠 만에 편하게 그녀를 안고 있었다.

상현만 보면 일정한 거리를 두려는 체리의 태도에 괜스레 뻗었던 손을 뒤로 감춘 게 한두 번이 아니었다. 그도 알고 있었다. 체리가 왜 그러는지.

어쨌든 기억하지 못한다지만 하룻밤을 보낸 남자를 어찌 편하게 보겠는가? 하지만 진실을 알면 체리가 그를 죽이려 들게 뻔했기에 완전히 자신의 여자가 되기 전엔 절대 입 밖에 낼 수 없는 진실이었다.

근래 들어 그의 하루는 고생의 연속이었다. 차라리 안아보지 말 것을. 아니, 그 달콤한 입술만 맛보지 않았어도 이 고생은 안 할 것 같았다.

다시 떠오른 그날 아침 체리의 모습과 꿈틀대며 자신의 몸에 아무렇지도 않게 몸을 비벼대는 그녀 탓에 열이 피어올랐다. 잠시 그녀를 놀려주려고 했는데 점점 자제력을 잃어가는 자신을 보며 마지막 인내심을 발휘했다.

"내 옷에 침 흘리고 자면 죽는다. 무거우니까 이제 좀 내려가지?"

상현의 말에 꿈틀대던 체리는 얼른 고개를 들어 그를 바라봤다. 상현은 여전히 눈을 감고 있었다.

"이제 정신이 드는 거야?"

그가 정신을 잃었다고 생각한 모양이다. 평소 그를 어떻게 봤기에 그런 말을 하는지 모르겠다. 어디 가나 체력 하나는 끝내준다는 얘기를 수없이 들었던 그였다.

그런 그를 테이블에 머리 한 번 부딪혔다고 정신을 잃었다고 생각한 그녀가 대단하다는 생각밖에 들지 않았다. 무엇을 상상하든, 늘 상상 그 이상을 보여주는 그녀였다.

상현의 말에도 체리는 가만히 상현을 바라보고 있었다. 그녀 눈에 걱정이 가득했다.

"괜찮아?"

"어."

상현은 말은 그렇게 했지만 정작 팔은 풀지 않고 있었다. 잠시 한숨을 내쉬던 상현은 스르륵 팔을 풀었다.

체리는 그제야 조심스럽게 그를 흔들었다.

"진짜 괜찮은 거야?"

그녀의 질문에 상현은 한쪽 팔을 들어 눈앞을 가렸다.

"그냥 좀 띵해."

팔을 풀었음에도 여전히 그의 위에 있던 체리는 손을 뻗어 그의 뒤통수를 만졌다.

"피는 안 나는 것 같은데 혹 난 것 같다. 진짜 괜찮은 거지? 병원에 안 가도 되겠어? 지금이라도 앰뷸런스 부를까?"

상현은 여전히 자신의 위에서 쉬지 않고 종알대는 그녀 탓에 당장 욕실로 달려가 냉수 아래 오래도록 서 있어야 할 것 같다고 소리치고 싶었다.

하지만 또다시 스스로를 다독이며 입을 열었다. 이러다 사리가 생기지 싶다.

"병원에 가고 싶어도 네가 누르고 있어서 못 가겠다."

체리는 그제야 여전히 자신이 상현 위에 누워 있다는 걸 깨달았다. 급하게 일어서던 체리는 테이블 모서리에 어깨를 부딪쳤다.

"윽."

연신 어깻죽지를 문지르며 울상 짓는 체리를 보며 상현은 급히 몸을 세워 앉았다. 상현은 그녀를 잡아끌었다.

"조심 좀 하지. 상처 난 거 아냐?"

걱정스러운 상현의 얼굴을 보며 체리는 울상을 지었다. 어깨로 퍼지는 통증에 눈물이 찔끔 나왔다.

"흐흑, 몰라. 까졌나 봐. 쓰리고 아파."

살짝 닿기만 했는데 벌써부터 눈가에 눈물이 가득했다.

"내가 진짜 너 때문에 편할 날이 없어. 가만있어 봐."

"아악! 아프단 말이야!"

살짝 만지기만 했는데 죽을 것처럼 소리를 쳤다. 아무리 생각해도 상처가 큰 것 같았다. 벌써 옷으로 시뻘건 피가 배어나오고 있었다.

"안 되겠다. 따라와."

2층에 있는 그의 방으로 끌고 간 상현은 난데없이 그녀가 입고 있는 블라우스의 단추를 풀었다.

놀란 체리는 급하게 상현의 손을 쳐냈다. 체리는 서둘러 앞가슴에 두 손을 모았다.

"지금 뭐 하는 거야?"

상현은 체리의 어이없는 태도에 그녀 눈앞에 상처 치료제를 흔들었다.

"상처를 봐야 약을 바르든 할 거 아냐? 이 시간에 어깨 부딪혔다고 응급실이라고 갈까? 나리도 놀러가서 내일 온다며? 아주머니랑 아저씨도 엄마, 아빠랑 같이 식사하신다고 하셨는데 어쩌자고? 이체리! 이제 보니 완전 음흉해. 내가 약 바르는 거 말고 딴 것 해야 되는 거야?"

상현의 말에 얼굴이 뻘게진 체리는 그의 손에서 상처 치료제를 확 낚아챘다.

"혼자 바를 테니까 나가!"

체리의 당황해하는 얼굴에도 상현은 아무렇지도 않게 그녀의 손에서 상처 치료제를 빼앗았다.

"넌 뒤에도 눈 달렸어? 정 그러면 너도 내 어깨에 약 발라주면 되잖아. 혼자서 어깨에 약 바르는 게 얼마나 힘든지 알기나 해?"

"치."

결국 블라우스의 앞섶을 열어 어깨를 드러낸 체리의 상처는 생각보다 심했다. 다행히 피는 금방 멎었지만 벌써 상처 주위로 검붉은 멍이 퍼져가고 있었다.

"아! 따가워. 살살해!"

"시끄러! 그러니까 누가 그렇게 덤벙대래? 상처는 별로 안 큰데 멍은 꽤 오래가겠다. 연고 바르고 재생 밴드 붙여줄 테니까 오늘은 목욕하지 마. 한동안 아프겠다."

어깨에 밴드를 조심스럽게 붙인 상현은 자꾸 시선이 가는 그녀의 가슴에서 겨우 시선을 떼고 블라우스 앞을 급하게 추슬렀다.

체리는 괜한 걸로 상현을 오해한 것 같아 미안해졌다. 근래 들어 멋진 남자로 변하는 상현을 보며 새록새록 감정이 생겼다.

모든 걸 바이러스로 치부하기에는 감정이 과했다. 이러니저러니 해도 상현이 옆에 있어 다행이다. 체리는 환하게 웃으며 어정쩡하게 서 있는 상현을 불렀다.

"상현아, 옷 벗어!"

체리가 무슨 말을 하는지 깨닫지 못했다. 상현은 얼굴을 붉히며 그녀를 바라봤다.

요 며칠 온통 그 생각에 빠져 있던 터라 체리 말이 그가 상상한 쪽으로 들렸다. 아니, 그가 원하는 쪽으로 들렸다는 게 맞을 것이다.

그러나 그녀의 손에 들린 상처 치료제를 보고 의미를 제대로 깨달았다. 그가 생각한 의미와는 차원이 달랐다. 하지만 이미 그의 몸은 반응을 시작했다.

"됐어."

"빨리 벗고 옆으로 와."

이 얼마나 자극적인 말이던가? 그런데 그 말을 왜 하필이면 침대에 앉아 하는 건지 모르겠다. 겨우 진정시키던 중심이 기지개를 켜는 게 느껴졌다. 이건 분명 그의 인내심을 시험하기 위한 신의 계략이 틀림없었다.

"됐다고!"

"빨리 옷 벗어. 내가 벗겨줘야겠어?"

그녀가 뱉어내는 말이 그를 얼마나 힘들게 하는지 알지 못하는 체리는 그를 자극하는 말을 계속하고 있었다.

'괜한 말을 꺼내서……. 눈치를 밥 말아먹은 이체리를 어쩌면 좋냐?'

잠시 상념에 빠져 있던 상현은 갑자기 그의 상의를 아무렇지도 않게 올리는 그녀의 행동에 소스라치게 놀랐다.

"뭐 하는 거야?"

"꼭 벗겨줘야겠어? 약 발라달라며? 내가 낸 상처니까 약 발라준다는 거잖아."

말을 하며 잘 익은 토마토로 변하는 체리가 보였다. 진짜 한 입에 꿀꺽하고 싶어 미칠 것 같았다. 상현은 한 걸음 뒤로 물러났다.

"됐어. 거의 다 나았어! 약 안 발라도 돼!"

"됐긴 뭐가 돼? 빨리 안 벗음 진짜 벗기는 수가 있어."

가끔 되지도 않는 고집을 피우는 체리를 알기에 상현은 할 수 없이 뭉그적거리며 옷을 벗었다.

아, 오늘 밤도 자긴 다 그른 것 같다.

체리는 상현의 널찍한 등을 보며 작게 한숨을 내쉬었다. 아직도 여기저기 선명하게 남아 있는 잇자국이 보였다. 어찌나 세게 물었는지 곳곳에 살갗이 까진 부분에 새살이 돋아나고 있었다. 그의 말마따나 혼자서 약을 바르기에는 무리가 있어 보였다.

아직 남아 있는 상처에 약을 바르며 체리는 점점 열이 올랐다. 그녀가 만들었다는 이 상처들을 보며 기억이 안 나는 그 밤을 그녀만의 시나리오로 영상화하기 시작했다.

화려한 방 안, 어둑한 조명이 켜지고 그녀와 상현이 있었다. 그런데 경험이 없다 보니 영상의 시각화에 많은 무리가 따랐다.

'아! 미치겠네. 왜 자꾸 무단으로 영상을 상영하냐고. 이건 19금이라고, 19금!'

무한 리플레이 되는 야릇한 영상에 체리는 고개를 세차게 흔들었다.

"아, 진짜 미치겠네."

등 뒤에서 들리는 미치겠다는 소리를 들으며 상현은 정말 미치고 싶었다. 왜 저렇게 느긋하게 상처를 쓰다듬고 있는 건지. 결국 참지 못하고 상현은 몸을 확 틀어 그녀를 쏘아봤다.

"야! 온종일 쳐다보고만 있을 거야? 내 등이 태평양이야? 대충 바르면 되잖아! 내 몸이 아무리 멋있어도 그만 쳐다봐. 왜? 아무리 봐도 믿을 수가 없는 비주얼이라 놀랍기만 하지? 감상은 그만하면 됐으니까 약 이리 내."

약을 확 잡아채는 상현을 보며 체리는 다시 그를 잡아끌었다.

"거의 다 발랐어. 여기 상처는 꽤 깊어. 약 발라야 덧나지 않을 것 같아. 꽤 아팠겠다. 미안해."

기어 들어가는 목소리에 상현은 작게 웃었다.

"왜? 이제야 양심의 가책이라도 들어서 그래?"

"그래. 등에 난 상처 보니까 양심에 가책이 팍! 팍! 느껴진다. 이 렇게라도 해야지. 이제와 내가 해줄 것도 없잖아."

"그거 말고 해줄 수 있는 게 있긴 한데……."

살며시 웃고 있는 상현의 미소가 그 어느 때보다 섹시하게 보인 다고 하면 분명 그녀가 미친 것이리라.

아니, 이미 미쳐 있는지도 모르겠다. 이건 분명 바이러스 이상 증상이다.

'어서 빨리 치료제가 나와야 할텐데.'

"그렇게 미안해?"

잠시 딴생각을 하던 체리는 상현의 말에 긴장되는 자신을 감추 기 위해 어색하게 웃었다.

"내가 해줄 게 뭐가 있겠어? 요즘 돈도 잘 벌잖아. 나 같은 월급 쟁이가 해줄 게 뭐가 있겠니? 호. 호. 호."

"웃는 거 무지 어색하거든."

"호. 호. 호. 어색하긴."

체리는 전보다 더 어색하게 웃고 있었다. 상현은 긴장하면 어색 해지는 그녀를 자꾸만 놀리고 싶어졌다.

그 누구와 있을 때보다 즐겁고 설레며 행복했다. 차오르는 뜨거 움에 가슴이 벅차올랐다. 욕심이 났다. 그녀의 모든 것이. 하나하 나 그의 것으로 만들 것이다.

"돈 드는 거 아닌데……."

그 어느 때보다 낮은 상현의 목소리가 달팽이관을 마구 흔들어 놨다. 언제부터 상현의 목소리가 이렇게 달달하게 들렸는지 알다가도 모르겠다.

그윽하게 바라보는 깊은 눈매, 강단 있어 보이는 콧날, 옅은 미소로 더 섹시하게 보이는 입술.

진짜 미친 게 확실했다. 언제부터 상현에 대한 평이 이렇게 후해졌을까?

아마도 죽을 때가 돼서 그런 게 틀림없었다. 체리는 도저히 안되겠다는 생각에 침대에서 일어서 생각에 잠겼다.

'설마, 같이 죽자거나 그런 건 아니겠지?'

잠시 고민하던 체리는 고개를 흔들었다.

'아니지. 상현이라면 충분히 그러고도 남을 놈이야. 이제 봤더니 같이 죽자고 나한테 잘 했던 거야?'

이쯤이면 현실로 돌아와도 되련만. 체리는 도통 안드로메다에서 돌아올 생각을 않고 있었다.

"별로 어려울 것도 없는 일이야."

체리는 샐쭉거리며 상현을 쏘아봤다.

'넌 죽는 게 그렇게 쉽니? 난 죽는 거 진짜 무섭거든!'

"내가 싫다고 해도 난 받을 생각이야. 뭐, 어차피 한 번은 받을 생각이었으니까……."

'내가 고양이니? 내 귀한 목숨은 한 개뿐이라고!'

소리 없이 대답하는 체리는 한 발짝 다가온 상현을 보며 두 발짝 뒤로 물러섰다.

다시 한 발짝 다가선 상현을 보며 체리는 얼른 뒷걸음쳤다. 체리는 바로 뒤에 느껴지는 침대에 움직임을 멈추고 상현을 바라봤다.

"아무리 그래도…… 이건 너무한 거 아냐?"

"이게 너무하다고 생각해? 아까 경황이 없어서 말하지 못했는데 그 바이러스라는 거……."

상현이 말할 사이도 없이 체리는 두 눈에 눈물을 글썽이며 그를 바라봤다.

"나는 죽기 싫단 말이야. 흑, 아직 해외여행도 한 번도 못가 봤고 엄마, 아빠한테 근사한 선물도 못했다고! 적금 타면 명품 가방도 사줘야 한단 말이야."

상현은 어이없는 얼굴로 체리를 바라봤다.

"흑흑. 이모, 아니 너희 엄마한테도 제대로 인사 못했단 말이야. 그때 우리 집 안 샀으면 여기서 계속 살지도 못했을 거고 아빠가 지금처럼 재기하지도 못했을 거야."

알고 있었다. 체리가 늘 혜영에게 고마워하고 있다는 걸. 그와 마찬가지로 체리 또한 표현에 능하지 못한 편이었다.

그저 매번 있는 가족 모임에 말없이 혜영을 거들거나 좋아하는 간식을 챙겨오는 게 표현의 전부였다. 체리는 여기저기 전하지 못한 진심에 마음이 아파왔다.

"흑, 나만 보면 예쁘다고 쓰다듬어주는 박사님한테도……. 사실 아빠보다 아저씨 좋아한다고 말 못했어. 가끔 욕하고 화내실 땐 무서워도 나 걱정하고 예뻐하는 거 아는 할머니한테 이번 겨울에 진짜 예쁜 내복 새로 사드리려고 했는데……. 내가 첫 월급으로 사드린 내복을 작년에도 아까워 안 입으셨다고 해서 이번 겨울에는 할머니 좋아하시는 레이스 내복으로 두 벌 사드리려고 했는데…….
흐흑."

체리가 정길보다 영규를 더 따르고 인정을 친할머니처럼 따르
는 사실을 모를 리가 없었다.

"그리고 어쨌든 나 걱정하면서 좋아한다고 해준 준현이한테 그
마음 몰라줘서 미안하다고 해야 하는데……."

체리 말에 상현은 한숨을 내쉬었다. 가도 가도 너무 멀리까지
가는 체리를 그만 현실 세계로 데려와야 할 것 같았다.

"어휴, 내가 진짜!"

상현은 울고 체리를 품으로 당겼다. 등을 토닥이는 손길에 울음
이 거세어졌다.

어릴 때도 보지 못했던 울보 체리 모습에 가슴이 답답해져왔다.

"이체리! 세상에 그런 바이러스가……."

"널 좋아하게 된 것 같아. 그런데 이렇게 죽으면 너무 억울하잖
아. 나도 제대로 된 연애 한 번은 하고 죽고 싶다고! 제대로 사랑
한 번 못했는데 억울해서 어떻게 죽어? 억울해서 못 죽어! 아니 안
죽을 거야. 나, 처녀 귀신되기 싫단 말이야!"

말을 하던 체리는 잠시 고개를 갸웃거렸다.

"처녀 아니면 처녀 귀신이 아닌가? 아, 몰라. 나 죽기 싫어."

다시 한 번 말하지만 기가 찬 걸로 죽으면 상현은 그날 수십 번
죽다 살아난 불사신이 되었을 것이다. 이대로 뒀다간 체리는 스스
로 관을 짜고 그 안에 누워 있을 것이다. 이제 그만 체리의 안드로
메다 속 얘기를 끝내야 했다.

상현은 체리의 허리를 단단히 잡고 그녀의 턱을 천천히 들어 올

렸다. 체리가 어찌 할 새도 없이 그는 뜨거운 입술을 겹쳤다.

놀란 마음에 소리라도 칠 생각이었다. 하지만 처음과 달리 부드럽게 입 맞추는 그에게 도저히 말을 할 수 없었다.

예의 그 바이러스에 감염된 증상들이 그녀를 무섭게 덮쳐오기 시작했다.

점점 병세가 심각해져가는 게 틀림없었다. 그런데 이 무슨 해괴한 일이란 말인가?

이제 그녀 스스로 상현의 목에 팔을 두르고 키스에 반응하며 되돌려주고 있는 게 아닌가?

바이러스의 특성 가운데 하나가 기가 막히게 습득이 빠른 건지도 모르겠다.

어느새 그녀도 상현 못지않게 대범하게 그의 입술을 탐했다. 아무리 생각해도 바이러스는 치명적이었다.

한참 동안 서로에게 뜨거운 숨을 건네던 그들은 어느 순간 침대에 누워 있었다.

상현은 더는 참고 싶지 않았다. 분명 체리도 원하고 있었다. 그녀는 인정하지 않을지 몰라도 몸은 절대 거짓말을 하지 않았다.

지금 그의 아래에 있는 그녀는 온몸으로 말하고 있었다. 하지만 이렇게 자신의 방에서 준비 없이 첫날을 치룰 수는 없었다.

결혼, 아니 약혼이라도 하고 나서 그녀를 안을 생각이었다. 하지만 이렇게 뜨겁게 반응하는 그녀를 어떻게 안지 않을 수 있을까?

상현이 천국과 지옥을 오가며 고민하고 있을 때였다. 그의 귀에 선명하게 준현의 목소리가 들려왔다.

그는 계단을 올라오며 누군가와 통화하고 있었다. 제법 날이 선 목소리에는 짜증이 가득 묻어났다.

아직도 자신의 아래에서 뜨거운 몸을 아무렇지도 않게 쓰다듬으며 키스에 열중하는 체리를 보니 슬쩍 웃음이 나왔다.

이 장면을 준현이 본다면 기겁은 할지언정 확실히 마음을 접을 건 분명했다. 진심이든 아니든 다른 남자가 체리를 마음에 담아두는 걸 참을 수가 없었다.

상현은 살짝 비린 맛이 느껴지게 그녀의 아랫입술을 물었다. 그의 입으로도 비릿함이 전해져왔다. 그러나 이미 흥분한 그녀는 비릿한 알싸함을 음미하는 것 같았다.

"으음……."

신음만으로도 그를 불태울 것 같다. 진짜 미치고 팔짝 뛰겠다.

참는 자에게 복이 있다고 하는데 도대체 그 복은 언제 받는 건지 모르겠다.

상현은 신음을 참으며 다시 한 번 그녀의 아랫입술을 지그시 깨물었다. 그런데 이번에는 체리가 과감하게 그의 아랫입술을 깨물고 있었다. 통증보다 짜릿한 쾌감이 온몸을 훑고 지나갔다.

'이체리, 습득 하나는 끝내주네. 하지만 지금 내가 원하는 반응은 이게 아니다.'

그녀의 입술에서 살며시 입을 뗄 때 상현은 그녀의 얼굴 곳곳에 짧은 입술 자국을 남기며 목으로 내려갔다. 너무도 탐스러워 보이는 하얀 목을 깨물었다.

상현은 선명하게 새겨진 자신의 잇자국을 천천히 음미했다.

간지럼을 동반한 통증.

체리가 가장 참지 못하는 것이 간지럼이었다. 그것도 스치기만 해도 소름이 돋아나는 목이다. 이제 슬슬 그가 원하는 반응을 시작할 타이밍이다.

"아홋, 그, 그러지마. 간지럽잖아. 아흑, 하지 마."

"그럼 어떻게 해줄까?"

언제 풀었는지 모르는 블라우스의 앞섶이 열리며 그녀의 가지런한 쇄골과 그 아래 부드럽게 선을 그리는 가슴이 눈에 들어왔다. 상현은 스스로에게 적당히 하라고 외치고 있었다.

그러나 과연 이 상황에서 적당히, 라는 말이 먹혀 들어갈지 의심스럽다.

상현은 흐려지는 눈으로 체리를 바라보며 천천히 입술을 움직였다.

가지런한 쇄골에 자잘한 입맞춤을 하던 그는 손을 내려 적당히 솟은 가슴을 움켜잡았다.

몸이 저절로 튕겨졌다. 이런 느낌은 처음이다. 바이러스가 온몸의 감각도 극대화시킨 것 같았다.

"아홋, 아, 그러지 마."

"말은 그렇게 해도 지금 내가 그만두면 서운해할 걸?"

그의 말처럼 그녀가 느끼는 이 감각 끝에 다른 뭔가가 있는 건 분명했다. 겁나지만 두렵다는 생각은 들지 않았다.

그때 방문을 두들기는 소리가 들려왔다. 점점 방문을 두들기는 소리가 거세졌다.

"형! 아씨, 은상현! 나, 들어간다. 들어간다고 얘기했다! 체리랑 약혼한다고 하더니 누구랑 있는 거야? 설마 체리 놔두고 딴 여자랑……."

방문을 활짝 열어젖히고 밀고 들어온 준현은 체리의 반쯤 벗겨진 몸에 이불을 뒤집어씌우는 상현을 보며 놀란 눈을 하고 서 있었다.

　"앗! 미안!"

　상현은 자신이 의도한 대로 됐음을 확실히 깨달았다. 준현의 뻘게진 얼굴을 상현은 체념의 뜻으로 받아들였다.

　물론 준현이 체리에 대한 마음을 진즉 접은 건 알았다. 하지만 확실히 해두고 싶었다. 상현의 얼굴에 만족스러운 미소가 떠올랐다 금세 자취를 감췄다.

제9장. 세상에서 가장 무서운 양심 처방

체리는 준현의 얼굴을 보며 쥐구멍에라도 숨고 싶었다. 그녀는 얼른 이불을 머리 꼭대기까지 끌어올렸다.

이 무슨 개망신이란 말인가? 더욱이 자신이 지금까지 무얼 하고 있었는지 깨닫고는 충격에 빠졌다.

화끈거리는 입술과 상현이 낙인이라도 찍은 듯 흔적을 남긴 목언저리에 화기가 느껴졌다. 준현이 오지 않았다면 기억에도 없는 첫날밤을 복습할 뻔했다.

약간의…… 아주 약간의 실망감이 밀려오긴 하지만 그 실망보다 창피함이 더 크다는 게 문제였다.

내일부터 아니, 당장 이 집을 나가고 나서부터 얼굴을 어떻게 들고 다녀야 할지 고민이다. 그런 체리는 안중에도 없는지 상현은 여전히 반라의 몸을 하고 침대에서 느긋하게 일어섰다.

"미안한 줄 알면 얼른 나가! 이체리, 오늘은 안 되겠다. 나머진 내일 하자. 나가 있을 테니까 옷 입고 내려와."

상현은 아무렇게나 벗어놨던 상의를 집어 들고 밖으로 나갔다.

한참의 시간이 흐르고도 체리는 이불을 내릴 수가 없었다. 차라리 이 자리에서 바이러스가 온몸으로 퍼져 죽었으면 싶었다.

"아아아악! 이제 어떻게 해!"

이불 킥을 수없이 했지만 쪽팔림은 가시질 않았다. 온몸으로 퍼지는 쪽팔림과 상현이 남긴 열기로 이불 속이 더워 도저히 참을 수가 없었다.

체리는 살며시 이불을 내리고 아무도 없는 방을 다시 살폈다. 그녀는 서둘러 침대에서 내려와 옷매무새를 가다듬었다. 어차피 이판사판이었다. 체리는 고개를 치켜세웠다.

"나도 몰라. 어차피 첫날밤 치렀는데 뭐 어때?"

하지만 생각과 달리 조심스럽게 상현의 방문을 열었다. 2층은 정적에 싸여 있었다. 체리는 마른 침을 삼키며 아래층으로 조심스럽게 내려갔다.

2층에서 내려오는 체리를 아무렇지도 않게 바라보는 상현과 달리 준현은 그녀의 얼굴을 제대로 보지도 못하고 있었다. 마음은 굳게 먹었지만 자꾸 고개가 땅으로 내려앉았다. 체리는 서둘러 현관으로 내달렸다.

"나, 간다."

막 한쪽 발에 신발을 꿰어 신는데 상현이 어느새 옆에 다가와 있었다.

"데려다줄게."

당황한 그녀의 한쪽 발이 신발 옆을 비켜갔다. 가지런히 놓여 있던 신발이 엉망으로 현관을 뒹굴었다.

"됐어. 집도 바로 코앞이잖아."

"그래도 약혼녀를 혼자 보낼 수야 없지."

상현이 또다시 안 하던 짓을 시작했다. 평소 가족 모임 때도 술에 취하지 않으면 집에 데려다준 적도 없었다. 매번 타의에 의해 업혀 집에 도착했었다.

"괜찮아. 준현아! 나, 간다."

소파에 앉아 TV에 시선을 고정시킨 준현을 보며 체리는 굳이 인사를 했다. 지금 하지 않으면 나중에는 절대 못할 것 같았다.

"그, 그래. 잘 가라."

조금 놀란 것 같은 준현의 목소리에 상현은 인상을 쓰며 그를 쏘아봤다.

"은준현! 너, 체리한테 존댓말 써! 이제 형수 될 사람인데 잘 가가 뭐야?"

상현의 어이없는 말에 체리는 그의 팔을 잡아끌었다.

"됐어. 진짜 간다."

상현은 서둘러 빠져나가려는 그녀의 손목을 잡았다.

"너! 앞으로 체리한테 반말하면 죽어."

얼른 나가려고 했더니 그것도 여의치가 않았다.

"됐어. 친구 사이에 무슨 존댓말이야. 준현아, 괜찮아."

"넌 시동생이랑 친구하냐? 너도 준현이라고 하지 마. 음, 도련님이라고 해."

왜 안 하던 조선시대 보수파 코스프레까지 하는지 모르겠다.

"허."

"이제 가자."

"어딜? 이제 외계인이라도 만나러 가자고 할 거니?"

"집에 안 가?"

상현은 황당해하는 그녀를 잡아끌며 집을 나왔다. 이래저래 과하긴 했지만 그래도 후회는 없었다.

아니, 몇 가지 후회되는 일이 있긴 하지만 되돌릴 수 없기에 과감히 잊기로 결정했다. 하지만 상현과 달리 체리는 그럴 수가 없는 모양이었다.

"갑자기 왜 그래?"

"아까 할머니가 약혼 말씀하셨잖아. 약혼하고 곧 있음 결혼하는 건 당연한 거 아냐? 그러니까 잔말 말고 시키는 대로 해."

"은상현! 억지 부리지 마!"

"이체리! 시키면 좀 시키는 대로 해!"

상현의 억지 덕에 이상했던 분위기는 확실히 사라졌다. 하지만 집 앞에 다다른 그녀를 잡아끄는 상현의 부드러운 손길에 다시 요상한 분위기로 바뀌어 있었다.

"왜, 왜?"

어깨를 잡고 뚫어져라 쳐다보는 시선에 섣불리 눈을 돌릴 수가 없었다. 아니 어깨를 잡으며 긴 손으로 그녀 목을 받치고 있어 돌리고 싶어도 고개를 돌릴 수가 없었다.

가만히 바라보던 상현은 긴 손을 들어 그녀 얼굴을 쓰다듬었다. 상현은 살짝 부풀어오는 그녀의 아랫입술을 쓰다듬었다. 보기 흉

하진 않지만 내일이면 더 부풀게 분명했다.

찌릿, 온몸으로 짜릿한 전기가 흘렀다. 바이러스에 감염되고 하루가 다르게 증상이 늘어가고 있었다.

"집에 들어가면 얼음찜질해. 내일이면 좀 부을 거야. 그리고 혹시나 해서 하는 말인데…… 내일 출근할 때 목에 밴드 붙이고 가."

상현은 하얀 목에 선명한 잇자국을 보며 씩 웃었다. 그만의 것이라는 도장을 찍어둔 것 같아 묘하게 기분이 좋았다.

아무리 생각해도 상현은 연애 박사가 틀림없었다. 어떻게 하나부터 열까지 모르는 게 없었다. 순간 그녀 안에서 치솟는 불길의 정체는 뭘까?

"됐거든. 신경 꺼!"

괜스레 신경질이 났다. 막 집으로 들어가려는데 상현이 뒤에서 그녀를 불렀다.

"이체리!"

"……."

"이체리!"

"…….

"이. 체. 리!"

"왜 자꾸 불러?

여전히 살아 있는 생존 본능. 이름을 부르는 음절마다 느껴지는 살기에 결국 지고 말았다.

"약혼식하고 바이러스에 관해 확실히 말해줄게. 대신, 그 전에는 아무한테도 말하지 않기. 나리한테는 절대 비밀, 알겠지?"

"누굴 바보로 아니? 그나저나 금방 죽거나 하는 건 아니지?"

"내가 금방 죽을 사람으로 보여?"

상현은 건강하기로 치면 둘째가라고 해도 서러울 정도로 몸이 좋았다. 그래서 더 걱정이 됐다.

그런 상현도 감염된 바이러스다. 이럴 줄 알았으면 어릴 적에 무섭다고 도망 다녔던 예방 접종을 맞아둘 걸 그랬다.

"그렇긴 한데……."

"너보다 내가 먼저 걸렸으니까 기다려. 그리고 아까 양심 운운하던 건 어떻게 된 거야?"

상현은 그제야 이 모든 사단의 원인인 양심을 뚝 하고 불러들였다.

"돈도 많으면서…… 필요한 거 있음 사면 될 거 아냐?"

"돈으로 살 수 없는 거라고 했잖아."

"어휴, 내가 그걸 어떻게 줘?"

체리와 상현은 다시 대문 앞에 서 있었다.

"어려운 거 아니라고 했잖아. 아까 보니까 기본기는 제대로 닦은 것 같고……."

"대체 뭘 말하는 거야?"

"아침저녁으로 한 번씩 키스해주는 거. 기왕이면 진하게."

입술을 쭉 내밀고 있는 상현을 보며 체리는 기가 막혔다.

"야!"

상현의 말에 얼굴이 달아올랐다. 상현은 뭐가 좋은지 웃고 있는데 이제 밉지만은 않았다. 하지만 그것도 잠시였다.

"아까 보니까 잘하던데?"

상현의 말에 체리 얼굴이 더 벌게졌다.

"정말 이럴 거야?"

"나는 어깨에 어쩌면 평생 너의 잇자국을 달고 살아야 할지도 모르는데…… . 아까 너도 봐서 알겠지만 아직도 잇자국 선명하게 남아 있었지? 약도 제대로 못 발라서 분명 흉질 거야. 다른 여자 잇자국을 한 남자랑 어느 여자가 결혼하겠어? 어쩔 수 없이 잇자국 낸 장본인이 책임져야지. 어차피 약혼할 거고 연인 사이에 그 정도도 못해? 키스한다고 입술이 닿는 것도 아니잖아."

레스토랑하며 논술도 다시 공부하는 것 같다. 아주 논리정연하게 잘도 갖다 붙이는 상현을 보며 헛웃음이 나왔다.

"그걸 말이라고 하니?"

"내가 한 가지 알려줄 게 있는데…… ."

뭔가 중요한 비밀이라도 되는 듯 상현은 조용히 몸을 숙였다.

"키스할수록 바이러스가 잠잠해져."

"정말?"

놀란 체리는 그의 얼굴을 바라봤다. 곰곰이 생각을 해보니 상현과 화려한 기술을 자랑하며 설왕설래를 하고 나서 심장이 조금은 진정된 것 같았다.

"처음에는 미친 듯이 뛰다가 어느 정도 익숙해지면 괜찮아질 거야. 난 평생 그러겠지만 넌 금방 익숙해질 거야. 믿어도 돼."

"거짓말 아니지?"

미심쩍은 얼굴로 상현을 보던 체리는 혹시나 하는 마음에 상현을 바라봤다.

초롱초롱, 두 눈을 반짝이며 거짓이 아니라는 얼굴을 하고 있었다. 지금 상황에서는 믿어보는 수밖에 없었다. 하지만 마음과 달리 습관처럼 쓸데없는 말이 먼저 나왔다.

"그럼 딴 여자랑 하면 되잖아!"

상현은 몸을 뒤로 빼며 허리에 손을 얹었다. 화가 단단히 났다. 체리는 마른 침을 삼키며 뒤로 한 발 물러났다.

"왜, 왜에?"

"이체리! 내가 딴 여자한테 키스하면 좋겠어?"

상현이 딴 여자에게 키스를 한다고? 잠시 상상의 나래를 펼치던 체리는 고개를 저었다.

"네가 딴 놈한테 키스하면 당장 그 새끼 목을 부러트릴 거야."

오랜만에 듣는 야성적인 말에 순간 짜릿했다고 하면 그녀가 이상한 건가?

"그래서? 하기 싫다는 소리야?"

"그건 아닌데……."

"정 싫다면 딴 여자 알아봐야지 별수 있겠어? 싫으면 관둬. 내일 당장 알아보면 되겠네."

상현은 한다면 하는 성격이었다.

"알았어."

대답하는 순간, 뭔가 이상하다는 생각이 들었다.

'이건 아닌데…….'

상현에게 자꾸 유리한 상황으로 가는 것 같았다.

"오늘은 그렇고……. 내일부터 '양심 처방' 들어간다."

"양심 처방?"

상현은 어깨를 으쓱이며 그녀 어깨에 긴팔을 둘렀다.

"그럼 '이체리 바이러스를 위한 키스 처방'이라고 할까? 우리 둘만 알아들을 수 있게 '양심 처방'이라 하자고."

"그래도……."

이건 뭔가 잘못돼도 한참 잘못됐다. 도대체 어디서부터 잘못된 걸까? 그리고 잘못된 곳을 찾으면 바로 잡을 수는 있는 걸까? 아무리 생각해도 너무 멀리 온 것 같았다.

어느새 손수 대문까지 열어주며 그녀를 밀어 넣는 상현은 아주 만족스런 얼굴로 그녀를 바라보고 있었다.

"들어가. 오늘 샤워하지 말고. 입술 붓지 않게 얼음찜질 꼭 해. 잘 자라. 쪽!"

그녀의 볼에 살짝 입을 맞춘 상현은 긴 다리로 성큼성큼 웃으며 자신의 집으로 사라지고 있었다.

체리는 어안이 벙벙한 얼굴로 남아 있는 상현의 강한 체향을 느끼고 있었다.

아무리 생각해도 점점 바이러스에 잠식되는 것 같았다. 그러나 바이러스보다 더 큰 문제가 발생했다.

상현과 아침저녁으로 나눈 양심 처방. 이건 아주 새로운 문제들을 그녀에게 안겨줬다.

천하의 개차반. 은상현이 날이 갈수록 멋져 보이고 시간이 지날수록 근사하게 느껴졌다.

물론 전에도 상현은 충분히 눈이 가는 외모긴 했다. 그런데 날이 갈수록 시크함까지 묻어나며 그녀 심장을 쥐락펴락하고 있었다.

상현과 함께하며 이제는 되지도 않는 질투의 감정까지 마구 용솟음치고 있었다.

며칠 전 레스토랑에서 있었던 일을 생각하면 지금도 피가 거꾸로 치솟았다.

여느 날처럼 퇴근해 레스토랑에서 저녁을 먹고 있을 때였다. 자기 접시에 있던 것까지 죄다 그녀 접시로 옮겨주는 상현 덕에 나날이 얼굴이 좋아지고 있었다.

"그만 줘."

"잘 먹으니까 더 예쁘네."

체리는 헤벌쭉 웃고 있는 상현을 향해 눈을 살짝 흘겼다. 처음에는 어색하고 창피해 죽을 것 같더니 이것도 적응된 것 같았다.

"헛소리 좀 그만하고 너나 먹어. 내가 너 때문에 요즘 살이 얼마나 쪘는지 알아?"

"살이 찌긴 어디가 쪘다고 그래? 매일 안을 때마다 바스러질 것 같던데……."

"야!"

체리는 급하게 주위를 두리번거렸다.

"조용히 안 해!"

"내가 뭘?"

"누가 들으면 어쩌려고?"

"들으면 어때서? 여기 우리 연애하는 거 모르는 사람도 있어?"

체리는 도끼눈으로 상현을 다시 쏘아봤다. 그놈의 양심 처방을 굳이 그의 사무실에서 받겠다는 상현 덕에 직원들에게 보이지 않아도 될 장면을 몇 번이나 들켰다.

"내가 진짜 너 때문에 창피해서 못 살겠다."

"쳇! 요즘은 지가 먼저……."

한창 설전이 오가는데 낯선 여자가 그들 테이블에 다가왔다.

"저기……. 죄송한데 은상현 사장님 맞으시죠?"

"아, 네!"

급하게 일어선 상현을 향해 여자가 해사하게 웃었다. 그 모습을 본 체리는 갑자기 입맛이 사라졌다.

"전에 명함 주신 거 보고 찾아왔는데, 시간 괜찮으세요? 모임이 있는데 예약 관련해서 문의 좀 드리려고요."

"잠시만 기다려주시겠어요? 저희 예약 담당 직원과 얘기하시면 좀 더 자세하게……."

"사장님이 직접 상담해주시면 안 되나요?"

여자의 말에 상현은 당황한 얼굴로 체리를 바라봤다. 체리는 들고 있던 포크를 내려놓고 창밖을 바라봤다.

"그건 아닌데, 제가 지금 저녁 식사 중이어서요."

상현의 접시를 둘러본 여자는 작은 소리로 웃었다.

"식사는 다 하신 것 같은데 좀 기다릴까요?"

"저……."

우물쭈물하는 상현의 태도에 체리는 고개를 돌렸다.

"다 먹었으니까 다녀와. 커피 마시고 있을게."

체리는 아무렇지도 않은 얼굴로 상현을 바라봤다. 어디까지나 일이었다.

상현은 미안하다는 얼굴로 여자와 상담실로 사라졌다. 그런데 30분이 지나도 상현은 나타나지를 않았다.

차갑게 식은 커피를 마시며 체리는 끓어오르는 화에 심호흡을 했다.

도발적인 옷차림부터 예사롭지 않은 여자였다. 그런 여자와 상현이 밀폐된 공간에, 그것도 단둘이 있었다.

온 신경이 상현이 있는 상담실로 향해 있었다. 언뜻 보이는 인영의 움직임에 가슴이 철렁 내려앉았다. 어느새 두 개의 인영이 하나가 되어 있었다.

"은상현! 너, 죽었어!"

체리는 전광석화처럼 달려가 상담실 문을 벌컥 열었다. 상현의 옆에 여자가 종이 한 장 들어갈 수 없을 만큼 바짝 붙어 있었다. 멀리서도 깊이 파인 여자의 풍만한 가슴이 훤하게 보였다.

"은상현!"

체리의 등장에 놀란 상현은 급하게 자리에서 일어섰다.

언제 여자가 이렇게 가까이 왔던 걸까?

체리의 사나운 눈빛을 보고야 상현은 사태를 파악할 수 있었다. 상현은 마른 침을 삼키며 어색하게 웃었다.

"아까 말씀드린 대로 인원수만 파악해주시면 저희 쪽에서 나머지는 업체랑 협의해서 견적서 보내드릴게요."

여자는 아쉽다는 표정으로 천천히 자리에서 일어섰다.

"사장님이 센스도 있고 멋지셔서 저희 모임, 계속 여기서 해야 할까 봐요. 자주 뵐게요."

간드러지는 여자의 웃음소리에 상현은 체리를 다시 한 번 바라봤다. 눈에서 느껴지는 살기에 등골이 서늘해졌다. 귀신이 와도 무섭지 않지만 체리는 그 어떤 것과 비교할 수 없을 정도로 그에게 오싹함을 선사했다. 그럼에도 몸에 밴 습관이 무서운지 자연스럽게 인사가 흘러나왔다.

"그럼 다음에 연락주세요."

말을 마친 상현은 서둘러 여자를 밖으로 안내했고 체리는 상담실 의자에 앉아 분을 삭이고 있었다.

채 1분도 되지 않아 돌아온 상현은 체리를 보며 한숨을 내쉬었다.

"아주 입이 귀에 걸렸어."

체리의 빈정거림에 상현은 작게 한숨을 내쉬었다.

"일 때문이잖아."

"내가 그렇게 입었어봐. 보기 싫다고 잔소리했을 거면서…….
아주 눈을 못 떼더라."

상현은 웃으며 그녀를 꼭 안았다. 체리는 그를 밀어내며 쏘아봤다.

"됐어!"

"화났어?"

"지난번에 거래처 직원이랑 저녁 먹었다고 그렇게 잔소리하더니. 무슨 설명을 그렇게 붙여서 하냐? 자석도 아니고 아주 찰싹 붙어가지고!"

상현은 인상을 쓰며 그녀를 바라봤다.

"그 자식은 너한테 수작 걸었잖아!"

"밥 한 번 먹은 게 무슨 수작이야?"

"하고 많은 직원들 두고 왜 너한테만 밥 먹자고 한 건데?"

"그거야 내가 담당자니까 그렇지!"

우연히 회사 앞에서 남자가 기다리는 걸 봤기 망정이지. 딱 봐도 조만간 고백할 남자의 모습이었다. 단속을 안 하려고 해도 안할 수가 없었다.

"딴 놈 만나다 걸리면 진짜 죽는다!"

"솔직히 말해! 내가 아까 안 들어왔으면……"

상현은 체리를 안고 그대로 소파로 쓰러졌다. 놀란 체리가 말할 사이도 없이 상현의 입술이 다가왔다.

"야, 읍."

폭풍 같은 키스 뒤 상현은 목덜미로 뜨거운 숨을 내쉬었다.

"아무리 그래도 내 눈에는 이체리가 제일 예뻐."

"치, 말로만."

"오늘 양심 처방은 이걸로 끝?"

"또 얼렁뚱땅 넘어가지?"

마주 보며 웃고 있는 상현의 얼굴이 그 어느 때보다 빛나 보였다. 이것도 모두 바이러스 때문이겠지?

어쩌면 그녀의 면역력이 떨어져 지극히 정상이었던 시각에 치명적인 오류를 범하게 했는지도 몰랐다.

상현은 그날 과할 정도로 양심 처방을 했고 결국 그녀는 아무 말도 하지 못했었다.

그렇게 그날 일은 넘어갔지만 레스토랑으로 상현을 찾아오는 여자들의 모습을 종종 목격할 수밖에 없었다.

상현을 믿어보려고 노력하지만 쉽게 되지가 않았다. 이제는 밤에 눈을 감아도 상현의 얼굴이 생생하게 보였다.

오늘도 쉬이 잠이 오지 않는다. 다시 생각해봐도 병세가 점점 심각해지는 것 같았다. 체리는 다시 한 번 떠오르는 상현의 얼굴을 애써 지우려 고개를 마구 흔들고 잠을 청하려 몸을 뒤척였다.

시간이 갔는지도 모르게 약혼식 날이 다가왔다. 분명 식구들끼리 간소하게 약혼식을 한다고 했었다.

체리는 정말 간단히 식사만 하는 줄 알고 있었다. 하지만 현실은 늘 그녀의 예상을 벗어났다.

아침부터 부산스럽게 그녀를 끌고 간 나리는 잔소리를 계속하고 있었다.

"언니! 해도 해도 너무한 거 아냐? 팩이라도 하고 자라고 그렇게 말했는데 말도 안 듣더니, 화장도 대충하고 옷도 대충 입고!"

"그냥 밥 먹는 건데 대충 가면 되지 뭘 그래?"

나리는 깊은 한숨을 내쉬었다.

"아무 소리 말고 가만히 있어! 아까 말씀드린 대로 해주세요."

나리 말이 끝나기 무섭게 세 명의 디자이너가 그녀에게 매달려 정신없이 머리와 얼굴을 만지고 있었다.

머리는 왜 자꾸 못살게 구는지 모르겠다. 당기고 빗고, 당기고 빗고.

체리는 한숨을 쉬며 손톱 손질에 여념이 없는 나리를 바라봤다.

"쓸데없이 뭐 하러 이렇게까지 해?"

"가만히 있기나 해!"

체리는 그녀 인생 처음으로 드레스를 입었다. 쇄골 라인과 한쪽 어깨가 훤히 드러난 드레스는 그녀에게서 한 번도 본 적 없었던 섹시함을 표출시켰다.

어색함에 몸 둘 바를 몰랐다. 나리는 만족스러운 얼굴로 체리를 바라보고 있었다.

레스토랑으로 오는 내내 한숨을 쉬던 체리는 도착을 하고도 쉬이 안으로 들어갈 수가 없었다. 이건 간소함의 수준을 한참 넘어 있었다.

시끌벅적, 레스토랑은 요란하다 못해 지나가던 사람들 모두 돌아볼 정도로 남다른 약혼식장으로 변해 있었다.

생전 처음 보는 엄청난 하객들로 레스토랑 안은 발 디딜 틈이 없었다. 어떻게 알고 왔는지 회사 동료들까지 그 자리에 와 축하 인사를 건네고 있었다.

다음 날이면 회사 사람 모두 그녀의 약혼 소식을 알게 된다는 뜻이었다.

'이런.'

약혼 시간보다 일찍 도착한 체리였기에 잠시 자리에 앉아 정신을 가다듬었다. 여전히 적응이 안 됐다.

얼떨떨한 기분에 주위를 둘러봤다. 저 멀리 상현이 걸어오고 있었다.

처음 보는 모습도 아니었다. 그런데 뭔가 달랐다. 가슴이 미친 듯이 두근거렸다.

회갈색 슈트가 이렇게 멋질 수도 있구나 싶었다.

두근두근, 상현이 세차게 뛰는 심장 소리를 들을까 심술 난 얼굴로 고개를 돌려버렸다.

그때 레스토랑 앞에 붙어 있는 플래카드가 들어왔다. 이제야 레스토랑이 인산인해를 이룬 이유를 깨달았다. 보나마나 상현의 소행임이 틀림없었다.

상현은 체리 옆에 앉으며 그들을 향해 인사하는 객들에게 일일
이 답하고 있었다.

"감사합니다. 감사합니다."

체리는 곁으로 온 상현을 보며 입가를 가린 채 이를 악물었다.

"약혼식 간단하게 한다며? 누가 이걸 간소하다고 생각하겠어?
그리고 저 플래카드는 뭐야? 26년 지기 단짝 친구가 평생을 함께
할 동반자가 되기로 약속하는 자리입니다. 축하해주실 분은 누구
든 들어오세요?"

상현은 말도 없이 그녀를 뚫어져라 보고만 있었다. 마주한 눈빛
이 뜨겁다.

눈동자에도 온기가 느껴지는지 처음 알았다. 체리는 헛기침을
하며 시선을 피했다.

"저거 걸면서 양심에 찔리지도 않았어? 왜 말을 안 해?"

체리 목소리가 커지고 그제야 정신을 차린 상현은 멋쩍게 웃었
다. 레스토랑으로 들어올 때부터 시선을 뗄 수가 없었다.

그런 그를 아는지 모르는지 체리는 여전히 불만 가득한 목소리
로 쏘아대고 있었다.

"틀린 말도 없는데 왜 그래?"

"틀린 말이 없긴 왜 없어?"

"우리 26년 지기 친구 맞잖아. 약혼하기로 한 것도 맞고. 기분
좋게 해. 오늘 양심 처방 안 해서 그런가? 영 기운이 없네."

상현의 우스갯소리에 체리는 눈을 흘겼다.

"또 장난이지?"

"그만 인상 쓰고 웃으라고! 좋은 날이잖아. 스마일! 자꾸 인상 쓰면 아침에 못한 양심 처방, 지금 하는 수가 있다!"

상현은 당장 키스라도 할 듯 그녀에게 다가왔다. 한다면 하는 상현을 아는지라 체리는 얼른 몸을 뒤로 뺐다.

지금 이렇게 보는 눈이 많은 곳에서 양심 처방이라니. 말도 안 되는 소리였다.

"큭, 푸하하하."

그녀의 반응에 상현은 큰 소리로 웃었다. 그제야 놀린다는 걸 알아챈 체리는 그녀에게 인사를 하는 사람들에게 고개를 숙이며 상현의 귓가에 속삭였다.

최근에서야 안 사실이지만 상현은 귓속말을 아주 못 견뎌했다. 지금처럼.

"자꾸 그러면 가만 안 둘 거야. 후우……."

"으흐흑, 이체리! 자꾸 도발하지?"

상현은 몸을 부르르 떨며 체리를 쏘아봤다. 어째 날이 갈수록 그를 괴롭히는 스킬만 늘어가고 있었다.

"자꾸 놀리면 계속할 거야."

체리는 작게 웃었다. 상현을 놀리는 재미가 쏠쏠하다. 평소 상현 이 왜 그렇게 그녀를 괴롭히며 놀렸는지 이해가 됐다.

"계속 놀리기만 해봐. 약혼이고 뭐고 멋진 남자 찾아서 당장 양 심 처방 해달라고 할 테니까."

상현은 체리 말에 고개를 확 틀어 그녀를 노려봤다. 허나, 이제 는 그녀에게 먹히질 않았다. 체리는 배시시 웃으며 그들에게 축하 인사를 하는 사람들에게 다가갔다.

"어머! 안녕하세요."

유유히 사라지는 체리를 보며 상현은 긴 머리를 쓸어 올렸다. 근래 들어 속을 뒤집는 체리를 보며 급하게 그녀를 쫓아갔다. 상현은 웃는 얼굴로 인사를 하며 체리를 잡고 작게 속삭였다.

물론 체리가 도망가지 못하게 허리를 부여잡는 것도 잊지 않았다.

"이게 자꾸 반항을 하네. 이체리, 그러다 진짜 죽는다."

하지만 체리는 이제 긴장조차 하지 않았다.

"하도 들어서 겁도 안 나. 어차피 한 번은 죽을 거 아냐? 까짓 거 실컷 개기다 죽지 뭐."

며칠 사이 간까지 부은 게 틀림없었다.

"요즘 봐줬더니 끝이 없다. 딴 놈이랑 양심 처방해봐. 진짜 죽을 줄 알아."

"죽일 거면 약혼식 하기 전에 죽여. 너처럼 툭하면 사람 잡는다는 남자랑 약혼했었다는 오점 남기기 싫으니까."

체리 말에 슬슬 부아가 올랐다. 앙 다문 이 사이로 상현의 냉기 가득한 말이 쏟아져 나왔다.

"약혼하기 싫은 놈이랑 첫날밤 치러도 된다고 누가 말했는데?"

"또 그 소리 할 거야?"

체리 또한 이를 악물고 그의 말에 대답했다.

화기애애한 약혼식장 가운데 점점 감정이 격해지고 있었다. 그러나 대화만 치열할 뿐 그들 주위에 모여 축하 인사를 하는 사람들에게는 친절하게 감사 인사를 잊지 않았다.

"아무리 그래도 내가 그렇게 무책임한 놈은 아니거든. 그래서 책임지려는 거 아냐?"

"책임지기 싫으면 싫다고 해. 책임져달라고 한 적 없으니까."

"책임지기 싫어도 져야 하는 상황이 있는 거야."

상현의 마지막 말에 체리는 갑자기 얼굴색을 바꾸고 그를 바라봤다. 무슨 말로 또 그의 속을 뒤집을지 몰랐다.

상현은 눈을 가늘게 뜨고 그녀의 반격을 기다렸다. 한참 동안 잠자코 있던 체리는 아까와는 전혀 다른 얼굴로 그를 바라봤다.

"은상현! 하나만 물을게. 책임지기 싫은데 어쩔 수 없이 약혼하는 거야?"

몇 달 동안 그렇게 말했는데도 체리는 좀 전에 실수로 나온 말로 또다시 고민에 빠진 것 같았다.

상현은 한숨을 내쉬고 근심 어린 체리를 보며 그녀의 손을 꼭 잡았다.

"이렇게 많은 사람 모아놓고 내가 쇼 할 놈으로 보여? 좀 전에 한 말은 네가 자꾸 속 긁어서 한 말이니까 잊어. 그딴 말 한마디 때문에 내 감정이 변했다고는 생각 말고. 내 눈에는 언제나 이체리가 가장 예쁘니까."

그렇게 말해놓고 상현은 얼굴이 벌게졌다. 놀란 체리는 상현의 입에서 들은 말이 현실 같지 않았다. 하지만 상현의 눈길에 서서히 얼굴이 달아오르는 건 어쩔 수가 없었다.

서로를 바라보던 그들은 앞에 다가온 축하객의 인사에 그제야 정신을 차렸다. 그런 그들을 보며 즐겁게 웃는 하객들의 목소리가 들려왔다.

당황한 상현과 체리는 서둘러 인사를 했고 사람들의 웃음소리는 더 커져갔다.

부끄러운 마음에 체리가 상현을 쏘아봤다. 날이 갈수록 뻔뻔해지는 상현은 그녀 어깨에 팔을 두르며 환하게 웃었다.

"웃지 마. 정들어."

"싫어. 더 많이 웃어서 정들여놓을 거야. 다시는 지워지지 않게 각인시킬 거다!"

"됐거든. 지금도 충분히 각인돼 있으니까 사양할래."

"이제야 날 각인시킨 거야? 진작 그럴 것이지."

상현은 능글거리며 체리를 놀렸다.

"누가 그렇대? 그냥 생각난다는 거지 각인은 무슨……."

"둔하기는. 그래도 이만큼 따라왔으니 봐준다. 스마일!"

상현의 마지막 말에 피식 코웃음을 친 체리는 그의 귀를 당겨 조곤거렸다.

"봐주긴 뭘 봐줘? 매번 하고 싶은 대로 다 하면서."

그가 하고 싶은 대로 했으면 체리는 지금 이곳이 아닌 다른 곳에 누워 있을 것이다.

상현은 어이없는 체리 말에 피식 웃었다. 상현은 단정하게 틀어 올린 그녀 머리를 당겨 '콩' 하고 박았다.

그들을 지켜보는 눈이 없다면 당장 저 입을 틀어막고 싶었다. 그가 가장 좋아하는 방법으로.

그러나 수많은 사람이 인사하고 있으니 어쩔 도리가 없었다.

그녀가 레스토랑에 들어오는 순간부터 시작된 열기가 점점 몸집을 키워갔다.

덕분에 저절로 인상이 써졌다. 그런데 그 상황에서 예민한 귀를 살며시 터치하며 귓속말을 하는 체리 때문에 그는 지금 죽을상이었다.

"은상현. 너나 웃어! 스마일이라며? 호호호. 감사합니다."

커다란 홀 중앙. 두 사람의 대화가 들릴 리 없는 사람들은 다정하게 서로의 귀에 밀어를 속삭이는 연인을 흐뭇한 눈으로 바라보고 있었다.

간간히 그들에게 축하 말을 건네는 사람들에게 인사하는 것도 잊지 않는 그들은 진정한 그날의 주인공이었다.

계속되는 축하 속에 그들은 자신들이 진심으로 행복한 커플이라는 걸 느끼고 있었다.

약혼식을 끝낸 상현과 체리는 또다시 인정의 계략(?)으로 단 둘이 오묘한 분위기 속에 집에 앉아 있었다.

상현은 아직도 인정이 후려친 등이 욱신거렸다. 둘을 제외한 나머지 가족들과 별장에 내려가 있을 테니 천천히 내려오라는 말을 하며 강제로 모두를 끌고 사라진 그녀였다.

더불어 인정은 상현을 불러 특별히 훈계까지 했었다. 상현은 한 시간 전에 사라진 인정의 말에 자꾸 웃음이 새어 나왔다.

'썩을 놈, 내 사람으로 만들 거면 제대로 만들어야지! 할미가 꼭 나서야지. 이놈아! 오늘도 사고 못 치면 사내놈도 아닌 게야.'

인정의 말에 괜스레 얼굴을 붉히면서도 자꾸 입가가 실룩거리는 건 어쩔 수 없는 일인 것 같았다.

상현은 경련이 일 듯 실룩거리는 입가를 억지로 잡아 내리며 소파에 앉아 투덜대는 체리를 바라봤다.

화장과 머리는 아직 그대로지만 어느새 편한 옷으로 갈아입은 체리는 소파에 앉아 온종일 높은 곳에서 시달린 발을 위로하고 있었다.

"갑자기 별장으로 왜 간다는 거야? 양평까지 멀진 않지만 주말이잖아. 차 엄청 막힐 텐데……. 거기다 갈 거면 같이 데려가지 왜 따로 오라는 건데? 온종일 힐 신고 있었더니 다리 아파 죽겠단 말이야. 상현아, 나도 꼭 가야 돼? 그냥 여기서 쉬다 우리 집 가서 잘게. 응? 상현아."

체리는 되지도 않는 애교까지 부려가며 상현은 쳐다보지도 않고 연신 발을 주무르고 있었다. 어지간히 가기 싫은 모양이다.

허나, 그들이 늦게 도착하면 할수록 상현이 정길과 나리에게 들을 잔소리의 양은 비례할 것이다. 지금이라도 빨리 그녀와 집을 나서야 할 것 같지만 한 가지 아쉬운 게 있었다.

인정의 말마따나 기왕 내 사람 만들기로 한 거 이참에 확 사고(?)를 칠까 하는 생각이 연기처럼 피어올랐다.

상현은 자신의 주먹보다 작은 발을 연신 주물거리는 체리 모습이 자꾸 예뻐 보였다. 상현은 자신도 모르게 조금씩 그녀와의 간격을 좁혀가고 있었다.

어느새 바로 옆에 앉았지만 과감하게 손을 못 뻗고 있었다. 괜스레 시작했다 정말 끝을 볼 것 같았다.

천천히, 라고 하루에도 수십 번씩 다짐해봐도 어느새 마음은 종착역에서 그를 애타게 부르고 있었다.

슬슬 한계에 다다르고 있었다. 그런 그를 아는지 모르는지 이제 체리는 그를 게슴츠레한 눈으로 보고 있었다.

"상현아, 우리 어차피 약혼한 거 그냥 피곤해서 집에서 잤다고 하면 안 될까?"

"뭐?"

어찌나 놀랐는지 그 자리에서 10미터는 뛰어오른 것 같았다.

"뭘 그렇게 놀라? 피곤해서 그냥 집에서 잔다고 하자고!"

"그, 그러고?"

"그러고 뭐?"

왜 자꾸 침이 꼴딱꼴딱 넘어가는지 모르겠다. 상현은 체리를 빤히 바라봤다.

"할머니한테 전화드리고 집에서 자자. 우리 집에도 아무도 없고……. 나, 하룻밤만 신세질게. 피곤해서 먼저 씻고 잘게. 오늘 만네 방 빌리자. 그리고 다시 한 번 말하지만 오늘 양심 처방은 안 한다."

상현은 2층으로 사라지는 체리를 멍한 시선으로 바라봤.

한 대 맞은 것 같은 얼굴로 사라진 그녀의 빈자리를 쳐다봤다. 상현은 뒤늦게 정신을 차리고 휴대전화를 꺼내들었다.

상현의 전화를 받은 인정은 이내 그럴 줄 알았다는 듯 아무 말도 하지 않았다.

그렇게 휑한 1층에서 안절부절못하던 상현은 2층으로 어렵사리 발을 옮겼다. 그런데 요란하게 그의 휴대전화가 진동을 시작했다. 역시 무서운 나리다.

인정이 그들에게 연락 못하게 위협했을 게 분명한데 체리가 걱정됐는지 전화한 모양이다. 아니, 체리보다 상현이 걱정됐다는 게 맞을지도 몰랐다.

"왜?"

-형부!

예상과 달리 나리의 달달한 말투에 등골이 오싹해지며 정신이 번쩍 들었다.

"이나리! 차라리 원래대로 불러. 네가 이러니까 소름 돋잖아! 용건만 간단히 말해. 지금 피곤해 죽을 것 같으니까."

나리는 한숨을 내쉬었다. 놀려줄 생각이었는데 목소리에 피곤이 묻어났다.

-쳇! 알았어. 언니, 힘들어서 안 간다 하지?

"나도 운전하기 귀찮아."

-치! 언니 때문에 삐쳤구나. 아까 집에 가서 잔다는 걸 억지로 끌고 오빠 집에 데려간 거야. 지금쯤 엄청 피곤해할 거야. 설마? 언니 벌써 자는 건 아니지?

나리는 설마 하는 심정으로 물었다. 이런 날 아무 일 없이 잔다면 다시는 그들을 위해 어떤 것도 하지 않을 생각이었다.

"피곤해 돌아가시겠단다. 씻는다고 2층 올라갔어."

-언제 올라갔는데?

상현의 말에 나리 목소리가 커졌다.

"왜?"

-언제 올라갔냐고!

나리와 대화해봐야 그에게 결코 이득이 없다는 걸 알았다.

"한 10분쯤 됐나? 그건 왜?"

-어휴, 혼자 고생하고 있겠네. 오늘은 무슨 일이 있어도 씻고 잘 거야. 자기도 양심이 있으면 씻겠지. 화장은 그렇다 치고, 나머지

는 혼자 하긴 힘들 텐데……. 오빠! 빨리 가서 언니 씻는 것 좀 도와줘.

"야! 너희 자매는 진짜 나한테 왜 그러냐?"

상현은 말도 안 되는 소리에 버럭 소리부터 질렀다. 지금 체리는 씻고 있었다. 그가 매일 씻는 공간에 체리가 있다는 생각만으로도 미칠 것 같았다.

그런데 도와주라니? 벌써부터 상상 속의 그는 체리와 욕실에 있었다. 눈앞의 현란한 영상에 상현은 고개를 세차게 흔들었다.

-오빠, 얼른 2층 가봐.

"진짜 니들 자매는 왜 날 잡아먹지 못해 안달인 건데!"

나리 말에 이미 그의 몸은 반응을 시작했다. 한 공간에 또다시 둘만 있는 상황에 미칠 지경인데 나리가 뜨거운 기름을 부은 격이었다.

-왜? 언니가 오빠한테 자꾸 덤비기라도 해? 내가 요즘 연애 소설을 던져준 보람이 있나 보네. 큭큭큭.

사차원 코믹, 호러 만화의 광팬인 체리는 오직 만화를 보는 게 유일한 낙이며 취미였다.

운동도 싫어하고 노는 것도 싫어했다. 세상만사 모든 것에 관심이 없는 체리에게 언젠가 한 번 나리가 지켜보며 읽게 했던 연애 소설을 제외하면 그녀가 연애에 관해 아는 건 전무했다.

그런 체리에게 나리는 상현과의 연애 필독서라며 강도 높은 로맨스 소설을 읽혔다.

어찌 됐든, 지금 상황에서 체리에게는 상현의 손길이 반드시 필요했다.

-아무 소리 말고 얼른 욕실로 가봐. 언니가 오빠의 손길을 애타게 기다리고 있을 테니까. 그렇다고 언니 너무 힘들게 하지는 마. 그것도 첫 경험이라 꽤 아플 테니까. 호호호. 부드럽게 잘해줘야 돼.

또다시 작은 폭격을 가한 나리 말에 이미 상현의 심장을 장거리 마라톤을 마친 선수처럼 펄럭이고 있었다.

제10장. 영원한 내 꺼!

끊긴 휴대전화를 한참 동안 바라보던 상현은 천천히 발을 움직였다. 온몸의 신경 가운데 극도로 예민해진 청각이 멀리 2층 욕실에서 희미하게 들려오는 신음을 감지하며 빠르게 몸으로 반응을 전하고 있었다.

나리의 통화로 잔뜩 신경이 곤두선 상현의 귀에 점점 크게 체리의 신음이 들려왔다.

욕실에 가까이 갈수록 체리의 신음은 더욱 크게 들려왔다. 그의 몸은 이미 야릇한 상상으로 통제 불능 상태에 이르렀다.

"으흑, 하아, 후우, 후우. 아핫. 아……."

온갖 형태의 신음이 굳게 닫힌 문 사이로 흘러나와 그의 귀를 사정없이 후벼 팠다.

'설마 혼자 이상한 짓 하는 건 아니지?'

야릇한 신음을 도저히 그쪽으로밖에 생각할 수 없는 상현은 크게 심호흡하고 욕실 문을 두드렸다. 아무런 답이 없었다. 마른침을 삼키며 다시 두드렸지만 여전히 답이 없었다.

"이체리! 아직 안 씻었어? 난 2층 아니면 안 씻는단 말이야. 다 씻었으면 빨리 나와!"

말도 안 되는 소리란 걸 알지만 상현은 안에서 잠시 멈춘 그녀의 숨소리에 귀를 기울였다.

"으윽, 상현아! 도와줘. 도저히 혼자 할 수가 없어."

대체 혼자서 뭘 할 수 없다는 건가? 설마, 이체리가 삐리리에 눈을 떴다는 소린가?

상현이야 두 팔 벌려 환영할 일이지만 천하의 이체리가 그럴 리는 없었다. 하지만…… 체리라면 가능할지도 모른다는 생각에 긴장감이 서렸다.

떨리는 손이 문고리를 잡았으나 차마 돌리지 못하고 있었다. 그때 욕실 너머에서 체리가 참지 못하고 소리쳤다.

"은상현! 나 좀 어떻게 해달라고. 이러다 죽을 것 같단 말이야! 아무 말 안 할 테니까 빨리 들어와!"

체리 말에 용기를 얻은 상현은 힘차게 문고리를 돌렸다. 상현은 눈앞에 펼쳐진 광경에 실소가 터져 나왔다.

상의로 입고 있던 티와 바지를 벗고 기본적인 속옷 위에 허벅지를 겨우 덮는 길이의 란제리까지 벗은 체리는 머리에 폭탄을 맞은 상태로 상현을 기다리고 있었다.

"상현아, 머리를 감아야 하는데 머리카락 속에 핀이 얼마나 많은지 도저히 다 뺄 수가 없어. 내가 그냥 뺐더니 저기 보이지? 저

머리카락들……."

욕실 사방에 그녀의 긴 머리카락이 어지러이 흩어져 있었다.

"흐흑, 핀 하나 뽑을 때마다 머리털이 다 뽑힐 것 같아. 핀 좀 뽑아줘! 대체 머리에 얼마나 많은 핀을 박아놓은 거야! 이나리, 이게 날 죽이려고 작정을 한 게 틀림없어."

사정없이 몸을 흔들어대는 체리 모습에 당장에라도 신체 일부가 터져 죽을 것 같은 건 상현이었다.

약혼식을 위해 올림머리를 처음 한 체리는 자신의 머리카락 속에 그렇게나 많은 핀이 있다는 사실에 경악했다.

옷을 아무렇게나 벗어놓고 욕실 거울을 보며 눈에 보이는 핀들을 천천히 뽑기 시작했었다.

그런데 이리저리 구부러지고 휜 핀을 뽑을 때면 긴 머리카락과 엉켜 눈물을 찔끔 흘리며 뽑아내야 했다.

거기다 어찌나 단단히 고정시키고 부풀려놨는지 거울에 비친 그녀 모습은 광녀, 말 그대로 미친 여자의 모습을 하고 있었다. 그런데 지금은 가관도 아니었다.

핀을 뽑으며 흘린 눈물에 얼굴 전체에 검은 비가 내렸고, 그 눈물을 닦으려 비벼댄 손길에 아이라인까지 번져 판다 모습까지 하고 있었다.

더욱이 샤워를 하려 옷을 벗은 탓에 그녀의 복장은 상당히 간소했다.

위, 아래. 아주 화려하고 작은 천으로 극히 취약한 부분만을 가린. 누가 봐도 제정신으로 보지 않을 것 같았다.

하지만 지금 그건 문제 축에도 끼지 못했다. 빼도, 빼도 계속해서 나오는 박힌 핀이 더 큰 문제였다.

머리카락 속 핀들과 한 시간은 씨름한 것 같았다. 이미 100여 개는 뽑은 거 같았다. 더불어 머리카락을 천 개 이상 뽑았지만.

욕실 바닥에 여기저기 흩어져 있는 자신의 머리카락을 보며 체리는 다시 울상을 지었다.

상현은 체리 모습에 차마 발을 뗄 수가 없었다. 아니 숨조차 쉴 수가 없었다. 체리가 그를 죽이려고 작정한 게 틀림없었다.

나리가 그녀에게 어떤 책을 읽게 했는지 모르지만 책에서 배운 대로, 계획적으로 이런 일을 꾸몄다면 완벽하게 성공했다.

하지만 자신이 아는 체리가 그리 쉽게 변할 리가 없었다. 더욱이 체리는 지금 같은 상황을 만들 만한 사람이 못됐다.

나리였다면 몰라도 체리는 지금 상황이 300퍼센트 현실이라는 소리였다.

어느덧 그의 몸을 휩쓸던 열기가 서서히 가라앉고 있었다. 대신 그녀 모습에 한숨이 쉴 새 없이 터져 나왔다.

상현은 급하게 욕실 선반을 열어 커다란 타월을 꺼내 그녀 몸에 둘렀다. 상현은 그제야 숨을 내쉬며 욕조에 그녀를 걸터앉혔다. 상현은 조심스러운 손길로 핀을 하나둘 빼기 시작했다.

"휴우, 내가 너한테 뭘 바라겠니? 그러게 진작 나한테 도와달라 했으면 이 꼴은 안 당할 거 아냐?"

상현의 핀잔에 체리는 입을 한 자는 내밀면서도 대꾸가 없었다. 그녀의 손에 차곡차곡 머리속에 박혀 있던 핀들이 빠져나오기 시작했다.

"아아악! 아프잖아!"

"가만있어! 자꾸 움직이니까 그렇지!"

"아악! 일부러 세게 하는 거지? 아프다고 했잖아. 좀 살살해."

"그럼 네가 하던가!"

"내가 어떻게 빼니? 혼자 해결할 수 있으면 얘기도 안 했어!"

"그럼 그 입 다물고 얌전히 있어. 진짜 확 찔러버리기 전에. 나도 참고 있는 거란 말이야."

잠시 얌전히 있던 체리가 도끼눈으로 그를 쏘아봤다.

"너! 좀 전에 일부러 찔렀지?"

"억지 좀 부리지 마! 내가 왜 일부러 찔러?"

"거짓말하지 마! 그런데 얼굴은 왜 빨개져?"

"내, 내가 무슨 얼굴이 빨개졌다고 그래. 잔소리 말고 얌전히 있어! 자꾸 그러면 안 해준다. 가만히 좀 있으라고. 그러다 진짜 오늘 피 본다니까."

자꾸 고개를 돌리는 그녀 탓에 타월이 자꾸만 밑으로 흘러내렸다. 그녀에게 나는 도발적인 향기에 또다시 열이 오르는데 손가락을 타고 흐르는 머리카락은 온몸의 털을 곤두서게 만들었다.

안 그래도 죽을 것 같은데 어깨 라인을 자꾸만 보여주는 그녀 탓에 이제는 화가 날 지경이었다.

"좀 얌전히 있어."

상현은 그녀의 어깨를 강제로 잡아 정면을 보게 했다. 손으로 느껴지는 작은 어깨를 한 입에 물고 싶어 이를 악물었다.

"아악! 너! 또 일부러 찔렀지? 살살 돌려서 하라니까!"

"너 때문에 정신없어 그러잖아. 고개 좀 그만 돌리라고! 그리고 수건 제대로 안 잡을 거야! 자꾸 흘러내리잖아! 어휴, 진짜!"

상현의 말에 체리는 얼른 수건을 고쳐 맸다. 그러나 이미 그의 눈에 모양 좋은 그녀의 가슴이 들어온 다음이었다.

그런데 수건을 고쳐 맨다는 것이 가슴골을 깊게 만들어 그에게 보여주는 꼴이 되고 말았다. 위에서 내려다보니 보고 싶지 않아도 가슴골이 자연스레 보였다.

"후훅."

숨을 들이켠 상현은 얼른 그녀의 산발된 머리에서 손을 뗐다. 체리는 그런 상현을 흘겨봤다.

"왜 또?"

상현은 갑자기 일어서더니 밖으로 뛰쳐나갔다.

"수건 다시 고쳐 매. 아니 옷 입을 수 있으면 다시 입어!"

밖에서 들려온 상현의 말에 체리는 기가 막혔다.

"이러고 옷을 어떻게 입어? 누군 이러고 싶어 이러는 줄 알아? 어휴, 진짜 저건 툭하면 성질이야."

상현은 서둘러 1층으로 달려가 시원한 냉수를 들이켰다. 수없이 심호흡한 상현은 도저히 안 되겠다는 생각이 들었다. 냉동실에 얼굴을 넣고 숨을 깊이 들이마셨다.

폐부까지 냉기가 차올랐다. 상현은 정신을 가다듬고 다시 욕실에 들어갔다.

체리는 수건을 단단히 틀어 묶은 채 고개를 휙 돌렸다. 그녀는 화난 얼굴로 그를 본 척도 안 했다.

체리는 낑낑대며 머리칼 속에 남은 핀을 잡아 빼느라 용을 쓰고 있었다. 상현은 깊게 한숨을 내쉬고 욕조에 걸터앉았다.

"앉아 봐."

"됐어! 해주기 싫으면 싫다고 할 것이지. 머리털을 다 뽑더라도 나 혼자 할 거야!"

"고집부리지 말고 앉아. 더워서 물 좀 마시고 온 거야."

상현의 말에 잠시 그를 흘겨본 체리는 마지못한 듯 욕조에 기대 앉았다.

"그럼 말이라도 하고 가야지. 해주기 싫은 줄 알았잖아!"

"후우, 내가 너한테 무슨 말을 하겠니?"

상현의 한숨에 체리는 그를 다시 쏘아봤다.

"그렇게 해주기 싫으면 내가 알아서 할 테니까 나가!"

말은 그렇게 했지만 체리는 순순히 산발된 머리를 상현에게 맡기고 있었다.

"아무 말 말고 얌전히 있어."

"아직도 많이 있어?"

상현은 조심스럽게 그녀 머리카락을 구석구석 어루만졌다. 그녀가 가진 부드러움이 손가락을 타고 그를 애태웠다. 그녀를 위해. 아니 그를 위해서라도 빨리 끝내야 했다.

"어휴, 이제 몇 개 안 남은 것 같다."

"알았어."

마지못해 대답한 체리는 좀 전보다 조심스럽게 핀을 빼는 상현의 얼굴을 보려 고개를 돌렸다.

"가만히 있으라고 했잖아!"

"그냥……."

뭔가 말을 하려던 체리는 슬쩍 웃으며 고개를 돌렸다.

남아 있던 하나의 작은 핀까지 뽑아낸 상현은 기진맥진한 체리를 보며 슬쩍 바라봤다.

"머리 감겨줄까?"

"정말?"

이 머리를 다시 감을 생각에 힘이 빠졌던 체리는 상현의 말이 그 어느 때보다 반갑게 들렸다.

"싫으면 관두고."

"아니, 고맙다고. 호호호."

어느새 들고 있던 샤워기를 내려놓으려는 상현을 보며 체리는 욕조로 다가갔다.

"고개 숙이고 있어. 아무리 봐도 여러 번 감아야겠네."

"은상현! 오늘 왜 이렇게 잘해줘?"

"시끄러! 약혼식하고 힘들다며……. 오늘만 해주는 거야!"

"이걸 또 하라고? 죽는 한이 있어도 절대 안 해! 아니 못해!"

"가만있어! 물 다 튀잖아!"

"뜨거워."

상현은 체리 말에 얼른 수도꼭지를 반대로 틀었다.

"아악! 너무 차갑잖아. 은상현! 일부러 그러는 거지?"

상현은 머리에 물을 뚝뚝 흘리며 일어선 체리를 보며 고개를 돌렸다. 옷은 물론 그녀가 싸매고 있던 수건도 젖기 시작했다.

젖은 수건에 싸인 그녀의 모습에 다시 빠르게 열이 올랐다.

연신 흘러내리는 물을 옆으로 훔치며 상현을 노려보던 체리는 갑자기 그의 손에 들린 샤워기를 뺏었다. 체리는 상현에게 사정없이 물줄기를 쏘아대기 시작했다. 말릴 틈도 없었다.

"물이 얼마나 차가운지 알아? 너도 당해봐."

"야! 너, 진짜! 당장 샤워기 안 내놔?"

"그러게 누가 장난치래?"

이 상황에서 물장난이나 치는 체리가 야속했지만 잠시 그때 기분으로 가는 것도 나빠 뵈진 않았다.

"이렇게 나온단 말이지. 좋았어!"

한참 동안의 물장난이 끝나자, 두 사람은 비 오는 날 생쥐처럼 초라한 꼴로 기분 좋게 욕실에 앉아 있었다.

"오랜만에 하니까 재밌다."

체리는 웃으며 상현을 바라봤다.

"지금 내 꼴을 보고도 재밌다는 소리가 나와?"

속옷만 입은 상태에서 두른 수건은 이미 그녀의 부드러운 곡선을 여실히 드러내 보이고 있었다. 차라리 수건을 두르지 않은 편이 더 그를 자극할 것 같았다. 상현은 묘하게 변한 분위기를 얼른 깨고 자리에서 일어섰다.

"빨리 머리 감고 옷부터 갈아입자. 그러다 감기 걸리겠다."

"그, 그래."

"빨리 안 오고 뭐 해?"

샤워기를 잡고 체리가 오길 기다리는 상현의 모습에 놀랐다.

"머리 안 감을 거야?"

넓은 욕실에 그의 웃음기 가득한 목소리가 울렸다. 체리는 얼른 침을 삼키며 그의 얼굴을 피했다.

"피곤하다며? 해줄게. 이리 와."

"아, 아니. 내가 할게."

그렇게 몰아내듯 상현을 쫓아내고 샤워를 한 체리는 그제야 자신의 옷이 모두 젖었다는 사실을 깨달았다.

한참 고민하던 체리는 조심스럽게 욕실 문을 두들기는 소리에 소스라치게 놀랐다.

"왜, 왜에?"

"혹시 피곤해서 쓰러졌나 하고. 아직도 안 끝났어?"

어느새 남아 있던 물기마저 말라버릴 정도로 시간이 지나 있었다. 피곤하다고 그 난리를 치며 별장까지 안 간다고 했는데 안 하던 물장난까지 했다.

그나저나 상현에게 어떻게 말을 해야 한단 말인가? 젖은 옷 때문에라도 집으로 간다면 우선 이곳을 벗어나야 했다. 그런데 그전에 욕실을 나가는 것부터가 문제였다.

선반에 커다란 타월이 남아 있어 몸에 두르긴 했다. 하지만 아무것도 걸치지 않은 알몸이었기에 밖으로 나서기가 망설여졌다. 물장난은 즐거웠지만 그 여파로 욕실 한쪽에 벗어놓은 옷도 젖을 게 뭐였는지…….

어쨌든 먼저 시작한 건 그녀였으니 상현에게 뭐라 할 수도 없었다. 잠시 고민하던 체리는 크게 숨을 들이켜고 욕실 문을 열었다.

상현은 꽤 시간이 지났건만 나오지 않는 체리를 보며 걱정이 일었다. 조심스럽게 욕실 문을 두들기고 잠시 후 나온 체리의 모습에 상현은 당황해 고개를 돌렸다.

그녀 손에 젖은 옷들이 한가득 들려 있었다. 그제야 욕실을 늦게 나온 체리가 이해가 됐다.

그와 함께 타월 안에 그녀가 아무것도 걸치지 않은 태곳적 모습이라는 것도 깨달았다. 기껏 냉수마찰로 가라앉았던 열기가 다시 치솟았다.

"젠장."

체리는 갑자기 자신의 방으로 사라지는 상현을 보며 짜증이 일었다.

"왜 또 저래? 그나저나 어쩌지? 아줌마 방에 가서 아무 옷이나 빌려 입을까?"

하지만 펑퍼짐한 몸매의 혜영을 생각하며 바로 체념했다. 역시 욕을 먹더라도 상현에게 빌리는 수밖에 없었다.

잠시 생각에 빠져 있는데 눈앞에 뭔가 불쑥 튀어나왔다. 잠시 공상에 빠져 있던 체리는 놀라 뒤로 펄쩍 뛰었다. 수건의 매듭이 풀어져 그녀의 나체가 드러난 건 순식간이었다.

"아아악!"

그러나 상현은 이미 그녀의 모습을 속속들이 봐버렸다. 눈을 감았으나 이미 그의 뇌 속에는 그녀의 모습이 망가져버린 영사기처럼 반복되고 있었다.

상현은 또다시 시련을 안겨준 체리를 원망하기보다는 이제 자신을 원망하기 시작했다. 같은 공간에 있으면 무슨 사고를 칠지 모르는 체리를 그가 망각하고 있었다.

앞으로는 절대 그녀와 같은 공간에 있어서는 안 될 것 같았다. 그와 그녀, 모두를 위해서.

"이 옷 입어. 젖은 옷은 건조기로 말리면 좀 이따 입을 수 있을 거야. 밖에 비 오니까 그냥 여기서 자고."

창밖에는 상현의 말마따나 추적추적 여름을 재촉하는 비가 내리고 있었다.

말을 마친 상현은 자신의 방으로 들어가 나올 생각을 안 했다.

서둘러 욕실로 들어가 옷을 입은 체리는 피곤함에 잠이 쏟아졌다. 건조기에 옷을 넣고 잠시 기다리는 동안 체리는 졸기 시작했다.

그녀는 건조가 종료가 됐다는 멜로디가 나오는 소리도 듣지 못할 만큼 깊은 잠에 빠져 있었다.

침대에 누워 있던 상현은 오랜 시간이 지났음에도 들어오지 않는 체리 생각에 슬그머니 밖으로 나왔다.

2층 거실이 쥐죽은 듯 고요했다. 그의 방에서 자겠다던 체리가 눈을 씻고 찾아봐도 보이지 않았다.

체리가 2층 욕실을 쓰는 동안 1층 욕실에서 찬물 샤워를 오래도록 한 그였기에 잠이 싹 달아난 상태였다.

천천히 2층을 살핀 후 1층으로 내려갔다. 혹시 거실 소파에서 자는 게 아닌가 싶은데 모습이 보이지 않았다. 상현은 결국 체리가 집으로 갔다는 결론을 내렸다. 비가 온다고 했는데 기어코 집으로 간 모양이었다.

은근히 겁이 많은 체리가 걱정돼 그녀 집에 가려던 상현은 현관에 있는 그녀의 신발을 보고 고개를 갸웃거렸다.

신발은 분명 그대로 있었다. 그렇다는 건 체리가 아직 이 집 안, 어딘가에 있다는 소리였다. 아무리 찾아도 없었는데 대체 어디에 있단 말인가? 문득 떠오른 생각에 급하게 발을 옮겼다.

상현은 건조기 앞에서 곤히 잠든 체리 모습에 웃음이 나왔다.

이미 건조가 끝난 세탁물을 꺼내며 상현은 자꾸 웃음이 새어 나왔다.

상현은 누가 업어 가도 모르게 잠이 든 그녀를 안고 자신의 방으로 올라왔다. 상현은 조심스럽게 그녀를 침대에 누였다. 목 아래까지 이불을 덮어준 상현은 그녀의 얼굴을 가볍게 쓰다듬었다.

"내 속 타는 건 언제쯤 알아줄 거야? 이제는 좀 따라와라."

이마에 가볍게 입을 맞춘 상현은 침대 아래에 길게 몸을 누였다.

"후우, 이런 상황에서도 넌 잘도 자는구나. 오늘 밤은 긴 밤이 될 것 같다."

한참을 뒤척이던 상현은 어느새 선잠에 빠져들었다.

뭔가 따뜻한 것이 몸을 감싸고 있었다. 포근하니 기분 좋은 느낌. 익숙한 향기가 그녀의 코를 자극했다. 어디서 맡았는지 모르지만 익숙하고 꽤 기분이 좋아지는 향이다.

"으음."

저도 모르게 신음하며 따뜻한 곳을 향해 몸을 비볐다. 그런데 왜 점점 뜨겁게 바뀌는 거지? 아니, 그리고 이 불규칙한 심장 박동은 대체 누구 거란 말인가?

이상하다는 생각을 하며 박동이 느껴지는 따뜻한 곳에 손을 갖다 댔다. 단단한데 따뜻한 곳에서 그녀의 바이러스에 점령된 심장만큼이나 빠르게 뛰는 박동이 느껴졌다.

스윽, 부드럽게 쓰다듬던 손에 작은 돌기가 느껴졌다. 이 작은 돌기는 뭐지? 살짝 잡아당기던 그녀는 낮은 신음에 놀라 눈을 번쩍 떴다.

"이체리, 새벽부터 남의 몸을 왜 더듬고 난리야!"

"허억!"

현실이라고 믿고 싶지 않았다. 하지만 분명 그녀 손이 그의 가슴에 있는 작은 돌기 위에 떡하니 버티고 있었다. 너무 놀라 모든 사고가 정지된 그녀는 손 하나 까닥이지 못했다.

"손 좀 떼지!"

상현의 말에 그제야 정신을 차린 체리는 급하게 손을 뒤로 감췄다. 얼굴이 불타오르는 것 같았다.

상현은 그런 체리는 눈에 들어오지도 않는지 긴 팔을 돌려 눈앞을 가렸다. 언뜻 시계를 보니 아직 2시도 되지 않았다.

다른 때 같았으면 절대 눈도 못 뜰 시간이건만 어째서 이 시간에. 그것도 이런 민망한 상황에서 눈을 떴는지 모르겠다.

분명 세탁실까지 간 건 기억하고 있었다. 어젯밤은 술도 마시지 않았는데 상현의 방까지 온 기억이 전혀 없었다. 설마 몽유병까지 생긴 건가? 아니면 바이러스로 기억이 사라지기도 하는 건지 다시한 번 걱정이 일었다.

"그만 꼼지락대고. 더 자!"

"저기, 상현아⋯⋯."

자는 줄 알았던 상현의 목소리에 체리는 조심스럽게 입을 열었다.

"왜?"

새벽이라 그런지 낮게 깔린 목소리가 근사하게 들렸다. 이놈의 바이러스는 잠도 없는 것 같았다.

"저, 어젯밤에 어떻게 된 거야?"

"뭐가?"

"언제 방으로 왔는지 기억이 안 나서 말이야."

"세탁실에서 자고 있기에 안고 왔어."

잠시 안도하던 체리는 갑자기 몸을 일으키며 상현을 노려봤다.

"그런데 넌, 왜 여기 누워 있는 거야?"

"내 침대에 내가 누워 있는 게 뭐가 잘못이야?"

"내가 빌린다고 했잖아!"

"침대 반이나 빌려줬잖아. 내가 지금 얼마나 좁게 자는 줄 알아? 시끄러우니까, 그만 떠들고 자!"

"그게 말이 돼? 넌 준현이 방에서 자면 될 거 아냐?"

"준현이 방에서 자기 싫어. 자꾸 떠들면 그 입, 확 막아버릴 테니까 그런 줄 알아."

"야!"

"굶주린 늑대는 깨우지 않는 법이다."

그렇게 말하며 상현은 얼른 몸을 돌렸다. 아직 잠이 덜 깬 건지, 경고가 먹히지 않은 건지 체리는 계속 상현을 자극했다.

"아무리 그래도 그렇지! 혹시 나한테 이상한 짓 한 건 아니지?"

"마지막 경고야. 그만 입 다물어. 더 떠들면 잡아먹을 테니까!"

"네가 진짜 늑대냐? 잡아먹게."

갑자기 며칠 전 읽은 코믹 만화 속, 늑대와 양이 떠올랐다. 배고픈 늑대와 겁 없는 양이 펼치는 사차원 코믹이 왜 갑자기 떠오른 걸까? 만화의 결말은 겁 없는 양에게 배고픈 늑대가 꼼짝 못하고 잡아먹힌다는 내용이었다. 그 말도 안 되는 이야기가 새벽 댓바람부터 생각났다. 상현의 말에 체리는 키득거렸다.

"크크크. 불쌍한 늑대……."

"이체리. 내가 경고했다. 다시 한 번 말하지만, 시작하면 멈출 생각 없다."

"누가 뭐래? 그냥 웃긴 내용이 생각나서 그래."

옆에 건장한 사내가 누워 있다는 사실도 잊고 몸을 이리저리 부대끼며 웃어대는 그녀 덕에 이제 한계에 다다랐다.

상현은 이미 경고할 만큼 한 상태였다. 자신에게도 그녀에게도.

상현은 눈을 가렸던 팔을 내리고 몸을 돌려 그녀 위에 올라갔다. 체리는 자신의 몸을 내리누르는 상현의 갑작스러운 행동에 놀라 입만 뻥끗거렸다.

"자겠다는 늑대 깨운 건 너야. 그리고 넌 이제 피할 수 없을 거고. 이제 도저히 참을 수 없거든. 각오하는 게 좋을 거야."

상현이 무슨 말을 하는지 알 수 없지만 숨을 쉴 수가 없었다. 좀 전까지 웃던 체리의 미소가 싹 가셨다.

나리가 던져둔 필독서 어딘가에서 아주 비슷한 상황이 있었던 것 같기도 하다. 코믹이라면 몰라도 그녀에게 멜로는 전혀 어울리지 않았다.

아무리 기억해내려 해도 다음 상황이 떠오르지 않았다. 하지만 지금 분위기는 아무리 무딘 그녀라도 느낄 정도로 완벽한 멜로 분위기다. 우선은 적응 안 되는 이 분위기를 바꾸는 게 먼저인 것 같았다.

"노, 농담도 잘한다. 졸리면 자. 내가 아침에 깨워줄게. 아니 주

말이니까 푹 자."

몸을 일으키려 해도 그녀 위에서 꼼짝 않는 상현 덕에 옴짝달싹할 수가 없었다.

"내가 분명 경고했었지. 깨우지 말라고. 그냥 자게 뒀어야 할 거 아냐?"

어느새 그녀의 두 팔이 그의 한 손에 잡혀 위로 올라갔다.

"야! 아니. 상현아, 장난 그만하고. 집……. 나, 집에 가야겠다."

"얌전히 집에 가고 싶었다면 날 깨우지 말았어야지."

그 말을 마지막으로 상현은 그녀에게 입맞춤을 시작했다.

이건 뭔가 이상했다. 상현의 말투론 분명 그녀에게 벌을 주려는 것 같았다. 그런데 벌이라고 하기에는 기분이 묘했다. 그냥 좋다는 단어로 표현하기에는 부족한 느낌.

온몸을 감싸고 있는 새로운 감각에 정신을 차릴 수가 없었다. 어느새 자유로워진 손이 자연스럽게 그의 목을 감싸고 있었다. 근래 아침저녁으로 한 양심 처방으로 어정쩡한 손 위치를 며칠 전에야 파악했었다.

상현은 평소 양심 처방과 농도가 다른 키스를 하고 있었다. 좀 더 감각적이라고 해야 하나?

어느새 그녀의 몸 안에 바이러스들이 요동치기 시작한 것 같았다. 그러고 보니 약혼식이 끝나고 바이러스에 관해 말해준다고 했는데 아직 아무 말도 듣지 못했다. 하지만 현재 그녀는 바이러스보다 상현과의 키스에 중독된 상태 같았다.

자신과 동명의 바이러스쯤이야 괜찮을 거라 생각했다. 하지만 그의 커다란 손이 그녀의 맨 허리를 스치고 지나자, 또 다른 감각이 그녀를 뒤흔들었다.

끊어져 있던 전선이 그의 손길 하나로 이어진 듯 온몸으로 전류가 흘렀다.

한 번 시작한 이상 멈출 방법은 없었다. 새벽녘이 되어 비로소 늘해진 공기가 아니었다면 그녀 옆에 눕지도 않았을 것이다. 아니, 끙끙대며 이리저리 몸을 뒤척이는 그녀를 토닥이지 않았다면 눕지도 않았을 것이다.

체리를 토닥여 재우고 아주 잠시만 누워 있을 생각이었다.

탈의하고 자는 버릇 탓에 웃옷만 벗고 누운 상현은 따뜻한 그녀 옆에 누워 어느새 잠이 들었다. 그런 그에게 그녀의 손길이 닿고 맨가슴을 쓸자, 잠이 싹 달아났다.

잠시 뒤면 그녀가 잠들 거라 생각하며 상현은 이를 악물고 참았다. 그러나 그녀가 그의 작은 돌기를 잡아당기며 몸에 불을 지폈고 참고 있던 신음이 터져 버렸다.

이 시간이 지나면 후회할지도 몰랐다. 하지만 멈추고 싶지가 않았다. 아니, 이제 멈출 수가 없었다.

체리는 그의 키스를 받으며 서서히 그가 원하는 게 뭔지 깨달았다. 상관없었다. 지금 그녀도 마찬가지니까.

기억 못하는 그와의 첫날밤은 잊기로 한 지 오래였다. 기억 못하는 첫날을 그리워하느니 차라리 확실히 기억하는 둘째 날을 갖고 싶었다. 같은 바이러스에 감염된 두 사람이었다.

더욱이 이제 상현을 좋아하고 있지 않은가? 다른 사람이라면 몰라도 상현이라면 괜찮았다. 아니, 상현이기에 괜찮았다.

그 상황에서 열심히 머리를 굴리던 체리는 상현이 가져다주는 감각을 그에게 되돌려주고 싶어졌다.

나리 말을 들을 걸 후회됐다. 강제로 대충 훑어봤기에 도무지 기억나지 않았다. 그저 사소한 몇 가지가 떠오를 뿐.

허나, 실행에 옮길 수는 없었다. 워낙 강렬한 몇 가지였기에 그녀보다 상현이 놀랄 것 같았다.

언제가 한 번쯤 그를 그 방법으로 놀려주는 것도 괜찮겠다는 생각이 들었다. 그런데 이상했다. 분명 그녀의 몸은 처음이 아닐 텐데 자꾸 긴장되고 떨려왔다. 하긴 기억에 없으니 처음이나 마찬가지일 터.

어느새 상현의 손이 옷 속을 파고 들어와 그녀의 가슴과 등을 쓰다듬고 있었다. 말려 올라간 커다란 상현의 웃옷 아래 그녀의 하얀 가슴이 드러났다.

몸을 지배하는 열기보다 부끄러운 마음이 먼저 들었다. 하지만 상현의 입에서 나온 작은 탄사와 함께 그의 입술이 가슴에 닿자, 아무것도 떠오르지 않고 신음만 새어 나왔다.

거부하려면 얼마든지 거부할 수 있는 상황이었다. 하지만 체리는 그를 거부하지 않았다. 오히려 그의 행동에 반응하는 그녀를 보며 상현은 이제 멈출 수 없다는 걸 실감했다.

부드럽게 입을 맞추던 상현은 달디단 복숭아를 베어 물듯 그녀의 가슴을 입에 물었다.

"아홋."

"이체리. 오늘 난, 친구가 아닌 남자가 될 생각이야."

상현의 고백에 체리는 달뜬 숨을 내쉬었다. 앞으로 그녀에게 닥칠 그 어떤 일보다 지금 자신의 온몸을 훑고 지나는 감각에 충실하고 싶었다.

　상현은 더 이상 참지 않고 고개를 들어 그녀의 입술을 삼켰다. 뜨겁게 입술을 빨며 입안을 가르고 혀를 밀어 넣었다.

　체리는 당황하거나 뒤로 빼지 않고 그의 키스에 적극적으로 응했다. 그사이 무섭도록 실력이 늘어났다.

　상현에 비해 서툴긴 했으나 그녀를 갈망하는 그의 열정에 조금도 뒤지지 않고 반응했다.

　상현은 평소 하고 싶었던 대로 그녀를 애무하며 맛봤다. 자신처럼 예민한 그녀의 귓속으로 혀를 밀어 넣으며 뜨거운 숨결을 불어 넣었고 귓바퀴도 촉촉하게 적셨다.

　가는 목덜미를 더듬어 쇄골을 혀로 핥고 다급하게 체리가 입고 있는 자신의 옷을 벗겼다.

　단숨에 걷어 올린 옷 사이로 적당하게 솟은 하얀 가슴이 온전히 드러났다. 숨을 쉬는 것도 어려웠다.

　거추장스럽던 자신의 옷가지를 멀리 던져버리고 제대로 그녀의 가슴을 맛보기 시작했다.

　상현은 그녀에게 세상에서 가장 멋진 첫 경험을 선사하고 싶었다.

　한참 동안 머물던 가슴을 지나 배꼽을 애무하던 그의 입술은 서서히 아래로 내려가기 시작했다.

　그는 떨리는 손으로 그녀가 입고 있는 자신의 커다란 바지를 벗겨내렸다. 걸릴 것 없는 그의 바지가 스르륵 그의 손을 떠나갔다.

　체리는 생소한 감각에 비명을 지르며 그의 애무에서 벗어나려 바동거렸다.

말할 수 없는 지독한 감각들이 그녀의 온몸에 있는 혈관 속을 내달렸고 터져 나오는 신음도 참을 수가 없었다. 미치도록 나른한 감각들이 그녀의 온몸으로 퍼지며 표현할 수 없는 감각의 거친 파도가 그녀를 덮쳐왔다.

　"아흑, 제발…… 어떻게 좀 해봐."

　무슨 말을 하고, 무얼 원하는지도 모르겠다. 그녀는 자신도 모르게 벗은 그의 등을 쓸며 애원하고 있었다.

　상현은 어느새 그녀와 같이 실오라기 하나도 걸치지 않은 모습이 되어 있었다.

　그녀를 더 기쁘게 하고 싶지만 더는 견딜 자신이 없었다.

　체리의 얼굴이 고통으로 찡그러졌다. 처음도 아닐 텐데, 이 살을 가르는 통증은 무어란 말인가? 매번 이런 통증을 겪어가며 몸을 섞어야 한단 말인가?

　체리는 오만 가지 생각으로 머릿속이 어지러운 가운데 인내하며 상현을 받아들였다.

　커다랗게 자신을 채우는 그가 느껴졌다. 결합된 부분이 화끈거렸다. 상현은 거친 숨을 내쉬며 그녀를 바라보고 있었다.

　"쉿! 조금만, 조금만 참으면 돼."

　이미 그의 애무를 통해 절정이란 것을 맛보았던 체리는 말없이 고개를 끄덕였다. 말하지 않아도 자신을 찾아왔던 낯선 감각이 그것임이 틀림없었다.

　온갖 단어로 표현된 절정이란 단어는 봤어도 실제로 경험한 것만은 못한 것 같았다. 눈으로 봤던 단어론 표현이 안 되는 감각들.

　그녀의 몸이 그에게 조금씩 익숙해지자 상현은 서서히 허리를 움직이기 시작했다.

상현은 뜨거운 키스를 퍼부으며 속도를 내기 시작했다. 체리는 자신에게 찾아왔던 낯선 통증이 서서히 사라지며 몸이 달아오름을 느꼈다.

자신도 모르게 그의 어깨를 단단히 붙잡고 매달렸다. 또 다른 절정에 도달한 체리가 내지르는 비명을 입안으로 삼키며 상현은 그제야 참았던 욕망을 풀어놨다.

머리끝에서부터 발끝까지 모든 세포가 하나하나 터지는 듯한 희열감에 두 사람은 서로를 꼭 끌어안았다.

'섹스란 게 이런 거구나.'

체리는 나른해지는 의식 너머로 생각했다. 나쁘지 않았다. 아니, 꽤 근사한 그와의 두 번째 밤이다.

책에서 섹스 후의 나른한 수면을 달콤한 죽음이라 불렀는데 그 이유를 알 것 같았다. 체리는 만족스러운 미소를 지으며 달콤한 죽음 속으로 빠져들고 있었다.

상현은 탈진한 채 쓰러지는 체리를 보며 죄책감에 빠져들었다. 천천히 시간을 두고 싶었다. 그런데 결국 참지 못했다.

그를 받아들이며 꽤 고통스러웠을 그녀를 생각하니 마음이 쓰려왔다. 하지만 그녀가 버거워한다고 자신의 물건 크기를 줄일 순 없지 않은가?

상현은 완전히 쓰러진 그녀를 꼭 끌어안았다. 왜 이토록 체리에게는 모든 면에서 자제력을 잃어버리는 건지 모르겠다. 체리는 미동조차 하지 않고 새근거리며 자고 있었다.

그날 하루는 그 어느 때보다 체리에게 고된 하루였을 것이다. 상현은 체리의 발개진 볼에 살며시 입을 맞췄다.

"사랑한다. 이체리."

상현은 그 어느 때보다 만족스러운 얼굴로 체리를 바라보고 있었다.

지금은 곤히 잠들어 있었다. 그러나 이제 곧 당면한 현실을 놓고 그를 죽일지도 모른다는 생각이 들었다. 아무리 모른다고 해도 좀 전의 일로 진실을 알아챘을 것이다.

'설마? 모르진 않겠지?'

상현은 슬며시 피어오르는 어두운 기운에 잠시 몸을 떨었다. 이유야 어찌 됐든 체리는 이제 그의 여자였다. 그 사실 하나만으로도 세상을 다 얻은 것처럼 기뻤다.

상현은 살며시 일어나 따뜻한 수건을 가져와 좀 전까지 자신의 손길이 닿았던 그녀의 몸 구석구석을 깨끗이 닦았다. 얼마나 피곤했는지 체리는 그의 손길에도 꼼짝하지 않았다.

상현은 그의 손길로 온몸에 열꽃이 핀 체리를 금방이라도 부서질 유리 인형을 안듯 살며시 끌어안았다.

"으음……."

바스락거리며 품에서 잠꼬대하는 것까지도 사랑스러워 미칠 것 같다. 상현은 그녀의 목덜미에 코를 박고 숨을 깊이 들이마셨다.

폐부까지 들어찬 그녀의 체향에 허리 아래가 벌써 뻐근해진다. 하지만 지금은 그녀를 쉬게 하는 게 먼저였다.

상현은 그녀를 꼭 끌어안으며 어느 때보다 달콤한 잠에 빠져 들었다. 그러나 이제 막 잠을 깬 늑대가 쉽게 잠들 리가 없었다.

상현은 피곤한 체리를 깨우고 싶지 않았다. 하지만 품에 안긴 그녀는 너무도 달콤했다.

거기다 잠버릇은 그를 깨우기에 충분히 도발적이었다. 그녀의 손은 한시도 쉬지를 않았다.

결국 잠에 취해 있는 체리를 새벽녘에 온갖 수단과 방법을 가리지 않고 불을 붙였다.

"체리야, 사랑해."

또다시 한 차례의 절정이 지나간 후, 상현은 그녀의 목덜미에 얼굴을 묻고 속삭였다.

좋아한다는 말은 수없이 했어도 차마 쑥스러워 하지 못했던 그의 마음이 뜨거운 열정과 함께 쏟아져 나왔다.

"으음."

'으음?'

큰맘 먹고 고백했는데 체리는 그저 '으음'이라고 했다. 어느새 깊은 잠 속으로 빠져드는 체리를 내려다보며 상현은 그녀를 흔들었다.

"이체리. 사랑한다고!"

"알았어."

체리는 대꾸하며 크게 하품을 했다. 체리는 귀찮은 내색을 감추지도 않았다.

상현은 체리의 태도에 부아가 나기 시작했다. 아무리 그래도 사랑한다는 고백에 고작 알았다는 대답만 한다는 게 믿을 수가 없었다.

"이체리. 일어나봐."

상현은 그녀의 매끄러운 등을 쓰다듬던 손을 내리고 화난 얼굴로 침대에 앉았다. 하지만 체리는 여전히 미동도 않고 있었다. 상현은 점점 약이 올랐다.

"이체리! 빨리 안 일어나!"

"더 자고 싶단 말이야. 너 때문에 잠도 못 잤는데 왜 그래?"

체리는 무거운 눈을 뜨며 간신히 몸을 반만 일으켰다. 좀 전까지 그렇게 자신을 괴롭혀놓고 이번에는 뭔 짓을 하려고 부르는 건지 알 수가 없었다.

'설마? 또 하자는 건 아니겠지? 독한 놈, 짐승 같은 놈, 아니 인정사정없는 놈!'

아무리 좋다고 하지만 지금은 다리가 후들거려 일어설 수조차 없었다. 지금 그녀에게 필요한 건 휴식이었다.

체리는 상현이 왜 갑자기 화가 났는지 몰랐다. 설마 좀 전에 나만 좋았던 걸까? 아닌 것 같은데……. 표정을 보아하니 맞는 것 같기도 했다.

'좀스럽긴.'

아무리 그래도 지금은 손가락 하나 까닥할 힘이 없었다. 우선은 모른 척하는 게 약이었다.

"왜?"

"왜? 지금 왜냐고 했어? 내가 사랑한다구 했잖아."

생각해보니 하다못해 좋아한다는 말 한마디 제대로 듣지 못했다. 상현은 오늘은 무슨 일이 있어도 그녀의 입에서 듣고 싶은 말을 듣고야 말겠다는 오기가 생겼다.

"알았다고 그랬잖아. 그럼 이제 자도 돼?"

체리는 금방이라도 침대에 다시 누울 태세였다.

"그거 말고 나한테 할 말 없어?"

분명한 시비조 물음에 체리는 다시 커다랗게 하품을 하고 상현을 바라봤다. 이제야 그가 원하는 답을 할 모양이었다.

그런데 그녀의 입꼬리가 올라가고 있었다. 어째 등골이 싸늘해진다.

'이거 뭐야? 비웃는 거야?'

이 상황에서 그 웃음은 대체 뭐란 말인가? 열과 성의를 다했건만 만족스럽지 못하기라도 했다는 건가? 사나이 자존심에 제대로 스크래치가 나고 있었다.

'힘들다고 보채는 바람에 제대로 하지도 않았는데……'

그의 아래에서 숨을 헐떡이며 그만하라고 외치는 그녀 덕에 십 분의 일, 아니 백 분의 일도 쏟아내지 못했다.

이건 그의 자존심이 허락하지 않는 상황이었다. 만회하라고 한다면 당장에라도 할 수 있었다.

"그 웃음은 뭐야?"

"알았어. 알았어. 나도 좋아. 됐지. 이제 잔다."

저 무성의한 태도는 대체 뭐란 말인가? 억지로 좋아한다는 말 한 번 들으려 그간 그렇게 마음 졸이며 살았던 건 아니었다.

하다못해 그가 가진 진심에 반, 아니 십 분의 일이라도 진실 되게 말하는 걸 듣고 싶었다.

상현은 이미 수십 번, 아니 수백 번 고백한 자신이 불쌍하게 느껴졌다.

성의를 봐서 좀 좋아해주겠다는 듯한 체리의 태도에 더 이상은 참을 수가 없었다. 이런 상황에서조차 무심한 건 용서 못했다.

'진짜 다시 불을 지펴?'

"이체리, 일어나봐."

상현은 버럭 성질을 부렸다. 그러나 상현이 성질을 부리던 말든 체리는 이제 머리끝까지 이불을 끌어올리고 있었다.

그 모습에 상현은 올라오는 성질을 큰 한숨으로 내리눌렀다.

"좋게 말할 때 일어나라."

"왜 또?"

체리는 아직도 이불 속에서 귀찮다는 듯 작게 웅얼거렸다.

"진심을 다해 제대로 말해. 누가 동정하듯이 좋아 소리만 듣고 싶대? 하다못해 사랑한다고 말은 못해도 좋아한다고 제대로 말해야 할 거 아냐? 아니. 너도 사랑한다고 말해!"

거의 절규에 가까운 상현의 외침에 체리는 작게 웃었다.

'치. 그거 때문에 삐친 건 아닌가 보네. 나한테 빠지긴 제대로 빠졌구나. 은상현! 너, 이제 죽었어!'

체리는 재빨리 웃음을 감추고 최대한 천천히 이불을 내렸다.

"너 때문에 내가 지금 얼마나 피곤한지 알아? 이렇게 힘들어서 안 되겠다. 우리 다시는 그거 하지 말자. 피곤해서 자려고 했더니 잠도 못 자게하고……. 어휴, 도저히 안 되겠어."

상현은 슬쩍 일어나는 체리를 보며 어느새 옆에 찰싹 달라붙었다. 지금 진심 따위 듣는 게 대수가 아니었다.

"무슨 소리야. 네가 처음이라 힘들고 아팠던 거야. 두 번째는 덜 아프다며? 그리고 네가 더 좋아했잖아! 그것도 자꾸 하다 보면 피곤한 것도 모른다니까. 피곤하면 더 자. 아니 푹 자! 좋아한다 했으면 됐지. 뭘 더 바라겠냐? 내가 아까 너무 몰아붙여서 그런 거야. 사실 힘은 반도 안 썼지만 더 노력해볼게.”

슬쩍 웃음을 삼키던 체리는 상현이 한 말을 곱씹어 생각하다 그를 세차게 째려봤다.

“은상현! 좀 전에 뭐라고 했어?”

“내가 뭘?”

자신이 좀 전에 뭐라 했는지 도무지 알 리 없는 상현은 슬쩍 침대에 누워 그녀의 허리를 끌어당겼다.

“좀 전에 처음이라 힘들고 아픈 거라 그랬잖아! 다시 말해봐!”

“헉!”

상현의 얼굴이 석상으로 변해버렸다. 순간, 체리 머릿속이 비상하게 돌아갔다.

“거짓말하면 알아서 해.”

“내, 내가 언제⋯⋯.”

그가 한 말이 아니라고 부정해도 소용없었다. 상현은 슬그머니 침대 끝으로 몸을 피했다.

“저, 그게⋯⋯.”

“거짓말하면 죽는다!”

그의 티 하나만 입고도 인정 못지않은 포스를 내뿜는 체리를 보며 상현은 짧게 한숨을 내쉬었다. 거짓말을 해서 위기는 모면할 수 있다 치지만 어차피 밝혀질 진실이었다.

나중에 몇 십 배로 겪게 될 후환은 그를 진심으로 떨게 만들었다. 차라리 맞을 거라면 일찍 맞는 게 나았다.

"대신 약속해! 약혼 취소니 다시는 날 안 본다느니 그런 소리 안 한다고!"

대체 뭘 감추었기에 이런 약속을 꺼내는 건지 모르겠다. 아무래도 뭔가 있는 건 분명했다. 체리는 사납게 눈을 흘겼다.

"들어보고 판단할 거야! 빨리 말 안 해?"

"약속. 약속하면 말할게."

상현은 결국 새끼손가락을 걸고 나서야 입을 열었다.

"그게⋯⋯."

그렇게 시작된 그날 밤의 행적을 모조리 들은 체리는 끓어오르는 화를 참을 수가 없었다.

제11장. 더 사랑하는 사람이 약자

　체리는 고개를 숙인 채 안절부절못하는 상현을 한참 동안 째려봤다. 나오는 건, 한숨뿐이었다.

　"그러니까! 그날 밤, 말 그대로 잠만 자고 아무 일도 없었다는 거잖아. 그렇지?"

　"그, 그렇지."

　상현의 대답을 들으며 그를 째려본 체리는 다시 물었다.

　"그럼 왜 첫날밤이라고 했어? 네가 계속 처음 어쩌고 했잖아?"

　"틀린 말도 아니잖아. 너, 남자랑 호텔서 잔 적 있어?"

　없었다. 아니 외박이라는 것도 그날 처음 했었다. 체리는 상현을 다시 세차게 쏘아봤다.

　"그래서?"

"단둘이 호텔에서 밤을 보낸 것도 처음이었고……. 어쨌든 첫날밤은 첫날밤이잖아."

"개차반!"

"왜, 왜?"

사납게 노려볼 뿐 아무 말이 없는 체리가 이토록 겁나긴 처음이다.

차라리 나리한테 날카로운 추궁을 받은 후, 영규에게 목검으로 찜질을 받고 뒤이어 인정의 된서리를 맞는 게 백 번 나았다.

상현은 고개를 들지도 못하고 평소와 달리 다소곳하게 그녀 앞에 앉아 있었다.

대체 이걸 어떻게 해야 한단 말인가? 말은 그렇게 했지만 체리는 상현과 진짜로 첫날밤을 보낸 상태였다.

죽일 듯이 상현을 노려보면서도 어떻게 해야 할지 갈피가 잡히지 않았다.

'저걸 죽여, 살려. 아, 미치겠네. 나리한테 물어볼 수도 없고. 가만……. 이나리, 이 계집애 다 알면서 그런 말을 했단 말이야? 어휴, 이것들을 어떻게 손봐야 내 속이 시원하지?'

수만 가지 생각으로 어지럽던 뇌리에 번뜩 떠오른 게 있었다.

'잠깐…… 설마…….'

상현은 노려볼 뿐 말이 없는 체리의 눈치를 보고 있었다. 그런데 갑자기 체리가 그에게 몸을 기울이며 다가오고 있었다.

등골이 송연해졌다. 상현은 흠칫 놀라 얼른 침대에서 내려와 멀찍이 떨어졌다. 여전히 나체인 상현은 건실한 자신을 당당하게 내보이고 있었다.

"왜 그래?"

입가에 저 미소는 뭐란 말인가? 체리의 얼굴을 본 상현의 온몸에 오소소 소름이 돋았다.

"누가 잡아먹는데?"

'누가 잡아먹는데?'

저 말을 진정 체리가 했단 말인가? 바로 앞에서 들은 상현은 자신의 청력을 심히 의심하게 하는 그녀 말들을 뇌 속에 입력하려 애썼다.

"가까이 와봐."

무슨 뜻인지는 알았다. 하지만 쉽게 발이 떨어지지 않았다. 체리는 상현은 보며 손가락을 까닥였다.

"좋게 말할 때 옆에 와라! 확 잡아먹기 전에."

마지막 잡아먹는단 말이 그가 생각하는 것과는 전혀 다른 말이라 확신할 수 있었다.

하지만 더는 지체할 수 없다. 체리의 눈빛이 더 사나워지고 있었다. 상현은 주춤거리며 체리 옆으로 다가갔다.

슬금슬금, 체리는 곁으로 온 상현을 확 끌어당겼다. 놀란 상현이 그녀를 바라봤다.

"왜?"

"은상현! 이제 나한테 숨기는 거 없지?"

이게 또 무슨 말인가? 숨기는 거? 그가 언제 그녀에게 감추었던 게 있었던가?

진실을 알려줘도 자기 멋대로 해석하는 그녀에게 무엇부터 말해야 할지 고민스러웠다.

"수, 숨기는 거라니? 대충 어떤 걸 말하는데?"

상현은 무한 코믹, 엽기적인 상황을 수없이 만드는 체리의 질문에 제대로 답을 하기로 마음먹었다.

"예를 들면 이체리 바이러스라던가?"

"헉!"

잊고 있었다. 체리가 만들긴 했어도 그가 일조해 만들어낸 바이러스. 그녀의 환상 속에 존재했으나 현실화해버린 건 그였다.

눈치가 저절로 봐진다. 이걸 어떻게 말해야 하나 안절부절못하는 상현을 보며 체리는 슬쩍 그의 팔에 팔짱을 꼈다.

"혹시나 하고 묻는 건데……. 상현아, 그 바이러스 정말 있긴 한 거지?"

이 대답 하나에 생사가 달렸음은 분명했다. 하지만 진실을 말하자니, 목숨이 위태롭고 거짓을 말하자니 그 후에 벌어질 상황이 더욱 걱정이었다.

"저, 그게……. 팔 좀 놓고 말하면 안 될까?"

"왜? 같은 바이러스를 공유한 사이에 이 정도 가지고 지금 걱정하는 거야? 아까는 더한 것도 했잖아. 그새 다 잊어버렸어? 아하, 양심 처방을 안 했구나! 약효가 떨어졌나? 이리 와봐!"

지난 밤 사이 대체 무슨 일이 있었기에, 라고 묻고 싶었다. 확 바뀐 체리가 대담하게 그의 얼굴을 잡고 키스를 했다.

"우읍, 저, 그게……."

상현이 말할 틈도 주지 않는 체리는 한참 동안 상현의 혼을 쏙 빼놨다. 체리는 아직도 얼떨떨한 얼굴의 상현을 보고 웃었다.

"사실대로 말하면 용서해줄게."

체리가 언젠가 확 바뀐 그를 보며 '너 준현이지?'라고 묻던 말을 되묻고 싶었다.

'너, 나리지?'

허나 그 앞에서 기분 오싹해지는 미소를 짓고 있는 건 분명 그와 몇 시간 전 거사를 치른 체리가 분명했다.

아무리 생각해도 빠져나갈 구멍이 없는 상현은 진실을 풀어놓기 시작했다.

설마, 라고 생각했지만 역시나란 답을 얻은 체리는 한숨밖에 나오지 않았다. 한 가지 맹세했다. 다시는 그녀가 사랑해 마지않던 만화들은 절대로 안 읽겠다는 맹세.

자신의 뼛속, 아니 세포 하나하나까지 코믹에, 엽기로 만들어버린 그것들로 인해 지금 이 말도 안 되는 상황을 만들어놨다.

그것도 스스로 덫을 만들고 자진해서 들어갔다는 사실에 자신이 한심하게 느껴졌다.

상현과 나리, 그들의 농간에도 화가 치밀었다. 더불어 이번 사태를 어떻게 해야 할지 막막했다.

상현이야 그녀를 사랑해서 그랬다 치지만 나리는 어떻게 피를 나눈 친언니에게 그럴 수 있는지 용서할 수가 없었다.

백 년, 아니 천 년은 묵은 여우 같은 나리를 어찌 해야 할지 고민이다. 분명 상현도 나리의 간계에 넘어갔을 게 분명했다. 이제부터는 절대 두고 볼 수 없었다.

"은상현. 나리한테 협박당한 적 있어?"

그동안 나리에게 받은 설움을 누군가에게 말할 수 있다니. 반가움에 입을 열던 상현은 체리의 표정에 살짝 꼬리를 내렸다.

"협박은 아니고……. 레스토랑에서 공짜로 친구들한테 가끔씩 한턱 쏘고 그동안 용돈도 두둑이 타 쓰긴 했었지. 요즘은 거의 내 차 가지고 다니고 있지."

그녀에게 언제나 큰소리치던 상현이 언제부터 나리에게 잡혀 있었는지 생각만 해도 속이 터지겠다.

옳거니 하며 나리는 상현에게 더 크게 손을 벌리고도 남았을 것이다.

'내 이것들을……'

잠시 숨을 돌리던 체리는 상현을 지그시 바라봤다. 눈동자를 이리저리 굴리며 변명하는 모습이 귀엽게 보였다. 아무래도 그녀에게 강력한 저주가 내려진 것 같았다. 콩깍지라는.

"그럴 줄 알았어. 앞으로 나리 레스토랑 오면 서비스 비용까지 제대로 받아. 알겠어? 그리고 10원 한 장이라도 줘 봐. 지갑 통째로 뺏을 테니까. 블랙홀도 다시는 가지 말고! 그리고 안 쓰는 차, 오늘 당장 없애!"

체리의 명령 아닌 명령에 상현은 난감해졌다.

"나리가 가만있지 않을 텐데……."

"그래서? 지금 하기 싫다는 거야?"

"그건 아니지만 나리가 알면 난리칠 거라……."

"싫으면 말해! 내가 당장 어른들 오시면 지난밤에 있었던 일부터 네가 나한테 무슨 거짓말했는지 다 불어버릴 테니까. 할머니랑 아저씨가 아주 좋아하시겠다. 오랜만에 너, 잡을 거리 생겨서 심심하진 않으시겠어."

체리의 말에 상현은 기가 막힌 표정으로 그녀를 쏘아봤다.

"야!"

"아! 이참에 약혼도 없던 일로 하자. 이체리 바이러스 같은 것도 없겠다. 이제 양심 처방 같은 건 안 해도 되겠네."

"이체리!"

체리 말에 어이가 없어 입만 벌리고 있던 상현은 점점 강도를 더해가는 그녀의 협박에 버럭 소리를 질렀다. 지은 죄가 있기는 하지만 처사가 너무했다.

염연한 오해, 아니 그녀의 판단 미스로 인해 생긴 일이었고 나리의 말을 오해한 어른들이 일사천리로 약혼까지 밀어붙인 탓이었다.

물론 상현이 하루에도 수십 번 인정을 찾아가 빨리 약혼을 시켜달라고 조르긴 했었다. 6개월간 매출 300퍼센트 증가를 약속하고 받아낸 약혼식이었다.

상현은 자신 있었다. 계획대로라면 레스토랑은 6개월, 아니 5개월이면 그 수치를 넘길 게 확실했다.

그리고 지난밤에는……. 분명 그녀는 거부할 수 있었는데 그를 받아들였다. 그럼에도 지금 상황에서 체리가 원하는 대로 행동하는 게 최선이라는 결론뿐이었다.

만에 하나 체리가 입을 열면 당장 그를 죽이려 할 사람이 한둘이 아니다. 상현은 크게 한숨을 내쉬고 어깨를 축 늘어트렸다.

"알았어. 그렇게 할게."

"진즉 그렇게 했어야지. 이리 와봐."

체리는 그의 얼굴을 잡고 짧게 키스했다.

"앞으로 말 잘 들어!"

"아, 알았어."

"우선! 내 옷 좀 가져다줘."

체리 말에 상현은 입 꼬리를 올리며 그녀를 바라봤다.

"어차피 벗을 거면서……."

상현은 슬금슬금 그녀의 옷 속으로 손을 밀어 넣었다. 체리는 상현의 손을 찰싹 때리며 그를 째려봤다.

"진짜 피곤하단 말이야. 잘 거야. 옷 제대로 챙겨 입고! 다시 벗을 생각 없으니까 꿈도 꾸지 마! 그리고 너, 내려가서 자. 아니 밖에서 자!"

"야아!"

"빨리 옷 안 가져오지?"

하룻밤 사이 변해버린 체리를 보며 상현은 말없이 그녀의 옷을 가져다줬다. 상현은 거실 소파에 몸을 누이며 중얼거렸다.

"아하! 은상현, 앞날이 심히 걱정된다."

안드로메다에서 돌아온 체리가 상현을 손아귀에 그러쥔 날 아침이 밝아오고 있었다.

무슨 일이 있었던 건 틀림없었다. 그렇지 않고서야 천하의 이체리가 저렇게 변할 리가 없었다. 나리는 샐쭉거리며 자신을 쏘아보는 체리를 바라봤다.

"다시 한 번 말하지만, 상현이한테 용돈 타 쓸 생각은 꿈에도 하지 마. 상현이 차 한 대 없애라고 했으니까 그런 줄 알고. 레스토랑 갈 거면 너만 가서 먹어. 그건 뭐라고 안 할 테니까. 또 어기면 가만 안 둔다."

"언니, 사실대로 말해! 그날 무슨 일 있었지? 약혼식 날! 사람이 바뀌어도 정도껏 바뀌어야지. 사실대로 말해봐!"

예전 같으면 아무것도 모르고 나리에게 그날 있었던 일을 토씨 하나 빼지 않고 말했을 그녀였다. 허나, 이제 그녀는 예전의 이체리가 아니었다.

체리는 지난 며칠 동안 나리가 놓고 간 필독서와 그 외 유용한 서적들을 섭렵하며 크게 깨달았다. 그동안 그녀가 얼마나 바보처럼 굴었는지. 다시는 그 예전으로 돌아갈 순 없었다.

"됐으니까 네 방으로 가!"

"언니!"

"명품 가방 갖고 싶지 않아? 두 달만 있음 적금 타는데……. 계속 싫다고 하면 가방은 없는 거다."

"언니!"

당장 상현에게 전화해서 따져야겠단 생각을 하던 나리는 체리의 다음 말에 울상을 지었다.

"상현이한테 전화해서 쓸데없는 소리해봐. 용돈도 없다!"

"언니!"

"네가 안 불러도 내가 이나리 언니인 거 알거든!"

"난 예전의 이체리가 더 좋단 말이야!"

"누구 좋으라고? 이제 예전 이체리는 잊어!"

"그날 무슨 일이 있었던 게 틀림없어! 상현 오빠한테 제대로 맞은 거 아냐? 엉뚱한 소리해서 오빠한테 맞았지? 그렇지?"

"쓸데없는 소리하지 마!"

"그러지 않고서야 이럴 수는 없잖아! 아님 어디 가서 뇌를 바꿰온 거야?"

　나리 말에 '너도 정상은 아니구나.'라고 말하고 싶었다. 하지만 얼마 전까지 외계어를 남발하며 외계인을 찾던 그녀의 과거를 알기에 조용히 입을 닫았다.

　"뭐가?"

　"이건……. 아무리 생각해도 언니가 언니 같지 않잖아!"

　"그전처럼 너한테 있는 사실, 없는 사실 다 불어야 하는 거니? 치르지도 않은 거사 치르게 하고 약혼까지 하는 걸 봤으면 됐지, 뭘 더 바라는 건데?"

　"헉!"

　나리는 진심으로 놀란 것 같았다. 그런데 왜 이리 통쾌한 기분이 드는지 모르겠다. 체리는 피어나는 웃음을 감췄다.

　"더 속을 일도 이제 없어. 설마 결혼까지 얼렁뚱땅 시킬 생각이었어?"

　"허!"

　말문이 막힌 나리를 보며 체리는 웃고 있었다. 언젠가 상현이 그녀의 웃는 모습을 보며 차라리 웃지 말라던 말이 떠오르는 건 뭔지 모르겠다.

　'설마 데자부?'

　나리는 고개를 세차게 흔들었다.

　"언니, 차라리 웃지 마."

　나리는 낮은 소리로 불만을 터트렸다. 어쨌든 체리가 하는 말이 틀린 말은 아니었다.

　항상 그녀 앞에서 뭐 씹은 얼굴로 있던 상현의 표정을 나리는 고스란히 따라하고 있었다.

"그런 얼굴 할 거 없어. 네가 가져다준 필독서가 아주 많은 도움을 줬으니까. 고맙다, 동생아."

"하!"

제 발등을 찍은 격이었다. 앞으로 또 누굴 잡아 두둑한 용돈을 타낸단 말인가?

상현과 체리를 잘 엮은 탓에 인정에게 후한 상을 받은 그녀였지만 그래도 이렇게 끝나는 건 아쉬웠다.

혹시 준현이 새로운 상대를 찾아 헤매는 건 아닌가? 슬쩍 레이더를 뻗쳐봐야겠단 생각을 하며 나리는 자신의 방으로 유유히 사라졌다.

나리 말처럼 상현도 체리만 보면 그 예전의 이체리로 돌아가라 외치긴 했다. 아무리 생각해도 그때의 그녀는 속이 터질 정도로 안드로메다를 헤매고 있었다.

지금 생각하면 고개를 들 수 없을 정도로 창피했다. 상현이 왜 오랜 세월 그녀 옆에서 잔소리와 욕을 퍼부었는지 깨달았다.

체리는 뒤늦게 상현에게 미안한 마음이 들었다. 하지만 미안한 마음이 드는 건 드는 거고 어차피 손아귀에 잡은 이상 그녀가 원하는 대로 바꿀 생각이었다.

그 첫 번째 일환으로 상현은 열심히 레스토랑 경영에 관해 공부 중이었다.

언제 그녀도 모르게 그 많은 자격증을 따고 검정고시까지 봤는지 알 수는 없었다. 그녀가 생각했던 것보다 상현은 훨씬 괜찮은 남자로 변해 있었다.

체리는 자신의 부모가 약혼을 반대하지 않은 이유를 이제야 조금씩 알 것 같았다. 처음에는 당연히 그들의 교제를 펄쩍 뛰며 반대할 줄 알았다.

아쉬울 정도로 쉽게 허락했을 때 서운한 감정마저 들었다. 하지만 시간이 지날수록 깨달았다. 부족한 사람은 어쩌면 그녀였는지도 몰랐다.

주말 저녁, 한가하게 집에 누워 있는 건 실로 오랜만이었다. 몇주 전, 상현과 거사를 치르고 그들의 주종 관계는 이제 확실해졌다.

침대에 누워 새로운 필독서를 탐독하고 있을 때 휴대전화가 요란한 소리를 냈다.

느긋하게 팔을 뻗은 체리는 휴대전화에 뜬 이름을 바라봤다.

잠자던 늑대.

체리 입가에 야릇한 미소가 떠올랐다. 미소와 달리 체리는 귀찮은 목소리로 전화를 받았다.

"왜?"

-수업이 이제 끝났다. 잠깐만 얼굴 보면 안 돼?

왜 안 되겠는가? 상현은 프랜차이즈 실무 경영을 공부하기 시작하고 정신없이 바빴다.

레스토랑 리뉴얼과 과제가 겹쳤다며 며칠째 얼굴을 못 보긴 했다. 거기다 어느새 중독이 된 양심 처방이 이제는 금단 증상을 보이고 있었다.

증세 완화를 위해서라도 상현을 볼 필요가 있었다. 망설이는 듯

한 인상을 주던 체리가 입을 열기도 전이었다.

-며칠 전에는 내가 잘못했다고 빌었잖아! 다시는 안 그럴게.

"매번 말로만 그러잖아!"

-아무리 그래도 양심 처방도 못하게 하는 게 어디 있어? 네가 그날 짧은 치마를 입어서 그런 거잖아! 야! 아니, 체리야.

얌전히 있으면 그토록 부르짖던 양심 처방을 순순히 해주려했건만…… 상현은 늘 이렇게 초를 치고 있었다.

"시끄러워. 저번에 보니까 여자들이 쳐다보는 시선 은근히 즐기는 것 같더라. 레스토랑에 여자들만 바글거려 좋겠다. 은상현!"

무슨 모임이 그렇게 많은 건지, 주말마다 레스토랑은 인산인해를 이루고 있었다.

그 덕에 레스토랑을 또다시 리뉴얼하며 크게 단장했었다. 그런데 왜 모임은 매번 뒷전이고 상현에게 침을 흘리는 건지 모르겠다.

-그럼 여자 손님은 받지도 말라는 거야?

"누가 그러래? 그러게 처신 좀 잘하라고!"

상현은 억울한 목소리로 소리쳤다.

-어떻게 지금보다 더 하라는 건데? 이마에 이체리 꺼라고 도장 찍어둘까?

하긴 약혼 사진을 레스토랑 곳곳에 걸어둔 것도 모자라 들고 다니는 소지품마다 '주인백 이체리'라는 해괴한 스티커를 붙여둔 탓에 그녀와 상현의 관계를 모르는 사람은 거의 없었다.

팔불출도 이런 팔불출이 없다고 인정이 고개를 저어도 상현은 싱글거리기만 했다. 혜영 또한 아들 키워봐야 소용없다는 말을 수 없이 하고 있었다.

그녀도 알고 있었다. 상현에게 그녀밖에 없다는 걸. 그럼에도 자꾸 확인하고 싶어지는 게 여자 마음이었다.

"얌전히 공부하고 온 건 맞아?"

-당연하지!

부드럽게 변한 그녀의 목소리에 상현의 목소리가 대번에 밝아졌다.

-그러니까 상 줘야 할 거 아냐? 내가 요즘 얼마나 열심히 하는지 알면 할머니가 업고 다니실 거다. 레스토랑 리뉴얼하면서 공부까지 하느라 얼마나 피곤한지 알기나 해?

왜 모르겠는가? 한 번씩 보는 얼굴에는 피곤이 가득했었다. 그럼에도 그보다 큰 열정이 느껴져 말릴 수가 없었다.

인정이 슬쩍 꺼낸 얘기에 경영 공부를 시작하게 했는데 도리어 지금은 상현이 더 열심이었다.

요즘 하는 모습을 보면 기특해서 뭐든 원하는 대로 해주고 싶었다. 만면에 떠오른 미소와 달리 체리는 시큰둥하게 대답했다.

"치! 말이나 못하면. 집 앞에 도착하면 전화해."

-알았어. 금방 갈게.

들려오는 상현의 목소리에 즐거운 설렘이 가득했다. 휴대전화를 내려놓는 그녀의 입가에 미소가 걸렸다.

피곤하다고 말하지만 집에 가서 쉬라고 하면 분명 실망할 것이다. 체리는 그런 상현을 실망시키고 싶지 않았다.

한참 필독서의 중요 부분을 읽던 체리는 다시 울리는 휴대전화를 보며 환하게 웃었다. 상현은 예상보다 더 빨리 도착해 있었다.

날이 갈수록 예뻐 죽겠다. 물론 그전에도 세상 어느 여자보다 아름다웠다. 하지만 온전히 그의 여자라는 생각에 더 특별한 빛에 감싸인 체리는 세상에서 가장 특별하고 아름다운 여자로 그 앞에 서 있었다.

세단에 몸을 실은 체리는 적당히 의자 등받이를 기울이며 앉았다. 얇은 옷 위로 느껴지는 체향이 미치도록 달았다.

금방 샤워한 것 같았다. 상현은 급하게 그녀에게 다가갔다.

"샤워했어? 얼굴 더 뽀얗다."

체리는 살며시 손부채질하며 상현을 바라봤다. 바쁘다면서 운동도 게을리하지 않은 탓에 불거진 팔 근육이 눈을 즐겁게 했다.

체리는 짐짓 아무렇지도 않은 듯 그의 팔을 쓸었다. 손바닥 아래 느껴지는 근육의 감촉이 실크가 따로 없었다.

"응. 날이 점점 더워지네. 너도 덥지?"

상현은 날씨와 상관없이 늘 자신은 뜨겁다고 느꼈다.

"6월 말인데 덥긴 되게 덥다."

"공부는 잘 돼?"

"뭐, 그렇지. 외워야 되는 게 많아서 머리 아파 죽겠어."

상현이 정말 아프다는 듯 긴 머리칼을 쓸어 올리며 고개를 흔들었다.

그때 그녀의 예민한 코에 낯선 향기가 느껴졌다. 여자의 직감이 무섭게 고개를 쳐들었다.

"은상현!"

갑자기 허리를 세우고 정색하며 그를 부르는 목소리에 상현은 얼른 고개를 들었다.

"왜?"

"거짓말하면 진짜 죽는다."

사나운 눈초리로 쏘아보는 체리는 단단히 화가 난 것 같았다.

"내가 무슨 거짓말을 했다고 그래?"

무슨 말을 하는지 알아들을 수가 없었다. 상현은 답답한 심정으로 체리를 바라봤다. 며칠 동안 옆에도 못 오게 하는 그녀 때문에 죽을 지경이었다. 그런데 또 뭔 트집을 잡을지 걱정부터 일었다.

"딴 여자 만났지?"

아닌 밤중에 홍두깨도 유분수가 있었다. 그에게 여자는 오직 그녀뿐이라는 걸 대체 언제쯤 알아줄까 싶다. 상현은 답답한 심정으로 체리를 쏘아봤다.

"대체 무슨 소리 하는 거야?"

상현이 버럭 소리 지르자 체리는 눈을 가늘게 떴다. 이건 분명 다른 여자의 향기다.

요 며칠 양심 처방과 단속을 안 했다고 그새 딴 여자를 만난 게 확실했다. 대체 어떤 여자를 만났기에 이런 향을 남의 남자 몸에 남긴 건지 모르겠다.

이건 단순한 스침으로 밴 향이 아니었다. 설마? 체리는 상현의 팔을 사정없이 후려쳤다.

"딴 여자 만난 거 다 알고 있어! 내가 모를 줄 알았어? 사실대로 말해. 이번에 만난 여자 눈동자는 무슨 색이야? 빨리 말 안 해?"

요즘 잠잠하다 했던 안드로메다 이체리가 지금만큼은 반갑지가 않았다. 그 예전 체리는 아무리 말해도 알아듣질 않았다.

"안드로메다 사는 이체리 씨! 오랜만에 봐서 반갑긴 한데, 지금 너 또 다른 차원 헤매고 있거든. 헛소리 그만하고 돌아와."

상현의 말에도 체리는 의심의 눈을 지울 수가 없었다.

"네가 이런다고 쉽게 넘어갈 줄 알면 오산이야! 내가 아무리 몰라도 이런 건 금방 알 수 있어. 은상현! 바람피우다 걸리면 진짜 가만 안 둔다."

상현은 긴 한숨을 내쉬었다.

"이체리, 진짜 가지가지 한다. 너나 바람 피울 궁리하지 마! 아직도 그 아름인가 예림인가 뭔가 하는 여자가 소개팅 얘기하는 거내가 모를 줄 알아? 약혼한 거 모르고 소개팅 얘기했으면, 제대로 말하고 거절해야 할 거 아냐? 너야말로 소개팅했다 걸리면 알아서 해!"

내 주위에 도청기라도 설치했나? 체리의 약혼 사실을 모르는 아름은 그녀의 선배를 아직도 얘기하고 있었다. 서유가 체리의 약혼 사실을 회사에 퍼트리지 않은 게 신기했지만 어쨌든 아쉬울 건 없었다.

사실 약혼만 안 했으면 아름의 제안을 덥석 물었을 것이다. 그러나 체리는 상현과 약혼했다.

소개팅 같은 건 생각도 하지 않았다. 소개팅을 거절한 사실은 아직 모르는 모양이었다.

숨길까 고민하다 괜스레 오랜만에 거품을 물까 심히 걱정이 됐다. 그녀는 씩씩대는 상현을 바라봤다. 찔리는 양심에 체리는 목소리를 낮췄다.

"누가 소개팅한다고 했어? 진작 거절했어. 그러는 너는? 나랑 약혼까지 해놓고 딴 여자 만나도 되는 거야?"

"대체 무슨 소리 하는 거야?"

상현의 말에 체리는 코를 킁킁댔다.

"그럼 이 낯선 여자의 향기는 뭐야? 너한테 나는 향이라고 하면 진짜 죽는다. 이거 여자 향수 냄새잖아."

"나 참!"

겨우 이것 때문에 안드로메다를 헤맨 거였다니. 상현은 기다란 팔을 뻗어 뒷자리에 있던 작은 상자를 꺼냈다.

"자!"

"얼렁뚱땅 넘어갈 생각은 하지 마!"

"열어나 봐!"

"뭔데?"

스리슬쩍 질문하며 체리는 어느새 열심히 포장을 풀었다.

"이게 뭐야?"

"보면 몰라?"

"이 구슬은 뭐고, 향수는 왜? 어떤 여자한테 선물받은 거야?"

체리가 씩씩대며 말하는데 상현은 창밖으로 고개를 돌렸다.

"그냥 오다가 네 생각나서 샀어. 싫으면 관둬!"

체리는 상자를 뺏으려는 상현을 보며 몸을 확 돌리며 배시시 웃었다. 상현이 이런 깜짝 선물을 준비할 줄 몰랐다. 알수록 의외다 싶은 게 많았다. 체리는 상자를 가슴에 꼭 끌어안았다.

"이 향수 냄새구나. 어쩐지 자꾸 이상한 향이 나더라니……."

어색하게 웃는 체리가 보였다. 상현은 그에게 찾아온 절호의 기회를 놓칠 수가 없었다. 상현은 도끼눈을 하고 그녀를 바라봤다.

"그런데 좀 전에 뭐라고 했어? 바람? 여자? 요즘 봐줬더니 자꾸 기어오른다."

오랜만에 마주한 상현의 모습에 체리는 적자생존 본능에 충실한 예전 모습으로 황급히 돌아갔다.

"내가 언제? 공부하느라 지쳐서 그렇게 느낀 거야. 네가 바람 같을 걸 피울 리가 있겠어? 안 그래? 호호호."

상현은 어색하게 웃는 체리 모습에 나오려는 웃음을 꾹 참았다.

"소개팅 소리 한 번만 더 들리면 진짜 죽는다!"

"알았어."

말실수 한 번에 전세가 다시 역전돼 있었다. 상현은 그의 눈치를 살피는 체리를 보며 그녀의 머리를 사정없이 헝클였다.

체리는 입을 삐죽이며 눈을 흘겼다. 이 모습마저 사랑스러워 미칠 것 같았다.

"요즘 안 하던 짓 한다 했다. 반갑다. 이체리."

"야!"

"오늘 진짜 피곤해. 오전에 할머니가 불러서 본사 들어가 직원들 단체로 교육하고 지금까지 수업 듣고 왔어. 할머니 재미들렸는지, 툭하면 본사 직원들 교육까지 시키라고 난리야. 요즘 진짜 피곤해 죽을 지경이야. 찐하게 양심 처방해주면 피곤이 한 방에 사라질 것 같은데……. 어떻게 안 될까?"

상현은 입술을 쭉 내밀고 있었다.

어느새 상현은 이런 귀여운 짓까지 하고 있었다. 체리는 그 모습에 자꾸 웃음이 나왔다.

"집 앞에서 자꾸 이러다 걸리면 아빠한테 죽어. 다른 데로 가."

"어차피 아저씨, 아니 아버님도 허락하셨는데 뭘 그래?"

"또 12시 넘으면 아빠가 다리몽둥이 부러트린대. 너 잠깐 보고 들어간다고 얘기하고 나온 거야."

벌써 11시가 넘어 있었다. 체리는 시계를 보며 한숨을 내쉬었다.

"근데 이체리, 으슥한 곳에 가면 더 잘할 자신 있어?"

상현의 말에 체리가 그를 쏘아봤다.

"야!"

"그러지 말고 빨리 해."

괜한 바람 애길 해서……. 아무리 생각해도 필독서를 너무 과하게 읽은 부작용 같았다.

잠시 한숨을 쉬던 체리는 살며시 그에게 다가갔다.

쪽!

체리는 짧게 상현의 입술에 키스했다. 여전히 입술을 내밀고 눈까지 감은 상현은 다시 주문했다.

"찐하게!"

쪼옥. 체리는 좀 더 진하게 키스를 했다. 상현은 한쪽 눈을 슬쩍 뜨고 그녀를 바라봤다.

"제대로 안 하지?"

상현의 목소리에는 불만이 가득 담겨 있었다.

"제대로 했잖아!"

"죽을래?"

"그럼 네가 하면 되잖아!"

체리 말에 두 눈을 뜬 상현이 그녀를 바라봤다. 어둠 속에서도 짙어지고 있는 그의 눈빛이 보였다. 긴장감으로 입술이 바짝 말랐다.

"내가 시작하면……. 쉽게 끝낼 수 없을 것 같아서 그래."

착 가라앉은 상현의 목소리가 그녀의 달팽이관을 공략하며 이상한 곳을 건드린 게 틀림없었다.

한여름에 몸이 떨려왔다. 분명 바이러스는 존재하지 않았다. 소리로 전염되는 바이러스도 있었던가?

체리는 고개를 가로저었다. 이 상황에서 또다시 안드로메다를 헤맬 순 없었다. 마른침을 겨우 넘기며 체리는 어색한 표정으로 상현을 바라봤다.

"아, 알았어."

상현과 연인이 되고 처음 받는 선물이었다. 가슴이 두근거리다 못해 장거리를 완주한 선수처럼 거칠게 팔딱거렸다.

체리는 상현에게 전수받은 기술을 유감없이 발휘하며 그에게 거친 숨을 보내기도 하고 그의 숨을 마시길 반복했다.

어느새 거친 숨결에 취해 서로의 몸을 더듬기 바쁜 그들이었다.

탕! 탕! 탕! 탕!

누군가 그들이 탄 차의 지붕을 거세게 치고 있었다. 급하게 떨어진 두 사람은 차 밖에서 그들을 바라보는 나리의 시선에 당황했다.

"아주 방을 잡아라! 과제 때문에 친구 만나러 나갔다 올 거야. 아빠 곧 오신다고 전화왔으니까 여기 말고 다른 데 가서 하던 거 계속해. 당분간 신데렐라 해야 되는 건 알지?"

기막힌 타이밍에 찬물을 끼얹은 나리 덕에 그들은 현실로 돌아왔다. 잠시 그들이 있는 곳을 망각하고 서로에게 빠져 있었다.

상현은 작게 웃으며 체리의 입술을 빠르게 훔쳤다.

"아무리 생각해도…… 결혼 빨리 해야겠다."

그윽한 눈으로 바라보던 상현은 체리에게 길고 진한 키스를 했다. 상현은 아쉬움을 가득 담은 눈으로 그녀를 바라봤다.

"30분 정도만 바람 쐬고 올까? 레스토랑 다시 가봐야 되는데 얼굴만 보고 가려고 왔거든."

시간을 확인하며 상현은 미안하다는 얼굴로 그녀를 바라봤다. 같이 있어주면 좋으련만 레스토랑에 같이 가더라도 그녀는 새벽까지 혼자 있어야 했다.

셰프와 리뉴얼 때문에 상의할 일이 많다 보니 체리와 계속 있을 수가 없었다. 정길이 걱정하는 부분도 충분히 이해할 수 있었다.

"피곤할 텐데 가서 얼른 끝내고 쉬지……."

걱정하는 체리를 보며 상현은 그녀의 얼굴을 부드럽게 쓰다듬었다.

"너 보는 게 나한테는 제일 큰 휴식이야. 잠깐 드라이브만 하자."

체리는 짧게 고개를 끄덕였다. 차창 밖으로 가로등 불빛이 빠르게 지나고 있었다.

같이 있는 시간이 점점 부족해지지만 서로에 대한 감정은 하루
'가 다르게 커가는 것 같았다.

별다른 얘기를 한 것도 아니었다. 가볍게 동네를 돌았을 뿐인데
30분이라는 시간은 빠르게도 지나갔다.

집 앞에 차를 세운 지 한참인 것 같은데 쉬이 일어나지지가 않
았다.

"들어가."

상현은 체리의 얼굴을 두 손으로 감쌌다.

"연락 기다리지 말고 일찍 자."

체리는 상현의 손을 잡으며 한숨을 내쉬었다.

"열심히 하는 건 보기 좋은데 무리하지는 마."

"훗. 열심히 하라고 할 땐 언제고?"

웃음기 가득한 상현의 말에 체리는 피식 웃었다.

"솔직히 이렇게 열심일 줄은 몰랐지."

체리는 상현의 머리를 쓰다듬었다.

"기특해서 그러는 거야."

"살다보니 이체리한테 칭찬도 받네. 좋다."

체리는 상현의 더 날렵해진 얼굴을 부드럽게 쓸어내렸다.

"살 자꾸 빠지는 것 같다. 다른 사람 먹을 것만 챙기지 말고 너
도 잘 챙겨먹어."

"얼른 들어가. 늑대가 또다시 깨고 있는 것 같으니까."

상현이 무슨 말을 하는지 잘 아는 체리는 급하게 집으로 들어갔
다. 체리의 집 대문이 천천히 닫히는 걸 지켜본 상현은 작게 중얼
거렸다.

"이체리, 그거 알아? 나, 아직도 제대로 된 고백 한 번 못 들었다."

상현은 씁쓸하게 말하며 차를 돌려 레스토랑으로 향했다.

그들이 서로에게 한층 가까워져 가는 가운데, 계절이 또 지나고 있었다.

잔잔한 호숫가, 시원한 미풍에 잔물결이 일듯 그렇게 시간은 지나가고 있었다. 어느덧 12월이었다.

상현은 지금 이대로도 더없이 행복할 것 같았다. 체리와의 관계도 탈이 없고 그가 맡고 있던 지점은 그의 새로운 기획안으로 빅 히트를 쳤다.

언론에서도 여러 차례 소개될 정도로 자리를 잡아가고 있었다.

인정과의 약속은 이미 지켰다. 상현은 천천히 자신의 입지를 굳혀갔고 그런 상현을 인정은 본사로 불러들였다. 그러곤 다짜고짜 서류 더미를 던졌다.

"갑자기 부르더니 이게 뭐야? 할머니, 이제 할머니랑 놀아줄 시간 없어. 나 바빠!"

"우라질 놈! 주면 쳐다는 봐야 할 게 아냐?"

지난 5년간의 매장별 매출 현황과 신규 사업 기획안들이었다.

"이걸 왜 나한테 주는 건데? 할머니 심심해?"

"이놈이, 어디 할미한테 소리를 질러! 이번 주 안으로 전부 읽고 추후 매출 예상 기획안이랑 사업 계획서 작성해 올려. 우라질 놈. 방송 좀 타고 매출 좀 올랐다고 기고만장해 가지고!"

"할머니, 그새 노망이라도 난 거야? 왜 나한테 기획안을 작성하래? 기획실이나 영업팀에 보고서 작성할 사람이 그렇게 없어? 그새 맘에 안 든다고 다 자른 거야? 아님 할머니 잔소리 듣기 싫어 한꺼번에 사표라도 썼어?"

인정은 또다시 고약한 성미를 건드리는 상현을 보며 버럭 소리를 질렀다.

"고얀 놈, 못하는 말이 없어. 그놈들이 왜 사표를 써?"

"일할 사람 많은데 왜 하필 나한테 시키는 건데? 내일도 잡지 인터뷰 있어서 준비해야 돼. 그리고 방송 타고 매출 올라서 싫어? 할머니 통장에 차곡차곡 돈 쌓이잖아! 할머니가 좋아하는 돈, 요즘 엄청 많이 쌓이는 거 알고 있거든!"

"네놈이 그동안 사고 쳐서 까먹은 건 어쩌고?"

인정의 말에 상현의 얼굴이 금세 구겨졌다.

"언제적 얘길 아직도 하는 건데? 요즘은 사고도 안 치고 일도 열심히 하잖아. 이제 좀 예뻐해도 될 텐데 그런다. 노인네가 너무 빡빡해."

"우라질 놈이 어디서 빽빽 소리를 치고 난리야! 썩을 놈, 네놈이 언제 사고를 안 쳤어? 체리하고 친 건 사고가 아니고 그럼, 그 밤에 고사라도 지낸 게야, 이놈아!"

"할머니!"

뻔히 알면서 이런 말로 자극하는 걸 보면 그 할머니에 그 손자였다.

"잔소리 말고 기획안이나 써와! 제대로 쓰면 네놈이 귀가 따갑게 얘기하는 결혼! 시켜줄 테니까."

인정의 말에 귀찮은 듯 소파에 누워 있던 상현은 벌떡 일어났다.

"정말이지?"

어깨춤이라도 출 기세였다. 인정은 상현의 모습에 작게 웃었다.

"그리 좋으냐?"

"기획안 마음에 들면 무조건 결혼시켜주는 거다! 약속! 기분이다. 다음 달 사원 교육도 시간 내볼게."

상현은 결혼시켜 주겠다는 말 한마디에 몇 달째 시간이 없다며 미루던 교육을 자처하고 있었다.

"썩을 놈! 기껏 키워놨더니 지 계집 좋다고 저리 실실거리기나 하고. 이번 주 내로 써와!"

"알았어. 할머니! 내가 할머니 사랑하는 거 알지?"

상현의 말에 인정은 그의 등을 사정없이 후려쳤다.

"저런 썩을 놈. 입에 침이나 바르고 거짓말을 해야지. 여기서 농땡이 부리지 말고 나가봐!"

앙다물어져 있던 인정의 입가는 어느새 느슨해져 있었다. 상현은 콧노래를 부르며 서류 더미를 안고 회장실을 나왔다.

상현은 약혼 후 한 달도 안 된 날부터 인정에게 결혼을 시켜달라고 졸라댔다.

상현은 좀 더 당당하고 멋진 남자가 되어 한 집안의 가장이 되고 싶었다. 지금이라면 부끄럽지 않았다. 상현은 인정과 대화 후 연신 싱글벙글거리며 사무실에 앉았다.

책상 가득 쌓인 서류를 들여다보는 상현의 눈이 그 어느 때보다 빛나고 있었다.

며칠 밤을 새우며 기획안을 작성했다. 금요일 오전, 인정의 사무실을 찾았다.

한참 동안 상현의 기획안을 보던 인정은 서류를 내려놓고 한숨을 내쉬었다. 역시 예상대로였다.

"상현아! 할미 말 인색하게 듣지 말고 이참에 제대로 공부하자."

인정의 말에 상현은 인상을 찌푸렸다.

"할머니! 내가 얼마나 열심히 공부하는지 알고는 있어?"

한참 동안 잠자코 있던 인정은 그에게 서류 봉투를 건넸다.

"그 안에 영국 비즈니스 스쿨 입학 허가서랑 그 외 필요한 제반 서류 들어 있을 게다. 1년만 열심히 공부하고 와. 그동안 외국어 공부도 열심히 했으니 생각보다 힘들진 않을 게다. 몇 달 전부터 준비해뒀으니, 지금 당장 가더라도 불편한 건 없을 게다."

상현은 자신의 귀로 들은 말을 믿을 수가 없었다.

"할머니 지금 무슨 말 하는 거야?"

"네놈 정신 차리고 일한다는 건 진즉 알았다. 그래도 한 집안의 가장으로서 네 자리를 지키려면 그 정도론 부족하지 않겠니?"

상현은 그제야 정신이 들었다.

"그래도 갑자기 유학이라니! 말이 된다고 생각해?"

"왜 안 된다는 게야? 그동안 허비한 시간을 다시 채우라는 게잖아. 네놈이 그동안 한 게 무에 있다고 큰소릴치는 게야?"

"나도 열심히 했어!"

"할미가 고생해서 차려 놓은 지점에서 겨우 몇 달 매출 올렸다고 이제 됐다고 생각하는 게야? 네놈이, 네 힘으로 직접 식당 차려 지금만큼 키울 자신이라도 있는 게야?"

인정의 호통에 대꾸할 말이 없었다.

"다 차려놓은 상에 누구나 앉아 배를 채울 순 있다. 하지만 그 상에 어떤 음식을 차리느냐는 네놈이 얼마나 열심히 하느냐에 따라 다르다는 걸 정말 모르고 하는 소리인 게야?"

한 번씩 이대로 좋은 가라는 의문이 들었다. 말이 자립이지 여전히 그는 인정의 그늘 아래 있었다.

반박할 수 없는 상황에 상현은 고개를 숙였다.

"이 할미는 널 믿었다. 어릴 적부터 어디 내놔도 절대 빠지는 머리가 아니었어. 오히려 날 따라다니며 회사 사람들을 한 번씩 놀라게 하기까지 했었지."

인정의 기억 속, 오래전 어린 상현을 데리고 다니며 있었던 수많은 기억이 주마등처럼 지나갔다.

어린 상현이 툭 하고 건넨 말이 지금 그룹의 모토가 되었다는 건 그녀만 아는 비밀이었다.

말이 없는 준현과 달리 금세 사람들과 친해지는 상현을 보며 인정은 자신 못지않은 사업가로서의 기질을 발견했었다.

인정은 상현을 데리고 다니며 이곳저곳의 음식을 맛보게 하고 눈이 아닌 몸으로 시장을 느끼도록 가르쳤다.

인정은 관심 없는 척하며 때를 기다렸다. 아쉽게 놓친 기회도 있었지만 또다시 찾아올 기회를 노릴 만큼 그녀에겐 여유가 없었다. 지금이 마지막 기회일지도 몰랐다.

좀 더 넓은 세상에서 사업가로서 자질을 키운다면 회사를 더 크게 성장시키리란 걸 믿어 의심치 않았다.

　인정에게 상현은 언제나, 자랑스러운 손자였다. 물론 말해줄 용의는 아직 없었다.

　인정은 지금 상현에게 좀 더 혹독히 자신을 키울 뭔가를 제시해 줘야 했다.

　그녀에게 시간이 남아 있을 때, 상현이 성장해가는 모습을 지켜보고 싶었다. 인정은 눈가에 열이 스며드는 걸 애써 무시하며 상현을 바라보고 있었다.

제12장. 멋진 연인이 되기까지

상현은 단호한 얼굴로 다그치는 인정을 이해할 수 없는 얼굴로 바라봤다.

"할머니! 갑자기 왜 그러는 건데?"

"이놈아! 갑자기는 아니지."

하긴 인정이 옳은 말을 한 게 처음 있는 일은 아니다. 하지만 그를 이렇게 몰아세운 적은 한 번도 없었다. 서운함과 야속함에 눈가가 욱신거렸다.

"나도 할 만큼은 하고 있어."

"여태 하고 싶은 거 다 하고, 갖고 싶은 거 다 가지며 산 게 네놈 능력이었던 게야?"

상현은 입을 다물었지만 여전히 불만 가득한 얼굴을 하고 있었다.

인정은 상현의 상처받은 얼굴에 안타까운 감정이 피어올랐다. 하지만 이내 싸해지는 감정을 내리눌렀다.

"이 할미가 땡전 한 푼 없는 늙은이였으면, 네놈은 지금 무얼 하고 있을 것 같아? 또 클럽 운영하며 식솔들 먹여 살릴 게야? 아님 체리가 네 녀석 뒤치다꺼리 해주길 바라고 있는 게야?"

인정의 말에 상현은 화가 났다. 그의 진심을 인정만은 이해하고 알아줄 거라 생각했었다.

"할머니! 내가 언제 할머니한테 돈 달라 그랬어? 이제 다시는 사고 안 쳐. 그리고 언제 체리한테 내 뒤치다꺼리 하게 한다고 했어? 우리 가족한테도 절대 그럴 일 없어!"

"지금처럼 할미 그늘에서 일하다, 내 그늘이 사라지면……. 그때는 어떻게 할 생각이냐?"

한 번도 생각해 보지 않았다. 상현은 인정의 말에 당황했다.

"그, 그럼 내가 무슨 일을 해서든 우리 식구 먹여 살리면 될 거아냐!"

"당장 무너져도 내 식구 굶어죽지는 않는다. 후에 내 식솔들은 뭘 해서 먹여 살릴 게야? 배운 게 도둑질이라고 깡패 짓 해서 식구들 먹여 살릴 게야? 그깟 몇 개월 배워 회사 운영해보겠단 소리는 애당초 꺼낼 생각도 말아! 네놈처럼 쉽게 생각하는 놈들이 있으니 이 나라가 이 꼴이 된 게야."

어디 한 군데 틀린 말이 없었다. 인정이 먼저 제안을 해 수락했지만 혼자 힘으로 무언가를 해봐야겠다는 생각은 하지 않았다. 상현은 대답조차 못하고 거친 숨만 내뱉었다.

"아무리 좋은 도구가 있어도 갈고 닦아야 제 빛을 발하는 게다.

길바닥 작은 노점상부터 시작해서 안 해본 장사가 없었다. 이 바닥에서 50년 이상 잔뼈가 굵은 나도, 사람 부릴 때마다 매 순간 배울게 많다 생각한다. 하물며 이제 햇병아리도 못된 네놈이 그깟 매상 좀 올랐다고 기고만장해 있는 모습이 얼마나 우습게 보이는지 알고는 있는 게야?"

알고 있었다. 인정이 걸어온 길이 그리 순탄치 않았다는 것을. 더불어 인정이 그를 얼마나 아끼는지도.

그래서 더 화가 나 미칠 것 같았다. 부정할 수 없는 사실과 그가 지나온 지난 시간들로 인해.

"네놈이 정 못하겠다면 준현이 공부시켜서라도 회사 넘겨줄 생각이다. 아무리 능력 있어도 하기 싫다는 네놈보다는 착실한 준현이가 낫지 않겠냐?"

한참 씩씩대던 상현은 서류를 손에 쥐고 벌떡 일어섰다.

"나중에 딴소리하지 마! 기다려. 내가 제발 회사 맡으란 소리 하게 해줄 테니까! 내가 할머니 좋아하는 돈, 셀 수도 없을 만큼 통장에 채워줄 테니까 기다리라고."

상현은 깊게 숨을 들이마셨다.

"그 전에 나 두고 가면……. 바로 쫓아갈 거니까 그런 줄 알고! 술도 이제 좀 줄여. 할머니, 건강 검진도 제발 받으시고."

이제야 마음을 굳힌 것 같았다. 조금 전보다 눈가가 더 뜨거워졌다. 인정은 흐려지는 눈을 빠르게 깜빡였다. 여기서 무너져선 안 됐다.

"그래, 그러마."

"그래서 언제 가면 되는 건데?"

인정은 눈시울이 붉어지는 걸 애써 감췄다. 그녀는 한쪽에 놔두었던 표를 건넸다.

"내일이다."

아직 이곳에서 할 일이 많았다. 상현은 대체 무얼 먼저 해야 할지 알 수가 없었다.

"하루라도 빨리 가는 게 너한테도 좋을 게다. 그만큼 빨리 돌아올 테니……."

인정은 놀란 상현의 얼굴에 미안한 마음마저 들었다. 그럼에도 지금은 모질어질 수밖에 없었다. 고삐를 당겨야 할 때는 뒤를 돌아봐선 안 됐다.

"내 달리 네놈한테 외국 바이어 상대하게 한 줄 알아? 그간 영어나 불어 실력도 늘었을 게니 가서 덤벼봐. 가기로 맘먹은 이상, 여기 걱정은 말고! 그리 쉽게 바뀔 마음이면 이참에 정리하는 것도 괜찮을 게다."

인정은 여전히 말이 없는 상현은 보며 그의 손을 꼭 잡았다.

"내 가르침이 잘못됐다 생각하진 않았다. 하지만 가끔 후회했다. 어린 널 데리고 다니며 가르친 게 고작 거친 언사와 폭력뿐인 것 같아 말이다. 더 늦기 전에 가르치고 싶은 게다. 할미는 아직 여기서 할 일이 많은 것 같구나."

웃음기 가득한 농에도 웃을 수가 없었다. 말하지 않아도 무슨 걱정을 하는지 알고 있는 인정의 말에 상현은 고개를 끄덕이며 그녀를 바라봤다.

언제나 철옹성 같던 인정은 어느새 굽어진 어깨를 한 노인의 모습을 하고 있었다.

근래 들어 건강이 눈에 띄게 안 좋아졌다. 영규와 혜영의 만류에도 매일 출근하던 인정은 최근 집에서 쉬는 일도 잦아졌었다. 수만 가지 생각이 머릿속을 어지럽혔지만 한 가지만은 확실했다. 공부를 시작하며 하루가 다르게 욕심이 났다.

좀 더 빨리 시작했으면, 하는 아쉬운 마음도 수없이 들었다.

상현은 늘 체리에게 고마웠다. 그를 이렇게 만들어주고 다그쳐 준 사람은 체리 한 사람뿐이라고 생각했다.

정작 그를 오래도록 지켜보며 안타까워하고 가슴 졸인 인정은 모른 척하며 살아왔다.

한 번도 인정을 위해 뭔가 할 생각은 하지 못했었다. 그녀가 주는 안락함과 부가 좋았다. 그녀 그늘에서의 평안함은 영원할 거라 생각했다. 얼마나 안일한 생각으로 살아왔는지 모르겠다.

상현은 마주 잡은 인정의 거칠고 주름진 손을 꼭 쥐었다.

바라보는 인정의 눈가가 신뢰로 더 깊어지고 있었다. 결코 저버리지 않을 것이다. 그를 바라보는 이 눈빛을.

늦은 깨달음에 상현의 가슴이 뜨거워지고 있었다.

마음을 굳혔다. 하루 이틀 시간을 가진다 해도 변하는 건 없었다. 하지만 떠날 생각에 무엇부터 해야 할지 떠오르지 않았다. 시간을 확인한 상현은 작게 한숨을 내쉬었다.

곧 런치 타임이었다. 이제 상현 없이도 지점은 원활히 돌아가고 있었다. 마지막 런치 타임만은 지켜보고 싶었다.

"할머니, 약속 꼭 지키세요."

상현은 인정을 꼭 끌어안았다. 인정은 상현의 등을 천천히 도닥였다.

"제대로 배우고 와서 설쳐봐. 네 스스로 됐다 싶을 때가 오면, 언제든 오는 게다. 알겠지?"

"할머니, 감사합니다."

서둘러 회사를 나온 상현은 언제나처럼 레스토랑으로 향했다. 맨 처음 억지로 떠맡은 것처럼 시작한 레스토랑이었다.

투정 부리면서도 인정이 부르면 부리나케 본사로 달려가 업무를 도왔다.

뱉어내는 언어 속에 늘 투정이 가득했지만 그 어떤 일보다 인정을 돕는 게 즐겁고 뿌듯했었다.

그의 아이디어로 비어 있던 기획안이 채워지고 예상대로 매출이 오르는 걸 보면 그 어떤 유희보다 짜릿했었다.

사무실로 발을 들이며 이상한 기분에 휩싸였다. 상현은 진심으로 이 일이 좋았다.

"풋. 할머니, 결국 이렇게 공부시킬 생각이었구나. 그것도 모르고 좋다고 매일 쫓아다녔으니……. 하, 체리만 아니면 당장 간다고 해도 걱정이 없을 건데……."

잠시 고민하던 상현은 휴대전화를 꺼내 들었다.

무슨 작당을 하려는 건지 모르겠다.

"그래서?"

-저녁에 얼굴 좀 봐."집에서 보면 되잖아!"

-지난번 가방도 그렇고 고마워서 맛있는 거 사주려고 그래.

"이나리, 그냥 사실대로 말해. 또 뭐가 필요해서 이러는 거야?"

-난 언니만 있으면 돼.

체리는 작게 웃었다. 말은 안 했지만 나리가 있어 늘 고마웠다. 나리가 아니었으면 평생 몰랐을 상현의 귀함을 새삼 깨닫고 있었다. 고마운 마음에 얼마 전 명품 가방을 선물했는데 안 하던 보답을 한다고 고집을 부렸다.

"내일 쉬려면 오늘 마무리해야 된단 말이야. 늦을 거니까 내일 얘기해."

-상관없다니까. 몇 시에 끝나는데?

"빨리 끝나도 10시야. 늦어도 11시에는 끝나니까 집에서 봐."

-그럼 일 끝내고 상현 오빠 레스토랑으로 와.

"야!"

-꼭 와! 안 오면 후회할 거니까!

"나리야……."

전화는 이미 끊긴 상태였다. 11시면 레스토랑도 닫을 시간이었다. 이번에는 신상 원피스라도 사줘야 하나 싶었다.

한숨을 내쉬던 체리는 고개를 흔들고 업무를 처리하기 시작했다.

11시가 조금 안 된 시각, 레스토랑에 도착했다. 문 앞에는 이미 Close 표지가 붙어 있었다.

체리는 능숙하게 문을 열고 안으로 들어갔다. 무슨 일인지 나리는 아무리 전화를 해도 받지 않았다. 상현도 마찬가지였다. 세단이 주차장에 있는 걸 보면 상현은 안에 있는 모양이었다.

체리는 안에서 새어 나오는 작은 불빛을 따라 망설이지 않고 들어갔다. 그런데 기다리겠다던 나리는 보이지 않고 상현이 그녀를 기다리고 있었다.

"어떻게 된 거야? 전화도 안 받더니. 나리는?"

아무렇지도 않게 체리는 세팅된 테이블에 앉았다. 하지만 상현은 아무 말도 없이 그녀만 바라보고 있었다. 뭔가 분위기가 이상했다. 그제야 체리는 주위를 둘러봤다.

"무슨 일 있어? 그리고 이건 다 뭐야? 이번에도 심야 이벤트 있었어? 그건 여름 시즌에만 한다고 하지 않았어?"

상현은 지난 몇 달 동안 연인들을 위한 야간 이벤트를 진행해 꽤 많은 사람들의 입에 오르내렸다. 그 덕에 매출도 급상승하고 인지도도 높아진 상태였다.

올해에는 크리스마스를 제외한 다른 이벤트가 없는 걸로 알고 있던 체리는 고개를 갸웃거렸다.

하긴 상현이 하는 일 모두를 알 수는 없었다. 체리는 슬며시 자리에서 일어섰다. 그런 체리를 보며 상현은 그제야 입을 열었다.

"그냥 앉아. 오늘은 이체리를 위해 준비한 거니까."

"오늘 무슨 날이야? 종류별로 기념일은 죄다 챙겼잖아?"

상현은 그녀와 거사를 치른 날을 비롯해 첫 키스한 날까지 날짜를 세며 기념일을 만들었다.

보통의 경우 여자들이 챙긴다고 하는데 그녀는 도통 관심이 없었다.

"음……. 아무리 생각해도 별일 없는 것 같은데……. 혹시 내가 뭐 까먹은 거라도 있어?"

상현은 실실 웃으며 그를 보는 체리에게 아무 말도 못했다. 상현은 지그시 그녀를 바라보기만 했다.

할 수만 있다면 주머니에 넣어 데려가고 싶었다. 하지만 그럴 수 없다는 걸 알았다.

"오늘 내가 이체리를 위해 요리해주고 싶어서 그래."

상현이 양식 조리사 자격증이 있다는 걸 알게 되고 체리는 한참을 졸랐었다. 그런데 상현은 들은 척도 하지 않았다.

케이크와 디저트만 잘 만드는 줄 알았는데 알수록 놀라웠다. 셰프의 영역 어쩌고 하며 핑계를 대더니 오늘은 작정한 듯 앞치마까지 둘러매고 있었다.

"전에는 그렇게 싫다고 하더니, 갑자기 뭔 바람이 불어서 그래? 설마 무슨 사고 쳤어?"

체리는 도끼눈을 하고 있는 상현을 째려봤다. 상현은 체리 머리를 부드럽게 쓰다듬으며 작게 웃었다.

"그냥……. 그냥 해주고 싶어졌어. 잠깐 기다려."

주방으로 사라진 상현은 차례차례 음식을 내오기 시작했다. 한눈에 봐도 정성스레 준비한 티가 났다.

테이블 가득 준비한 음식들이 차려지고 그제야 상현이 자리에 앉았다.

상현은 그 어느 때보다 그윽한 눈을 하고 있었다. 좋은 일만은 아닌 것 같았다. 알고 싶지 않은 일이 일어날 것 불안감.

체리는 불현듯 찾아드는 불안감에 상현을 말없이 바라봤다.

일렁이는 촛불 너머, 상현의 눈빛이 사뭇 깊어졌다. 말없이 식사가 계속되고 있었다.

더는 견딜 자신이 없었다. 분위기를 바꿔야 했다. 그것도 당장!

"은상현! 오늘 진짜 이상한 거 알지?"

"훗! 잘해줘도 매번 뭐라고 하지? 많이 먹어. 이거 먹고……. 아프지 말고 딴생각하지도 말고. 알았지?"

열심히 손을 움직이던 체리는 작게 웃었다.

"누가 들으면 어디 멀리 가는 줄 알겠다. 그동안 빼서 실력 없을 줄 알았더니 맛있네. 너도 많이 먹고, 아프지 말고 딴생각하지 마! 알겠지?"

최대한 밝게 웃으려 했더니 입가에 경련이 일었다. 체리는 상현을 보며 고개를 숙였다. 가슴이 이상하게 두근거렸다.

"그래……. 많이 웃어. 그래야 내가 힘을 내지."

체리는 들고 있던 포크를 내려놨다.

"은상현! 진짜 이상한 거 알지? 이제 그만해."

상현은 환하게 웃으며 그녀 손에 다시 포크를 쥐어줬다.

"빨리 먹어! 식으면 맛없어. 다 먹으면 근사한 케이크도 줄게."

상현은 눈을 흘기는 체리를 보며 해사하게 웃고 있었다. 분명 웃고 있는데 울 것 같다는 느낌이 들었다.

"수상해!"

"빨리 드시기나 하세요."

식사를 마시고 차와 케이크를 먹으면서도 상현은 계속 알 수 없는 말만 계속했다.

결국 체리는 상현을 노려봤다. 뭔가 감추고 있는 게 확실했다. 그 예전과는 다른 불안함이 그녀에게 다가왔다.

"은상현! 이제 다 먹었으니까 말해!"

"체리야."

상현은 할 말이 많은 눈을 하고 그녀를 바라보고 있었다. 기분이 이상했다.

"왜 그렇게 쳐다보는 건데?"

"체리야."

"……."

"이체리!"

이제 이름만 불러도 상현이 무슨 말을 하는지 알 것 같았다. 눈가가 젖어드는 걸 느낄 수 있었다.

그의 입에서 나오는 자신의 이름 석 자에 묻어나는 사랑이 묵직하게 가슴을 눌렀다.

"왜?"

"내가 널 얼마나 사랑하는지 알지?"

툭하면 이렇게 고백하는 상현이 익숙해질 만도 한데 아직도 적응이 안 됐다. 체리는 쿡 하고 웃었다.

"또 그런다. 이제 의심 안 해. 그거 물으려고 이런 거야? 분위기 때문인가, 이상하게 불안하다. 진짜 별일 없는 거지?"

"이거……."

상현은 상자 하나를 내밀었다. 불쑥불쑥, 상현은 그녀가 생각났다며 수시로 선물을 건넸다.

지난번 첫 키스 100일 때 나눠 낀 반지와 거사를 치른 백일 기념에 선물해준 목걸이도 지금 그녀 목에서 빛을 내고 있었다.

별일 없이 받았던 꽃다발과 선물 또한 수두룩했다. 상자가 꽤 컸다.

"집에 가서 봐."

"지금 봐도 돼?"

"안 돼."

"어차피 나한테 준 거잖아."

체리는 상현이 말릴 새도 없이 상자를 열었다.

"이게 뭐야?"

놀란 체리가 상현을 바라봤다.

"이체리 시집올 때 입을 드레스."

"갑자기 무슨 드레스야?"

"지금 당장은 아니지만……. 그 드레스 입고 나한테 시집오라고 주는 거야. 이체리, 나 없다고 한눈팔면 죽는다."

언제나처럼 협박 아닌 협박으로 끝나는 상현의 고백에 체리는 피식 웃었다.

"한눈팔긴 누가 한눈판다고 그래? 그리고 네가 없긴 왜 없어? 27년 동안 옆에서 괴롭히고도, 앞으로도 괴롭힐 거라면서……."

"이체리가 하도 귀찮아해서 블랙홀로 사라지려고 그런다. 왜?"

체리는 소리 내어 웃었다. 상현은 한 번씩 블랙홀 얘기로 그녀를 당황하게 만들었다.

그날 룸에서 계획됐던 일을 나중에 듣고 얼마나 잔소리를 했는지 몰랐다. 지금 생각하면 그것도 둘만이 가진 즐겁고 소중한 추억이었다.

"아직도 삐쳐 있는 거야? 다시는 블랙홀로 사라지라고 안 할게."

"그럼 블랙홀 대신 유학 갈까?"

상현의 말에 체리는 졌다는 듯이 두 손을 모았다.

"알았어. 알았어. 준현이 대신 유학가라고 한 것도 사과할게."

"체리야, 나 정말 유학 갈까 해."

체리는 인상을 쓰며 상현을 쏘아봤다.

"미안하다고 사과했잖아. 어휴, 알았어. 다시는 안 기어오를게. 됐지?"

"몇 년간 생일 못 챙겨줄 거야. 오늘 몇 년 치 미리 축하해줄게. 이체리! 생일 축하한다."

믿고 싶지도 않은 농담에 맞장구쳐줄 생각은 없었다.

"너 왜 그래? 내가 잘못했다고 했잖아!"

농담이라고 하기엔 상현의 태도가 숨을 못 쉴 만큼 진지했다.

"설마…… 진짜 아니지?"

그럴 리가 없다는 걸 알면서도 혹시나 싶었다. 체리는 떨리는 마음을 감출 수가 없었다.

"사실대로 말해."

벌써 그렁한 눈의 체리를 보며 상현은 긴 한숨을 내쉬었다.

"체리야. 나, 내일 떠난다. 가면 몇 년이 될지 모르겠어. 할머니는 1년이라고 하셨는데……. 이번에 정말 열심히 해보려고. 몇 년이 될지는 아직 모르겠다."

담담한 어조지만 확신에 찬 말투였다.

"갑자기 왜?"

체리는 버럭 소리부터 질렀다. 어쩌면 프러포즈를 하려는 건지도 모른다고 생각은 했었다. 하지만 이건 그녀의 예상 밖이었다.

"열심히 공부하라고 한 건 너잖아. 공부하겠다는데 왜 울어?"

"그래도……."

주체할 수 없는 눈물이 쏟아졌다. 어느새 옆으로 와 무릎을 꿇은 상현은 그녀를 올려다봤다. 상현의 눈가도 어느새 젖어 있었다.

"구차하게 기다려달라고 하지 않을 거야. 내일 가면 메일이나 전화 같은 연락도 안 할 거야. 공부만 할 거야. 절대 다른 곳에 한눈팔지 않고 오직 공부만 할 생각이야. 내 말, 믿지?"

두 눈을 가득 채운 눈물이 수없이 아래로 떨어졌다. 상현만 보면 수없이 블랙홀로 사라지라고 했었다. 차라리 유학이라도 가라고 소리쳤던 지난날의 외침이 현실이 되어 있었다.

상현이 막상 사라지려고 하니 겁부터 났다. 그녀 옆에 상현이 있는 건 너무도 당연한 일이었다.

그 당연한 사실이 바뀐다는 게 믿기지가 않았다. 아니, 믿고 싶지 않았다.

"거짓말하지 마. 갑자기……. 갑자기 유학을 어떻게 가? 말도 안 되는 소리 하지도 마."

눈물이 후드득 떨어지기 시작했다. 한 번 시작된 눈물이 멈추질 않았다.

상현이 장난은 했어도 쓸데없는 농담을 한 적은 없었다. 괴로운 상현의 얼굴이 지금 그가 진실을 말하고 있다고 얘기했다. 그 어느 때보다 절실한 그의 진심이 느껴졌다.

"기다려달라고 안 할게. 내 마음은 변하지 않을 거야. 아무리 시간이 지난다 해도."

"은상현. 나한테 왜 그러는 거야? 흐흑."

더는 참을 수가 없었다. 체리는 테이블에 고개를 박고 한참을 울었다. 상현은 그녀의 어깨를 끌어안았다.

"이체리 앞에서 좀 더 멋진 놈이 되고 싶어서 그래. 나보다 멋진 놈이 채가기 전에 세상에서 가장 멋진 남자가 돼서 나타날게."

상현은 작게 웃으며 그녀의 젖은 얼굴을 감싸 안았다. 부드러운 손으로 전해지는 그의 진심들이 그녀를 뒤흔들었다.

"싫어, 너 가면 바로 소개팅할 거야."

"후홋, 나보다 멋진 놈 만난다면 놔줄게."

"나쁜 놈! 어떻게 나한테 다른 남자 만나라는 소릴 해?"

체리는 상현의 가슴을 마구 때렸다. 상현은 그녀의 손을 잡고 천천히 입을 맞췄다.

손가락 하나하나에 뜨거운 진심과 함께 입술이 닿았다.

"흐흑."

체리는 상현의 목을 끌어안았다.

"나보다 멋진 놈한테만 보내준다는 거잖아. 울지 마. 장담하건데, 세상에서 가장 멋진 남자가 돼서 나타날 거니까."

"싫어! 흐흑, 너 정말 미워."

상현은 한참이나 자신을 때리는 체리를 품에 안았다. 체리는 상현을 더 세게 안았다. 놓고 싶지 않았다. 하지만 놔야 한다는 걸 알았다. 최고가 되어 온다고 한 그의 말을 믿고 기다려보는 것도 나쁘지 않을 것 같았다.

폭풍 같은 설움이 지나고 체리는 긴 한숨을 내쉬며 상현을 바라봤다.

"정말 너는……. 빨리 안 오면 소개팅해서 멋진 남자 만날 거야."

"사랑한다. 이체리."

"나도……. 나도 사랑해."

처음으로 듣게 된 진심 어린 말에 그녀를 안은 팔에 힘이 들어갔다.

"같이 있자."

"응."

상현은 그녀를 안고 그의 사무실로 들어갔다. 상현은 다음 날 거짓말처럼 유학을 떠났고 시간은 빠르게 흘러갔다.

똑같은 일상의 시작. 상현이 유학을 떠난 지 벌써 3년이 되어 가고 있었다.

상현은 독하게도 전화 한 통, 메일 하나 보내지 않았다. 가끔 인정이나 집으로는 안부를 전하는 것 같지만 체리에게는 한 번도 직접 연락하지 않았다.

처음에는 서운한 마음에 전화도 하고 메일도 보냈지만 그것도 이내 포기했다.

상현이 마지막으로 한 말 때문에 더는 그를 괴롭히지 않기로 마음먹은 탓이었다.

"정말 연락 안 할 거야?"

"안 할 거야."

상현은 대답은 단호했다.

"아무리 그래도 전화조차 안 한다는 게 말이 된다고 생각해? 진짜 전화도 안 할 거야?"

"응."

"왜 안 한다는 건데?"

"……"

"정말 말 안 할 거야?"

"……"

체리의 집요한 질문과 회유에도 상현의 대답은 변함이 없었다. 체리는 상현의 넓은 가슴을 아프지 않게 때렸다.

"여기에서처럼 쭉쭉빵빵한 금발이랑 놀려고 하는 거 아냐? 진짜 걸리면 죽는다."

상현은 웃으며 그녀의 이마 입을 맞췄다. 말을 안 하면 그가 곁에 없는 내내 속을 끓일 것 같았다.

"너한테 연락하면 보고 싶어서 당장 공부고 뭐고 때려치우고 달려올 것 같아서 그래."

상현의 말에 체리는 할 말을 잃었다.

"내가 원래 하나밖에 모르는 놈이잖아. 지금 너밖에 안 보이는 내가, 유학 가기로 결정한 거 쉬운 선택 아니었어.

어렵게 선택한 만큼 공부에 매진하고 싶어. 서운할 거 아는데 어쩔 수가 없다. 네 목소리만 들어도 분명 다 포기하고 달려올 거야. 너도 알고 있잖아."

지금 상현 인생에 1순위, 아니 0순위가 그녀라는 걸 모르는 사람은 아무도 없었다.

한 번씩 들려오는 목소리에 투정부릴 것이고 상현은 결국 그녀를 선택할 것이다. 알고 있지만 서운한 건 변함이 없었다. 상현은 뜨거운 눈으로 그녀를 바라봤다.

"하루라도 빨리 돌아오고 싶어서 그러는 거야. 한눈팔지 않아. 아, 멋진 남자 되기 참 어렵다."

우스갯소리를 하는데도 웃을 수가 없었다. 체리는 눈을 흘기며 상현을 쏘아봤다.

가슴이 뜨거워졌다. 조금 전까지 느꼈던 열기와 또 다른 열기가 그녀를 감싸왔다.

사랑하고 사랑받는다는 게 이렇게 가슴 저밀만큼 아프다는 걸 처음 깨달았다. 어느새 눈물이 차올라 그의 모습이 흐려졌다.

"내가 너 때문에……."

"마지막까지 울게 해서 미안……. 나 없는 동안에는 울지 마."

"나쁜 놈."

젖은 얼굴이 그의 가슴에서 작게 들썩였다.

"열심히 하고 와. 언제가 되던 기다리고 있을 테니까."

체리는 상현의 가슴에 진하게 입술 자국을 남겼다. 그녀가 주인이라는 표시를 남기고 싶었다.

상현의 가슴이 크게 부풀어올랐다. 눈물로 젖은 가슴이 뜨거운 열기로 데워졌다.

"휴우, 조금이라도 자게 해주려고 했는데……."

상현은 어느새 우위에서 그녀를 내려다보고 있었다. 상현의 눈도 붉게 변해 있었다. 천천히 그의 얼굴이 다가왔다.

"거칠 거야. 아까보다 더……."

다시 한 번 그들은 서로를 뜨겁게 안았다.

문득 떠오른 생각에 고개를 젓는 체리 앞에 부른 배를 쓰다듬으며 아름이 나타났다.

올 초 사내 커플이던 아름과 지성은 결혼하고 허니문 베이비를 가진 상태였다. 만삭의 아름은 곧 출산 휴가를 갔다.

그날은 아름의 아기를 위해 친한 동료와 친구들이 모여 베이비 샤워를 하기로 한 날이었다. 체리는 환한 미소를 지으며 아름을 반겼다.

"체리 씨, 이따 저녁에 올 거지?"

"당연하지. 많이 힘들 텐데 괜찮아? 이제 예정일도 얼마 안 남았지?"

"아직 2주나 남았는데 하루가 다르게 힘드네. 오늘 베이비 샤워 하고 바로 이 녀석 세상 구경한다고 하는 건 아닌지 모르겠어. 지금도 나온다고 아우성이야."

체리의 손을 잡아끄는 아름 탓에 부른 배에 손을 댄 그녀는 깜짝 놀라 손을 뗐다.

손바닥으로 전해지는 느낌이 생경했다. 당장에라도 세상 밖으로 나올 듯 아름의 아이는 힘차게 발길질을 하고 있었다.

"설마 오늘 낳는 건 아니겠지?"

"그럴지도 모르겠어. 저기 체리 씨, 약혼자는 아직이야?"

"응……."

체리의 약혼 사실은 물론, 3년이 지나도록 연락이 없는 상현의 이야기는 회사 사람 대부분이 아는 이야기였다.

소문의 근원지는 알고 있었다. 하지만 그것도 그녀를 걱정하며 나온 얘기임을 알고 있었다.

"그러지 말고 이참에 괜찮은 사람 만나봐. 응? 체리 씨."

"아니야."

여전히 아름은 그녀에게 틈만 나면 소개팅을 시켜주려고 했었다. 체리는 웃으며 이번에도 거절했다.

아름은 아쉬운 얼굴로 손을 흔들고 사라졌고 체리는 또다시 떠오른 상현의 얼굴에 한숨을 내쉬었다.

업무가 끝나고 그들은 베이비 샤워를 위해 준비한 레스토랑에 발을 들였다. 오랜만이었다.

상현이 운영하던 '시즐', 그곳은 몇 년 새 많이 변해 있었다.

레스토랑 이름도 이제는 '시즌(season)'으로 바뀌었고 계절별로 테마를 갖추고 변신하는 테마 레스토랑으로 자리를 잡은 지도 오래였다.

그 일환으로 이번 시즌은 가족을 위한 파티 공간으로 탈바꿈을 해 가족 행사, 특히 베이비 샤워를 하는 많은 사람이 레스토랑을 찾고 있었다.

체리는 물밀듯이 밀려오는 추억을 뒤로하고 웃으며 안으로 들어갔다.

수북이 쌓인 선물 상자를 열어보며 아름과 지성은 얼굴 가득 함박웃음을 짓고 있었다.

손바닥보다 작은 신발을 신고, 저 작은 옷을 입을 아기를 생각하니 그곳에 모인 모든 사람의 얼굴에도 웃음이 떠나질 않았다.

"아름 씨, 너무 좋아하는데 진짜 저러다 오늘 아기 낳겠네."

"큭큭큭, 진짜 그럴지도 모르겠네."

"아름 씨! 순산하길 바랄게."

여기저기 아름의 순산을 기원하는 말들이 쏟아졌다. 아름과 지성은 환하게 웃었다.

"다들 고마워요. 차린 건 없지만 많이들 드세요."

"꼭 네가 다 한 것처럼 말한다. 예약하고 여태 준비한 건 난데 칭찬 한마디 없어?"

토닥거리는 아름과 지성을 보며 체리는 작게 웃었다. 그때였다.

"안녕하세요?"

처음 듣는 목소리에 체리는 자신에게 한 말인 줄 모르고 옆으로 자리를 옮겼다.

"저, 이체리 씨!"

"네?"

체리는 그제야 자신에게 인사한 걸 깨달았다. 체리는 천천히 뒤를 돌아봤다. 호남형의 남자가 그녀를 향해 웃고 있었다.

"아, 안녕하세요?"

영문도 모르고 인사한 체리는 서둘러 자리를 피하려 했다.

"저, 고아름 씨 아시죠? 우선 제 소개부터 하죠. 장신혁이라고 합니다. 전부터 아름이, 아니 아름 씨에게 체리 씨 소개해달라고 졸랐던 선배입니다. 아름이가 매번 시간이 안 된다고 하던데 결국 이런 자리에서 뵙게 됐네요."

아름을 축하해주기 위해 모인 자리에서 쉽게 발을 뗄 수 없던 체리는 자신 옆에 앉아 계속해서 호감을 나타내는 신혁을 바라봤다.

이 남자와 소개팅을 했다면 분명 호감을 가졌을 것 같았다. 어쩌면 이 남자와 약혼이란 걸 했을지도 모르겠다.

한눈에 보기에도 신혁은 외모며 성격까지, 모든 면에서 완벽해 보이는 남자였지만 그녀 마음은 이제 틈이 없었다.

3년째 연락조차 없는 무심한 남자지만 아직까지 상현의 말처럼 그보다 멋진 남자는 눈에 보이지 않았다.

체리는 작게 한숨을 내쉬고 아름과 지성의 웃는 모습을 바라봤다.

한참 분위기에 휩쓸려 웃고 있던 체리는 언젠가 느꼈던 싸한 시선에 고개를 돌렸다.

마주친 하나의 시선. 보고 싶던 얼굴이 그 앞에 있었다.

상현은 그녀에게 시선을 떼지 않은 채 무서운 얼굴로 다가오고 있었다. 상현은 한쪽에 아무렇게나 커다란 여행 가방을 내던졌다.

"이. 체. 리!"

오랜만에 듣는 살벌한 목소리가 이렇게 반가울 수가 없었다. 하지만 목이 막혀 소리가 나오질 않았다.

잠시 착각한 거라 생각했던 체리는 자신을 팔을 거칠게 잡아끄는 상현의 손에 놀랐다.

"너, 너, 네가 대체, 대체 왜 여기 있는 거야?"

"기다리지 말라고 했지 진짜 딴 놈 만나라 누가 그랬어? 진짜 죽을래?"

오자마자 성질부터 부리는 모습에 반가움보다는 화가 앞섰다.

"연락 한 번 안 한 건 너잖아!"

"연락 안 한다고, 아니 못한다고 얘기했잖아!"

"아무리 그래도 3년이나 연락 안 한 건 너무하잖아!"

체리는 상현의 말에 지지 않고 대꾸했다.

"열심히 공부하라고 한 건 너였어."

"아파. 이 팔 놓고 말해."

"싫어. 이제 절대 안 놔!"

"이것 보십시오."

신혁은 갑자기 나타난 상현으로 기분이 언짢았다.

한창 분위기 좋게 이야기를 하고 있었다. 몇 년간 아름을 졸라 소개시켜달라고 했던 여자였다. 신혁은 기회라고 생각했었다. 그런데 체리의 손목을 잡아채며 연신 핑퐁처럼 말을 주고받는 남자는 상당히 위협적으로 보였다.

어찌나 세게 잡고 있는지 어느새 체리의 하얀 손목에 벌겋게 자국이 생겨났다.

"체리 씨가 아파하지 않습니까? 놓으십시오."

신혁의 말에 상현은 그를 천천히 훑어봤다.

"나보다 멋진 놈이라고 했잖! 아무리 봐도 이놈은 안 돼."

"이것 보십시오! 당신이 뭔데 처음 보는 저한테 이놈, 저놈 하는 겁니까?"

상현의 말에 신혁은 체리의 다른 팔을 잡아끌었다. 체리는 한숨을 내쉬고 신혁의 손을 잡아 뺐다.

"신혁 씨, 별일 아니에요."

당장에라도 몸싸움을 벌일 태세인 두 사람을 보며 체리는 그나마 이성적으로 보이는 신혁을 말렸다.

지금 상황에서 상현을 건드려봐야 좋을 게 없었다.

"신혁 씨, 미안해요. 다음에 봐요."

"또 보긴 뭘 봐!"

체리는 앙다문 잇새로 낮게 말하는 상현을 쏘아봤다.

"할머니가 말한 건 1년이었잖아! 그런데 넌 3년이 지나도록 연락조차 안 했어. 말이 좋아 3년이지, 연락도 없는 널 기다리는 게 어디 쉬운 일인 줄 알아?"

"그래서? 이제 딴 놈 만나려고?"

"그래. 이제 만날 거다!"

아니라고 말하고 싶었다. 하지만 연락 한 번 없던 상현이, 또다시 연락 없이 나타나 소리부터 치는 게 야속했다. 체리는 속마음과 다른 말을 쏟아냈다.

체리 말이 끝나기 무섭게 상현은 굳게 잡고 있던 그녀의 손목을 놓으며 바닥에 나뒹구는 가방을 확 잡아챘다.

그 손길이 어찌나 사납던지 주위 있던 사람들이 움찔하며 뒤로 물러섰다.

어느새 그녀에게 이목이 집중되어 있었다. 차갑게 돌아선 상현은 사람들에게 정중히 인사를 했다.

"죄송합니다. 잠시 소란을 피웠습니다. 대신 오늘, 이곳에서 드신 음식 값은 제가 내도록 하겠습니다. 소란 피워 죄송합니다. 산모님, 건강한 아이 출산하시기 바랍니다."

상현은 갑자기 나타날 때처럼 순식간에 밖으로 사라져버렸다. 잠시 멍하니 서 있던 체리는 자리에 털썩 주저앉았다.

소리 없는 눈물이 볼을 타고 흘러내렸다. 마음은 그게 아니었다.

그런데 한순간의 오해로 그녀를 두고 사라진 상현이 미웠다.

소란스러운 틈에 나타난 아름은 신혁에게 체리의 사정을 말하고 있었지만 그녀 눈에는 아무것도 들어오지 않았다.

한참 동안 앉아 있던 체리는 언제 신혁과 그곳을 나왔는지 기억조차 나지 않았다.

정신을 차려보니 신혁과 근처 카페에 앉아 있었다. 상현이 다시 왔을 수도 있었다.

그런데 도통 다리에 힘이 들어가지 않는다. 3년 만에 와서 한다는 말이 겨우 그거라니.

체리는 언제나 극적인 재회를 꿈꿔왔다. 그런 그녀로서는 상현과의 재회가 현실 같지 않았다. 오히려 어느 만화에서 봤던 웃지 못할 에피소드같이 느껴졌다.

"체리 씨, 따뜻한 차 좀 마셔요."

신혁은 여전히 멍해 있는 체리에게 차를 권했다. 아무것도 목으로 넘길 수가 없었다.

하지만 계속되는 신혁의 권유에 차를 마신 체리는 그제야 정신이 들었다.

신혁은 여전히 말이 없었다. 분명 궁금한 게 많을 텐데 아무것도 묻지 않는 그가 고마웠다.

체리는 손에 있던 차가 식을 때쯤 조용히 입을 열었다.

"들으셨죠?"

그녀가 무슨 말을 하는지 알고 있다. 단 한 번 지나며 봤던 그녀, 그렇게 한 번 스친 얼굴이 뇌리에 남아 있던 까닭은 그녀의 투명하리만치 하얀 얼굴 때문이었다.

더불어 티없이 밝게 웃는 미소가 그의 가슴을 환하게 만든 탓도 있었다. 그런데 지금 자신 앞에 있는 체리는 기억 속의 그녀가 아니었다.

투명하리만큼 하얀 얼굴은 창백하게 변해 있었고 몇 시간 전까지 빛나던 미소는 그 어느 때보다 우울하고 슬픈 미소로 바뀌어 있었다.

그의 기억 속에 살던 체리는 자신이 만들어낸 환상 같았다. 신혁은 아무리 체리에게 약혼자가 있다고 해도 그녀를 그곳에 두고 올 수 없었다. 몇 년간 그의 환상이 되어줬던 여자였다.

환상은 깨져버렸지만 현실 속의 그녀가 풀죽어 있는 모습은 보고 싶지 않았다. 단지 그 이유만으로 신혁은 그녀를 데리고 나왔다. 다른 마음은 없었다.

웃고 떠들며 축하하는 자리에 그렇게 슬픈 얼굴의 그녀를 두고 올 수 없다는 것뿐.

그가 마지막으로 할 수 있는 건 그녀의 이야기를 잠시 들어주는 것뿐이었다.

체리가 안쓰러워 보였다. 체리는 여전히 그를 보며 슬픈 얼굴을 하고 있었다.

"실례인지 알지만……. 얘기, 들었습니다."

차분한 목소리 때문이었나? 체리는 처음 보는 신혁 앞에서 답답한 마음의 짐을 처음으로 내려놨다.

"3년이에요. 유학가고 아무 연락도 안 한 게……. 처음에는 그애 말처럼 기다렸어요. 그런데 시간이 지나면서 점점 걱정되기 시작했어요. 넓은 세상에서 나보다 괜찮고 예쁜 여자를 만날 수도 있고, 더 많이 알게 되면서 나 같은 건 잊었다고 할까 봐……. 흐흑, 그런데 갑자기 나타나서 한다는 말이……."

"오해잖아요. 가서 만나봐요."

"사라졌잖아요! 날 그렇게 두고……."

눈물을 쓱 닦아냈다. 자존심 상하고 화가 났다. 사랑한다고 속삭이며 안아줬던 그의 모습이 마치 오래전 꿨던 달콤한 꿈처럼 느껴졌다.

어느새 현실은 꿈과 달라져 있었다. 차라리 따지고 한 대 패기라도 해줄 걸 그랬다.

'가만 안 둘 거야!'

신혁은 체리 얼굴에 홍조가 들어오는 걸 보며 작게 웃었다. 비록 그가 원하는 결말은 아니지만 그녀가 바라는 결말은 나올 것 같았다.

"3년 동안 기다려온 남자잖아요. 어디 있는지 정말 몰라요?"

신혁의 질문에 체리는 깨달았다. 상현이 지금 어디에 있을지. 무얼 하고 있을지. 더불어 앞에 앉은 신혁이 정말 멋진 남자라는 생각이 들었다.

"저라면 당장 가서 따질 것 같은데요?"

그녀를 버려뒀다고 생각했지 정작 쫓아갈 생각은 하지 못했다. 체리는 자리에서 벌떡 일어섰다.

"고마워요. 나중에, 나중에 꼭 신세 갚을게요."

체리는 이제야 환하게 웃었다. 그녀의 미소를 보며 신혁도 같이 웃었다.

"웃어요. 체리 씨는 그렇게 웃을 때 가장 예뻐요."

카페를 나온 체리는 정신없이 달리기 시작했다.

어둑어둑, 어둠이 깔린 놀이터에 도착한 체리는 거친 숨을 몰아쉬었다.

한 걸음, 한 걸음 발을 떼던 그녀 눈이 어둠에 익숙해졌다.

그제야 매번 상현을 생각하며 앉아 있던 어둠 속 벤치에 인영이 눈에 들어왔다.

가까이 갈수록 인영은 점점 제 모습을 보이고 있었다.

"10분만 더 기다리다 안 오면 진짜 집으로 가려고 했어. 그렇게 들어오라고 노래하던 할머니한테도 연락 안 하고 바로 널 찾아간 건데…… . 추워 죽을 뻔했잖아. 왜 이렇게 늦게 왔어?"

어느새 그녀 앞에 선 상현은 체리를 보며 씩 웃었다. 기억 속의 그 모습 그대로였다.

아니, 더 남자다워졌다는 게 맞을 것 같았다. 두 팔을 벌리고 있는 상현은 그 자리에 그대로 서 있었다. 그 모습에 눈물이 핑 돌았다.

"기다리지 말라고 했지, 딴 놈 만나라는 소리는 아니었잖아! 네가 이러니까 내가 개차반 성격을 못 버리는 거잖아."

체리 눈에서 눈물이 툭하고 떨어졌다.

"내가 울지 말라고 했어, 안 했어?"

"흐으윽."

상현은 한걸음에 다가와 울고 있는 체리를 으스러질 정도로 안았다. 상현은 정성스럽게 그녀의 눈물을 닦았다.

"이체리! 보고 싶어 죽는 줄 알았어."

체리는 말없이 눈물만 흘렸다. 말하지 않아도 알 수 있었다. 그의 몸짓, 눈빛 하나에서도 그리움이 묻어났다.

"처음 가서 1년간 미친놈처럼 아무것도 안 보고 공부만 했어. 다들 날 미친놈 취급할 정도로 공부만 했다. 하루라도 빨리 과정 마치고 졸업하려고 공부만 했어. 그런데 막상 졸업하고 나니까 욕심이 생기더라. 그래서 여기저기 다녔어. 할머니가 말한 유명한 레스토랑 체인점은 다 돌아봤어. 그때가 아니면 다시는 너랑 떨어져 있을 수 없을 테니까."

말은 하며 상현은 그녀의 정수리에 입술을 지그시 눌렀다.

"이번이 마지막이라 생각하고 열심히 일만 했어. 배우고 또 배웠어. 산업 스파이로 오해받아 문전박대도 당하고 자꾸 흘끗거린다며 구속까지 된 적도 있었어. 시간이 지나니까 그 모든 게 눈에 들어오더라. 머리가 아닌 몸으로 느끼며 시간이 아깝지 않게 배웠어. 일하는 즐거움이라는 말이 절로 느껴질 정도로 시간이 가는 줄 모르고 지냈어. 그런데 좋은 곳에 가고 진수성찬이 있다 해도, 멋진 풍광이 눈앞에 펼쳐져도 눈에 들어오지 않더라. 그래서 못 참고 돌아왔어."

상현이 지난 시간 동안 겪었던 수많은 일을 모두 알 수는 없었다. 그가 얼마나 치열하게 그녀 곁으로 오기 위해 노력했는지는 알 것 같았다. 가슴이 뭉클해졌다.

"이제 너와 같이 있고 싶어. 그래서 한달음에 달려왔는데……. 나만 봐야 하는 이체리가 딴 놈이랑 웃고 있는 게 보였어. 결국 또 나를 제어하지 못했고……. 스스로에게 화가 나 견딜 수가 없었어. 결국 나란 존재가 너에게 큰 의미가 아닌 것 같이 느껴졌어."

"아닌 거 알잖아!"

상현은 작게 웃으며 그녀를 바라봤다.

"회사로 찾아갔을 때 네가 레스토랑에 있을 거라는 말에 내가 얼마나 기뻤는지 알아? 하루에도 수십 번 전화하고 싶은 걸, 이를 악물고 참았어. 세상에서 가장 멋진 남자가 돼서 네 앞에 나타나기로 약속했으니까. 그런데 난 여전히 한심한 놈인 것 같다."

어느새 눈물을 그친 체리는 그의 허리에 팔을 둘렀다.

"은상현! 나, 유학 갈 거야."

"뭐?"

갑자기 이게 무슨 소리인가? 인정과 나리, 어느 누구에게도 들은 기억이 없는 얘기였다.

"개차반이 세상에서 제일 멋진 남자가 됐으니까, 이체리도 세상에서 제일 멋진 여자가 돼야 할 거 아냐?"

그제야 체리 말을 알아들은 상현은 그녀를 안은 팔에 힘을 주며 바싹 끌어안았다.

"넌 이미 세상에 있는 어떤 누구보다 멋진 여자야!"

상현은 그녀의 젖은 눈가에 입을 맞췄다.

"체리야, 보고 싶었어."

"은상현! 넌, 내 인생의 태클이야. 아름 씨 선배, 괜찮은 남자 같던데 너 때문에 놓쳤잖아!"

상현은 음흉한 웃음을 띠며 고개를 숙였다.

"잊었나 본데, 개차반은 이체리 인생에 영원한 태클이고 블랙홀이야. 벗어날 생각은 꿈에도 하지 마."

3년의 공백을 채우듯 마주친 입술은 쉬이 떨어질 줄 몰랐다.

에필로그

여전히 씩씩대는 체리를 달래느라 상현은 정신이 없었다. 아무리 용서를 빌어도 체리는 그의 말은 들을 생각조차 없었다.

"체리야, 진짜 오해한 거라니까."

"……"

"그깟 사진 한 장 때문에 당장 일요일에 있는 결혼을 안 한다는 게 말이 된다고 생각해?"

"……"

"나 사랑하잖아. 사랑하는 남자를 왜 이렇게 못 믿어?"

"……"

"진짜 오해라니까! 그냥 연말에 딱 한 번 모여 파티하면서 제시가 찍은 거야. 내 생일도 미리 축하해준다면서 장난친 거라잖아. 다시 한 번 말하는데 진짜 모르는 일이야. 제시가 원래 장난기가 많은 친구라서 장난 한 번 친 거래. 진짜 믿어줘."

상현의 말에 체리는 팔짱을 끼고 그를 노려봤다.

"그럼 그 장난기 많은 친구랑 평생 이런 장난하면서 놀면 되겠네. 할 말 없으니까 빨리 집에 데려다줘."

단단히 화가 난 그녀를 겨우 나리 도움으로 데리고 나온 상현은 양평 별장에서 몇 시간째 실랑이를 벌이고 있었다.

"진짜 그때 딱 한 번 친구들이랑 어울렸던 거야. 제시가……."

"왜 자꾸 제시, 제시 하는 건데? 그 노랑머리 여자 이름은 제시카라며?"

"미안, 그냥 우리끼린 제시라고 불러서……. 체리야."

"사진 보니 아주 좋아 죽더라. 그렇게나 좋으면 그 예쁜 여자들이랑 계속 놀면서 살지 왜 다시 들어왔어? 아무리 생각해도 이런 여성 편력 있는 남자와는 결혼 못해."

계속되는 체리의 고집에 상현은 결국 폭발했다.

"진짜 계속 이럴 거야?"

"지난 3년 동안 소개팅은커녕, 다른 남자 근처에도 안 갔었어. 아름 씨 선배도 너 입국한 날 처음 보고 잠깐 얘기했을 뿐이었고. 네가 그렇게 지내는지도 모르고 미안해서 하자는 대로 다 했는데……. 에휴."

상현이 귀국하고 채 한 달도 되지 않아 결혼식을 올리기로 한 건 그날 사건이 많은 작용을 했었다. 하지만 상현은 억울했다. 속을 보여줄 수 있다면 백 번, 아니 천 번도 그렇게 했을 것 같았다.

"그게 아니라니까! 그날 정말 어떻게 된 건지 나도 모른다고! 아아악! 진짜 미치겠네. 제시랑 직접 얘기라도 해봐야지……."

자신을 보는 체리 눈빛이 어찌나 사납던지 상현은 점점 말꼬리를 늘이고 있었다.

아무리 생각해도 기억에 없는 사진이었다. 거기다 제시카와 준현인 대체 뭐란 말인가? 왜 이런 사진을 제시는 준현의 손에 들려 줬는지 알 수가 없었다.

'대체 언제 이런 사진을 찍은 거야? 준현이 소개시켜달라고 할 때부터 뭔가 이상하다 생각했는데…… 내가 진짜……. 아, 체리를 어떻게 달래지?'

한참 고민하던 상현은 씩 웃으며 체리에게 다가갔다.

"누가 옆으로 오래? 저리 안 가!"

어느새 그녀의 허리를 감아 쥔 상현은 고개를 천천히 숙이며 다가왔다.

"오늘 잊은 게 있어서 말이야."

양심 처방을 시작한 상현은 슬슬 굳은 입가를 푸는 체리를 보며 좀 더 뜨겁게 그녀를 지피기 시작했다.

사건의 발단은 상현이 한국으로 돌아가 결혼한다는 사실을 알게 된 제시가 깜짝 선물로 준비한 사진 때문이었다.

사진 속 상현은 비즈니스 스쿨 동기인 세계 각국의 여자 친구들과 키스를 하고 있었다.

물론 상현은 자고 있었다. 학업에 밀려 쏟아진 잠과 동기들이 억지로 마시게 한 술에 취해서.

제시의 기획 하에 자고 있는 상현과 여러 여자 동기들이 키스하는 척 연기하는 사진이었다.

늘 차가운 상현이지만 한국에 있다는 약혼녀 애기만 하면 어김없이 눈에 사랑이 가득 찼었다. 제시는 그런 상현을 골려주고 싶었다. 어쨌든 그녀의 계획은 완벽하게 성공했다.

상현은 밤새 양심 처방을 하고 그 다음 날 제시가 직접 해명해 구제를 받을 수 있었다.

체리는 미심쩍은 눈으로 쏘아봤지만 더 이상 말하지 않았다. 그녀의 눈빛으로 알 수 있었다. 이건 평생 들어야할 잔소리라는 걸.

우여곡절이 있었지만 결혼식을 올렸다. 오랜 시간 그의 애간장을 태우던 체리를 완벽하게 그의 소유로 만들었다는 기쁨에 상현의 입을 귀에 걸려 내려오질 않았다.

상현은 그 어느 때보다 행복했다. 신혼여행으로 북미 지역 일주를 기획했었다. 더불어 그녀를 위한 깜짝 선물도 준비해둔 상태였다.

체리는 왜 추운 2월에 결혼해야 하냐고 잔소리했지만 더는 기다릴 수 없었다.

상현은 들떠 있는 체리를 보며 저절로 웃음이 나왔다.

"그렇게 좋아?"

"응, 비행기 처음 타봐. 우와! 일등석이라서 이렇게 넓은 거야? 진짜 좋다."

체리는 비행기 구석구석을 뒤져보느라 정신이 없었다.

"전에 제주도로 가족 여행 갔을 때 타지 않았어?"

상현의 말에 체리가 씩 웃었다.

"이렇게 오래 타는 건 처음이잖아! 그런데 설마 떨어지거나 그런 건 아니겠지? 기상이 악화되면 바로 회항하는 건가? 그럼 우리 신혼여행은 어떻게 되는 거야? 다시 갈 수 있는 거야? 북미 쪽은 날씨 좋다고 했었지?"

"이체리, 그만 좀 떠들어. 저쪽에 있는 사람들이 계속 쳐다보잖아."

안 그래도 그녀도 그들의 시선이 신경 쓰이던 차였다. 체리는 좌석에 몸을 푹 숙이는 척하다가 상현의 팔에 얼른 팔짱을 꼈다.

"은상현! 잊고 있었는데 사실대로 말해봐. 그 제시라는 여자, 대체 뭐야?"

잊을 만도 한데 또다시 끈질기게 질문을 해댔다. 상현도 궁금했다. 대체 그녀의 정체가 뭔지.

그의 결혼식에 평소와 전혀 다른 조신한 모습으로 준현과 같이 있던 모습에 눈을 몇 번이나 비볐었다.

체리가 오래도록 그리워하던 외계인이 모습을 감추고 살고 있었다면 제일 먼저 제시를 의심해야 할 것 같았다.

"나도 잘 몰라. 천재라는 거, 그로 인해 수많은 직업을 가지고 있다는 것 정도? 그것도 주위에서 하도 칭찬해서 알게 된 거야. 준현이는 코넬대에서 알게 됐다는데 그것 말고는 정말 몰라. 너도 같이 들었잖아? 그냥 나 놀려주려고 사진 찍은 거라고! 설마, 그거 가지고 평생 괴롭힐 생각은 아니지?"

상현은 체리의 눈빛에 등골이 서늘해져 옴을 느꼈다.

"누가 뭐라고 했어? 너야말로 툭하면 신혁 오빠 일로 뭐라고 하잖아! 남자가 쪼잔하게."

"한 번 봤다면서 어느새 오빠, 오빠 하는 넌 뭔데? 사실대로 말해봐. 그 자식, 아직도 너한테 마음 있는 거 맞지? 아까 결혼식 때 그 표정은 대체 뭐야?"

상현의 푸념에 체리는 작게 웃었다. 날이 갈수록 집착이 심해지고 있었다. 하지만 그게 기분 나쁘지가 않았다.

"좋은 오빠 생긴 걸 가지고 왜 그렇게 트집이야? 네가 신혁 오빠 반만 닮아도 내가 뭐라고 안 하겠다."

"너! 장신혁 한 번만 더 만나면 가만 안 둬!"

"너나 딴 여자 만나지 마!"

"내가 하는 말에 자꾸 태클 걸지?"

"누가 할 소린데 그래? 너야말로 내 인생에 태클 좀 걸지 마! 어떻게 사람 만나는 것까지 따질 수가 있어? 내가 너 때문에 얼굴 들고 다닐 수가 없어. 넌 나 괴롭히는 재미로 살지?"

유학에서 돌아온 상현은 그 예전보다 체리에 대한 집착이 가히 상상을 넘어설 정도로 심해져 있었다.

우연히 거래처 남직원과 저녁을 먹다 된통 망신당한 뒤로는 회사에서도 그녀에게 남직원과 만나거나 관계되는 일은 아예 주지도 않았다.

"죄송합니다. 손님, 기내에서는 정숙해주시길 바랍니다."

어느새 언성을 높이는 그들을 이제 이곳저곳에서 사정없이 째려보기 시작했다. 보다 못한 승무원이 그들에게 양해를 구하고 나서야 언쟁을 끝냈다.

체리는 고개를 획 돌려 창밖으로 시선을 돌렸다. 맑은 하늘의 푸른 구름이 장관을 이루고 있었다.

상현은 어느새 창밖 풍경에 빠져 있는 체리를 보며 귓가에 작게 속삭였다.

"잊었나 본데, 개차반은 이체리 괴롭히는 재미로 살 거야."

"어휴, 이 개차반!"

상현은 주먹을 쥐고 그를 때리려는 체리의 두 손을 꼭 잡았다.

"그리고……."

"그리고 뭐?"

"매일 양심 처방도 잊지 않는다고! 그러고 보니 오늘 양심 처방 안 한 것 같은데……."

체리는 슬쩍 웃으며 가까워지는 상현을 보고 눈을 흘겼지만 피하지는 않았다.

어느새 그들은 자신들이 있는 곳을 잊고 양심 처방에 정신이 없었다.

동승한 승객들이 고개를 저으며 그들을 바라봤지만 바라보는 이들의 얼굴에도 작은 미소가 걸려 있었다.

들뜬 마음에 떠난 신혼여행은 상현의 예상과 달리 갑작스러운 우기로 호텔에서 꼼짝 못하게 됐다.

상현은 3년간의 밀린 회포를 풀기라도 하듯 쉴 틈도 주지 않고 그녀를 몰아붙였다.

"체리야, 사랑해."

"은상현! 알았으니까 이제 그만 좀 하자."

체리는 상현을 쏘아보며 그를 밀어냈다. 하지만 상현은 꿈쩍도 하지 않았다.

"아, 따뜻하다."

상현은 체리를 품에 꼭 끌어안았다. 몸 아래서 바스락거리는 체리가 예뻐 미칠 것 같았다.

조금 전까지 그들을 에워쌌던 열기가 다시 피어올랐다. 상현은 체리의 버둥거리는 두 팔을 옴짝달싹 못하게 잡고 씩 웃었다.

"사랑한다. 이체리."

체리는 그런 상현을 보며 정색을 했다.

"알았으니까 좀 놓으라고! 진짜 미쳤지? 벌써 며칠 째냐고! 넌 잠도 없니?"

체리의 말에 상현은 볼멘소리를 했다.

"여태 잤잖아."

체리는 입이 한 자는 나와 있는 상현을 쏘아봤다.

"그게 잔 거니? 기절한 거지! 어떻게 밤낮으로 사람을 못살게 굴 수가 있어? 북미 일주다 뭐다 하더니 우기인 거 알고 일부러 잡은 거지? 처음부터 이럴 속셈이었지?"

"계속 말도 안 되는 소리 할 거야? 내일이면 날씨 좋아진다고 했어. 그때 구경 가자."

상현은 말을 하며 그녀의 허리를 부드럽게 쓸어내렸다. 체리는 상현의 손을 거칠게 쳐냈다.

"그 말은 어제도 했어. 이제 잘 거니까 건들지 마. 건들면 진짜 죽는다!"

획 돌아누운 체리를 보며 상현은 그녀의 벗은 등을 쏘아봤다. 이 상태로 자라고 하는 건 그에게 형벌이었다.

벌써 며칠 째라고 하지만 제대로 해소하지 못한 상현은 그녀의 등 뒤로 바짝 다가갔다.

당당하게 자신을 드러내는 그의 중심이 힘을 주체 못하고 꿈틀거렸다.

"사랑하는 체리야."

"으윽, 은상현! 진짜 죽는다."

목소리가 살벌했다. 하지만 그의 손은 이미 방향을 잃고 정신없이 움직이고 있었다.

하얀 피부 곳곳에 그가 남긴 열꽃이 만개해 있었다. 그의 손은 꽃길을 따라갔고 그녀는 결국 잠을 포기해야만 했다.

다음 날은 화창하게 날이 개어 있었다. 체리는 눈부시게 빛나는 햇살에 겨우 몸을 일으키고 룸서비스로 온 아침을 먹으며 졸고 있었다.

"이체리, 그만 일어나. 다 먹었으면 나가자."

"사악한 놈! 지금 내 손 떨리는 거 안 보여? 어휴, 손 떨려서 밥 먹기도 힘들다."

체리는 포크를 내려놓고 상현을 쏘아봤다. 유학 가 있는 동안 몸보신만 한 게 틀림없었다.

신혼여행이고 뭐고, 아무것도 안 해도 상관없었다. 3박 4일 잠만 자라고 해도 잘 것 같았다. 체리는 한숨을 내쉬고 몸을 누였다.

상현은 피식 웃으며 침대에 몸을 누이는 체리를 바라봤다.

"계속 침대에 있고 싶은 줄 몰랐네. 그렇게 침대에 있는 게 좋다면 그렇게 하고."

"야!"

상현은 이미 웃옷을 벗고 있었다. 놀란 체리는 빛의 속도로 일어나 욕실로 달려갔다.

상현은 급하게 사라지는 체리를 보며 작게 웃었다.

준비를 마친 체리는 어딘가로 향하는 상현을 쏘아보며 따라나섰다. 오늘은 다른 곳으로 갈 모양이었다. 짐 가방도 이미 어딘가로 보낸 것 같았다.

체리는 묻고 싶지도 않았다. 비몽사몽간에 비행기까지 갈아탔는데 도착해보니 아르헨티나였다.

어느새 날도 바뀌어 있었다. 체리는 연신 하품을 하며 상현을 바라봤다.

"어디 가는 거야?"

"네 소원 들어주려고."

"무슨 소리 하는 거야?"

"피곤하다며? 한숨 자. 도착하면 깨울 테니까."

상현은 싱글벙글 웃기만 했다. 체리는 고개를 저으며 잠의 세계로 다시 빠져들었다.

덜컹거리는 차에 몸을 싣고 움직인 지 한참인 것 같았다. 잠에 취해 있던 체리는 점점 커지는 소음에 몸을 일으켰다.

"으음, 무슨 소리야?"

졸린 눈을 비비적거리던 체리는 바깥에 펼쳐지는 풍경에 벌린 입을 다물 수가 없었다.

수많은 외계인이 그들 곁을 지나 어딘가로 향하고 있었다. 놀란 체리가 입만 뻥긋거리고 있자 상현은 그녀의 눈앞에 손을 흔들어 보였다.

"이체리, 정신 차려!"

상현의 목소리에 정신을 차린 체리는 그를 돌아봤다.

"너도 보이지? 지금 나만 목격한 거 아니지? 아아악! 진짜 외계인이 왔어! 어떡해, 어떡해! 휴대전화! 아니 카메라, 카메라!"

흥분한 체리의 외침에 상현은 한숨을 내쉬었다.

"사진은 찍더라도 좀 자세히 보고 말하지?"

창문을 내리고 찬찬히 그들을 살피던 체리는 그제야 사방에 걸려 있는 플래카드를 발견했다.

페스티벌?

그제야 외계인들 틈바구니에서 즐겁게 웃고 있는 수많은 사람이 보였다.

그녀를 막 지나친 사람들은 판타지 영화 속 인물들로 분해 있었고 저 멀리 에일리언과 괴생명체들이 거대한 몸집을 이끌고 웃으며 사람들과 걷고 있었다. 모두 알아들을 수는 없지만 분명 지구의 언어임은 분명했다.

상현은 어리둥절해 있는 체리를 보며 작게 웃었다. 그들이 있는 곳은 아르헨티나 코르도바의 카필라 델 몬테, 외계인 축제 현장이었다.

체리는 흥분한 모습으로 수많은 외계 생명체로 분한 사람들 틈바구니에서 30년간 꿈꿔온 세계를 경험하고 있었다.

시간이 지나며 어둠이 자욱해지자 사방에 숨어 있던 형형색색으로 특수 분장을 한 외계인들이 쏟아져 나왔다.

"상현아, 저기 봐봐! 와아! 와아!"

한참 축제 열기에 빠져 있는데 그들 앞으로 한 남자가 다가왔다.

"Bonjour, mademoiselle! Je regarde de plus tôt é tait l'amour à premi è re Vue. Avez-vous le temps? (안녕, 아가씨! 아까부터 지켜봤는데 첫눈에 반했습니다. 시간 있으신가요?)"

낮은 저음으로 들려온 목소리에 상현은 온몸의 털이 곤두섰다. 참으려고 했는데 이제 도저히 안 되겠다.

"Avez-vous ce occup é pour ma femme? Donc, ne vous me parlez dans un endroit calme en premier?(내 와이프에게 무슨 용무가 있으십니까? 그럼 저랑 조용한 곳에서 먼저 얘기하시죠?)"

체리의 어깨를 끌어안으며 내뱉는 상현의 말에 남자는 흠칫 놀라며 서둘러 자리를 벗어났다.

체리는 옆에서 무슨 일이 벌어졌는지도 모른 채 축제를 구경하느라 여념이 없었다.

상현은 이곳에 발을 들이고 벌써 몇 개 국어로 체리에게 작업을 거는 놈들을 쫓아냈는지 몰랐다.

사랑을 받으면 예뻐진다고 하는데 그의 사랑이 과해서인가 체리는 나날이 만개한 꽃처럼 피어나고 있었다.

거기다 급하게 나오느라 옷 단속을 못 한 것도 원인임에 틀림없었다.

대학 입학하고 한동안 입던 치마를 어느 날부터 안 입던 체리는 여행 가방을 죄다 치마로 채워왔었다. 물론 그의 입장에서는 나쁠 게 없었다.

원피스만큼 빠르게 탈의가 가능한 옷은 드물었으니까. 하지만 다른 놈들 눈까지 호강시켜주고 싶진 않았다.

적당히 살집이 오른 탄력 있는 굴곡이 여실히 드러난 체리는 한 입에 삼키고 싶을 만큼 아름다웠다.

저 멀리서 그녀에게 시선을 고정시킨 놈들이 한둘이 아니었다. 상현은 근처 잡화점으로 급하게 달려갔다. 그는 번개 같은 속도로 체리 곁으로 돌아오며 주위를 살폈다.

"자! 빨리 써!"

"이런 것도 있었어? 상현아, 고마워. 내 소원이 이렇게 이뤄지다니, 믿을 수가 없다."

체리는 그 어느 때보다 환하게 웃으며 상현의 엉덩이를 톡톡 두드렸다.

"기분이다! 내가 오늘은 아무 말 안 할게."

"이체리! 이거 분명 도발인 거 알지?"

하지만 체리는 상현의 말을 끝까지 듣지 않았다.

"와아! 퍼레이드 시작하나 봐!"

체리는 상현이 건넨 외계인 가면을 보며 뭐가 그리 신났는지 날아갈 기세로 축제 현장을 누비고 있었다.

그런데 쓰라는 가면을 얼굴에 안 쓰고 왜 머리 위에 올려놓은 건지. 그 모습에 사람들의 시선이 더 그녀에게 향하고 있었다.

상현은 눈을 빛내며 다가오는 남자들을 향해 외쳤다.

"이체리는 내 거라고! 내 와이프란 말입니다. She is my wife, Elle est ma Femme, Lei è mia moglie, Ella es mi esposa, Sie ist meine Frau, 私の妻という言葉です, 我妻子的话!"

상현의 고함과 함께 어두운 하늘에 번쩍하고 번개가 쳤다. 커다란 섬광과 같이 들려온 번개 소리에 사람들은 더 크게 함성을 질렀다.

그들 곁으로 다가오던 사람들은 급하게 몸을 피하며 순식간에 사라졌다.

상현은 사람들과 함께 외계인 퍼레이드에 정신이 팔려 함성을 지르는 체리의 손목을 거세게 잡았다.

"왜?"

"네 소원은 여기까지! 이제부터 내 소원 들어줄 차례야."

"무슨 소리야?"

상현은 멀지 않는 곳에 보이는 호텔로 직행했다. 체리는 금세 상현의 의도를 파악하고 그의 팔을 떼어내려고 애썼다.

하지만 역부족이었다. 외계인 무리들과 점점 멀어지고 있었다. 체리는 안타까운 눈으로 퍼레이드 행렬을 바라봤다.

"은상현! 진짜 미쳤지? 축제 한창인데 갑자기 왜 그래?"

"이제 끝났어. 늦기도 했고."

퍼레이드의 마지막 행렬이 그들을 지나가고 있었다. 축제가 막바지에 달하며 밤이 깊어지긴 했지만 사람들은 여전히 축제 열기로 들떠 있었다.

그녀도 마찬가지였다. 멀지 않은 곳에서 불꽃이 피어오르고 있었다.

"저기서 불꽃놀이 하나 봐. 상현아, 가자!"

멀리서 터지는 불꽃이 그녀 얼굴에 비치고 있었다. 머리카락 하나까지 빛나는 모습을 딴 놈들과 공유하고 싶지 않았다.

절대로!

"안 돼!"

"왜 안 되는데!"

체리는 화난 얼굴로 상현을 쏘아봤다. 상현은 체리를 제 품에 꼭 안았다. 한 치의 틈도 없이 맞닿아 있는 그녀가 사랑스러워 미칠 것 같았다.

"딴 놈들이 자꾸 봐서 도저히 안 되겠어. 내 꺼라고 도장 찍어둬야겠어. 도발한 건 너야!"

"은상현! 그게 말이 된다고 생각해? 읍!"

달콤한 입막음을 시작한 상현 덕에 체리는 결국 4주간의 신혼여행 동안 채 1주일도 바깥 구경을 못했다.

그 밤 체리는 상현을 도발한 대가를 뜨겁고 혹독하게 치러야 했었다.

-마침-

작가 후기

참 오랜만에 완결이라는 두 글자를 쓰게 됐습니다.

오래전부터 잡고 있던 글인데 이제야 마무리 지었네요.

잠시 쉬고 있던 지난 2년이라는 시간 동안 저에게는 참 많은 일들이 있었네요.

작년 이맘때쯤 소중한 가족과 힘든 이별을 하고 며칠 전에는 즐겁고 행복한 추억이 공존해 있던 동해를 떠나 새로운 곳에 터를 잡았습니다.

힘든 이별을 극복하는데 꼬박 1년이라는 시간을 보내며 이제야 조금씩 제자리를 찾아가는 것 같습니다.

올 한 해 몸도, 마음도 많이 아프고 힘들었지만 그때마다 힘이 되어준 신랑과 세 아이들, 사랑하는 내 동생들과 조카들…….

당신들이 있어 참 행복합니다.

서로에게 때론 부모처럼, 연인처럼, 친구처럼……. 그렇게 살아갑시다.

높은 곳에서 이제 편하게 지내고 계실 엄마를 생각하면 여전히 가슴이 시리지만 그래도 당신들이 있어 오늘도 웃어요.

내가 지금 행복한 만큼,

나와 인연이 닿는 모든 사람들이 지금 이 순간에도 웃을 수 있기를 간절히 바라봅니다.

힘들다 투정하며 지낸 시간 동안, 조금씩이라도 작품 활동할 수 있게 다독이고 격려해준 로화 식구들에게 고맙고 감사하다는 말을 전하고 싶네요.

마지막 자판을 두드리는 그날까지, 멋진 그대들과 글로 함께 하길 바라봅니다.

이제 잊고 있던 초심으로 돌아가, 느리지만 꾸준히 쓰는 작가가 되도록 오늘도 기쁜 마음으로 집필에 들어갑니다.

몇 달 동안 고생하신 와이엠북스 편집팀에도 깊은 감사의 말씀을 전합니다.

마지막으로 독자님들께 인사드립니다.

며칠 남지 않은 올 한 해 마무리 잘하시고 밝아오는 새해에는 더 즐겁고 행복한 글로 인사드리겠습니다.

오늘도, 내일도, 늘 행복하시길 웃음이 가득하시길 바랍니다.

-원주에서 노혜인 배상.